ro
ro
ro

Marius Gabriel wurde 1954 in Südafrika geboren und lebte schon in den unterschiedlichsten Ländern. Um sein Studium zu finanzieren, schrieb er unter weiblichem Pseudonym Liebesromane und war damit sehr erfolgreich. Heute wohnt er in London und Kairo und veröffentlicht unter seinem eigenen Namen. Zu seinen Bestsellern gehören diverse historische Romane. Für «Die Muse von Dior» erhielt er 2018 den renommierten Historical Romantic Novel of the Year Award. Marius Gabriel ist begeisterter Koch, Künstler und Musiker und hat drei erwachsene Kinder.

«Die perfekte Wochenendlektüre.» *Gala*

«Während man Gabriels Romane liest, kann einem leicht das Essen anbrennen. Ein großartiges Vergnügen!» *Cosmopolitan*

«Unterhaltsam und gut recherchiert. Eine sehr lesenswerte Lektüre.» *Ruhr Nachrichten*

«Viele historische Ereignisse und damalige Trends der Bohème-Gesellschaft sind in den Roman eingeflossen. Mit guten Charakterisierungen ist dem Autor ein interessanter Einblick in die große Zeit der Pariser Mode gelungen. Keine Dokumentation über Dior, sondern ein unterhaltsamer Gesellschaftsroman!» *Luzerner Rundschau*

Anja

MARIUS GABRIEL

Die Muse von Dior

Roman

Aus dem Englischen von Anja Schünemann
und Martina Tichy

ROWOHLT TASCHENBUCH VERLAG

Die Originalausgabe erschien 2017 unter dem Titel
«The Designer» bei Lake Union Publishing, Seattle.

Veröffentlicht im Rowohlt Taschenbuch Verlag,
Hamburg, Februar 2021

Redaktion Katharina Rottenbacher
Covergestaltung Hafen Werbeagentur, Hamburg
Coverabbildung borchee, HaizhanZheny/iStock;
Magdalena Russocka/Trevillion Images; Lightix/shutterstock
Satz aus der Mercury
Gesamtherstellung CPI books GmbH, Leck, Germany
ISBN 978-3-499-27633-0

Die Rowohlt Verlage haben sich zu einer nachhaltigen Buchproduktion verpflichtet. Gemeinsam mit unseren Partnern und Lieferanten setzen wir uns für eine klimaneutrale Buchproduktion ein, die den Erwerb von Klimazertifikaten zur Kompensation des CO_2-Ausstoßes einschließt.

FSC
www.fsc.org
MIX
Papier aus verantwortungsvollen Quellen
FSC® C083411

Für Mervat

1. Kapitel

Copper war erst seit eineinhalb Jahren verheiratet und hielt sich selbst nicht für eine Beziehungsexpertin. Trotzdem meinte sie zu wissen, wann es in einer Ehe Schwierigkeiten gab. Und sie war sich ziemlich sicher, dass es in ihrer Ehe so war.

Während sie zuhörte, wie ihr Gatte den französischen Partisanen befragte, sann sie über die Ratschläge aus den Frauenzeitschriften nach, die ihr – mangels einer Mutter oder guter Freundinnen – als Quelle der Weisheit dienten. Es lag ihr fern, «zu nörgeln, zu quengeln oder zu meckern». Genauso wenig verlangte sie ständig «nach neuen Kleidern» und sah dennoch nicht «schlampig und ungepflegt» aus. Was das Auftischen von «unappetitlichen Mahlzeiten, serviert auf verdrecktem Geschirr und fleckigen Leintüchern», anging, versuchte sie es nach Kräften zu vermeiden, ungeachtet der Beschränkungen, die der Krieg Paris auferlegte.

All diese Fehler vermied sie – und wusste trotzdem nicht, wo ihr Mann in dieser Nacht bis zwei Uhr morgens gewesen war, von wem der Lippenstift auf dem Kragen seiner Uniform stammte und warum er sie mehr und mehr wie ein Möbelstück behandelte.

«Gibt's was zu essen?», fragte Amory, nachdem er sein Gespräch beendet hatte, und warf ihr ein vollgekritzeltes Blatt Papier hin. Als seine Sekretärin hatte Copper die Aufgabe, seine stenographierten Notizen abzutippen, damit diese über den Pressedienst in die Staaten geschickt werden konnten. Als seine Frau führte sie außerdem den Haushalt, der jederzeit verlegt werden konnte, machte es Amory gemütlich und bequem, kam seinen Wünschen nach und schirmte ihn so weit wie möglich vor den Unannehmlichkeiten des Lebens ab.

«Brot, Käse und Wein.»

Amory runzelte die Stirn. «Sonst nichts?»

«Ich frage die Vermieterin.» Die frisch befreiten Pariser beschenkten die Amerikaner mit rührender Großzügigkeit, doch da sie selbst halb verhungert waren, war die Versorgung schwierig.

Bei der Vermieterin erbeutete Copper eine halbe Dauerwurst und vier gekochte Eier. Amory und François Giroux rauchten auf dem winzigen Balkon mit Blick auf die Rue de Rivoli, die noch die Spuren des bewaffneten Aufstands der Widerstandskämpfer trug. Auf der Straße flirteten vier patroullierende amerikanische Soldaten mit ein paar jungen Französinnen, deren Gelächter bis nach oben drang.

«Wissen Sie, wie wir Ihre GIs nennen?», fragte Giroux. «Kaugummisoldaten.»

«Das klingt nicht besonders dankbar», sagte Copper.

Giroux betrachtete die Szene unter ihnen mit finsterer Miene. «Sie stolzieren durch Paris und verteilen Schokoladenriegel. Wir sind doch keine Kinder.»

«Es ist freundlich gemeint.»

«Ich bin Franzose und Kommunist, Madame, und will mich von niemandem unterjochen lassen, weder von den Deutschen noch von den Amerikanern.»

«Ob Sie uns wohl jemals verzeihen, dass wir Sie befreit haben?», fragte Copper. Die stolzen Franzosen kamen ihr nach Jahren der Demütigung und des Elends während der Besatzung durch die Nazis vor wie Igel: außen stachlig, im Inneren empfindlich.

«Erst sah man auf unseren Straßen nichts als Feldgrau. Jetzt nur noch Oliv.»

In der vergangenen Stunde hatte Giroux sie mit – mehr oder weniger aufgeblasenen – Geschichten über die heldenhafte Rolle unterhalten, die er bei der Befreiung von Paris gespielt hatte. Jetzt spürte er offenbar, dass das Interesse seiner Gastgeber nachließ, und sagte: «Vielleicht möchten Sie ja heute Nachmittag etwas ganz Besonderes mit ansehen?»

«Inwiefern besonders?», fragte Amory.

Giroux drückte seine Camel aus. «Die Kollaborateure glauben, sie könnten sich vor uns verstecken, aber wir wissen, wo sie sind. Wir spüren die Verräter auf, einen nach dem anderen, und üben Gerechtigkeit.»

«Die *épuration sauvage*?»

«Ja, so nennen wir es: die ungezügelte Säuberung. Heute werden wir jemanden bestrafen.»

Amory spitzte die Ohren. «Das würde ich mir gern ansehen. Warten wir noch auf Fritchley-Bound. Er will bestimmt mitkommen. Wo steckt er denn?», fragte er Copper.

«Was meinst du wohl?», gab sie zurück.

Seit der Befreiung der Stadt wurde überall in großem Stil gefeiert, und George Fritchley-Bound, dessen Spitzname absolut zutreffend *The Frightful Bounder* – der wüste Rabauke – war, hatte noch nie einer Gelegenheit zum Feiern widerstehen können. Er war ein britischer Journalist, in Eton zur Schule gegangen, und hatte sich ihnen einige Wochen zuvor angeschlossen. Obwohl er ständig mehr oder weniger betrunken war, hatten sie ihn mittlerweile ins Herz geschlossen.

Bis der Tisch gedeckt war, hatte der Rabauke sich immer noch nicht blickenlassen, darum fingen sie ohne ihn an. Die Wurst war steinhart, das Brot noch härter, und der Weinstein in der Karaffe tat ein Übriges dazu, doch sie hatten alle Hunger.

«Wer ist dieser Verräter?», fragte Amory Giroux.

Der säbelte mit seinem Taschenmesser an der Wurst herum. «Jemand, der Frankreich großen Schaden zugefügt hat», erwiderte er grimmig. «Sie werden schon sehen.»

«Werden sie ihn umbringen?»

«Möglich.»

Copper zuckte zusammen. Sie hatten im Gefolge der Invasion der Alliierten schon so viel Schreckliches gesehen – eine ungeheure Woge aus Mensch und Maschine, die sich quer durch Europa auf Berlin zu wälzte. Die Nachwirkungen ließen Paris immer noch nicht zur Ruhe kommen.

Auf Amory schienen die grauenhaft Verstümmelten und die frischen Leichen keinen Eindruck zu machen. Aber als Kriegsberichterstatter war er nun einmal gegen dergleichen abgehärtet und war – obwohl sie ihn liebte – der kälteste Mensch, den sie kannte.

Fünf Minuten später traf der Rabauke ein, wenn auch nicht aus eigenem Antrieb. Zwei GIs trugen den Sturzbetrunkenen herein.

«Netter Kerl, für einen Briten», keuchte einer der beiden. Fritchley-Bound war ziemlich massig, und bis zur Wohnung hatten sie etliche Treppen hochsteigen müssen. «Aber er weiß nicht, wann Schluss ist. Wo soll er hin?»

Copper und Amory nahmen ihnen die Last ab und verfrachteten Fritchley-Bound auf sein Bett. Aus früherer Erfahrung klug geworden, drehte Copper ihn auf die Seite und stellte einen Nachttopf in Reichweite.

Plötzlich öffnete Fritchley-Bound ein stark gerötetes Auge und starrte sie beide an. «Habe ich mich blamiert?»

«Nicht mehr als sonst», sagte Amory. «Aber du verpasst etwas. Giroux will uns zeigen, wie die Résistance an vorderster Front Gerechtigkeit übt.»

«Mist. Das wäre ein gefundenes Fressen für die Revolverblätter.» Er versuchte sich aufzusetzen und griff sich dann an die Brust. Sein maskenhaftes, ledriges Gesicht war plötzlich nicht mehr scharlachrot, sondern weiß. Sie mussten ihn festhalten, sonst wäre er zu Boden gerutscht. Er sah Copper flehentlich an. «Copper, altes Haus, geh du für mich.»

«Nein, George. Ich will nicht mit ansehen, wie jemand umgebracht wird.»

«Bitte. Tu es für mich.»

«Nein.»

«Aber damit wäre der olle George aus dem Schneider. Doppelseite. Redakteur glücklich. Karriere gerettet.» Er umklammerte ihren Arm. «Kamera ist dadrüben im Schrank. Sollten noch ein paar Bilder übrig sein.»

«Verdammt noch mal, George», sagte sie aufgebracht. «So kann es doch nicht weitergehen.»

Er wedelte mit seiner großen, schlaffen Hand – ob zum Zeichen der Zustimmung oder in Abwehr ihres Vorwurfs, ließ sich nicht sagen – und sackte zurück auf das Bett. Sein Gesicht war leichenblass.

Amory zog eine Braue hoch. «Der letzte Wunsch eines Sterbenden. Willst du ihm den verweigern?»

«Viel fehlt nicht.» Copper ging zum Kleiderschrank. «Ich lege keinen neuen Film ein. Wenn der hier voll ist, war's das.» Sie musterte die Rückseite der ramponierten Rolleiflex – paradoxerweise hielt Fritchley-Bound hartnäckig an seiner deutschen Kamera aus Vorkriegszeiten fest. Ein halbes Dutzend Aufnahmen waren noch auf dem Film. «Verdammt!»

«Du kannst auch zu Hause bleiben, wenn dir das lieber ist», sagte Amory.

Fritchley-Bound erwachte schnaubend wieder zum Leben. «Nein, tu das nicht. Tapferes Mädchen. Alter Rabauke gerettet. Ewig dankbar.»

«Zum wievielten Mal?», fragte sie und hängte sich die Kamera über die Schulter. «Für euch bin ich nur ein Nutzvieh. Es steht mir bis hier. Na los, gehen wir.»

Wie oft war sie nun schon für Fritchley-Bound eingesprungen, weil der Alkohol ihn außer Gefecht gesetzt hatte? Wie oft hatte sie statt seiner fotografiert und sogar die dazugehörigen Beiträge geschrieben, sodass er nichts weiter tun musste, als mit zitternder Hand ein paar Bleistiftkorrekturen anzubringen und das Ganze unter seinem Namen abzusenden? Ihr Lohn bestand lediglich aus Fritchley-Bounds Dankbarkeit und dem Wissen, dass sie ihn vor dem beruflichen Ruin bewahrte. Er war eine wandelnde Zeitbombe. Eher früher als später würde sein Redakteur ihm auf die Schliche kommen, und dann gute Nacht.

Durchgerüttelt auf dem harten Sitz des Jeeps, sah sie Paris an sich vorbeiziehen. Es roch durchdringend nach Pferden und deren Hinterlassenschaften. Mangels Benzin hörte man auf den Boulevards wieder Pferdewagen und Kutschen klappern und fühlte sich wie im neunzehnten Jahrhundert. Abgesehen davon gab es nur noch ein paar Taxis und Jeeps wie den ihrigen, in denen sich Soldaten, Journalisten und Sensationslüsterne zusammenpferchten.

Hier und da sah man Einschusslöcher an Gebäuden, und auf ihrem Weg kamen die drei an einigen ausgebrannten Lastwagen und einem zerstörten deutschen Panzer in den Tuileries vorbei; doch im Großen und Ganzen – und besonders im Vergleich zu London, wo sie sich früher im Jahr aufgehalten hatten – war Paris die reinste Farbenpracht, grün gerändert, mit goldenen Spitzen und dem stolzen Schwung des Eiffelturms, der über Bäume und Dachfirste in einen blitzblauen Himmel ragte. Überall war die Trikolore geflaggt, und auf den Straßen wimmelte es von Fahrradfahrern.

«Man sollte nicht meinen, dass hier bis vor kurzem noch Krieg geherrscht hat», sagte Copper.

«Was für ein Krieg?», fragte Amory mit ironischem Unterton. «Einzuknicken ist wesentlich leichter, als zurückzuschlagen.»

Giroux warf ihm einen giftigen Blick zu. «Und Sie, Monsieur», erkundigte er sich spitz, «darf ich fragen, warum Sie nicht mitkämpfen?»

Amory lachte, solche Bemerkungen brachten ihn nie aus der Fassung. Copper ergriff für ihn Partei. «Mein Mann ist vom Militärdienst befreit. Er hat ein schwaches Herz.»

«Ein schwaches Herz?» Giroux begutachtete den schlaksigen und groß gewachsenen Amory.

«Als Junge hatte er rheumatisches Fieber.»

Giroux' Antwort bestand in einem ungläubigen Lächeln, wie Copper es schon viele Male gesehen hatte.

In Wirklichkeit war es weniger das rheumatische Fieber in seiner Kindheit gewesen, das Amory vor der Armee bewahrt hatte, als vielmehr sein in Bankgeschäften tätiger Vater. Amory war der Spross einer wohlhabenden Familie aus Neuengland und hatte seinen Abschluss an der Eliteuniversität Cornell gemacht. Daher betrachtete er sich ganz selbstverständlich als überlegen. Copper hingegen kam aus einem anderen Stall, hatte lediglich eine Ausbildung zur Bürokraft absolviert und war entsprechend leichter aus dem Gleichgewicht zu bringen.

An einem Sommernachmittag hatte sie sich auf Long Island von ihm verführen lassen. Er war ihr erster Liebhaber und hatte sie zu ihrer gelinden Überraschung ein halbes Jahr später geheiratet.

Beide Familien konnten sich mit der Verbindung nicht anfreunden. Die Heathcotes waren entsetzt, weil Amory sich nicht für eine der jungen Debütantinnen entschieden hatte, die Jahr für Jahr schmetterlingsgleich die Ballsäle bevölkerten. Coppers Vater, ein verwitweter irischer Fabrikarbeiter, sah in Amory den nichtsnutzigen Abkömmling ebenjener Schicht, die die Arbeiterklasse unterdrückte. Und außerdem war Amory, wie einer von Coppers Brüdern es gnadenlos formuliert hatte, vermutlich ein Schweinehund, was Frauen anging.

Amory jedoch hatte seine Bewunderung für den Kampf ihrer

Familie gegen die Auswüchse des Kapitalismus beteuert. Wie viele Intellektuelle aus der Oberschicht gefiel er sich in der Vorstellung, eher links eingestellt zu sein. Vielleicht waren es also vor allem die berühmten Gegensätze gewesen, die sich anzogen. Und möglicherweise auch die Tatsache, dass Copper dem Thema körperliche Liebe sehr viel offener gegenüberstand als Mädchen aus Amorys Kreisen.

Ihr hatte es sein Äußeres angetan, das eines Filmstars würdig war. Er hatte dichtes blondes Haar und stahlblaue Augen, die fast schon ins Violette spielten – eine Farbe, die sie noch bei niemand anderem gesehen hatte. Außerdem bewegte er sich mit natürlicher Kultiviertheit und ungezwungener Vertrautheit in einer Welt, die sie nicht kannte, nach der sie aber insgeheim strebte.

Er war als Kriegsberichterstatter nach Europa entsandt worden. Und weil sie nicht allein zurückbleiben wollte, hatte er durch Beziehungen seiner Familie eine Akkreditierung für sie beide erhalten und Copper mitgenommen. Es sollte ihr großes Abenteuer werden. Seiner Meinung nach stand es jedem zu, aus dem Krieg etwas für sich herauszuschlagen. In Amorys Fall war das der Pulitzerpreis. Er schrieb an einem Roman, der etwas ganz Großes werden und gleich hinter Hemingway rangieren sollte – mit dem er unmittelbar nach der Ankunft in Paris Kontakt aufgenommen hatte. Dass Amory absolut brillant war, stand für Copper außer Frage, trotz seiner Schwächen.

Und dies war auch der Hauptgrund, warum sie nach eineinhalb Jahren Ehe immer noch an ihm festhielt, obwohl ihre Illusionen über ihn größtenteils verflogen waren – insbesondere die Erwartung, er werde ihr treu sein. Was Frauen anging, war er tatsächlich ein Schweinehund. Ihre Brüder hatten recht gehabt.

Eines Nachts hatte er ihr – schwer betrunken – eröffnet, sein Vater betrüge seine Mutter bis heute, und seine Mutter habe «gelernt, sich damit abzufinden». Offenbar war er der Meinung, dass Copper es ihr nachtun solle.

Sie legte den Kopf in den Nacken und ließ den Wind ihr Haar zerzausen. Der langen, kupferrotgoldenen Mähne verdankte sie ihren

Spitznamen. Sie wurde schon so lange Copper genannt, dass sie nun – mit sechsundzwanzig – mehr an ihn gewöhnt war als an ihren eigentlichen Namen Oona. Das Haar passte gut zu ihrem blassen Teint und ihren graugrünen Augen, die auf ihre keltische Abstammung verwiesen. Copper genoss die Brise, die an ihren Strähnen zupfte.

Manche der Frauen auf den Straßen hier waren im Vergleich zu Amerikanerinnen so viel besser gekleidet. Sie stolzierten auf Keilabsätzen daher, hatten eckige, fast schon männliche Schulterpolster und ausgefallene Hüte und bestiegen ihre Fahrräder ungemein souverän. Ihre Röcke ließen die Waden sehen. Wie brachten diese Französinnen, die unter viel stärkeren Einschränkungen zu leiden hatten als beispielsweise die Engländerinnen, es zuwege, so schick auszusehen? Da musste ein Geheimnis dahinterstecken, und mit einem Mal war Copper wild entschlossen, es herauszufinden. Zum Teufel mit «nicht nach neuen Kleidern verlangen».

Sie beugte sich vor und rief gegen den Fahrtwind: «Wo bekommt man hier was Neues zum Anziehen?»

Amory drehte den Kopf halb zu ihr um, was sein klassisches Profil vorteilhaft zur Geltung brachte. «Wie bitte?»

«Ein Kleid. Wenn ich ein Kleid aus Paris will?»

«Ich dachte immer, du wärst keine Modepuppe», sagte er verächtlich.

«Ich könnte ein paar neue Sachen aber gut gebrauchen», erwiderte Copper hartnäckig. «Ich habe die hier so satt.» Ihre gesamte Garderobe bestand aus olivgrünem Kattunzeug und hässlichen Uniformen – ein Affront gegen diese schöne Stadt, eine Zielscheibe des Spotts für die hochnäsigen Pariserinnen.

«Was meinen Sie, Giroux?», fragte Amory.

Giroux warf Copper über die Schulter hinweg einen äußerst säuerlichen Blick zu. «Frauen. Immer das Gleiche. Trotzdem: Ich weiß jemanden für Sie. Aber erst die Arbeit, Madame. Dann das Vergnügen.»

Halten Sie hier», befahl Giroux. Amory folgte seinen Anweisungen und parkte den Jeep an einer Straßenecke in Montmartre, wo ein paar junge Männer herumlungerten. Ihre schäbigen Klamotten waren zu dünn für das Wetter.

«Gehören die zur Résistance?», fragte Copper ihren Mann.

«Sieht so aus.»

Copper richtete den Sucher der Kamera auf die Männer, die sich bereitwillig in Pose stellten, die mickrigen Brustkörbe vorreckten und fröhlich pfeifend mit ihren Kappen winkten.

Plötzlich ertönte weiter unten an der Straße ein Ruf. Unter Geschrei verschwanden die Männer um die Ecke; ihre Espadrilles schlappten über das Kopfsteinpflaster. Giroux bedeutete Copper und Amory mit einer Kopfbewegung, ihnen zu folgen. «Jetzt werden Sie sehen, was Kollaborateuren blüht», sagte er.

Sie liefen dem Grüppchen nach bis zur nächsten Straße, die links und rechts von gewöhnlichen Häusern gesäumt war. Die Männer hatten ihr Opfer gestellt – eine junge Frau, die eben mit einem Kinderwagen aus einem Haus getreten war. Sie mühte sich verzweifelt, wieder hineinzugelangen, doch die Männer zerrten sie und den Kinderwagen über die Stufen hinunter.

«Das ist ja eine Frau», entfuhr es Copper. Das Handgemenge wurde heftiger. Über dem Gebrüll und Geschrei hörte Copper zu ihrem Entsetzen das Weinen des Säuglings. Amory hielt sie am Arm zurück.

«Misch dich da nicht ein.»

Die Männer rissen der Frau Mantel und Baskenmütze herunter und warfen beides in die Gosse. Aus dem Gesicht der Frau unter den blonden Locken sprach Todesangst. Copper schätzte sie auf höchstens neunzehn oder zwanzig. Jemand zerrte den Säugling aus dem Kinderwagen. Die Mutter wandte sich flehentlich an die Männer, streckte die Arme nach dem Kind aus, doch einer von ihnen schlug sie auf den Mund, und sie sackte zusammen. Sie zerrten sie wieder auf die Beine und rissen ihr Stück für Stück die Kleider vom Leib.

Copper hatte einen Kloß im Hals. «Was hat sie getan?», fragte sie.

«Sie war die Geliebte eines Gestapo-Angehörigen», sagte Giroux, der schon wieder eine Zigarette im Mund hatte und die Augen gegen den Rauch zusammenkniff. An den Tätlichkeiten beteiligte er sich nicht. «Das Kind ist von ihm.»

«Was haben sie mit ihr vor?»

«Sehen Sie bloß, wie dick sie ist, die Sau», sagte Giroux verbittert. «Hat sich mit Butter vollgestopft, während wir kurz vorm Verhungern waren.» Die Frau war mittlerweile fast nackt; sie hielt die Arme vor den Brüsten verschränkt und hatte den Kopf gesenkt. Die blonden Locken fielen ihr ins Gesicht. Auf ihrer blassen, weichen Haut zeichneten sich die ersten roten Handabdrücke ab.

Die Straße, die zu Beginn der Attacke nahezu menschenleer gewesen war, bevölkerte sich plötzlich. Zahlreiche Bewohner kamen aus ihren Häusern und schlossen sich dem Mob an, andere brüllten etwas aus dem Fenster. Der Hass durchlief die Menge wie ein heißer Wind. Ein Mann hielt den schreienden Säugling hoch, als wolle er ihn auf das Kopfsteinpflaster schmettern. Die Mutter versuchte verzweifelt, zu ihrem Kind zu gelangen, wurde jedoch von einem Mann zum anderen gestoßen. Die Kerle schlugen sie oder zogen sie an den Haaren. Ihre Nase und ihr Mund waren blutverschmiert.

Plötzlich wurde das Geschrei nahezu ohrenbetäubend. Irgendjemand kam mit einem alten Küchenstuhl und einer Schlinge.

«O nein», schrie Copper. Mit einem Ruck befreite sie sich von Amorys Griff und lief los.

«Copper, komm zurück!», rief er.

Wie ein Läufer beim Football kämpfte Copper sich die paar Meter durch die Menge bis zu der schreienden Frau. Sie legte den Arm um sie und wollte sie abschirmen, wurde jedoch von Dutzenden Händen daran gehindert. Man riss sie vom Opfer weg und warf sie unsanft zu Boden.

«Bist du verrückt?», fragte Amory, der ihr gefolgt war, und half ihr hoch. «Die hätten dich umbringen können.»

«Sie wollen sie lynchen. Tu doch irgendwas!»

«Da kann man nichts tun.»

Atemlos wandte Copper sich Giroux zu. «Halten Sie sie auf!»

Er zog an seinem Zigarettenstummel. «Sie sind tapfer, aber töricht, Madame.»

Der Mob schleifte die weinende Frau zu einem Laternenmast. Ein letztes Mal streckte sie verzweifelt die Arme nach ihrem Kind aus. Copper konnte den Blick nicht abwenden, konnte ihre Augen nicht davor verschließen.

Sie zwangen die tränenüberströmte Frau auf den Küchenstuhl und legten ihr die Schlinge um den Hals. Nun wurde ein kleiner alter Mann durch die Menge zu ihr geführt. Er trug eine weiße Schürze und hatte eine Küchenschere in der Hand. Sein runzliges Gesicht verriet keine Gemütsbewegung.

«Das ist le Blanc, der Konditor», sagte Giroux. «Er hat zwei Söhne durch die Gestapo verloren.»

Der Alte griff nach den blonden Locken der Frau und schnitt eine Strähne nach der anderen ab. Die Menge skandierte: *«Collaboratrice! Putain!»*

Die Frau schrie auf, als die ersten Strähnen wie von der Sense gemäht zu Boden fielen, dann verstummte sie, als habe sie sich in ihr Schicksal ergeben. Ihr Kopf ruckte hin und her, während der Alte schnitt.

Er arbeitete zügig. Jubelrufe ertönten, als die letzte goldblonde Locke zu Boden fiel. Doch damit gab der Alte sich nicht zufrieden; er bearbeitete die restlichen Büschel weiter mit seiner Schere, bis der Schädel nahezu kahl war. Dann spuckte er der Frau mit Nachdruck ins Gesicht, drehte sich um und bahnte sich seinen Weg durch die Menge zurück zu seinem Geschäft. Die Umstehenden streckten die Arme aus und klopften ihm auf den Rücken. Copper betete im Stillen, es möge damit sein Bewenden haben und nicht noch Schlimmeres passieren. «Gebt ihr das Kind zurück», rief sie den Männern zu.

Unter viel Gelächter wurde der Säugling wieder seiner Mutter übergeben, die ihn an sich presste. Dem Kind schien nichts zu fehlen, doch es brüllte vor Schreck wie am Spieß, sein schrumpeliges Gesicht war krebsrot. Die Mutter gab ihm die Brust, und es saugte gierig, immer wieder von Schluchzern geschüttelt. Giroux schob Copper zu der Frau hin. «Los, Sie Johanna von Orléans. Machen Sie Ihr Foto.»

Betäubt trat Copper vor, hielt die Kamera auf Taillenhöhe und stellte das Objektiv ein. Die Frau wirkte wie gelähmt und hatte nichts Hübsches mehr an sich.

«Es tut mir leid», sagte Copper. Die Frau sah sie aus stark geröteten Augen an, ihre Miene verriet nicht, was in ihr vorging. Copper drückte zweimal auf den Auslöser.

Nun, da das Spektakel vorbei war, begann sich die Menge zu zerstreuen. Nur wenige beobachteten weiter die halbnackte Frau, die ihr Kind säugte – eine entehrte Madonna. Die Tür zu ihrem Haus blieb geschlossen, an sämtlichen Fenstern waren die Vorhänge zugezogen. Die Frau würde wie am Pranger auf der Straße bleiben, bis ihre Familie schließlich den Mut aufbrächte, sie wieder hereinzulassen. Ihre Kleider lagen über die Straße verteilt, und der schicke Kinderwagen war zertrümmert.

«Spaziergang beendet», sagte Giroux lakonisch.

Copper hob die zerrissene Bluse der Frau auf, legte sie ihr um die Schultern und versuchte, so gut sie konnte, damit deren Blöße zu bedecken. Amory zog sie wütend weg. «Du hast dich wie der letzte Idiot aufgeführt», zischte er. «Was zum Teufel hast du dir dabei gedacht?»

«Wie konntest du dastehen und nichts tun?»

«Ich habe nicht nichts getan. Ich war im Dienst. Und du solltest für Fritchley-Bound fotografieren und nicht einem Lynchmob in die Quere kommen.»

«Ich hab ja fotografiert», sagte sie trotzig. «Und wenn er zu verkatert ist, schreibe ich auch noch den Artikel für ihn.»

«Du bist zu unbesonnen, Herrgott noch mal. Denkst nie nach, bevor du etwas tust. Du solltest einfach nur mit uns mitlaufen. Wie oft muss ich dir noch sagen, dass du dich nicht einmischen darfst?»

«Das war eine abscheuliche Szene.»

«Die Frau kann von Glück sagen, dass sie den kleinen Bastard nicht abgeschlachtet haben», kam es ruhig von Giroux. «Wissen Sie, was die Gestapo mit ihren Gefangenen gemacht hat?»

«Sie hat nichts weiter getan, als sich zu verlieben und ein Kind zu bekommen.»

Er lächelte spöttisch. «Frauenlogik, wie?»

«Man hat mir beigebracht, den Faschismus zu hassen», schoss sie zurück. «Mein Vater und meine Brüder sind von Schurken wie denen da zusammengeschlagen und ins Gefängnis geworfen worden. Ihre sogenannten Partisanen sind um keinen Deut besser als Hitlers Schlägertruppen.»

Giroux musterte sie kritisch. Dann warf er seine Zigarettenkippe weg. «Okay. Jetzt besorgen wir Ihnen Ihr Pariser Kleid.»

«Ich will kein Kleid mehr», sagte Copper, während sie zum Jeep zurückgingen.

«Warum nicht? Weil einer Hure der Kopf kahl geschoren wurde? Sie hätte Schlimmeres verdient.»

Copper lehnte sich zu ihrem Mann. «Ich glaube nicht, dass Giroux auch nur das Geringste mit der Résistance zu tun hat», murmelte sie. «Ich kann ihn nicht ausstehen.»

«Es ist durchaus möglich, Paris zu lieben und die Franzosen zu verabscheuen», sagte Amory gleichmütig.

Sie steuerten das Stadtzentrum an. Mit den noch verbleibenden Bildern von Fritchley-Bounds Kamera hielt Copper ein paar Details fest, die ihr ins Auge stachen: niedergelegte Blumensträuße an Stellen, wo Menschen auf der Straße umgekommen waren; Kaffee trinkende und sich sonnende Menschen vor Restaurants, deren Fenster Einschusslöcher aufwiesen; ein Mann auf einer Leiter, der das deutschsprachige Schild eines Soldatenkinos abmontierte. Allmählich beruhigte sie sich wieder.

Nach zwanzig Minuten hielten sie auf einer vornehmen Straße unweit der Champs-Élysées vor einem schlichten Laden. Copper sah den Namen Lelong, und ihre Stimmung hob sich. Lucien Lelong war der Inbegriff dessen, wonach sie sich gesehnt hatte: Puder, Parfüm und schöne Kleider – Dinge, die raschelten und gut dufteten.

«Sie haben schon von Lelong gehört?», fragte Giroux, dem ihre Miene nicht entging.

«O ja, das habe ich», sagte sie. Fast war sie geneigt, Giroux die widerwärtige Szene mit der Kollaborateurin zu verzeihen. Irgendetwas zu besitzen, das aus dem Haus Lelong stammte, dem Symbol für klassische französische Mode schlechthin, wäre ein Traum. Im nächsten Moment verflogen ihre Hoffnungen. «Aber ich kann mir kein Kleid von ihm leisten.»

«Keine Sorge. Ich beherrsche Jiu-Jitsu.»

«Jiu-Jitsu?»

Er tippte sich an die Nase. «Die Kunst, an den richtigen Stellen Druck auszuüben.»

Der Salon war genau so, wie Copper ihn sich vorgestellt hatte: Wände in Perlmutttönen, grauseidene Vorhänge, glitzernde Kronleuchter.

«Ist das schön», seufzte sie. Es kam ihr vor, als wäre der Krieg mit seinen trostlosen Alltagskleidern vorbei. Hier sah man dezente Gewänder und raffinierte Kreationen mit dazu passenden Hüten und Accessoires. Es duftete wunderbar, und aus unsichtbaren Lautsprechern erklang sanfte Musik. Hinter den Ladentheken standen einige Verkäuferinnen, sonst hielt sich niemand weiter in dem Raum auf. Copper befühlte eine traumhafte Jacke. Die ihr am nächsten stehende Verkäuferin lächelte frostig.

«Kann ich Ihnen behilflich sein, Mademoiselle?»

«Wir möchten zu Monsieur Christian», sagte Giroux knapp und führte sie zu einer Treppe im hinteren Bereich des Salons.

Im ersten Stock betraten sie das Atelier, einen langen, hellen Raum mit einer Reihe Fenster. Er war still und menschenleer. Ein paar halbfertige, mit Stecknadeln zusammengehaltene Kleidungsstücke zierten hölzerne Schneiderpuppen, doch die Näherinnen fehlten, und ihre Utensilien lagen verstreut auf den Werkbänken, als hätten die Damen urplötzlich die Flucht ergriffen.

Giroux öffnete eine Tür, die zu einem kleinen Salon führte: Vorhänge aus grauem Crêpe de Chine, perlweiße Wandvertäfelungen und bronzene Halterungen für Wandlampen. Dazu diverse große Spiegel, in denen die Kundinnen sich bewundern konnten, aber auch hier wieder kein Mensch – bis auf einen Mann, der halb von den Vorhängen verdeckt am Fenster stand. Er trug einen Nadelstreifenanzug, war sehr blass und sah ihnen besorgt entgegen.

«Monsieur Christian!», verkündete Giroux. «Ich bringe Ihnen eine Kundin, *mon vieux*.»

Der Couturier mochte um die vierzig sein und wurde bereits kahl. Er kam hinter den Vorhängen hervor wie ein scheues Lebewesen, das sich aus seinem Zufluchtsort hervortraute. «Sehr erfreut.» Er reichte Copper eine warme, weiche Hand und beugte sich höflich über die ihre.

«Guten Tag», sagte Copper, die sich unbehaglich fühlte. «Entschuldigen Sie vielmals, dass wir hier einfach so eindringen.»

Er winkte ab. «Sie sind mehr als willkommen, Madame ...?»

«Heathcote.»

Der englische Name bereitete ihm Schwierigkeiten. «Madame Iet-Cot.» Er musterte sie mit schräggelegtem Kopf vom Scheitel bis zur Sohle. «Und woran genau hatten Sie gedacht?»

Giroux antwortete an ihrer Stelle. «Eine Komplettausstattung, mit Hut und Accessoires.»

«Oh, ich glaube, das übersteigt meine Möglichkeiten», sagte Copper und lachte nervös. «Ich wollte eigentlich nur ein Kleid – eventuell.»

Giroux schnaubte. «Lucien Lelong wird Sie mit Vergnügen ausstaffieren und es als ein Präsent betrachten», sagte er. «Nicht wahr?»

Monsieur Christian zuckte zusammen. «Als Präsent?»

Copper wäre am liebsten im Erdboden versunken. «Das kann ich unmöglich annehmen.»

Giroux beachtete sie nicht. «Wo sind sie denn, Ihre Kundinnen?», fragte er den Couturier verächtlich und ließ seine spitzen Zähne sehen. «Niemand kommt mehr in Ihr Geschäft. Vielleicht liegt es daran, dass in den letzten Jahren nur Nazis, Kollaborateurinnen und Schwarzmarktköniginnen bei Ihnen eingekauft haben. Und vielleicht ist es zurzeit für solche Individuen ratsamer, zu Hause zu bleiben.»

Monsieur Christians Wangen röteten sich, und er saugte an seiner Unterlippe wie ein verlegenes Kind. Copper sah zu Giroux. «So habe ich mir das nicht vorgestellt, Monsieur Giroux. Ich will nichts geschenkt haben. Sagen Sie mir einfach, wie viel es kosten wird.»

«Nichts», sagte Giroux energisch. «Das Haus Lelong hat vier Jahre lang mit den Nazis kollaboriert. Jetzt ist es an der Zeit für eine Wiedergutmachung.»

«Das Haus Lelong hat die Deutschen vier Jahre lang in Schach gehalten», sagte Monsieur Christian leise; sein Gesicht wurde noch röter. «Nur dank Lelong gibt es in Paris überhaupt noch Haute Couture.»

«Wen kümmert Haute Couture?», fragte Giroux. «Sie und Chanel und die anderen bourgeoisen Parasiten, Sie biedern sich bei den Reichen und Dekadenten an, ganz gleich, welche Sprache sie sprechen. Ihr seid alle Verräter.»

«Erlauben Sie, dass ich Ihnen widerspreche, Monsieur», sagte der Modeschöpfer, nun schon fast im Flüsterton. Ganz offensichtlich bereiteten Auseinandersetzungen ihm keine Freude, doch er strahlte eine stille Würde aus. «Wir sehen die Dinge anders. Aber das spielt keine Rolle, und wir werden Madame mit Vergnügen zu Diensten sein.»

«Das kann ich nicht annehmen», wiederholte Copper und warf Giroux einen finsteren Blick zu.

«Ich versichere Ihnen, Madame, es wird eine willkommene Abwechslung darstellen, nicht mehr den ganzen Tag hier zu stehen und auf Kundschaft zu warten», sagte Monsieur Christian mit einem Hauch von Ironie. «Wenn die Herren sich nun hinausbegeben wollen, damit ich Maß nehmen kann.»

«Warum sollte ich den Raum verlassen?», knurrte Giroux.

Monsieur Christian verdrehte die Augen. «Man kann nicht gut Maß nehmen, wenn Herren anwesend sind.»

«Was denn – gilt das auch für den Ehemann?», fragte Amory.

«Ganz besonders für diesen.»

«Herrgott, sie ist meine Frau.»

Anstelle einer Antwort deutete Monsieur Christian, der die Augen geschlossen hatte, zur Tür. Es war eindeutig, dass er so verharren würde, bis die Männer abgezogen waren. Seine Reglosigkeit hatte etwas Gebieterisches, und zu Coppers Belustigung marschierten Amory und Giroux hinaus und knallten die Tür hinter sich zu. Mit einem Seufzer schlug Monsieur Christian die Augen wieder auf. «Nun denn», sagte er. «Wenn Madame die Kamera ablegen wollen? Und alles bis auf die Unterkleidung?»

Copper beschloss, das Thema der angemessenen Bezahlung später wieder zur Sprache zu bringen. Sie entledigte sich der schweren Rolleiflex und stieg aus ihrer tristen Kattunmontur. Monsieur Christian faltete die Kleidungsstücke so sorgsam zusammen, als handle es sich um Gewänder einer Königin, dann betrachtete er Copper in ihrer Unterwäsche und kniff sich mit Daumen und Zeigefinger in sein fleischiges Kinn.

«Ein Jammer», sagte er.

«Was ist ein Jammer?», fragte Copper. Seltsamerweise war es ihr nicht peinlich, sich halbnackt von dem Couturier taxieren zu lassen.

«Ihre Proportionen.» Er schlang ein Maßband um ihre Oberweite und saugte wieder an der Lippe. «Aber dem lässt sich leicht abhelfen.» Er präsentierte Copper eine Pappschachtel, in der sich zwei üppig gerundete Gegenstände befanden. «Meine Empfehlung an alle Kundinnen, die diesbezüglich von Natur aus zu kurz gekommen sind.»

«Ein falscher Busen?»

«Schaumgummi. Vorkriegsware. Derzeit kaum zu bekommen.»

«Nein, danke. Ich begnüge mich mit dem Vorhandenen.»

Er legte die Schachtel weg. «Vielleicht haben Sie recht. Aber so wirken Sie nicht wie eine Französin, Madame.»

«Ist das gut oder schlecht?»

«Das Fehlen weiblicher Rundungen gilt normalerweise als unvorteilhaft. Doch in Ihrem Fall – mit den langen Beinen, der hohen Taille, Ihrer Größe und Spannkraft ...» Er trat zurück und begutachtete sie; mit der einen Hand hielt er seinen Ellbogen umfasst, mit der anderen strich er sich über die Wange. «Sie sind offensichtlich athletisch gebaut.»

«Ich hasse Sport. Aber amerikanische Mädchen sind ziemlich ausdauernd, wissen Sie.»

«Allerdings. Sie haben etwas von einem *garçon* an sich – was nichts Schlechtes ist.» Er schlich um sie herum und schien zunehmend angetan. «Tatsächlich sehr anregend. Eine Herausforderung. Das Haar ist passabel. Das Gesicht natürlich auch. Die Beine – tadellos.»

«Es freut mich, dass das eine oder andere Ihre Billigung findet.»

«Ich erinnere mich noch an die Zeit, als der Anblick von Fußknöcheln als Gipfel der Obszönität galt. Jetzt wird das ganze Bein verlangt. Also, fangen wir an.»

Er machte sich ans Werk. Während er Maß nahm, nutzte Copper die Gelegenheit, nun ihrerseits ihn eingehend zu betrachten. Er hatte eine lange Adlernase und einen empfindsamen, weichen Mund. Seine schwarzen Schuhe waren blitzblank poliert, seine Manschetten gestärkt, und ein Hauch von Toilettenwasser umwehte ihn.

Die Tür ging auf, und eine verängstigte Verkäuferin streckte den Kopf herein. «Pardon, Monsieur Christian, aber dieser Giroux stiehlt wie ein Rabe und stopft sich die Taschen voll.»

«Er soll sich nach Herzenslust bedienen», sagte der Couturier ungeduldig. «Fort mit Ihnen.»

Die Tür schloss sich wieder. Monsieur Christian kritzelte eine Unmenge an Zahlen in ein Notizbuch. «Darf ich fragen, was eine Amerikanerin zu Kriegszeiten nach Paris verschlägt?»

«Mein Mann ist Kriegsberichterstatter. Er hat Beziehungen spielenlassen, damit ich ebenfalls akkreditiert wurde und ihn begleiten konnte.»

«Um so etwas hätten die meisten Frauen sich wohl nicht gerade gerissen.»

«Ach, ich bin immer für ein Abenteuer zu haben. Seit ich laufen konnte, bin ich immer mit meinem Vater und meinen Brüdern marschiert. Sie haben mir sogar ein eigenes Protestschild zum Tragen gegeben.»

«Ein Protestschild?»

«Darauf stand: *Guter Lohn für gute Arbeit.*»

«Eine lobenswerte Ansicht.»

«Sie hat mich wohl geprägt.»

«Und Ihr Gatte ist ein sehr gut aussehender junger Mann», bemerkte Monsieur Christian. «Genauer gesagt einer der schönsten Männer, die ich je gesehen habe.»

«Ja, er sieht gut aus. Aber ich schaffe es, gelegentlich meine Augen von ihm loszureißen. Allerdings mag ich die Vorstellung nicht, zu Hause zu bleiben und ihm den ganzen Spaß zu überlassen. Außerdem ist er ohne mich ziemlich aufgeschmissen.»

«‹Spaß›?» Er hob die Brauen. «Ich muss gestehen, dass Sie meine erste amerikanische Kundin sind, Madame Iet-Cot. Aber wenn die anderen auch so sind, steht der Welt ein Schock bevor.»

«Darauf können Sie wetten.»

«Stellen Sie sich bitte gerade hin. Hände auf die Hüften, Kopf zur Seite. Gut. Sie haben die richtige Körperhaltung. Das ist enorm hilfreich. Europäerinnen hungern sich halb zu Tode, um schlank zu bleiben. Das verleiht ihnen etwas Verkniffenes, und trotz aller Magerkeit sind sie oft schlaff. Das ist bei Ihnen nicht der Fall. Hinter Ihrer Schlankheit stecken Muskeln. Und dennoch wirken Sie durchaus nicht männlich. Das ist etwas völlig Neues für mich.»

«In New York laufen noch viel mehr solcher Frauen wie ich herum, glauben Sie mir.»

«Darf ich fragen, was geschehen wird, wenn Sie es leid sind, ‹mitzumarschieren›?»

«Sie meinen, wenn ich kalte Füße bekomme?»

«Wenn Sie etwas Eigenes machen wollen.»

«Da bleiben ja immer noch Hausarbeit und Küche. Zum Thema Staubsaugen gibt es nach wie vor eine Menge zu lernen. Seit meiner Kindheit träume ich außerdem davon, den perfekten amerikanischen Apple Pie zu fabrizieren. Und sechs rosige Kinder zu bekommen, so wie meine Mutter ...»

«Sie wollen mich auf den Arm nehmen.»

«Stimmt», räumte sie ein. «Entschuldigung, Monsieur Christian. Bisher bin ich ganz gern vorne mit dabei. Ich plane nicht allzu weit voraus.»

«Bemerkenswert», sagte er. «Ich werde ein paar Zeichnungen anfertigen, und vielleicht können Sie in ein, zwei Tagen wieder herkommen?»

«Danke.»

«Nichts zu danken. Nun dürfen Sie sich wieder anziehen.»

Bei der Verabschiedung beugte er sich erneut galant über ihre Hand, sodass sie beinahe ihr Spiegelbild auf seinem kahl werdenden Schädel erblickt hätte. Er fand sie offensichtlich amüsant, und es freute Copper, ihn amüsiert zu haben. Auf sie machte er einen eher freundlichen, zurückhaltenden Eindruck, er wirkte nicht so überheblich und arrogant, wie sie es von einem Pariser Couturier erwartet hätte. Er begleitete sie zur Treppe und sah ihr nach; sie erhaschte einen letzten Blick aus seinen haselnussbraunen Augen.

«Sie haben mich in eine peinliche Situation gebracht», sagte sie rundheraus zu Giroux, der unten an der Treppe stand. «Von diesem entzückenden kleinen Mann zu verlangen, mir einen halben Kleiderschrank zu schneidern!»

«Dieser ‹entzückende kleine Mann› hat die Ehefrauen von Nazis eingekleidet.»

«Vermutlich hatte er keine andere Wahl.»

«Man hat immer die Wahl, Madame. Und Dior hat seine getroffen.»

«Dior?»

«So heißt er. Christian Dior. Er zählt zu Lelongs besten Mitarbeitern, neben Pierre Balmain, aber es heißt, Dior sei besser.»

Giroux' Taschen waren völlig ausgebeult. Aus einer ragte eine lange Zickzackschere, aus einer anderen quollen Seidenbänder. Auch eine Art der «Befreiung von Paris», dachte Copper trocken.

2. Kapitel

Wie erwartet, war Fritchley-Bound nicht in der Verfassung, den Artikel zu schreiben, also setzte Copper sich hin und hieb auf die Tasten seiner Reiseschreibmaschine, bis ihre Finger taub wurden. George war einst ein guter Journalist gewesen, und da sie seinen lakonischen Stil nachahmen konnte, las sich das Ergebnis durchaus zufriedenstellend. Die Fotos setzten einen zusätzlichen dramatischen Akzent. Insgesamt war der Bericht gelungen, wenn auch scharf formuliert – ein wohltuender Gegensatz zu den üblichen Ergüssen, die sich zuhauf in den Zeitungen fanden. Kaum hatte George sich aus dem Bett gekämpft, begann er wieder zu trinken, sodass Copper den Artikel und die Fotos auch noch versandfertig machen musste. Georges Beitrag zu dem Ganzen bestand in einer fahrigen Unterschrift auf dem Anschreiben. Das Päckchen ließ sie auf dem Tisch liegen. Es an den Redakteur zu schicken – das zumindest würde George doch noch zustande bringen.

Er war Copper schon fast beschämend dankbar und brachte ihr von seiner nächsten Sauftour etwas mit, das in öliges braunes Papier gewickelt und mit Bindfaden zugeknotet war.

«Was ist das?», fragte sie argwöhnisch.

«*Foie gras*. Gänseleber. Gilt bei den Franzosen als große Delikatesse.» Er tätschelte ihr die Schulter. «Bin dir sehr dankbar, altes Haus. Kann es nur immer wieder sagen.»

Sie hatte noch nie *foie gras* probiert und fand den Anblick nicht sehr appetitlich. Doch dann kam ihr ein Gedanke. Als sie sich tags darauf wieder zu Lucien Lelong aufmachte, nahm sie das Päckchen mit. Amory blieb diesmal zu Hause und tippte auf seiner Schreibmaschine.

Der Salon war so still wie beim ersten Besuch. Die Verkäuferinnen standen in Grüppchen beieinander und tuschelten. Blicke aus schwarz umrandeten Augen folgten Copper auf ihrem Weg durch den Raum und über die Treppe nach oben.

Im Atelier jedoch war diesmal mehr los: Drei junge Frauen saßen über etwas gebeugt, das offensichtlich ein Hochzeitskleid werden sollte. Ihre struppigen Haare und ihre kräftigen Arme bildeten einen großen Kontrast zu dem weißen Satin, den sie flink mit Pailletten benähten. Sie beäugten Copper ohne ein Lächeln. Diese kam sich vor wie in einem surrealistischen Film. In dem kleinen Salon stand Christian Dior in der gleichen Haltung wie beim letzten Mal am Fenster und sah hinaus. Er drehte den Kopf mit der Adlernase und dem besorgten Gesichtsausdruck zur Tür. «Ja?»

«Guten Morgen, Monsieur Christian.»

Ihr Anblick heiterte ihn auf. «Ah, Madame Iet-Cot. Ich habe einen Entwurf für Sie.»

«Bitte, alle nennen mich Copper.»

«Copper?» Er wirkte überrascht.

«Das habe ich meinen Brüdern zu verdanken.» Sie deutete auf ihre kupferroten Haare. «Deswegen. Eigentlich heiße ich Oona, aber so nennt mich niemand.»

«Oona gefällt mir sehr viel besser. Copper ist ein hässlicher Name für so eine außergewöhnliche Frau», sagte er unverblümt.

Sie hielt ihm das Päckchen hin. «Das habe ich Ihnen mitgebracht. Hoffentlich ist es annehmbar.» Es war ihr unangenehm, Dior in einem so fleckenlosen Ambiente ein so schmieriges Etwas zu überreichen. Er wickelte es aus und machte große Augen.

«*Foie gras!*», japste er.

«Man hat mir gesagt, sie sei gut.»

«Die ist für mich?»

«Wenn Sie sie haben wollen.»

Mit Schrecken sah sie, dass seine Augen plötzlich feucht wurden. «Entschuldigen Sie mich.» Er stürzte mitsamt dem Päckchen aus dem Salon. Sie ging zu dem Fenster, an dem er gestanden hatte. Unten auf der Straße war alles ruhig. Warum stand er hier den ganzen Tag, sah hinaus und wartete – worauf?

Er kam ohne die Pastete zurück. Seine Wangen waren hochrot, seine Augen verschwollen. «Hoffentlich habe ich Sie nicht verstimmt?», fragte sie ängstlich.

«Es hat mich ein wenig überwältigt. Das ist sehr freundlich von Ihnen. Die Karten haben mir für heute ein Geschenk vorausgesagt, aber ich hatte keine Ahnung, dass es von Ihnen kommen würde. Es ist lange her, seit ich *foie gras* gekostet habe – mein absolutes Lieblingsgericht.»

«Oh, das freut mich aber.»

«Wo ist Ihr Gatte?»

«Diesmal ist er nicht mitgekommen.»

«Vielleicht ist es besser so. Mit Couturier und Kundin verhält es sich ähnlich wie mit Beichtvater und Gläubigem. Die Seele entblößt sich, und einer bringt den anderen Gott näher.» Er kicherte.

«Bevor wir irgendwelche weiteren Schritte tun, möchte ich etwas klarstellen – es kommt nicht in Frage, dass Sie umsonst für mich arbeiten. Das war Giroux' Idee, nicht meine. Ich bin gern bereit zu zahlen.»

Er breitete die Hände aus. «Und ich bin gern bereit, Ihnen ein Geschenk zu machen.»

«Auf keinen Fall. Ich bin immer noch entsetzt, wie Giroux mit Ihnen umgesprungen ist.»

Mit einem Mal wurde sein Blick traurig. «Meine Liebe, wenn Sie

Menschen finden wollen, die *nicht* mit den Nazis kollaboriert haben, empfehle ich Ihnen einen Spaziergang über die Pariser Friedhöfe. Wer hier noch zwei Beine hat und atmen kann – von denen haben sich alle mit den Deutschen arrangiert. Mein Chef, Lucien Lelong, hat den Nazis die Stirn geboten, als sie die Übersiedlung sämtlicher Modeschöpfer und Mitarbeiter nach Berlin planten. Er hat sich geweigert. Dafür hätte er erschossen werden können.»

«Das wusste ich nicht.»

«Man konnte für praktisch alles erschossen werden. Können Sie sich vorstellen, wie fuchsteufelswild es die Deutschen machte, die Pariserinnen gut angezogen und lächeln zu sehen? Sie sagten: ‹Ihr habt den Krieg verloren, warum seid ihr so fröhlich?› Darauf sagten wir: ‹Ihr habt den Krieg gewonnen, warum seid ihr so vergrämt?› Das war *unsere* Résistance. Und die Frauen von Nazioffizieren herauszuputzen – selbst das gehörte zum Widerstand. Es bewies, wie weit französischer Geschmack dem ihren überlegen ist.»

«Dann sind Sie gewiss ein Held der Résistance», sagte Copper und lächelte.

«Giroux ist ein brutaler Kerl, und das gilt auch für seine Männer.»

«Legen sie Ihnen Steine in den Weg?»

«Letztlich ja. Sie verehren Stalin und hassen alles Schöne. Aber keine Sorge, wir werden wieder an die Arbeit gehen. Wieder so leben wie früher.»

«Wie viel würde das Kleid denn ... ähm ...?», fragte sie vorsichtig.

Er saugte an seiner Unterlippe. «Unter gewöhnlichen Umständen ... sagen wir, etwa fünftausend Francs. Aber lassen wir das vorerst beiseite.» Er zeigte ihr seine Zeichnung. «Was halten Sie davon?»

Sie musterte den Entwurf und versuchte gleichzeitig auszurechnen, wie viel fünftausend Francs in Dollar waren. Eine horrende Summe, selbst angesichts der Abwertung des Franc. Aber das Kleid! Sie schnappte nach Luft. Die Zeichnung war ihm mühelos gelungen, das Gewand zeigte fließende Konturen und war anmutig umrissen. «Es ist absolut hinreißend.»

«Meinen Sie? Die Schwierigkeit besteht darin, genügend Seide aufzutreiben. Die Deutschen haben alle Vorräte für Fallschirme konfisziert. Taft für den Unterrock ist vorhanden.»

«Es muss doch nicht unbedingt Seide sein.»

«Erlauben Sie mir, meine Liebe, mir mein eigenes Bild von Ihnen zu machen.» Er sprach mit großem Ernst. «Ich meine, von der Frau unter» – er deutete ausdrucksvoll auf Coppers olivgrüne Hose und die schmuddelige Bluse – «*dem da.*»

«Aber das wird teuer.»

Er vertiefte sich in seine Skizze und schien ihren Einwand nicht gehört zu haben. «Ich liebe Tellerröcke. Es gibt nichts Romantischeres. Die Taille wirkt schmaler. Und sehen Sie die Rundungen um die Brust- und Schulterpartie?»

«Ich sehe, warum Sie mir Schaumstoffpolster empfohlen haben.»

«Die Büste ist der schönste Teil des weiblichen Körpers», verkündete er, mit einem traurigen Blick auf Coppers kaum vorhandenen Busen. «Natürlich immer abhängig davon, womit die Natur die jeweilige Person bestückt hat.»

«Monsieur Christian, könnte es sein, dass Sie einen Mutterkomplex haben?», fragte Copper unumwunden.

Er blinzelte und lächelte ihr dann zu. Seine Mundwinkel hoben sich, doch sein Blick wirkte immer noch traurig. «Selbstverständlich liebte meine Mutter schöne Kleider. Aber am stärksten erinnere ich mich an ihr Parfüm.» Er schloss die Augen. «Bei jedem Schritt umwehte sie ein Blumenduft.»

«Sie muss bezaubernd gewesen sein.»

«Am liebsten würde ich alle Frauen mit Blumen einkleiden. Kennen Sie die Stelle aus der Bibel? Die Lilien auf dem Felde? Auch Salomo in all seiner Herrlichkeit ist nicht bekleidet gewesen wie derselben eine.»

«Das ist ein ehrgeiziges Vorhaben.»

Er hob einen Zeigefinger. «Es geht noch darüber hinaus. Mein Ziel ist, die Frauen vor sich selbst zu retten.»

«Großer Gott. Schweben wir tatsächlich in solcher Gefahr?»

«Eingezwängt zwischen Chanel und ihrem kleinen Schwarzen und den Scheusalen, die Militäruniformen entwerfen – ja. Ganz zu schweigen von den *zazous* mit ihren gestrickten Strümpfen und den klobigen Schuhen. Oder den Zwängen des Alltags – zwei Taschen, fünf Knöpfe und sechs Säume. Ihre Rolle als Frau ist sehr gefährdet.»

«Es soll nun einmal alles praktisch sein.»

Ihn schauderte. «Bitte nehmen Sie dieses Wort in meiner Gegenwart nie wieder in den Mund.»

Copper lachte. «Versprochen.»

«Also, dann arbeite ich weiter an diesem Entwurf.»

«Wenn Sie es sich unbedingt in den Kopf gesetzt haben.» Sie hatte etwas Schlichtes im Kopf gehabt, mit dem sie in New York einen Auftritt hinlegen könnte. Aber wenn Monsieur Dior aus ihr eine Modemagazin-Sensation machen wollte, war es wohl ungehobelt, Einwände zu erheben. Und obwohl fünftausend Francs eine Unsumme waren, wenn man bedachte, dass bei Sears ein anständiges Kleid für fünf Dollar zu haben war – die Chance, ein echtes Pariser Kleid zu erstehen, würde sich ihr wohl kaum wieder bieten.

«Mein Entschluss steht fest», bestätigte er ihr. Bei aller Freundlichkeit hatte er auch etwas Stählernes an sich. «Die Beschaffung des Stoffs stellt eine gewisse Herausforderung dar. Ich werde mindestens sechs Meter Seide brauchen. Aber ich glaube, ich weiß, wo sie zu finden sind.»

Als er sie hinausbegleitete, sagte er: «Sie sind eine faszinierende Frau. Ihr Gatte ist ein Glückspilz.»

Copper lächelte. «Das glaube ich auch. Jetzt gehe ich nach Hause und erzähle ihm das.»

In der Wohnung roch es durchdringend nach Chanel No. 5, *dem* Parfüm der Saison. Coco Chanel hatte es literweise an GIs verteilt, um nicht länger als Kollaborateurin der Nazis dazustehen. Die GIs wiederum tauschten das Parfüm gegen käufliche Liebe, sodass mittlerweile jede Pariser Hure danach duftete.

«Hattest du Besuch?», fragte sie Amory, der in die Tasten hieb und an seinem Roman arbeitete.

«Nein. Wieso?»

«Hier stinkt es nach Chanel.»

«Oh. Ach ja. Da ist so ein schmuddeliger kleiner Mann gekommen, der ein paar Flakons verkaufen wollte. Er hat das Zeug überall verspritzt, um zu beweisen, dass es echt ist.»

«Vor allem hat er es über *dich* verspritzt.» Sie wich seiner angedeuteten Umarmung aus und ging ins Schlafzimmer. Das Bett war nachlässig gemacht – nicht so, wie sie es hinterlassen hatte –, die Kissen waren eingedellt und mit Puder beschmiert. Amory kam herein.

«Es hat nichts zu bedeuten, weißt du», sagte er.

«Ach nein?»

«Du bist die Einzige, an der mir etwas liegt, Copper.»

Sie wandte sich zu ihm um. «Aber offensichtlich genüge ich dir nicht.»

«Tja, unser Liebesleben ist im Augenblick aber auch nicht gerade aufregend. Du scheinst nie Lust zu haben, mit mir zu schlafen.»

Ein bissiger Vorwurf. Sie verzog das Gesicht. «Kannst du mir das verdenken?»

Er rieb sich das Kinn. «Ich habe mich in letzter Zeit wohl schlecht benommen. Zu viel Schnaps, zu viele Affären, zu viele Partys, einfach zu viel des Guten. Ich habe heftig an meinem Roman gearbeitet, und das macht mich ... zügellos.»

«Ach, Amory. In unserem Bett!» Sie begann zu weinen.

«Ich könnte Besserung geloben. Aber genauso gut könnte ich geloben, meine Augenfarbe zu ändern. Das führt zu nichts. Und du weißt ja, wie sie sich mir an den Hals werfen.» Aus ihm sprach das lässige Selbstvertrauen eines Mannes, der um sein gutes Aussehen wusste.

Brennende Tränen rannen über Coppers Wangen; sie wischte sie mit einem Ruck weg. «Ich glaube, ich ertrage das nicht mehr länger.»

«Es war nur ein bisschen Küssen und Schmusen, wie es sich manchmal so ergibt. Weiter sind wir nicht gegangen.»

«Das nehme ich dir nicht ab, aber es ist auch egal.»

Er zuckte mit den Achseln und ging zurück zu seiner Schreibmaschine. Copper zog die Bettwäsche ab und versuchte die Tränen zu stoppen. Das hier war nicht das erste, nicht das zweite und auch nicht das dritte Mal. Was Amorys Seitensprünge anging, hatte sie sich stets etwas vorgemacht, hatte seine beiläufigen Lügen hingenommen und sich eingeredet, dass es keine Rolle spiele oder es ihr gleichgültig sei, solange er sie nur liebte. Aber es spielte eine Rolle. Und an diesem Tag hatte er zum ersten Mal eine andere Frau mit in ihr Ehebett genommen. Das tat entsetzlich weh. Es zeigte ihr, dass er mittlerweile überhaupt nichts mehr auf ihre Gefühle gab.

Einst war sie so quicklebendig gewesen: die Jüngste von insgesamt sechs Geschwistern, die mutterlos in einer beengten Wohnung aufwuchsen. Der Rotschopf, der mit Vater und Brüdern im kalten Winter die Streikpostenketten ablief.

Auf dem Schulhof hatte sie die Kleineren und Schwächeren vor den Rowdys beschützt. Aus St. Columba war sie hinausgeworfen worden, weil sie Schwester Bridget eins versetzt hatte (bis dahin hatte noch nie jemand zurückgeschlagen). Amory hatte sich nach eigener Aussage in ihr feuriges Temperament verliebt.

Doch das Zusammenleben mit ihm, sein kühles, ruhiges Wesen hatte langsam, aber sicher das Feuer in ihr erlöschen lassen. Sie wollte toben und brüllen und konnte es doch nicht. Der Schrei blieb in ihr gefangen. Mit einem Lynchmob konnte sie es aufnehmen, nicht aber mit ihrem Mann.

Amory anzuschreien, fiel nicht unter die Kategorie «nörgeln, quengeln oder meckern», was eine gute Ehefrau tunlichst zu vermeiden hatte. Er würde sich hinter einer Mauer aus Eis verschanzen. Gefühlsbekundungen mochte er nicht. Und stets fürchtete sie, er könne sie irgendwann satthaben. Ihr fiel ein, was sie zuletzt gelesen hatte: Wenn eine Ehe in der Krise steckte, sollte man sich um eine Lösung bemühen und nicht davonlaufen.

Sie ging in die Küche. «Möchtest du einen Kaffee?», fragte sie Amory, um einen möglichst normalen Ton bemüht. Seine Miene entspannte sich, als klarwurde, dass sie keine Szene machen oder auf einer Fortsetzung des Streits beharren würde.

«Klar. Wie war's bei Dior?»

«Er hat ein Kleid für mich entworfen», sagte sie und setzte die *cafetière* mit geübten Händen zusammen. Ihre Stimme klang gepresst, weil sie weiter darum rang, den Anschein der Normalität zu wahren. «Ich habe darauf bestanden, es zu bezahlen. Er verlangt fünftausend Francs.»

«Ich gebe dir das Geld.»

So einfach ließ sie sich nicht kaufen. «Nein, danke», sagte sie kühl. «Ich kann selbst dafür aufkommen.»

«Wenn du so viel ausgeben willst. Die Mode ist tot, das weiß jeder.»

«Was weißt denn du davon?»

«Schnauz mich nicht an.»

«Dann erzähl du mir keinen Blödsinn.»

Mit seinen langen, flinken Fingern ließ er die Tasten klappern und vollendete einen weiteren Satz. «Lass uns heute Abend ausgehen.»

«Wohin?»

«Ins *La Vie Parisienne*. Angeblich die dekadenteste Bar in Paris.»

«Ich glaube, für heute hatte ich genug Dekadenz.»

«Ach, komm schon, Kleines. Wir sind in Paris. Es tut uns beiden nicht gut, zu Hause zu sitzen und Trübsal zu blasen.»

Wenn sie nicht mitginge, wüsste sie nicht, was er tat. Doch die Vorstellung, ihren Mann auf Schritt und Tritt zu verfolgen, war abstoßend. Andererseits, was hatte sie schon für eine Wahl? Zu Hause zu bleiben und sich auszumalen, welche Sorte Lippenstift er diesmal auf den Kragen geschmiert bekäme, war noch schlimmer.

«Einverstanden», sagte sie matt. «Ich komme mit.»

La Vie Parisienne entpuppte sich als genau die Art von Lokal, die Amory mochte. In jeder Stadt, in der sie gewesen waren, war er auf solche Bars gestoßen, in denen er sich anscheinend entspannen konnte und wohlfühlte, Beobachtungen anstellte, Notizen machte und sich betrank.

Die Bar lag in einer engen Straße unweit von Amorys und Coppers Wohnung. Der Eingang erinnerte an eine Grotte; davor standen einige auffällig gekleidete Frauen, die lautstark um Geld zankten. Sie beäugten Amory, als er sich an ihnen vorbei seinen Weg bahnte.

Das Innere wirkte noch höhlenartiger. Die Räume waren vollgestopft, dunkel und verraucht, an den Wänden hingen Hunderte Porträts. Weiter hinten spielte eine dicke Frau in einem Herrenanzug und mit Melone Jazzmusik auf einem Klavier. Einige Paare tanzten. Alle Tische schienen voll besetzt zu sein. Copper behagte die Atmosphäre nicht, doch Amory wurde schlagartig munter. «Schon besser. Holen wir uns was zu trinken.»

An der Bar drängten sich unzählige Menschen, die die beiden unverhohlen feindselig anstarrten. Plötzlich schwebte eine geschmeidige Gestalt auf sie zu. Es war Christian Dior im Abendanzug, seine glatten Wangen hatten sich gerötet. «Welche Überraschung, Sie hier zu treffen.»

Copper freute sich über ein vertrautes und freundliches Gesicht. «Monsieur Dior!»

Er nahm sie beide bei den Armen. «Kommen Sie mit an unseren Tisch, hinten in der Ecke. Von dort können wir alle anderen beobachten, das ist unsere Lieblingsbeschäftigung.»

Sie zwängten sich bis zum Ende des Raums durch, vorbei an einem

Tisch, an dem ein Mann mit einem schmalen Gesicht und einem wilden Haarschopf zu einem Kreis eifriger Zuhörer sprach. «Cocteau», sagte Dior. «Er redet ohne Unterlass.» An einem Tisch weiter hinten blieb er stehen. «Ich möchte Ihnen meinen lieben Freund, den Komponisten Francis Poulenc, vorstellen. Francis, das ist die schöne Amerikanerin, von der ich dir erzählt habe, und dies ist ihr Gatte.»

Poulenc, ein Mann mit einem Bürstenschnitt, begrüßte sie höflich. Copper, die nichts von Musik verstand, hatte noch nie von ihm gehört, Amory hingegen offenbar schon.

«Monsieur Poulenc, ich würde mich freuen, wenn ich ein Interview mit Ihnen führen dürfte. Ich bin Kriegsberichterstatter.»

«Nun ja, ich bin nicht gerade General de Gaulle, sondern war nur einfacher Infanterist.»

«Sie haben gedient?»

«Poulenc und ich sind zusammen eingezogen worden und haben den einzig ruhmreichen Part eines unrühmlichen Feldzugs übernommen», erzählte Dior. «Wir haben Zwiebeln geerntet. Und mussten dazu *sabots*, diese abscheulichen Holzpantinen, tragen. Ich versichere Ihnen, jede einzelne wog zwei Kilo.»

«Mindestens drei», sagte Poulenc. «Wenn Sie den Begriff Saboteur verstehen wollen, müssen Sie nur den französischen *sabot* in seiner ganzen massiven, unzerstörbaren Majestät betrachten – ein Schuh, mit dem man Züge entgleisen lassen oder einem Deutschen den Schädel einschlagen könnte.»

«Frankreich, wie es leibt und lebt», pflichtete Dior ihm bei. «Unnachgiebig bis zum Letzten. Was möchten Sie trinken?»

«Etwas Französisches», sagte Copper. Zum ersten Mal seit dem Vormittag hob sich ihre Stimmung. «Nein – etwas Pariserisches.»

«Überlassen Sie das mir», sagte Dior und verschwand.

«Er hat Sie mir beschrieben», sagte Poulenc zu Copper.

«Tatsächlich?»

«Sie haben Eindruck auf ihn gemacht. Er sagt, Sie seien eine neue Sorte von Frau, und die Welt müsse sich auf etwas gefasst machen.»

«Ich weiß nicht recht, ob das etwas Gutes ist.»

«Er ist sehr scheu und schließt nur selten neue Freundschaften.»

«Aber er hat gern alles genau nach seinen Vorstellungen.»

«Aha, das haben Sie also schon mitbekommen», sagte Poulenc mit wichtiger Miene. «Eine ganze *foie gras* war ein guter Anfang, wenn ich das anmerken darf. Ein gelungener Start für eine Freundschaft. Sie hätten keine bessere Wahl treffen können. Er ist so gefräßig wie ein kleines Kind. Jede Wette, dass er Ihre Gabe schon komplett verputzt hat.»

«Er ist zu dick», sagte Amory, über sein Notizbuch gebeugt.

«Stimmt. Finden Sie nicht auch, dass er in seinem schwarzen Anzug wie ein Pinguin aussieht? Und was ist mit mir? Bin ich ein Seehund?»

«Offenbar ist es ihm während der deutschen Besatzung gutgegangen», bemerkte Amory, ohne auf Poulencs Fragen einzugehen.

«Seine Schwester Catherine ist von der Gestapo verhaftet worden», sagte Poulenc sanft. «Nur ein paar Wochen vor dem Beginn der Invasion. Sie war in der Résistance. Man hat sie in ein deutsches Konzentrationslager deportiert, nach Ravensbrück.»

«Oh, wie furchtbar», rief Copper. «Weiß man etwas von ihr?»

«Nur durch die Hellseherin, die Dior täglich zu Rate zieht. Er ist nämlich sehr abergläubisch. Sie versichert ihm, dass Catherine noch lebt, aber –» Er hob die Schultern.

Dior kam in Begleitung eines Kellners zurück, der ein Tablett mit Getränken trug. «Kir Royal», verkündete er. «Natürlich mit Dom Pérignon. Ich liebe Dom Pérignon.» Sie hoben die Gläser.

«Gefällt es Ihnen hier?», fragte Dior. Außerhalb seines Ateliers wirkte er anders, dachte Copper – lockerer und weniger verdruckst.

«Es ist interessant», lautete ihre diplomatische Antwort. «Aber sagen Sie mal – sind diese merkwürdigen Frauen dadraußen Prostituierte?»

Dior zog verblüfft die Brauen in die Höhe und schien um Worte verlegen. Amory grinste Copper an. «So halb und halb liegst du damit sicher richtig, Schätzchen.»

«Was soll das heißen?»

Niemand antwortete. Eine zweite Runde Champagnercocktails wurde serviert. An der Bar wurde es noch voller und lauter. Unter tosendem Applaus begab sich eine klassische blonde Schönheit zum Klavier und ließ eine tiefe Altstimme ertönen.

«Das ist Suzy Solidor», sagte Poulenc zu Copper. «Ihr gehört die Bar. Cocteau hat die Geldmittel dafür bereitgestellt. Er ist sehr geschäftstüchtig – die beiden verdienen ein Vermögen damit. Sehen Sie die ganzen Porträts an den Wänden? Die stellen alle Suzy dar.»

Bei genauerem Hinsehen erkannte Copper, dass Poulenc recht hatte. «Erstaunlich. Aber nicht alle gleich gut.»

Er streckte den Zeigefinger aus. «Das da ist das Beste. De Lempicka. Dadrüben hängt ein Picasso. Und daneben ein Braque. Sie will unbedingt als die am häufigsten gemalte Frau in die Geschichte eingehen. Größenwahn oder Genie, wer weiß das schon.»

«Ich finde sie wunderbar», sagte Copper. Das markante Gesicht, der weißblonde Bob und die vibrierende Stimme der Sängerin schlugen sie in Bann.

«Ah ja?», fragte Poulenc und behielt sie dabei im Auge. «Ich kann Sie mit ihr bekannt machen, wenn Sie möchten. Auf eigene Gefahr.»

Copper ließ sich nicht verunsichern. «Ach, das wäre schön.»

«Ja, natürlich.» Er ließ ein halbherziges Lächeln sehen. Und wieder hatte sie das Gefühl, etwas für alle anderen Offensichtliches zu übersehen. Der Pianist schlug nun die ersten Töne von *Lili Marlène* an – ein Stück, das sich bei den Soldaten der Alliierten großer Beliebtheit erfreute und an diesem Abend auf Französisch gesungen wurde, obwohl es deutschen Ursprungs war. Copper wunderte sich, es genau jetzt und hier zu hören. Und siehe da, aus dem Publikum ertönten Pfiffe und Buhrufe – denen Miss Solidor mit ihrer Darbietung tapfer trotzte.

«Es ist ihr berühmtestes Lied», sagte Poulenc. «Sie hat es Abend für Abend vor Nazioffizieren gesungen. Die Leute von der Résistance hassen sie dafür. Sie singt es als Zeichen, dass sie keine Angst mehr vor ihnen hat.»

«Suzy ist tapfer, aber töricht», sagte Dior.

Copper ließ ein schiefes Lächeln sehen. «Komisch. Das Gleiche hat neulich jemand über mich gesagt.»

Poulenc beugte sich zu ihr und murmelte: «Suzy und Cocteau haben während der Besetzung jede Woche mit Coco Chanel im Ritz diniert. Nur die engsten Freunde der Deutschen durften dort logieren. Chanel hatte eine Suite. Es gab eine bestimmte Gruppe, die mit den Nazis sympathisierte – Sie verstehen?»

Drei junge Frauen nahmen am Nachbartisch Platz: jung, schön und traumhaft gekleidet. «Das sind Schiaparellis Mannequins», sagte Dior. «Um sie wird Elsa von jedem Couturier in Paris beneidet. Sind sie nicht phantastisch?»

Copper betrachtete die Frauen in ihren prachtvollen Seidengewändern. Sie waren so hinreißend, dass ihr Copper eigenes schäbiges Äußeres nicht einmal mehr peinlich war. Ganz gleich, was sie anzöge, nie würde sie so umwerfend aussehen wie diese Frauen.

Am Tisch ging es jetzt hoch her, der neueste Klatsch und Tratsch wurde von wilden Lachanfällen untermalt. Die Alliierten hatten die Marne erreicht. Coco Chanel war als Nazispionin entlarvt worden und mit ihrem deutschen Liebhaber in die Schweiz geflohen. Die Kommunisten standen kurz davor, Paris zu übernehmen. Die Partisanen der Résistance hatten den als Kollaborateur überführten Maurice Chevalier erschossen und waren auf der Jagd nach Mistinguett. Sie hatten Marschall Pétain getötet und seinen Kopf auf die Spitze einer Eisenstange gespießt. Schwindelerregend viele Gerüchte schwirrten hin und her.

Und schwindelerregend war auch der Champagner. Solche Mengen hatte Copper schon lange nicht mehr getrunken – nach einer Weile drehte sich alles in ihrem Kopf. Dennoch entging ihr nicht, dass Amory sich mittlerweile einer jungen Frau mit Locken zugewandt hatte. Ihr tief ausgeschnittenes Kleid zeigte ein atemberaubendes Dekolleté, dem Amorys ganze Aufmerksamkeit galt. Er sagte etwas, woraufhin die Frau den Kopf in den Nacken warf und ausgelassen lachte.

Copper wandte sich wieder Poulenc und Dior zu, die wie schüchterne Kinder bei einer Erwachsenenfeier dasaßen. «Jeder hat das Recht, geliebt zu werden», sagte sie leise.

«Francis und ich sind zu gewöhnlich, um Liebhaber zu finden», sagte Dior und leerte sein Glas. «Ich denke, wir brauchen noch was zu trinken.»

«Er hat eine sehr geringe Meinung von sich», sagte sie zu Poulenc, als Dior verschwunden war.

«Sehr gering und sehr hoch.»

«Den ganzen Tag steht er am Fenster und schaut hinaus, als warte er auf etwas.»

«Ah, ja. Wir fragen uns alle, was als Nächstes auf unseren kleinen Monsieur Dior zukommt. Er ist ein Genie, wissen Sie, aber er hat eine furchtbare Schlappe hinnehmen müssen. Sein Vater ging bankrott, Christian musste seine Kunstgalerie schließen und sämtliche Gemälde – Meisterwerke von Dufy, Miró, Dalí und so weiter – für einen Apfel und ein Ei verscherbeln. Nun entwirft er Damengarderobe.»

«Amory behauptet, die Mode sei tot.»

«Mir haben sie gesagt, die Musik sei tot. Jede nur mögliche Kombination von Noten sei ausgeschöpft, und man könne keine neuen Melodien mehr erfinden. Dennoch schmeichle ich mir damit, einige Stücke komponiert zu haben, die so noch nie zu hören waren. Sie mögen schlicht sein, aber sie sind hübsch, frisch und gehen ins Ohr. Es sollte mich wundern, wenn Dior nicht das Gleiche fertigbringt.»

«Dann wird er vielleicht reich und berühmt.»

«Er hat Freunde, die ihn über alles schätzen. Und er ist ein Glückspilz. Bei Dior können Sie auf drei Dinge zählen: sein Glück, sein Talent und seine Freundschaft.»

Der talentierte Monsieur Dior kehrte mit einer weiteren Getränkerunde an den Tisch zurück. Amorys neue Bekanntschaft quietschte immer noch vor Lachen, ihre blauen Augen blitzten, die braunen Locken wippten, sie flirtete ungeniert. Ihr ausgeprägter Cockney-Akzent wies sie als Engländerin aus.

«Wer ist diese Frau?», fragte Copper Dior.

«Sie kommt aus London. Bezeichnet sich als Mannequin.»

«Und macht sich an meinen Mann ran ...»

Poulenc schüttelte seinen kurzgeschorenen Kopf. «Die macht sich an jeden ran, der in Sichtweite ist.»

Stühle wurden zusammengeschoben, um Platz für Neuankömmlinge zu schaffen: Jean Cocteau, Suzy Solidor und einige andere gesellten sich zu ihnen. Poulenc wies der blonden Sängerin den Stuhl neben Copper an.

«Suzy, das ist Copper, Christians neueste Muse. Sie möchte dich kennenlernen.»

Suzy war älter, als Copper sie zunächst eingeschätzt hatte – vielleicht Mitte vierzig, mit einem etwas maskenhaft wirkenden Gesicht, aber dennoch sehr schön. Mit einem verschleierten Blick aus ihren braunen Augen musterte sie Copper. «Christian beweist immer einen exzellenten Geschmack.» Ihre Stimme klang rauchig.

«Oh, ich bin ganz sicher in keiner Hinsicht Monsieur Diors Muse», sagte Copper verlegen.

Die Hand der Sängerin schloss sich federleicht um die von Copper. «Sie sind ein kühler Lufthauch», sagte sie. «Jugend, Tatkraft, Frische. Danach verzehren wir uns. Wir sind das fade Grau in Grau so leid. Erzählen Sie mir alles von sich.»

«Da gibt es nichts zu erzählen, Madame.»

«Bitte sagen Sie Suzy zu mir. Sie werden Christian eine perfekte Muse sein. Wenn Amerikanerinnen schön sind, kann ihnen keine andere Frau das Wasser reichen. Und jetzt erzählen Sie.» Sie lächelte. Wie alles andere an ihr waren ihre Zähne ein erfreulicher Anblick. Sie hatte markante Augenbrauen und leuchtend braune Augen, sah gut aus, war aber nach allgemeinen Maßstäben nicht unbedingt als hübsch zu bezeichnen. Auch ihr Körperbau war auffallend – die durchtrainierten Arme und breiten Schultern einer Schwimmerin oder Tennisspielerin, dazu ein üppiger Busen und füllige, bewegliche Hüften. Ihre Armbanduhr war mit Smaragden besetzt, an einer Platinkette um ihren Hals hing ein einzelner, schimmernder Diamant.

Copper fühlte sich von diesem direkten Vorstoß zugleich geschmeichelt und wie elektrisiert. Die Cocktails hatten ihr die Zunge gelöst, sie plapperte drauflos – über ihre Kindheit, den Tod ihrer Mutter, die stürmische Romanze mit Amory. Die Sängerin hatte das Kinn in die Hand gestützt, ließ ihre Augen verträumt auf Copper ruhen und blähte die Nasenflügel, als nähme sie einen seltenen Duft in sich auf. Als Coppers Redefluss verebbte, beugte sich Suzy zu Dior.

«Was für eine Entdeckung, Christian. Das Kind ist ein Juwel.»

Dior nickte. «Ja, natürlich.»

«Ich werde sie dir wegschnappen.»

«Das werde ich nicht zulassen.»

Obwohl sie wusste, dass es nur Neckereien waren, wäre Copper der Aufmerksamkeit gern entkommen. Miss Solidor hielt weiter ihre Hand, was vermutlich zu ihrer Beruhigung dienen sollte, Copper aber das Gefühl gab, in einer Falle zu sitzen. Zum Glück ergriff nun Jean Cocteau das Wort und ließ seinen hypnotischen Blick über die Versammelten schweifen.

«Was ist *Le Théâtre de la Mode*?», fragte Copper, nachdem Cocteau den Begriff wiederholt gebraucht hatte.

«Eine Idee von Lelong», erwiderte Poulenc.

«Nein, nicht von Lelong, sondern von Nina Ricci», mischte sich eins der Mannequins ein.

Die anderen gaben ebenfalls ihren Senf dazu. «Auch nicht von Nina Ricci, sondern von ihrem Sohn Robert.»

«Ich dachte, es wäre Cocteaus Idee.»

«Stammt nicht von mir», sagte Cocteau. «Mode langweilt mich.»

«Woher die Idee auch kommt, sie ist genial.» Dior holte zu einer Erklärung aus. «Wir müssen der Welt zeigen, dass Paris trotz des Kriegs immer noch die Hauptstadt der Haute Couture ist», sagte er. «Und nicht etwa New York. Dazu müssen wir natürlich im Frühjahr eine Modenschau veranstalten. Aber in Paris gibt es achtzig bis neunzig Modehäuser. Das heißt, es müssen Tausende neuer Modelle gefertigt werden, und uns fehlen die Stoffe. Wir haben so gut wie keine Seide, die wurde von den Deutschen konfisziert. Wir haben auch keine Knöpfe, kein Garn, kein Leder, keine Felle, es fehlt an allem. Daraus entsprang die Idee –»

«Eine Modenschau mit Puppen zu machen», fuhr eins der Mannequins von Schiaparelli aufgekratzt dazwischen.

«Mit Puppen?» Copper sah in die Runde, und plötzlich redeten alle durcheinander.

«Sechzig Zentimeter hohen Figurinen mit Kleidern im Miniaturformat.»

«Auf Miniaturbühnen.»

«Genau. Jedes Modehaus würde demnach eine kleine Kulisse unter einem bestimmten Motto gestalten. Ein Märchen, eine Pariser Szene. So wären die neuen Modelle zu sehen.»

«Lächerlich», sagte jemand und lachte.

«Ich finde die Idee wunderbar», rief Copper. «Einfach zauberhaft.» Sie sah sich nach Amory um, um ihre Begeisterung mit ihm zu teilen, doch er hatte sich verdrückt, gemeinsam mit dem englischen «Mannequin», und war nirgends zu entdecken. Ihr wurde flau im Magen. Wohin waren sie gegangen? Vielleicht in den Vorraum?

Sie stand auf. «Ich brauche ein bisschen frische Luft.»

«Was ist los?», fragte Suzy Solidor.

Ohne eine Antwort verließ Copper den Tisch und kämpfte sich durch die Menge bis in den Vorraum. Da waren die beiden auch nicht. Sie eilte hinaus auf die Straße. Der Jeep stand nicht mehr da. Amory und das «Mannequin» hatten sich aus dem Staub gemacht.

Mit einem Mal stand Dior neben ihr. «Was ist los?», fragte er.

«Mein Mann ist verschwunden.» Sie wollte lachen, doch es klang mehr wie ein Schluchzen. «Mit einer anderen Frau.»

Suzy Solidor war ihr ebenfalls gefolgt. «Lassen Sie ihn fahren», lautete ihr Ratschlag. «Die Männer sind alle gleich.» Sie nahm Copper beim Arm. «Kommen Sie wieder zu uns in die Bar.»

Copper machte sich los. «Danke, aber ich glaube, für heute ist es genug. Ich will nach Hause.»

«Dann lasse ich Ihnen ein Taxi rufen», bot Dior an.

«Ich gehe lieber zu Fuß. Es ist nicht weit. Außerdem möchte ich nicht zu früh eintreffen, das könnte reichlich plump wirken.»

«Ich begleite Sie», sagte er. «Ich hole nur noch rasch unsere Mäntel.» Er ging wieder hinein.

Die blonde Sängerin sah Copper an. «Den Typ Mann kenne ich», sagte sie. «Er ist Ihre Tränen nicht wert.»

Copper wandte sich ab. «Sie wissen doch gar nichts von ihm.»

«Au contraire», gab Suzy mitfühlend zurück und tätschelte Coppers Arm. «Da können Sie Gift drauf nehmen. Solche Männer bescheren uns ein wenig Vergnügen, aber dafür jede Menge Kummer.»

«Aber er ist mein Mann ...»

«Das lässt sich ändern, *chérie*.»

Als Dior zurückkam, trug er einen Filzhut sowie einen eleganten Überwurf aus Gabardine und half Copper in ihren eigenen, sehr viel schäbigeren Mantel. Die Sängerin blieb draußen stehen und sah ihnen nach. «Kommen Sie morgen wieder», rief sie Copper hinterher.

Da noch immer mit Luftangriffen zu rechnen war, brannten keine Straßenlaternen. Aber das strenge Verdunklungsgebot wurde allmählich hier und da durchbrochen. In den herrschaftlichen Häusern zog man die Vorhänge nicht mehr zu, sodass die Fenster wie goldene Pailletten auf schwarzem Samt schimmerten, und die Boote, die flussauf und flussab dahinschnurrten, versprühten rote und grüne Funken, die sich im Wasser spiegelten. Überall spazierten Pärchen, die sich im Schutz der Dunkelheit lachend küssten.

«Das ist sehr freundlich von Ihnen», sagte Copper zu Dior.

«Ich gehe gern zu Fuß. Der Benzinmangel infolge des Kriegs gehört zu den wenigen Dingen, die nicht zu bedauern sind. Er hat uns gezwungen, unsere Stadt auf Schusters Rappen neu zu entdecken.»

«Zumindest sind die Deutschen fort.»

«Ja, das sind sie. Aber wir sind noch nicht die Alten. Wir haben die Deutschen gegen die Amerikaner eingetauscht, zu Ihrem Vorteil. Sie haben die *mode*, wir haben *zazou*.»

Das Wort hatte er schon früher gebraucht. *«Zazou?»*

Er hob die Schultern. «Diese grässlichen Jazzweiber mit ihren eckigen Schultern und ihren schweren Schuhen, das Haar wie ein Heuhaufen auf dem Kopf zusammengeschoben, riesige Sonnenbrillen und scharlachroter Lippenstift. Damit haben sie den Nazis ins Gesicht gespuckt. Aber jetzt wird es Zeit, zu wahrer Eleganz zurückzukehren.»

«Und was ist wahre Eleganz?», fragte sie, während sie über die leeren, breiten Kopfsteinpflasterstraßen gingen.

«Sich sorgsam zu kleiden.»

«Ist das alles?»

«Beileibe nicht. Aber es ist das Wesentliche.»

Sie standen nun vor dem Wohnhaus in der Rue de Rivoli. Zu Coppers Erleichterung war der Jeep nirgendwo zu sehen. Immerhin hatte Amory die Frau nicht mit in ihr Ehebett genommen.

Als könne er ihre Gedanken lesen, fragte Dior: «Wie lange sind Sie schon verheiratet?»

«Eineinhalb Jahre. Wir haben uns beide sehr verändert.»

Er nickte. «Sie haben es verdient, glücklich zu sein.»

«Aber das Glück ist flüchtig, nicht wahr?»

«Ja, das ist es. Ich hoffe, wir sehen uns morgen im Atelier.»

Er begleitete sie bis hoch zur Wohnungstür, und Copper wusste, dass sie in Tränen ausbrechen würde, sobald er gegangen wäre. Doch als sie die Tür aufgeschlossen hatte, trat sie einen Schritt zurück. Im Flur bot sich ihr ein Schreckensszenario. George Fritchley-Bound lag bäuchlings auf dem Boden, in einer großen, dunklen Blutlache.

Copper eilte zu ihm und wälzte ihn halb herum. Das Blut in seinem Gesicht war bereits geronnen, seine Augen waren nach oben verdreht. Er war kalt und mausetot.

3. Kapitel

Es sind keine Fremdeinwirkungen erkennbar», sagte der Polizeiinspektor und blätterte weiter durch den Bericht des Pathologen. In Kriegszeiten wurden Autopsien nahezu unverzüglich vorgenommen, eine rohe Prozedur von etwa einer halben Stunde. «Die Todesursache war Verbluten infolge eines durchgebrochenen Magengeschwürs.» Er sah zu Amory und Copper, die seinem Schreibtisch gegenübersaßen. «Der Zustand der Leber deutet auf fortgeschrittenen Alkoholismus hin.»

«Er war schwerer Trinker», sagte Amory ungerührt.

«Das Trinken führte zu dem Magengeschwür, und dies wiederum hat ihn umgebracht.» Der Inspektor warf den Bericht auf den Tisch. «Der Fall ist für uns nicht von Interesse. Es wird keine gerichtliche Untersuchung geben. Das war's. Sie können die Leiche Ihres Freundes abholen lassen.»

Auf der Straße vor der Polizeiwache legte Amory den Arm um Copper. «Alles in Ordnung mit dir?»

Sie stieß ihn von sich. «Rühr mich ja nicht an. Wie konntest du mich mit dem ganzen Schlamassel allein lassen?»

«Woher sollte ich wissen, dass der alte Knabe den Löffel abgegeben hat?», erwiderte er sachlich.

«Ja, woher auch. Du warst bis zum Morgengrauen mit dieser Frau im Bett.»

«Um genau zu sein –»

«Hast du eine Ahnung davon, was ich durchgemacht habe?», fragte sie, zitternd vor Erschöpfung und Wut. «Den armen George tot auf dem Boden zu finden. Mich mit der Polizei herumzuschlagen. Das Blut.» Sie hielt sich die Hände vors Gesicht. «Großer Gott, das Blut. Überall Blut. Es ist sogar in die Dielen gesickert.»

«Wir ziehen heute noch aus. Wir müssen ohnehin aus Paris weg und so nahe Richtung Dijon wie möglich. Da die Polizei jetzt mit uns fertig ist, können wir genauso gut gleich aufbrechen.»

Sie schauderte. «Dem Himmel sei Dank für Dior. Ich weiß nicht, was ich ohne ihn getan hätte. Er war ein Schatz, hat mir über meine hysterischen Anfälle hinweggeholfen, mit der Polizei gesprochen, er war der sprichwörtliche Ritter in der schimmernden Rüstung.» Sie sah Amory an. «Das verzeihe ich dir nie.»

Er blieb unerschütterlich. «Komm zu dir. Ich bin rausgegangen, um ein bisschen frische Luft zu schnappen. Als ich wieder in den Club kam, warst du weg, und ich hatte keine Ahnung, wo du sein könntest.»

«Was für ein Bockmist. Du hast dir diese Frau geschnappt und bist mit ihr im Jeep auf und davon.»

«Na, du hast dich ja vorher anscheinend mit dieser Lesbe bestens amüsiert.»

«Mit welcher Lesbe?»

«Mit dem blonden Gift, der Solidor.»

«Suzy? Die ist doch keine Lesbe.»

«Meine liebe Oona, so blauäugig kannst du doch unmöglich sein.»

Sie konnte es nicht ausstehen, wenn er sie bei Streitereien mit ihrem eigentlichen Vornamen ansprach. «Wovon redest du?»

«Komm schon. Weißt du nicht, was für ein Club das ist? Hast du nicht bemerkt, dass die Frauen alle Männer waren und die Männer alle Frauen?»

«Wie bitte?»

«Es ist ein Lokal für Schwule und Lesben. Solidor ist eine berüchtigte Lesbe. Cocteau ist schwul, Poulenc ist schwul, und dein Christian Dior ist der Schwulste von allen.»

Das verschlug ihr für einen Moment den Atem. «Und deine kleine Cockney-Lady war demnach auch eine Lesbe?»

«Nein. Sie war die einzige normale Frau in dem Schuppen. Deswegen sind wir zum Luftschnappen vor die Tür gegangen.»

Copper sann über die Truppe des vorigen Abends nach, über die Gäste an den Tischen, den festen Druck von Suzys Hand um ihre, über die seltsamen, kehlig sprechenden «Frauen» vor dem Eingang. War Christian Dior das, was Amory verächtlich als «Schwuchtel» bezeichnete? Falls ja, war er der Erste, dem sie – zumindest wissentlich – über den Weg gelaufen war. Bis dahin hatte sie diesen Begriff nur als Schimpfwort im Zusammenhang mit etwas Bösem gehört. Christian Dior war alles andere als böse. Und doch waren da die femininen Anklänge, die perfekte Einfühlung in die Sichtweise einer Frau. Die sanfte Freundlichkeit, die kaum etwas Männliches an sich hatte. «Das ist mir gleich», sagte sie schließlich und schüttelte den Kopf. «Christian hat sich tadellos geschlagen. Als Mann kommst du gegen ihn nicht an.»

Seine Miene verschloss sich. «Du bist ein Ekel.»

Es kam ihr vor, als sähe sie ihn zum ersten Mal so, wie er wirklich war, und das jagte ihr Angst ein. Sie wurde wütend auf ihn, wütend auf sich selbst. «Ich lasse mich von dir nicht mundtot machen, Amory. Die letzte Nacht hat das Fass zum Überlaufen gebracht. Du hast keine Vorstellung davon, wie fürchterlich es war. Es tut dir nicht mal leid, dass der arme George tot ist.»

Er winkte ungeduldig ab. «Natürlich tut es mir leid. Aber du hast ja den Bericht über die Autopsie gehört. Er hat es sich selbst zuzuschreiben. Niemand hätte etwas dagegen unternehmen können. Und es tut mir leid, dass du Schlimmes durchgemacht hast.»

«Dir ist alles egal», sagte sie. «Bis jetzt ist mir das nie so klargeworden. Wichtig ist dir einzig und allein dein Vergnügen.»

Er stand eine Weile mit nachdenklicher Miene da, als sänne er ernsthaft über ihre Worte nach. «Es ist nicht allein das Vergnügen», sagte er schließlich. «Es ist mehr als das. Es ist ihr Leben. Ich bin Schriftsteller. Ich muss Erfahrungen machen, Oona. Wenn nichts in mich eindringt, kommt auch nichts heraus. Ich kann dem Leben keine Absage erteilen.»

«Wirfst du mir vor, dass ich zwischen dir und dem Leben stehe?»

«Das wirst du nie begreifen.»

«Nein, danach sieht es nicht aus. Kommt dir je der Gedanke, dass du dir etwas einfangen und mich anstecken könntest?»

«Mit solchen Frauen schlafe ich nicht.»

Seine Dreistigkeit erschreckte sie. «Ich glaube nicht, dass du dir die Mühe machst herauszufinden, um welche Sorte von Frauen es sich handelt.» Sie holte tief Luft. «Ich gehe nicht mit dir nach Dijon. Ich bleibe hier in Paris.»

Er blinzelte. «Du kannst nicht so einfach Hals über Kopf abspringen. Du bist meine Frau.»

«Ich will die Scheidung.»

Er verdrehte müde die Augen. «Führ dich nicht so absurd auf.»

Copper ballte die Hände zu Fäusten. «Was immer du tust», sagte sie mit zusammengebissenen Zähnen, «schreib mir nicht vor, was ich zu tun und zu lassen habe.»

Er schüttelte verdutzt den Kopf. «Du hast dich verändert, Copper. Was ist in dich gefahren?»

«Ich meine es ernst. Ich will die Scheidung.»

«Was sagst du da? Eine Scheidung ist eine ernste Angelegenheit.»

«Ein paar Worte, gemurmelt von einem Richter», gab sie zurück. «Genau wie bei der Trauung.»

«Das glaubst du doch nicht wirklich.»

«Bisher nicht. Aber dank dir denke ich mittlerweile anders darüber.»

«So zynisch kenne ich dich gar nicht.»

«Ich hatte einen guten Lehrmeister.»

«Wenn du das wirklich willst, okay, verdammt noch mal. Aber warte damit, bis wir wieder in New York sind.»

«Das geht hier genauso gut.»

«Ich lasse dich nicht ganz auf dich gestellt zurück.»

«Ich bin kein Kind mehr. Und ich verlasse dich, nicht andersherum.»

«Du scheinst zu vergessen, dass ich für dich verantwortlich bin.»

Nun verlor sie vollkommen die Beherrschung. «*Verantwortlich?* Ich bediene dich von vorne und hinten. Und du behandelst mich wie einen Gegenstand.»

«Wenn du in solch einer Stimmung bist, rede ich nicht mit dir.»

«Geht mir umgekehrt genauso», fuhr sie ihn an, machte kehrt und ging.

Als sie ein paar Meter gegangen war, hörte sie Schritte hinter sich. Dann packte er sie am Arm und drehte sie zu sich herum. «Was willst du denn hier machen, mutterseelenallein?»

Sie schüttelte seinen Griff ab. «Was ich bisher gemacht habe – für britische Zeitungen Artikel schreiben und Fotos schießen.»

Amorys Lippen kräuselten sich. «Herzchen, dass du für George hin und wieder etwas geschrieben hast, macht dich noch lange nicht zu einer Journalistin.»

«Da bin ich anderer Meinung. Der Redakteur erkennt offenbar keinen Unterschied zwischen meinen und Georges Beiträgen. Sie haben ein Dutzend von meinen Texten abgedruckt, ohne nachzufragen. George hat es nicht geschafft, meinen letzten Artikel in die Post zu geben. Er liegt immer noch auf dem Tisch im Flur.»

«Das ist Georges letzte Story!»

«Es ist *meine* Story», schnauzte sie ihn an. «*Ich* habe sie für ihn geschrieben. *Ich* habe die Bilder gemacht. George hatte nicht das geringste bisschen damit zu tun. Er war die ganze Zeit hoffnungslos betrunken. Und weißt du, was? Es ist eine verdammt gute Story.»

«Und das macht dich also zu einer Journalistin?»

«Versuch nicht, mich kleinzureden, Amory. George ist tot. Ich habe seine Kamera und seine Schreibmaschine. Ich besorge mir eine Akkreditierung von den Briten und spreche mit seinem Redakteur. Wenn sie mich nicht fest anstellen wollen, arbeite ich freiberuflich.»

«Wie ich sehe, hast du alles schon durchdacht.»

«Ja – als ich Georges Blut aufgewischt habe. Da habe ich das alles *durchdacht*.»

Sie machte sich wieder auf den Weg, und diesmal folgte er ihr nicht.

Gegen zwölf stand plötzlich Dior vor der Wohnungstür: eine elegante Erscheinung mit vom Herbstwind geröteten Wangen.

«Ich habe eine Stunde Mittagspause», sagte er zur Begrüßung. «Und ich wollte sehen, wie es Ihnen nach diesem furchtbaren Schock geht.»

«Das ist so lieb von Ihnen, Monsieur Dior. Ich weiß nicht, wie ich gestern Nacht ohne Sie zurechtgekommen wäre.»

«Nicht der Rede wert. Wie ich hörte, war es ein Magengeschwür?»

«Ja.» Gemeinsam betrachteten sie den Riesenfleck auf dem Holzboden. «Ich habe es mit Bleichmittel versucht, aber das hat nicht viel bewirkt.»

«Ich besorge Ihnen Backpulver. Wir haben kein Mehl in Paris», sagte er trocken, «aber jede Menge Backpulver.»

«Und das hilft gegen Blutflecken?»

«Zumindest hat mir das der Metzger gesagt, als ich noch ein kleiner Junge war.»

«Es klingt wie aus einem Roman von Agatha Christie», sagte Copper. «Allerdings ist es alles andere als amüsant.»

«Sie können hier nicht bleiben», erwiderte Dior. «Es ist mehr

Grand Guignol als Agatha Christie. Sie werden schreckliche Albträume haben.»

«Ich muss mir sowieso eine andere Bleibe suchen – ich will mich von Amory scheiden lassen.»

«*Ah, mon Dieu*. War das nötig?»

«Ja», sagte sie schroff. «War es.»

«Ich weiß, ihr Amerikaner nehmt Scheidungen auf die leichte Schulter –»

«Das stimmt nicht», fuhr sie ihn an. «Diese Amerikanerin hier nimmt eine Scheidung außerordentlich ernst. Ebenso wie die Ehe.»

«Nun gut, meine Liebe», sagte er sanft. «Aber Sie sehen furchtbar aus.»

«Je länger ich bei ihm bleibe, desto furchtbarer werde ich aussehen.»

Dior blickte traurig drein. «Manchmal müssen wir uns mit der Untreue schöner Menschen abfinden, um sie nicht zu verlieren.»

«Das dachte ich bisher auch. Aber jetzt möchte ich lieber allein sein, als ständig verletzt zu werden.»

«Einsamkeit kann auch verletzen – und schmerzen», sagte er leise.

«Daran gewöhnt man sich.»

«Ja», pflichtete er ihr bei. «Das stimmt.»

«Amory sagt, er muss mich betrügen, weil ihm sonst die Ideen ausgehen. Wie soll ich mit so etwas leben?»

«Ähnliches könnte auch Cocteau gesagt haben. Was mich angeht, so beziehe ich meine Ideen nicht aus Seitensprüngen. Ich würde alles für jemanden geben, den ich lieben kann.»

Sie seufzte. «Sie verpassen Ihr Mittagessen. Ich könnte Ihnen etwas herrichten.»

«Nein, danke.» Er tätschelte seinen Bauch. «Ein wenig Enthaltung tut mir gut.»

«Ich habe richtigen Kaffee da.»

«Ah, das ist etwas anderes.»

«Ich hätte ihn nie heiraten sollen», sagte sie halb zu sich selbst, während sie die *cafetière* befüllte. «Das war ein schrecklicher Fehler.»

Trotz des schneidenden Winds setzten sie sich auf den Balkon, der Ausblick auf die Rue de Rivoli bot; beide wollten so weit wie möglich von dem Blutfleck entfernt sein. «Das Leben ist ein Drahtseilakt», sagte Dior. «Wenn man sich einmal auf den Weg gemacht hat, gibt es kein Innehalten und kein Zurück mehr, ganz gleich, wie sehr das Seil schwankt.»

«Aber man kann abstürzen.»

«Ja. Das ist mir schon oft passiert. Und jedes Mal ist mir dabei das Herz gebrochen.»

Ihr fiel wieder ein, was Amory über Dior gesagt hatte. Demnach waren die Affären, auf die er anspielte, mit anderen Männern gewesen? Seltsam, aber es störte sie nicht. Tatsächlich fühlte sie sich auf gewisse Weise mit ihm solidarisch. «Tja, ich schätze, dies ist mein erstes und mein letztes Mal.»

«Da sei Gott vor.» Er holte ein Band mit silbernen Anhängern aus seiner Hosentasche. «Ich möchte Ihnen eins meiner Amulette schenken. Zum Schutz.» Er machte einen davon los und gab ihn ihr. «Zwei miteinander verwobene Herzen. Das bedeutet, dass Sie eines Tages wahre Liebe finden werden. Bewahren Sie ihn gut auf.»

«Das werde ich», sagte sie. «Was bedeuten die anderen?»

«Dies hier ist ein Maiglöckchen – es sorgt dafür, dass ich immer Arbeit finde. Dieses ist ein glückbringendes Hufeisen, dieses eine Kaninchenpfote und das ein großes ‹C›.»

Die feierliche Aufzählung amüsierte und bewegte sie zugleich. «Und der Stern?»

«Ah. Das ist der wichtigste von allen. Meine Mutter gab ihn mir kurz vor ihrem Tod. Es ist *mein* Stern – meine Träume, meine Hoffnungen, meine Ziele, die ich stets verfolgen muss.»

«Und wovon träumen Sie, Monsieur Dior?»

«Von Ruhm und Reichtum – was sonst?»

Copper lächelte und dachte, dass dieser zurückhaltende, scheue Mann nicht unbedingt damit rechnen konnte, mit Ruhm und Reichtum bedacht zu werden.

«Danke für den Kaffee. Der beste, den ich seit vielen Wochen getrunken habe. Wo werden Sie heute schlafen?»

«Keine Ahnung.»

«Sie können unmöglich in dieser Umgebung bleiben.» Er gab ihr eine kleine, steife Karte. «Meine Adresse. Sie müssen heute bei mir übernachten.»

«Oh, danke, aber ich möchte Ihnen nicht zur Last fallen.»

«Wollen Sie sich mit Ihrem Gatten wieder versöhnen?»

«Ich glaube nicht», sagte Copper langsam. «Das wird wohl nicht möglich sein.»

«Dann müssen Sie bei mir wohnen, bis Sie sich überlegt haben, wie es weitergehen soll. Eine Frau allein bekommt in Paris kein Hotelzimmer.» Sein Ton veränderte sich kaum merklich. «Sie wissen, dass Sie von mir nichts zu befürchten haben?»

«Ja, das weiß ich.»

«Gut. Um neun gibt es Abendessen. Ich erwarte Sie.»

Sie begleitete ihn zur Tür. Die Aussicht, an einem einladenden Ort zu übernachten, war eine große Erleichterung. Eine Stunde später erschien ein Junge mit einem großen Paket Backpulver und einer Botschaft von Dior: Sie solle das Pulver über den Fleck streuen und eine Stunde einwirken lassen. Die launige Unterschrift lautete «+tian». Copper schüttete das Pulver aus und hatte das Gefühl, wenigstens einen Freund in Paris zu haben.

Am Spätnachmittag kehrte Amory in die Wohnung zurück. Vorsichtig lugte er ins Schlafzimmer. «Ich habe mich um die Sache mit George gekümmert.»

«Inwiefern?» Ihre Stimme klang grimmig.

«Ich habe eine Nische auf dem Friedhof Père Lachaise ergattert. Das hätte ihm gefallen. Die Beerdigung findet morgen Mittag statt.»

«Tüchtig, tüchtig.»

«Ich habe meine Qualitäten.» Er betrachtete den Koffer auf dem Bett, den sie gerade packte. «Du ziehst das doch nicht wirklich durch, oder?»

«Meinst du damit, dass ich dich verlasse? Doch, ja. Du hast mich eine Zeitlang zum Narren gehalten, Amory. Aber damit ist jetzt Schluss. Mittlerweile sehe ich klar.»

«Herrgott, Copper, was ist bloß in dich gefahren? Das sieht dir überhaupt nicht ähnlich.»

«Falsch, es sieht mir sogar sehr ähnlich. Meinem Ich, das du so gerne ignorierst.»

«Das Ganze ist absolut lächerlich. Du machst mich für Georges Tod verantwortlich.»

«Nein, das tue ich nicht.» Sie legte einen Pullover zusammen. «Ich mache dich dafür verantwortlich, unsere Ehe zerstört zu haben. Und jetzt tue ich, was getan werden muss.»

«Und das wäre?»

Sie dachte an Diors Amulett. «Meinem Stern folgen.»

Er seufzte. «Okay, schon möglich, dass du Talent zum Schreiben hast. Aber an einem lässt sich nicht rütteln: Du bist eine Frau. Sie werden dich niemals in die Nähe von Kampfhandlungen lassen.»

«Ich will nicht von Kampfhandlungen berichten», gab sie zurück. «Hier in Paris warten unzählige faszinierende Geschichten nur darauf, erzählt zu werden. Angefangen mit der, die ich gerade geschrieben habe – über die arme Frau mit ihrem Säugling. Den Artikel kann ich an eine Frauenzeitschrift verkaufen. Vielleicht sogar an *Harper's*. Text *und* Fotos.»

«Mit viel Glück. Dann hättest du eine Story. Und wirst nie einen weiteren Auftrag bekommen.»

«O doch, das werde ich. Paris strotzt nur so von Geschichten. Geschichten über Menschen. Zum Beispiel die Wiederbelebung der französischen Haute Couture. Paris etabliert sich erneut als Zentrum von Kultur und Mode.»

«Frauenjournalismus», sagte er und verzog das Gesicht.

«Lach ruhig. Paris ist die erste Großstadt, die von den Nazis befreit wurde. Es ist eine Wahnsinnsgeschichte, und die Leute werden sie lesen wollen – Männer *und* Frauen. Ich suche mir Zeitschriften, die meine Texte nehmen.»

Er nickte bedächtig. «Es liegt also nicht nur daran, dass du wütend auf mich bist.»

Einen Moment war sie überrascht. «Nein, natürlich nicht», sagte sie dann, als zöge sie dies zum ersten Mal in Betracht. «Es spielt sehr viel mehr mit.»

«Immerhin etwas. Ich schätze, ich habe mich unerträglich aufgeführt.»

«Ich hätte es nicht besser formulieren können.»

«Aber ich weiß nicht, wie ich ohne dich zurechtkommen soll.»

«Das schaffst du schon.»

«Vermutlich.» Er ging zum Fenster und sah in den Himmel. «Musst du gleich aufbrechen?», fragte er, ohne sich umzudrehen.

«Ich kann hier nicht die Nacht verbringen.»

«Mir macht es nichts aus. Falls Georges Geist zu Besuch kommt, wird es ein munterer Geist sein.»

«Du musstest nicht Georges Blut mit Backpulver vom Fußboden schrubben», hielt sie ihm vor. «Eine solche Erfahrung vergisst man nicht.»

«Wir können in ein Hotel gehen.»

«Nein, danke. Ich habe eine Einladung.»

Amory drehte sich überrascht um. «Von wem?»

«Von Monsieur Dior.»

«Da bist du an der falschen Adresse, Oona», sagte er trocken. «Monsieur Dior ist nicht an Frauen interessiert.»

«O doch, das ist er», erwiderte sie gelassen. «Aber nicht in der Art, wie du es meinst. Außerdem finde ich es ekelhaft, mir so etwas zu unterstellen. Er ist freundlich und höflich und ein perfekter Gentleman.»

«Er sieht aus wie eine Babypuppe.»

«Es ist mir egal, wie er aussieht. Er ist mein Freund.»

Er wandte sich wieder dem Sonnenuntergang zu. «Morgen nach der Beerdigung fahre ich mit dem Jeep nach Dijon. Das heißt, dir bleibt hier kein Transportmittel.»

«Ich besorge mir ein Fahrrad.»

Er stieß einen ärgerlichen Seufzer aus. «Denk noch mal darüber nach, Himmelherrgott.»

«Ich habe genug darüber nachgedacht», sagte sie, klappte den Koffer zu und ließ entschlossen die Schnappverschlüsse einrasten.

Aber so leicht war es nicht. Zwei Stunden weinte Copper bitterlich am Ufer der Seine, presste ihren Koffer an sich und wurde von den Passanten nicht weiter beachtet. In den vergangenen eineinhalb Jahren war Amory der Mittelpunkt ihres Lebens gewesen, ihr Gefährte, der Stern, dem sie gefolgt war. Nun ohne ihn zu sein, erfüllte sie mit einem Kummer, der ihr unendlich erschien. Sie hatte keine Ahnung, wie sie die nächste Stunde, geschweige denn den Rest ihres Lebens überstehen sollte.

Eingeschlossen in der Dunkelheit und zitternd angesichts der Kälte, die vom tintenschwarzen Fluss aufstieg, fühlte sie sich so allein und verlassen wie noch nie in ihrem Leben. Mehr als ein Mal war sie kurz davor, den Koffer zurück in die Rue de Rivoli zu schleppen.

Endlich war es kurz vor neun; sie stand auf und trottete steif gefroren zu Christian Diors Wohnung in der Rue Royale, einer breiten Prachtstraße, die sich von der Place de la Concorde bis zur Kirche La Madeleine erstreckte. Unterwegs kam sie an zwei Jungen vorbei, die Mistelzweige verkauften. Für ein paar Francs erstand sie einen Kranz mit vielen perlengleichen Beeren. Diors Wohnung befand sich in einem großen Häuserblock. Copper stieg mit ihrem Koffer durch das dunkle, zugige Treppenhaus bis in den dritten Stock und klopfte an die Tür. Dior bat sie herein und nahm ihr Mantel und Koffer ab.

Nach der düsteren Herbstkälte erschienen ihr seine Räumlichkeiten als dezent beleuchteter, eleganter Zufluchtsort. Während er mit ihrem Mantel und dem Koffer verschwand, sah sie sich um. Einige alte Drucke und ein paar ungewöhnliche, moderne Gemälde, etliche Skulpturen sowie Gegenstände aus feinem Porzellan. Die Tapete im Flockdruck prangte in Rot und Gold, und die Vorhänge waren, wie nicht anders zu erwarten, wahre Prachtstücke. Der Tisch war für zwei gedeckt. Ein kleiner, emaillierter Ofen spendete ein wenig Wärme, doch wie in allen Pariser Wohnungen war es auch in dieser eiskalt. Trotzdem kamen Copper bei so viel Schönheit und Licht beinahe die Tränen.

Dior tauchte wieder auf und rieb sich die Hände. «So. Erst einen Aperitif. Ich hätte Dubonnet oder Noilly Prat zu bieten.»

«Oh, gerne Dubonnet, danke. Ich mag keine trockenen Drinks.» Sie präsentierte ihm den Kranz aus Mistelzweigen, den sie auf der Straße gekauft hatte. «Ich weiß, es ist noch zu früh, aber ich konnte nicht widerstehen. Die Beeren sind so frisch und hübsch. Ob er bis Weihnachten hält, kann ich nicht sagen. Und keine Sorge», setzte sie hinzu, «ich erwarte nicht, dass Sie mich darunter küssen, aber sicherlich wird es jemanden geben, den Sie gern küssen möchten.»

«In Frankreich warten wir mit dem Kuss unter dem Mistelzweig bis Neujahr», sagte er und nahm den Kranz entgegen. «Dies hier ist übrigens kein gewöhnlicher Mistelzweig – er stammt von einer Eiche. Die Sorte kommt viel seltener vor und verheißt großes Glück.»

Er hängte den Kranz über eine Tür. Mit seinem dunkelroten Jackett und dem Halstuch wirkte Dior sehr flott. In seinen eigenen vier Wänden hatte er mit dem fliehenden Kinn und dem empfindsamen Mund fast etwas Kindliches an sich.

«Sie sind so freundlich zu mir», sagte Copper. «Ich weiß nicht, wie ich ohne Sie zurechtgekommen wäre.»

«Es freut mich, dass ich Ihnen behilflich sein konnte. Mitunter fühlt man sich so hilflos. Vor der Aufgabe, Dinge in Worte zu fassen, meine ich. Und sich für die Befreiung dankbar zu erweisen.» Er goss vorsichtig die Getränke ein. «Die Besatzungszeit war scheußlich. Sie machen sich keine Vorstellung, wie trostlos sie war. Pétain hatte sich auf Hitlers Seite geschlagen, die Deutschen plünderten Frankreich – ja ganz Europa. Wir waren am Boden zerstört. In Paris starben Menschen an Hunger und Kälte. In Paris! Das war die *Pax Germanica.*» Er hob sein Glas zu Copper. «Es ist mir eine Ehre, einer Vertreterin unserer Befreier ein wenig Gastfreundschaft zu erweisen.»

«Ich nehme sie im Namen von Franklin D. Roosevelt mit Freuden an.»

Sie tranken einen Schluck. «Außerdem» – er hob einen Finger – «sind Sie tatsächlich eine ‹Arglose im Ausland›, wie Mark Twain es formuliert hat. Es ist meine Pflicht, Sie zu beschützen. Und nun», sagte er mit einem Schmatzgeräusch, «müssen Sie mich für einen Augenblick entschuldigen, damit ich mich meinen Aufgaben in der Küche widmen kann.»

Während er sich mit der Essenszubereitung beschäftigte, schlenderte Copper durch die Wohnung.

Sie nahm die gerahmte Fotografie einer jungen Frau zur Hand, die Dior so sehr ähnelte, dass sie seine Schwester Catherine sein musste. «Ihr Freund Monsieur Poulenc hat mir von Ihrer Schwester erzählt. Es tut mir sehr leid.»

Er spähte aus der Küche heraus. «Sie wird zu mir zurückkommen. Sehen Sie sich die Rückseite an.» Dort hatte er zwei Tarotkarten in den Rahmen geschoben. «Die Sechs der Stäbe und der Wagen», sagte er. «Wenn Madame Delahaye für mich aus den Karten liest, tauchen sie jedes Mal auf. Als Zeichen für eine sichere Rückkehr.»

«Sie ähnelt Ihnen sehr.»

«Ich wünschte, die Gestapo hätte mich statt ihrer mitgenommen. Aber natürlich wollten sie Catherine. Ich hatte nicht den Mut, das zu tun, was sie tat: auf dem Fahrrad durch ganz Paris zu flitzen und

Botschaften für die Résistance zu überbringen. Ich wollte mich nur in meinem Atelier vergraben und der Welt nie wieder ins Gesicht sehen.»

Sein Gesichtsausdruck ergriff Copper. «Sie dürfen die Hoffnung nicht aufgeben.»

«Aber wir hören furchtbare Dinge. Uns haben sie erzählt, Ravensbrück sei sauber, alle Insassen seien gesund. Und nun hören wir von Krankheiten, Hunger und Folter. Und damit nicht genug: Angeblich bringen die Nazis die Häftlinge systematisch um. Sie wollen sie auslöschen. Tausende – Millionen – werden vergast und die Leichen in Verbrennungsanlagen geworfen.»

Sie fand keine tröstenden Worte. «Davon haben wir ebenfalls gehört. Erst konnten wir es nicht glauben.»

«Den Nazis traue ich alles zu. Ihren widerlichen Geruch vergisst man nie mehr.»

Während er weiterkochte, setzte sie ihren Erkundungsgang fort. Die Wohnung war geschmackvoll, aber – so ihre Vermutung – mit äußerst bescheidenen Mitteln eingerichtet; mangels Geld kam Einfallsreichtum zum Einsatz. Das Ergebnis war Rokoko, das den Anschein von Wohlstand erweckte, aber nicht ausgesprochen feminin wirkte. Sie bemerkte einen zierlichen chinesischen Paravent aus gelber Seide, hinter dem sich die erotische Bronzefigur eines nackten Mannes verbarg. Das ließ sie an Amory denken. Wo er wohl die Nacht verbrachte? Gemeinsam mit der Cockney-Frau? Oder hatte er schon wieder etwas Neues aufgetan? Rasch verscheuchte sie den Gedanken.

«Ist das Ihre Mutter?», fragte sie und nahm die silbergerahmte Fotografie einer Frau in einem edwardianischen Kostüm zur Hand.

«Ja, genau. Ist der Hut nicht großartig? Sehen Sie sich die Straußenfedern an.»

«Sie fehlt Ihnen sicher sehr.»

«Allerdings. Es ist schon zwölf Jahre her.»

«Meine Mutter ist auch jung gestorben. Mein Vater hat nie wieder geheiratet. Er stammt aus Irland und war Fabrikarbeiter. Obwohl er es bis zum Vorarbeiter gebracht hat, hatten wir nie genug Geld. Und er hat sich leidenschaftlich für bessere Arbeitsbedingungen eingesetzt. Als er anfing, arbeiteten die Leute sechzig Stunden pro Woche, für einen Hungerlohn. Die Fabriken waren so gefährlich, dass diejenigen, die die Maschinen bedienten, häufig Arme oder Beine verloren oder sich verbrannten. Er hat den Kampf gegen all das angeführt. Aber es hat an ihm gezehrt. Ein paar Wochen nachdem Amory und ich geheiratet haben, ist er an einem Herzanfall gestorben.»

«Mein Vater ist das Gegenteil von Ihrem», sagte Dior. «Er besaß eine große Fabrik, war reich und wollte, dass ich in das Familienunternehmen einsteige. Es hat ihn furchtbar erbost, als ich mich für eine Karriere im künstlerischen Bereich entschied. Dann ging er bankrott, und jetzt bin ich derjenige, der ihn und meine beiden Brüder mit meiner Kunst unterstützt.»

«Welche Ironie des Schicksals.»

«Vielleicht. Allerdings ist es zum Teil meine Schuld, dass er alles verloren hat.»

«Wieso das?»

«Als ihm klar war, dass weder ich noch meine Brüder die Firma übernehmen würden, zog er Geld aus dem Unternehmen ab und investierte große Summen in den Aktienmarkt. Die Weltwirtschaftskrise hat ihn ruiniert. Ich habe ein kleines Bauernhaus in der *zone nono* gekauft, dort lebt er nun beschaulich.»

«*Nono?*»

«*Non occupée*, unbesetzt. Sie nannten uns *ja-ja*-Frankreich und beschuldigten uns, es gefiele uns, unter deutscher Herrschaft zu leben. Aber ich glaube, es ist nicht übertrieben, wenn ich sage, dass mein Vater und meine Brüder ohne meine Arbeit hier verhungert wären.»

«Sie sind ein guter Mensch, Monsieur Dior.»

«Ich bin so-so. Weder *ja-ja* noch *nono*.» Er verschwand lächelnd wieder in der Küche und kam dann, in eine duftende Dampfwolke gehüllt, zum Vorschein – mit einer Servierplatte, auf der ein großer, scharlachroter Hummer lag.

«Heiliger Strohsack!», rief Copper aus.

«Das hat mir jemand aus meiner Heimatstadt Granville geschickt.» Er strahlte. «Ist das nicht genau das Richtige? Eine Bewohnerin des Meeres, das Ihr und mein Land verbindet. Und schauen Sie nur, was für ein fabelhaftes Kostüm sie trägt. Welche Farben! All die Fransen und Bänder! Und dann erst der Rock. Nicht einmal Schiaparelli könnte sich ein solches Ensemble ausdenken.»

«Woher wissen Sie, dass es ein weibliches Tier ist?»

«Meine Liebe, ich bin am Meer aufgewachsen. Ich kenne meine Hummer.»

Der Hummer war ein Schmaus für Feinschmecker. Dazu gab es sogar noch eine Flasche Pouilly-Fumé. Seit ihrer Abreise aus den Staaten hatte Copper nicht mehr so gut gegessen. Doch während des Gesprächs begann sie plötzlich wieder zu weinen.

«Was haben Sie?», fragte Dior aufgeschreckt.

Sie legte Messer und Gabel beiseite und tupfte sich mit ihrer Serviette die Augen trocken. «Alle haben versucht, mir die Heirat mit ihm auszureden, aber ich habe nicht auf sie gehört.»

Er tätschelte ihre Hand. «Aber so können Sie sich schon auf den Nächsten freuen.»

Sie lachte schmerzlich, trotz der Tränen. «Ich suche nicht nach weiteren Männern, Monsieur Dior. Ich glaube, Amory war mein erster und letzter.»

«So denken Sie jetzt. Aber Sie sind jung. Die Liebe wird sich schon bald wieder einstellen.»

«Ergeht es Ihnen so?», wagte sie zu fragen. «Das eine endet, und etwas anderes beginnt?»

Er zog die Mundwinkel nach unten. «Ich glaube, Sie sollten mich nicht als Musterbeispiel ansehen. Ich bin nicht besonders ... typisch.»

«Ich auch nicht. Also, was tun Sie, wenn Sie aufs Seil gehen und merken, es wackelt wie verrückt, und Sie können weder stehen bleiben noch umkehren?»

«Wie Sie schon sagten. Man stürzt ab.»

Sie sah ihn aus ernsten grauen Augen an. «Dann sehen Sie hier eine Frau im freien Fall vor sich, Monsieur Dior. Es bleibt lediglich abzuwarten, wie tief sie stürzt und wie viele Knochen sie sich dabei bricht.»

Seine Fingerspitzen strichen sanft über ihr Handgelenk. «Sie werden schon sehen, *ma petite*. Ein Fallschirm wird sich aufblähen wie ein weißer Wattebausch, und Sie werden gefahrlos zur Erde hinabschweben.»

«Das ist tröstlich.» Dennoch war sie nicht überzeugt.

«Sie können hierbleiben, so lange es Ihnen beliebt», sagte er, mit einem sachten Druck seiner Fingerspitzen.

«Sie werden meinen Anblick bald leid sein.»

«Das bezweifle ich. Sie sind sehr dekorativ.»

Da es weder Sahne, Zucker noch Butter gab, hatte er statt eines Puddings ein Kompott aus Winterbeeren zubereitet und entschuldigte sich für den Mangel. Dazu servierte er Kaffee, den er ihrer Vermutung nach schon lange gehortet hatte. Sie beschloss, ihm so bald wie möglich frischen Kaffee zu besorgen.

Kaum hatten sie ausgetrunken, klopfte es an der Tür. «Das sind ein paar Freunde von mir, hoffentlich macht es Ihnen nichts aus», sagte Dior. «Sie schauen immer nach dem Abendessen vorbei.»

Durch die Tür kam eine wahre Erscheinung – Suzy Solidor in einem schimmernden, langen Zobelmantel, der vorne offen stand und sehen ließ, dass die Sängerin ein Glitzerkleid aus Silberlamé trug. Sie wirkte wie eine Art-déco-Skulptur in glänzendem Platin. Dior schenkte sie so gut wie keine Beachtung, sondern kam sogleich mit ausgestreckten Händen auf Copper zu. «Meine Kleine. Wie ich höre, hast du ein Blutbad durchlitten.» Ihre kräftigen, eiskalten Finger schlossen sich um Coppers Hand, und ihre kühlen Lippen trafen auf Coppers Wangen. Sie trat zurück und musterte sie wie ein Raubvogel, der eine Taube in Augenschein nimmt. «Das hat dich unsterblich gemacht. Du siehst einfach bezaubernd aus.»

Ihr folgte eine weitere, nicht weniger aufsehenerregende Erscheinung – ein dicker Mann mit zerzaustem Haar und einem riesigen, gezwirbelten Schnurrbart. Seine Wangen ließen an Kochäpfel denken, und seine strahlend blauen, hervorquellenden Augen nahmen Copper unter die Lupe. «Das ist also Christians neues Schoßtier», dröhnte er, mit einer munter wippenden Zigarette zwischen den Lippen. «Mein Gott! Was für ein Schürzenjäger. Hält er Sie auf dem Dachboden gefangen, meine Liebe? Und bewahrt den Schlüssel an einer Kette um seinen Hals auf?»

Dior schienen diese eigenartigen Begrüßungen nicht zu irritieren. «Suzy kennen Sie ja schon», sagte er zu Copper. «Und dies ist mein lieber Freund und Namensvetter Monsieur Christian Bérard.»

«Ohne Monsieur, bitte», sagte Bérard. Unter seinem Arm trug er ein weißes Hündchen. Er drückte die Zigarette aus, beugte sich über Coppers Hand und beschnüffelte sie wie ein Trüffelschwein. «Man nennt mich Bébé. Wie Mimì. Keine Ahnung, wieso. Und das hier» – er hielt den Hund hoch – «ist Jacinthe.» Er starrte Copper ins Gesicht. «Bezaubernd, dieser jugendliche Teint.» Beim Lächeln entblößte er ein fleckiges Raubtiergebiss. «Und man erzählt sich, dass Sie Ihren Mann verlassen haben?»

«Bébé!», fauchte Dior. Offensichtlich hatte er alle angewiesen, dieses Thema nicht anzusprechen.

«Ich kann nicht lange bleiben», verkündete Suzy und strich dabei gleich einer Meerjungfrau über ihre silbernen Schuppen. «In einer Stunde muss ich im Club sein.»

«Und da schmetterst du ihnen wieder *Lili Marlène* entgegen?», fragte Bérard.

«Heute und an jedem anderen Abend.»

«Bis sie dich an *deinem* Laternenpfahl aufhängen?»

«Das sollen sie nur versuchen», gab Suzy zurück. «Vor diesem Gesindel habe ich keine Angst.»

«Solltest du aber. Sie haben dich im Visier.»

«Soll ich in die Schweiz abhauen, wie Chanel angeblich?» Suzy Solidor blickte verächtlich. «Ich hätte nie gedacht, dass dieses alte Biest sich dermaßen in die Hosen macht.»

«Chanel ist ein Genie», sagte Dior. «Ich will kein Wort gegen sie hören.»

«Trotzdem, ein altes Biest ist sie schon, da stimme ich dir zu», sagte Bérard. «Ich muss es wissen, schließlich habe ich lange genug für sie gearbeitet.»

«Sie hat dich angebetet.»

«Ach, das tut jeder», erwiderte Bébé hochnäsig. Er schnüffelte. «Ich rieche Hummer. Das heißt, es ist ein Päckchen aus Granville eingetroffen. War da rein zufällig auch eine Flasche Calvados dabei, mein guter Junge? Draußen ist es schweinekalt.»

Lächelnd brachte Dior eine Flasche ohne Etikett zum Vorschein. Der Inhalt war so stark, dass Copper bald der Kopf schwirrte, doch Bérard kippte den Schnaps hinunter, ohne mit der Wimper zu zucken. Sie hockten sich um den Ofen, den Dior sorgsam mit kleinen Holzscheiten fütterte.

«Ich weiß nicht, warum alle so gegen Chanel sind», sagte er. «Sie hat genauso wenig oder viel getan wie wir anderen auch.»

«Das stimmt nicht», erwiderte Bérard und zündete sich eine weitere Zigarette am Stummel seiner vorigen an. «Sie hat es sich im Krieg mit ihrem Naziliebhaber im Ritz gemütlich gemacht, mit konfisziertem Champagner auf den Sieg der Deutschen angestoßen, und nun verduftet sie in einer Wolke aus No. 5. Du solltest der Erste sein, Herzchen, der ihr grollt.»

«Meine Schwester hat sie jedenfalls nicht verhaftet», sagte Dior schlicht.

«Nein, das waren ihre Freunde. Und Coco hat keinen Finger gerührt, um dir zu helfen.»

«Warum sollte sie mir helfen? Ich bin ein Niemand.»

«Unfug. Sie ist eifersüchtig auf dich. Wie auf alle jungen Modeschöpfer. Außerdem sieht sie mittlerweile wie ein Schrumpfaffe aus, und *das* – wenn schon sonst nichts – ist unverzeihlich.»

Während die Männer ihr Geplänkel fortsetzten, legte Suzy Solidor einen Arm um Coppers Hals und zog sie zu sich. «Komm heute Abend mit mir in den Club», hauchte sie ihr ins Ohr. «Ich habe göttliches Haschisch aus Marokko. Wir werden uns phantastisch amüsieren, wir beide.»

«Das kann ich nicht», gab Copper matt zurück.

Suzy liebkoste ihren Nacken und ließ ihr einen Schauer über den Rücken laufen. «Wieso nicht? Dein Mann ist nicht da.»

«Tja, ich weiß nicht – eigentlich bin ich in Trauer», stotterte Copper, der bewusst war, wie dämlich sie sich anhörte. «Ein guter Freund von mir ist erst gestern Nacht gestorben. Die – die Beerdigung findet morgen statt.»

«Habe ich da was von einer Beerdigung gehört?» Bérard wandte sich zu ihr.

«Ja.»

«Wer hat das Zeitliche gesegnet?»

«George Fritchley-Bound. Er war Journalist. Und ein Freund von uns.»

Bérard wurde munter. «Ich *liebe* Beerdigungen. Lassen Sie mich bitte daran teilnehmen.»

«Hm, George hätte sicher nichts dagegen», sagte Copper, einigermaßen perplex. «Es werden bestimmt nicht allzu viele kommen. Das Ganze findet morgen Mittag auf dem Friedhof Père Lachaise statt.»

«Du kommst doch auch, mein Lieber?», fragte Bérard Dior.

«Aber natürlich.»

«Ich singe am Grab», verkündete Suzy.

«Aber bitte nicht *Lili Marlène*.»

«Nein, nein. Irgendwas Schlichtes, aber Würdiges. Vielleicht *Chant des adieux*.»

Die Aussicht stimmte Copper nicht froh. Es war ihr aber auch nicht klar, ob sie nur scherzten oder es ernst meinten.

Es klopfte erneut an der Tür; ein dunkelhaariger, ernst blickender junger Mann in einem schönen Kamelhaarmantel kam herein und schimpfte auf die Kälte. «Dadraußen könnte man meinen, man wäre in Moskau, verdammt noch eins.»

Dior stellte ihn Copper vor. «Pierre Balmain, mein Kollege bei Lucien Lelong. Fraglos sehr viel begabter als ich.»

«Glauben Sie ihm kein Wort», sagte Balmain und schüttelte Copper die Hand.

«Wir gehen morgen alle zur Beerdigung von Coppers Freund», verkündete Bérard. «Suzy wird singen, und ich werde eine Trauerrede halten. Du musst auch kommen, Pierre. Das wird ein Riesenereignis.»

Balmain zog die Augenbrauen hoch. «Eine Beerdigung ist wohl kaum der richtige Ort für deine Mätzchen, Bébé», sagte er. «Mein Beileid zu Ihrem Verlust, Mademoiselle.»

«Danke», murmelte sie. Zwei weitere junge Männer fanden sich ein, beide gazellengleich und äußerst gepflegt. Die Vorstellung ergab, dass es sich um Tänzer der Ballets des Champs-Élysées handelte und sie mit Bérard und Dior offenbar auf sehr vertrautem Fuß standen, doch ihre Namen hatte Copper im Nu wieder vergessen. Je mehr der Raum sich füllte, desto wärmer wurde es. Von der Hitze, dem Calvados, dem vorher genossenen Wein und Christian Bérards ununterbrochenem Gequalme wurde ihr reichlich schwindlig. Dazu kam noch Suzy Solidor, die dicht neben ihr saß und ihr zärtlich mit den Fingerspitzen über den Nacken strich. Nach diesem grauenvollen Tag wollte Copper einfach nur noch ins Bett und alles vergessen, aber daran war nicht zu denken.

«Hast du etwas, *chérie*?», murmelte Suzy.

«Es geht mir nicht so besonders», gab Copper zu.

«Du bist blass um die Nase. Aber das steht dir.»

Dior zog sein Grammophon auf und legte eine Platte mit Nocturnes von Chopin auf. Diese wurden von den anderen Anwesenden als zu melancholisch befunden, die Strauß-Walzer hingegen, die er stattdessen auswählte, verdammte man als zu typisch deutsch. Er hob die Hände und überließ den anderen die Entscheidung. Rund um den goldschimmernden Schalltrichter des Grammophons entzündete sich ein Disput, Platten wurden aus ihren Hüllen gezogen und wieder hineingeschoben. Schließlich einigte man sich auf *Le Bœuf sur le toit* von Milhaud. Copper stellte fest, dass diese so exotische wie eigenwillige Gesellschaft sie ein wenig einschüchterte.

Bérard zankte immer noch mit jemandem über Coco Chanels Verhalten, Dior und Balmain hingegen unterhielten sich mittlerweile über ihre Arbeit.

«Ich will Lelong nicht im Stich lassen», hörte sie Dior leise sagen. «Er ist sehr gut zu mir gewesen.»

«Zu mir auch», erwiderte Balmain. «Aber wir haben beide jeweils fünf Jahre für ihn gearbeitet, Christian. Und der Krieg geht zu Ende. Es wird Zeit, etwas Eigenes auf die Beine zu stellen.»

«Schön und gut, aber woher soll das Geld dafür kommen? Du hast wenigstens eine stets hilfsbereite *maman*. Ich dagegen habe niemanden.»

«Du bist ein Genie. Wenn du wolltest, hättest du das Geld in einem Monat beisammen. Bist du es nicht leid, ewig herumkommandiert zu werden?»

«Es wäre schön, nach meinen eigenen Vorstellungen entwerfen zu können», sagte Dior mit einem Seufzer. «Aber ich fühle mich immer noch wie ein Lehrling.»

«Bei Lucien Lelong hast du ausgelernt», erwiderte Balmain so energisch wie nachdrücklich. «Du musst dich nur entscheiden, die Seile zu kappen.»

«Dafür bin ich zu träge», sagte Dior mit einem leichten Achselzucken. «Es macht mir nicht das Geringste aus, im Schatten zu stehen. Ich bin nicht so bestimmend wie du, ich sehe mich nicht als Leiter eines Unternehmens. In dieser Rolle würde ich mich unwohl fühlen. Außerdem hat Freiheit bekanntlich ihren Preis. Als Unternehmer würden wir einen solchen Abend nicht mit Freunden verbringen, sondern über der Buchhaltung hocken und Magengeschwüre ausbrüten.»

«Also ich mache den Schritt», sagte Balmain. «Die alte Garde – Worth, Lelong, Molyneux und so weiter – ist nicht mehr zeitgemäß. Die Modewelt braucht frisches Blut.»

«Ich werde dich furchtbar vermissen», sagte Dior, und Copper sah Tränen in seinen Augen.

Balmain gab seinem Freund einen Kuss auf die Wange. «Du wirst mir bald folgen. Da bin ich mir sicher.» Er nahm ein Notizbuch aus der Tasche, und wenig später skizzierten die beiden Freunde drauflos und diskutierten über Entwürfe.

«Weißt du, was man sich erzählt hat, als Dior sich für das Modegeschäft entschied?», murmelte Suzy Copper ins Ohr. «Es hieß, Christian hätte sich und sein Talent verschleudert, es sich leichtgemacht. Er hätte alles tun können, was er wollte. Er gehörte zu den klügsten und kultiviertesten Menschen in Paris. Und er ist unfassbar beliebt. Aber empfindlich wie eine Schnecke, zieht bei jeder Berührung die Fühler ein. Lieber wird er in Lelongs Hinterzimmer alt und grau, statt sich auf der Straße blickenzulassen.»

Copper sah erneut zu Dior. Mit seinen rosigen Wangen, dem androgynen Körperbau und den gepflegten Händen glich er eher einem Gemeindepfarrer als einem großen Modeschöpfer. Sie fand es eigenartig, dass so ein konservativer Mann solch kunterbunte Freunde hatte und in einer Welt lebte, in der, wie Amory es formuliert hatte, die Frauen alle Männer waren und die Männer alle Frauen.

«Hat er denn keinen ... Freund?», fragte sie vorsichtig.

«Einen Liebhaber, meinst du? Doch ja, von Zeit zu Zeit. Aber er schafft es nicht, jemanden dauerhaft an sich zu binden. Selbst in der Liebe hält er zu sehr an sich. Wer unsicher ist, ist ein schlechter Liebhaber.»

«Dabei ist er so reizend.»

«Er und seine Freunde sind alle von der gleichen Sorte, das ist dir sicher klar. Aber untereinander finden sie nicht zusammen. Sie verlieben sich in eine völlig andere Sorte von Mann – Männer, die häufig nicht darauf anspringen.»

«Wie traurig», sagte Copper.

«Er glaubt, dass du ihm Glück bringst. Offenbar hat die alte Zigeunerin ihm dein Kommen vorhergesagt, sogar das rote Haar und das

Geschenk erwähnt. Die *foie gras*. Was übrigens das Letzte ist, was er essen sollte, er ist ohnehin schon viel zu dick.»

«Oje. Hoffentlich bringe ich ihm Glück. Ich habe mich nie als Glückspilz betrachtet.»

Suzy strich Copper das Haar aus der Stirn. «Findest du dich schön?»

«O nein. Überhaupt nicht.»

«Ja, das merkt man. Wenn dir eines Tages aufgeht, wie schön du bist, steht der Welt eine Überraschung bevor.»

Copper wurde verlegen. «Ich bin nicht schön.»

«Mit diesen Augen, mit diesem Mund? Meine Liebe, manche Frauen erblühen spät. Manche früh, manche gar nicht. Die späte Blüte ist zumeist die schönste.» Suzy lächelte und warf einen Blick auf ihre kleine, mit Smaragden besetzte Armbanduhr. «Ich muss los. Wir sehen uns morgen.» Sie küsste Copper auf die Wange, was einen roten Lippenstiftabdruck hinterließ, und ging ihren Zobelmantel holen.

Danach lehnte Copper sich zurück und dämmerte vor sich hin; Gäste kamen und gingen, um sie herum wurde parliert. Poulenc traf ein und bezeugte ihr recht förmlich sein Beileid, doch sie hörte kaum ein Wort. Zweifellos verpasste sie brillante Wortgefechte, aber sie war einfach zu Tode erschöpft, ihre Französischkenntnisse verließen sie, und sie war gottfroh, als die letzten Besucher gingen und Dior sie zu ihrem winzigen Zimmer führte.

Sie schlief auf der Stelle ein, doch eine Stunde später war sie wieder wach und zitterte am ganzen Leib. Kurze Zeit wusste sie nicht recht, ob ihr warm oder kalt war. Nein, kalt konnte es nicht sein: Dior hatte diverse Decken über sie gehäuft. Ein heftiges, nervöses Zucken schüttelte sie. Sosehr sie sich bemühte, sie bekam es nicht unter Kontrolle. Vielleicht hatte sie Fieber? Allmählich ängstigten sie die Krämpfe, die einfach nicht vergehen wollten. Schließlich wurde ihr klar, dass ihr Körper damit auf die Trennung von Amory reagierte. Nie zuvor hatte sie sich so allein und verschreckt gefühlt.

Ihr Leben um Amory herum zu gestalten, hatte ihr Stütze und Halt gegeben. Wenn diese Stütze jetzt wegfiel – wenn sie zuließ, dass Amory ohne sie aus Paris wegging –, würde sie dann nicht einfach in sich zusammensacken wie eine von der Wand abgerissene Efeupflanze?

Ihre kühnen Pläne, allein weiterzumachen, eine Karriere als Journalistin in Angriff zu nehmen, erschienen ihr nun, da sie zähneklappernd und zitternd in diesem dunklen, fremden Raum lag, völlig absurd. Was wusste sie denn schon über Journalismus und Fotografie? Geschweige denn über das Leben? Wem wollte sie etwas vormachen? Sie sollte auf der Stelle aus dem Bett springen, zu Amory gehen und ihn bitten, ihr zu verzeihen. Sonst würde sie in einen Abgrund fallen: ein schwarzes Loch, aus dem sie nie wieder herausfinden würde.

Unzusammenhängende Erinnerungen aus den vergangenen Tagen schwirrten ihr durch den Kopf. Die Mutter mit dem Säugling im Arm, der der Konditor die Haare schor. Georges milchige, halboffene Augen, das geronnene Blut auf seinem Gesicht. Amorys Miene, als sie ihm sagte, sie werde ihn nicht nach Dijon begleiten. Suzy Solidors Mund an ihrem Nacken. Bérards durchdringende blaue Augen. Bilder, die ihr nun alle so unheilvoll erschienen, dass sie nur noch mehr schauderte und der Schreck ihr unter die Haut drang. Was hatte sie hier zu suchen? Hatte sie ihr Leben zerstört? War sie Amory gegenüber zu grob gewesen? Er fehlte ihr entsetzlich. Warum hatte sie ihn verlassen? Das war einfach nur dumm gewesen.

Sie sah auf ihre Armbanduhr. Es war drei Uhr morgens. Dennoch hielt es sie keine Sekunde länger im Bett. Sie kroch unter dem Deckenstapel hervor in die eisige Dunkelheit, wickelte sich zitternd in ihren Morgenmantel und ging auf Zehenspitzen hinaus. Im kleinen Salon brannte Licht. Dior saß am Ofen, mit einem Zeichenblock auf den Knien. Er sah überrascht auf.

«Geht es Ihnen nicht gut?»

«Ich – ich kann einfach nicht aufhören zu zittern.» Coppers Zähne klapperten. «Sind wohl schwache Nerven.» Plötzlich sah sie Christian Bérard, der hinter Dior auf dem Sofa lag. «Oh, Verzeihung, ich wollte nicht stören.»

«Machen Sie sich keine Sorgen um Bébé. Er hat zwei Pfeifen Opium geraucht und wird sicherlich nicht wach.»

«Opium?»

«Er ist süchtig danach. Eines Tages wird es ihn umbringen. Wie es scheint, bin ich dazu verurteilt, alle zu verlieren, die ich liebe. Setzen Sie sich zu mir.» Er schob ein weiteres kostbares Holzscheit in den Ofen, und das Feuer flackerte matt auf. «Schwache Nerven sind vollkommen natürlich, in Anbetracht dessen, was Sie durchgemacht haben.» Er trug einen roten Morgenrock mit Paisley-Muster und hatte einen Wollschal um den Hals geschlungen. Den nahm er nun ab und überreichte ihn ihr wie ein liebender Vater. Bisher hatte sie sich seinen Körper immer als rosig und glatt vorgestellt, erspähte nun jedoch im Ausschnitt des Morgenmantels eine überraschend stark behaarte Brustpartie. «Ich träume immer von Kleidern.»

«Tatsächlich?»

«Ja, aber dann muss ich nachts aufstehen und Skizzen machen, bevor ich die Ideen wieder vergesse.» Er zeigte ihr die fließenden Linien auf seinem Skizzenblock. «Das sind Cocktailkleider aus Satin. Der Halsausschnitt ist mir im Traum erschienen.»

«Dann haben Sie die Mode offenbar tatsächlich im Blut.»

Er sah sie unter seinen schweren Lidern hervor an. «Ach, ich weiß, was man über mich redet. Dior ist ein Dilettant, Dior ist ein Amateur, er verschwendet sein bisschen Talent an alberne Kleider für alberne Frauen. Aber es steckt mehr dahinter. Mode ist Kunst, meine Liebe. Hohe Kunst. Dior bemüht sich auf seine Weise, so wie seine Freunde ein Vertreter der hohen Kunst zu sein.»

«Das verstehe ich.»

«Ich habe zehn Jahre gebraucht, um das Wenige zu lernen, was ich nun weiß, erst bei Piguet, dann bei Lelong. Und es fasziniert mich immer mehr. Das richtige Material zu finden, mit dem ich meine Ideen zum Ausdruck bringen kann. Problemlose Stoffe von schwierigen zu unterscheiden. Vorauszusehen, wie ein Stoff fällt, wie er sich um den weiblichen Körper legt, fließend die Form verändert.» Seine Hände formten in der Luft entsprechende Rundungen. «Zu lernen, was man mit chinesischer Seide, mit einem guten Tweed, mit schwerer Wolle oder feinem Leinen erreichen kann. Das Gewebe so zuzuschneiden, dass jede Falte der Frau folgt, die in dem Gewand steckt. Hässliches zu verbergen und Schönes herauszustellen. Zu lernen, wie man plissiert, Falten legt, kräuselt, Einfassungen fertigt. *Enfin*, die Geheimnisse unserer Zunft.»

Coppers Lachen war ein halber Seufzer. Diors helle, sanfte Stimme wirkte beruhigend, und das Zittern legte sich allmählich. «Sie sind ein hinreißender Mann, Monsieur Dior. Kein Wunder, dass Ihre Freunde Ihnen samt und sonders zu Füßen liegen.»

Er sah zu Bérard, der mittlerweile laut schnarchte. «Die meisten sind wohl ausgesprochene Bohemiens, oder? Und im Gegensatz dazu bin ich ein ausgesprochener Bourgeois. Das gilt seit neuestem als eine Art Beleidigung. Laut Monsieur Giroux ist ‹Bourgeois› das übelste Schimpfwort überhaupt. Aber ich weiß, wer und was ich bin, und ich bin stolz darauf. Ich bin solider, normannischer Abstammung. Was soll ich sonst sein?»

«Ihre Freunde halten Sie für ein Genie», erwiderte sie.

Er zögerte. «Kleidung ist die Schicht zwischen unserer Nacktheit und der Welt. Sie kann Verkleidung sein, ein modisches Kostüm, eine Phantasie. Sie kann aber auch das wahre Ich pointierter zum Ausdruck bringen als alle Worte. Für Menschen wie mich ...» Er brach ab. «Wollen Sie sich wirklich von Ihrem Mann scheiden lassen?»

«Ja. Aber ich weiß nicht, wie ich das anfangen soll. Vielleicht müssen wir uns an die amerikanische Botschaft wenden.»

«Wenn Sie beide Aufenthaltsgenehmigungen für Frankreich haben und sich in gegenseitigem Einvernehmen scheiden lassen wollen, müssen Sie lediglich eine Vereinbarung aufsetzen und einem französischen Richter vorlegen. Binnen eines Monats wären Sie eine freie Frau.»

«Binnen eines Monats!»

«Dank Kaiser Napoleon sind die französischen Scheidungsgesetze sehr klar und vernünftig.»

Copper rang nach Atem. «Ich wusste nicht, dass es so schnell über die Bühne gehen könnte.»

«Kommen Ihnen Zweifel?»

«Nein. Meine Ehe ist am Ende. Schon seit langer Zeit.»

«Wenn Sie mögen, helfe ich Ihnen bei der Abfassung der Vereinbarung.»

«Danke.»

Er widmete sich wieder seinen Zeichnungen. Copper döste weg, hörte mit halbem Ohr, wie er mit dem Bleistift etwas kritzelte und gelegentlich das Knistern, wenn er ein neues Scheit in den Ofen legte. Als sie wieder aufwachte, fand sie sich in ihrem Bett. Offenbar hatte Dior sie dorthin geführt oder gar getragen. Das Zittern hatte sich gelegt, sie fühlte sich nur noch matt und schlaff, rollte sich zusammen und schlief wieder ein.

4. Kapitel

Georges Beerdigung wurde aus mehreren Gründen ein ungewöhnliches Ereignis. Zum einen fanden sich unerwartet viele Trauergäste auf dem Friedhof Père Lachaise ein, um ihm die letzte Ehre zu erweisen – darunter etliche Auslandskorrespondenten und Fotografen, von denen nicht wenige zu den Saufkumpanen des wüsten Rabauken gezählt hatten und schon jetzt, um die Mittagsstunde, mehr oder weniger betrunken waren.

Aber auch alle aus Diors Zirkel, die ihr Kommen zugesagt hatten, waren erschienen und brachten noch eine Reihe von Freunden mit. Christian Bérard war in einen weiten schwarzen Mantel gehüllt, darunter trug er ganz offensichtlich noch seinen Pyjama, der Brandlöcher sowie Reste von Zigarettenasche sehen ließ. Jacinthe, sein kleines weißes Hündchen, hielt er unter dem Arm.

Suzy Solidor kam in Männerkleidung: Gehrock, Zylinder, ein Stock aus Elfenbein, über der bestickten Weste hing eine goldene Kette. Die beiden Balletttänzer hatten sich als Harlekin und Columbine verkleidet und huschten geistergleich zwischen den Gräbern umher. Eine Person unbestimmbaren Geschlechts trug einen scharlachroten

Umhang. Andere waren nicht so herausgeputzt, erregten jedoch mit ihren ausgefallenen Hüten und Kleidern ebenfalls Aufmerksamkeit. Einige hatten Blumen mitgebracht, es gab aber auch unkonventionellere Grabbeigaben wie etwa ein Steckenpferd und ein blaues Fahrrad. Dies alles bewirkte, dass Copper sich wie in einem Fiebertraum fühlte – was den surrealen Beigeschmack des Ereignisses noch verstärkte.

Es war ein grauer, windiger Tag. Eine bleiche Mondsichel hing über den Bäumen, die einen Blätterregen auf die monumentalen Grabmäler niedergehen ließen. Ein mit grünen Schlieren überzogener Marmorengel betrachtete die kuriose Versammlung mit leerem Blick.

An der Grabnische, in der George beigesetzt werden sollte, traf Copper auf Amory. Er trug seinen Paletot, sein helles Haar wurde vom Wind zerzaust. Bei ihm war Ernest Hemingway, mit dem er sich offenbar angefreundet hatte. Beide waren betrunken. «Das mit dieser verdammten Scheidung meinst du doch nicht wirklich ernst, oder?», lauteten Amorys Begrüßungsworte.

«Doch.» Copper hielt sich tapfer, so als ob es ihre Ängste in der Nacht zuvor nie gegeben hätte. «Ich meine es ernst. Du bekommst die Papiere zugeschickt und musst sie nur noch unterschreiben.»

Er rülpste. «Und du willst tatsächlich hierbleiben?» Er musterte die bizarre Ansammlung von Trauergästen. «Bei dieser verrückten Meute?»

Sie spürte etwas wie eine offene, blutende Wunde in ihrem Inneren. «Ja. Ich brenne mit dem Zirkus durch.»

«Wer zum Teufel sind diese ganzen Leute überhaupt?», fragte Hemingway. Er trug ein Khakihemd, hatte die Ärmel trotz der Kälte hochgekrempelt und eine Zigarette zwischen den Lippen.

«Freunde von Monsieur Dior. Sie wollten alle unbedingt dabei sein.»

Hemingway nahm einen kräftigen Schluck aus einem Flachmann und reichte ihn an Amory weiter. «In Paris will niemand Zuschauer sein. Hier steht jeder auf der Bühne.»

«Du hast ja schnell einen Platz bei diesen Irren gefunden», sagte

Amory. «Wie es aussieht, sind sie hier vollzählig versammelt. Entspricht das deiner Vorstellung von einem anständigen Begräbnis?»

«Wenn man bedenkt, dass George sich zu Tode gesoffen hat, würde ich sagen, es ist durchaus angemessen», erwiderte sie pampig.

Amory sah zu Georges Grabnische, an der sich zwei ältliche Maurer mit Kellen und Hämmern zu schaffen machten. Sie legten einen feucht wirkenden Tunnel frei, schabten Moos und Unrat heraus. «Die Nische gehört einer protestantischen Familie, die sich damit einverstanden erklärt hat, George Seite an Seite mit ihren Lieben beisetzen zu lassen. Allerdings gibt es ein Problem», sagte er.

«Und das wäre?»

«Das wirst du schon sehen», erwiderte er dumpf.

Dass sie sich tatsächlich von ihm trennen wollte, schien ihn zu kränken, vielleicht sogar schwer zu treffen. Womöglich dachte er immer noch, sie mache ihm lediglich etwas vor und würde es sich in letzter Minute anders überlegen. Dior – mit dunklem Anzug und Melone wie immer tadellos gekleidet – gesellte sich zu ihnen und ließ die üblichen Beileidsbekundungen hören. Wieder einmal war Copper vom Gegensatz zwischen diesem typischen Vertreter der konservativen Mittelschicht und seinen seltsamen Freunden überrascht. Sie war froh um die zurückhaltende, väterliche Art, mit der er ihr buchstäblich zur Seite stand.

Ein forscher Kaplan der US-Armee, den Amory aufgetrieben hatte, traf ein und verkündete, die Zeremonie könne beginnen. Die etwa drei Dutzend Trauergäste scharten sich erwartungsvoll um ihn. Hinter einem Mausoleum kamen die Leichenträger hervor, leicht schwankend unter dem Gewicht von Georges Sarg. Copper begriff sofort, worin das Problem bestand, das Amory erwähnt hatte. Der wüste Rabauke war groß und massig gewesen, den Sarg hatte man entsprechend gezimmert; doch der Platz in der Grabnische war viel zu schmal.

«Ich glaube nicht, dass er da hineinpasst», murmelte Dior ihr ins Ohr.

«Ich auch nicht.»

Der Kaplan hatte mit seiner Ansprache begonnen. Unter viel Grunzen und Japsen wurde der Sarg zu der Nische emporgehoben, wo er sofort stecken blieb.

«Wenn man vielleicht die Griffe entfernt?», schlug Dior vor.

Der Sarg wurde wieder herabgelassen. Einer der Maurer montierte mit Hilfe eines Schraubenziehers die Griffe ab und ließ sie in seiner Manteltasche verschwinden. Der Kaplan wartete, sichtlich ungeduldig, und sah auf seine Armbanduhr.

Ohne Griffe konnte man den Sarg noch schwerer hochheben. Und wieder blieb er stecken. Amory stieß einen unterdrückten Fluch aus. Der Sarg wurde ein zweites Mal abgestellt, und die Maurer begannen mit ihren Kellen die hölzernen Randleisten wegzustemmen, die sich schließlich mit lautem Knirschen lösten. Alle zuckten zusammen, nur Bérard prustete los.

«Mein Gott», schnaubte Hemingway. «Der alte Mistkerl will einfach nicht abtreten.»

Der Griffe und Randleisten beraubt, wurde der Sarg ein drittes Mal zur Nische hinaufgehievt. Mittlerweile waren die Leichenträger und die Maurer knallrot im Gesicht und schwitzten trotz der Kälte. Diesmal ließ der Sarg sich knirschend in das Loch verfrachten, allerdings war er zu lang und ragte etliche Fingerbreit aus der Öffnung. Man hörte Gekicher und entnervtes Stöhnen.

Mit zusammengepressten Lippen trat einer der Maurer unaufgefordert vor und schlug das Ende des Sarges mit seinem Hammer ab. Es fiel zu Boden und gab den Blick auf die abgetragenen Sohlen von Fritchley-Bounds Schuhen frei. Rasch mauerten die Männer das schaurige Loch zu. Die erschöpften Leichenträger ließen eine Flasche herumgehen und bedienten sich ausgiebig.

Der Kaplan sprach die letzten Worte, klappte sein Gebetbuch zu und machte sich eilends aus dem Staub, offenbar froh, das Ganze hinter sich gebracht zu haben. Doch die skurrile Trauergesellschaft schien nicht gewillt, sich aufzulösen. Wie versprochen, sang Suzy Solidor mit volltönender Stimme *Chant des adieux*. Amory trat vor und schrieb mit Kreide Georges Namen sowie sein Geburts- und Sterbedatum auf das Grab. «Die Marmorplatte wird erst in ein paar Wochen fertig sein», sagte er.

Suzy erhielt Applaus für ihren Vortrag, und ein Flaschenkorken knallte.

Amory kehrte dem wilden Haufen den Rücken zu und zog Copper in eine windgeschützte Ecke hinter dem Mausoleum. «Ich fahre jetzt nach Dijon», sagte er. «Das mit der Scheidung ist okay. Schick mir einfach die Papiere, ja?»

«Mach ich.»

«Wie sieht es mit Geld aus?»

«Ich habe etwas beiseitegelegt.»

«Das wird nicht lange reichen.» Er zog einen Umschlag aus seinem Wintermantel. «Da. Für dich.»

«Ich will es nicht.»

«Jetzt nimm's schon», knurrte er. «Wenn du unbedingt die kleine Närrin spielen willst, wirst du es brauchen.»

«Nenn mich nicht eine Närrin.» Vor lauter Wut hätte Copper ihm das Geld beinahe um die Ohren gehauen. Doch dann gewann die Vernunft die Oberhand und half ihr gegen die Tränen. Sie steckte den Umschlag in ihre Handtasche.

Amory sah elend aus. «Das ist doch alles Unsinn.»

«Kann sein.»

«Ich will keine Vorwürfe hören, wenn es für dich nicht gut ausgeht», sagte er. «Ich habe deiner Familie versprochen, für dich zu sorgen. Wie kann ich dich da jetzt verlassen?»

«Keine Bange, Amory. Von mir wirst du künftig keine Vorwürfe mehr zu hören bekommen.»

Er rieb sich heftig das Gesicht, als wäre er kurz davor, in Tränen auszubrechen. «Ich liebe dich. Ich weiß nicht, was ich ohne dich anfangen soll.»

«Ich hätte gedacht, du wärst froh, mich los zu sein. Jetzt musst du wegen deiner Affären kein schlechtes Gewissen mehr haben.»

«Das hatte ich nie. Vielleicht war das das Problem.»

«Gut möglich. Du hast kein einziges Mal gesagt, dass es dir leidtut.»

«Und wenn ich es gesagt hätte?»

«Hätte das nichts geändert.»

«Nun gut. Dann heißt es wohl Abschied nehmen.»

Er küsste sie auf die Wange. Seine Lippen waren kalt. «Viel Glück, Copper.»

«Dir auch. Pass auf dich auf.»

Und das war es. Seine Reisetasche über die Schulter gehängt, ging er mit Hemingway zwischen den Gräbern davon. Aller Zorn auf ihn war verflogen – Copper spürte nur noch, dass sie ihn und damit auch einen Großteil ihrer selbst verloren hatte. Wie sollte sie ohne ihn zurechtkommen? Ihr Wagemut war dahin. Sie fühlte sich trostlos.

Eine Hand legte sich sacht auf ihre Schulter. «Sie sollten jetzt nach Hause fahren und sich ausruhen», sagte Dior liebevoll. Sie nickte, er nahm ihren Arm, und unbemerkt verließen sie die ausgelassene, seltsame Trauergesellschaft.

Am nächsten Morgen war es in Diors Wohnung klamm und kalt – ein uraltes, typisch pariserisches Phänomen. Der kleine Emailofen musste jeden Morgen ausgekehrt und neu entzündet werden. Copper übernahm diese Aufgabe. Doch es fehlte an Papier, mit dessen Hilfe sich die Kienspäne in Brand setzen ließen. Da waren nur noch die Frauenzeitschriften, die sie in ihren Koffer gepackt hatte, mit den guten Ratschlägen zum Thema «Wie Sie Ihren Ehemann bei der Stange halten».

Sie schlug eine davon auf und las: *Schmeicheleien gefallen Männern. Frauen, die ihren Partnern zu verstehen geben, wie sehr sie ihre Gesellschaft, ihr Urteilsvermögen und ihren Geschmack zu schätzen wissen, und die gelassen über kleine Sünden hinwegsehen, werden ihre Männer stets im Griff haben.*

O ja, das hatte bei ihr und Amory prima funktioniert. Angewidert riss sie die Seite heraus, knüllte sie zusammen und warf sie in den Ofen.

Dann versuchte sie es mit einer weiteren: *Bleiben Sie nicht auf, bis er nach Hause kommt. Gehen Sie lieber zu Bett und stellen Sie sich schlafend. Wenn Sie meinen, unbedingt wach bleiben zu müssen, tun Sie so, als freuten Sie sich, dass er nicht allzu spät eingetroffen ist. Er wird Sie vermutlich für naiv halten, aber das lässt sich ohnehin nicht vermeiden.*

Naiv? Das war sie mit Sicherheit gewesen. Auch diese Seite wanderte in den Ofen.

Eine dritte stach ihr ins Auge: *Nicht jammern und seufzen, wenn Sie krank sind – Frauen sollten niemals krank sein. Das wirkt auf Ihren Mann lediglich abstoßend.*

Waren dies die Weisheiten, denen sie hatte folgen wollen? Kein Wunder, dass Amory sie wie den letzten Dreck behandelt hatte. Sie knüllte die Seiten wütend zusammen und stopfte sie unter das Holz. Was von den Zeitschriften noch übrig war, wanderte in den Korb mit den Holzscheiten. Sie würde sie verbrennen und nichts von alledem mehr lesen. Ab jetzt würde sie, verflixt noch mal, ihre eigenen Geschichten schreiben.

Die Flammen loderten hell empor und begannen, Wärme zu verbreiten. Dior war mittlerweile wach. Er besaß die seltene Gabe, Trost zu spenden, ohne damit hausieren zu gehen. Er verlor keine Bemerkung über Amorys Abreise und über Coppers offensichtliches Elend. Stattdessen kochte er eine Kanne Tee, setzte sich zu Copper und betrachtete sie nachdenklich mit schräggelegtem Kopf.

Sie umfasste die warme Teetasse. «Warum sehen Sie mich so an, Monsieur Dior?»

«Ihr Morgenmantel, dieses wollene ... Ding da, ist vollkommen unmöglich.»

«Ich weiß, er ist schon etwas abgetragen», räumte sie ein.

«Der Morgenmantel zählt zu den wichtigsten Dingen im Kleiderschrank einer Frau.»

«Ach ja?»

«Er ist das Erste, das Sie Tag für Tag anziehen und in dem Ihr Mann Sie jeden Morgen sieht.»

«Falls Ihnen das nicht aufgefallen ist, ich habe keinen Mann mehr.»

«Sie werden mit Sicherheit keine neuen Bewerber gewinnen, wenn Sie jeden Tag so unelegant beginnen.»

«Ich will keinen neuen Ehemann», sagte Copper. «Und ich habe soeben beschlossen, dass mir auch sonst nichts mehr daran liegt, Männern zu gefallen.»

«Unabhängig zu sein, bedeutet nicht, wie eine Vogelscheuche herumzulaufen. Meiner Erfahrung nach sind unverheiratete Frauen da am schlauesten. Wenn Sie erlauben, bringe ich Ihren Morgenrock morgen meinen Näherinnen und bitte sie, ein paar Rüschen anzubringen. Vielleicht auch noch eine hübsche Einfassung aus Samt.»

Das Telefon klingelte. Nach Beendigung des kurzen Gesprächs kam Dior zurück und rieb sich die Hände.

«Hervorragende Neuigkeiten. Jemand hat die Seide vorrätig, die wir für Ihr Kleid brauchen», sagte er. «Morgen holen wir sie ab.»

«Monsieur Dior, Sie müssen das nicht für mich tun. Es war nur eine Laune von mir. Ich weiß nicht, was ich mir dabei gedacht habe – mitten im Krieg. Ich schäme mich.»

«Das war keine Laune», sagte er ernst. «Alles hat eine Bedeutung. Und wofür sollten Sie sich schämen? Das sollten diejenigen tun, die vorhaben, die Schönheit zu zerstören – nicht wir, die sie erschaffen wollen. Aber ich muss Ihnen noch etwas erzählen: Wir haben morgen sogar ein Automobil zur Verfügung. Und es ist Wochenende. Wie finden Sie das? Unterwegs werden wir Madame Delahaye einen Besuch abstatten.»

Das von Dior in Aussicht gestellte «Automobil» entpuppte sich als ein höchst eigenartiges Vehikel – ein vorsintflutlich anmutender schwarzer Simca, der mit Brennholz betrieben wurde, da seit Beginn der Besatzungszeit kein Benzin mehr zu bekommen war. Auf dem hinteren Teil war eine Art riesiger Ofen befestigt, von dem Leitungen über die Karosserie bis zu einem Tank führten, der auf der Kühlerhaube montiert war. Copper hatte diese Gebilde schon öfter in Paris gesehen, aber ihr graute bei der Vorstellung, selbst mit solch einem gefährlich wirkenden Gefährt zu reisen.

Dior dagegen war hingerissen.

«Ein Wagen ganz für uns! Ich habe seit vier Jahren in keinem Auto mehr gesessen.» Es klang, als spräche er von einem Rolls-Royce.

Copper machte mit Fritchley-Bounds Kamera ein Foto von diesem Kuriosum auf Rädern. «Ist es denn auch sicher?»

«Aber natürlich. Es gehört einer guten Freundin von mir, und sie hat es immer tadellos in Schuss gehalten.»

Der Simca war verrostet, die Holzverkleidung verbeult, und den seltsamen Holzofenapparat hatte eindeutig ein Amateur montiert. Von einem gutgepflegten Fahrzeug konnte kaum die Rede sein. Copper dachte wehmütig an den Armee-Jeep, mit dem Amory auf und davon war. «Na, wenn Sie das sagen.»

«Ich bin ganz aus dem Häuschen.» Dior strahlte. «Machen wir uns auf den Weg.» Mit der alten Tweedjacke, der Cordhose und dem Strickpullover sah er aus wie ein Lehrer vom Land. Er öffnete die Fahrertür für Copper.

«Wollen Sie denn nicht fahren?», fragte sie.

«Ich? Ganz gewiss nicht. Das habe ich nie gelernt. Ich hasse alles, was mit Maschinen zu tun hat. Ich komme nicht mal mit einem Fahrrad zurecht.» Er runzelte die Stirn. «Sie können aber doch sicher einen Wagen lenken?»

Sie kaute nervös auf ihrem Daumen herum. «Na ja, ich habe in den Staaten den Führerschein gemacht, aber so gut wie keine Übung, nur ein bisschen mit dem Jeep. Ich wüsste nicht mal, wie man dieses Ding in Gang bringt.» Sie lugte hinein. Anstelle der Rückbank türmten sich dort Holzscheite.

«Zusätzlicher Brennstoff», sagte Dior stolz. «Das reicht für hundertfünfzig Kilometer.»

Ein Passant, der angesichts ihres Unwissens in mechanischen Dingen nur spöttisch grinste, sich aber trotzdem als hilfsbereit erwies, zeigte ihnen, wie der Simca zu starten war. Der Ofen musste mit einem in Speiseöl getunkten Lumpen entzündet werden, worauf sich unter viel Zischen und Röhren Rauch bildete und der Motor schließlich tuckernd zum Leben erwachte. Das Vehikel schwankte auf seiner antiken Federung wild hin und her.

«Sehen Sie?» Dior triumphierte. «Ein Prachtstück.»

Copper schlug das Herz bis zum Hals, als sie mit dem qualmenden und rumpelnden Ofen losfuhren. Sie hielt das Lenkrad umklammert, als ginge es um ihr Leben, und mühte sich verzweifelt, Kurs zu halten. Wenn sie nun mitsamt dem Ding in die Luft flogen? Der Simca ruckelte mit etwa fünfundvierzig Stundenkilometern voran und ließ gelegentlich eine lautstarke Fehlzündung hören.

Als Erstes hielten sie bei Madame Delahaye, der Wahrsagerin, auf die Dior so große Stücke hielt. Ihre adrette kleine Wohnung im 16. Arrondissement wirkte alles andere als übernatürlich. Sie selbst gehörte mit ihrer Perlenkette unzweifelhaft der Mittelschicht an, hatte einen scharfen Blick und trug das eingeölte Haar zu einem Knoten gebunden. Dior jedoch bezeugte ihr großen Respekt. Offensichtlich nahm er sie ganz und gar ernst.

Copper wurde der Hellseherin vorgeführt, die ihr Gesicht musterte und dann bedächtig nickte, als sei damit etwas bestätigt, was sie schon lange vermutet hatte.

«Das ist die junge Frau, die Ihnen das Geschenk gebracht hat – wie von mir vorausgesagt?»

«Ja, Madame.»

«Lassen Sie mich Ihre Handflächen sehen, Mademoiselle.»

Copper hielt ihr die Hände hin, die wegen des Simcas peinlich verrußt waren. Madame Delahaye prüfte sie sorgsam, fuhr die Linien nach und wischte gelegentlich einen Schmutzfleck weg. «Ich sehe viel Geld, viel Liebe – aber auch große Schwierigkeiten. Eine Frau mit goldenem Haar wirft einen Schatten über Sie. Lassen Sie mich die Karten für Sie lesen, meine Liebe.»

Die Karten wurden gründlich gemischt und auf dem glattpolierten Tisch ausgelegt. Madame Delahaye vertiefte sich in sie.

«Diese junge Dame wird Ihnen Glück bringen», teilte sie Dior mit. «Behalten Sie sie in Ihrer Nähe.»

«Das habe ich vor. Wird sie ihren Mann zurückbekommen?»

Madame schob eine Karte nach vorn, die einen Reiter zeigte. «Seine Reise führt ihn weit fort», lautete ihre geheimnisvolle Antwort. «Er denkt an sie, aber der Weg zu ihr zurück ist lang, und er ist in einem dornigen Dickicht gefangen, aus dem er nicht herausfindet. Und sie» – Madame Delahaye deutete auf eine Karte, die eine Frau in einem Garten darstellte – «sie wendet sich von ihm ab.»

Copper zuckte zusammen.

«Doch es naht eine Hand aus dem Osten», fuhr Madame Delahaye fort, «die ihr eine Krone aufs Haupt setzt.»

«Wie wunderbar», seufzte Dior. «Und meine Catherine?»

Die Hellseherin mischte die Karten erneut und legte sie aus. Dior sah nervös zu, während sie das Ergebnis begutachtete. «Es gibt keinen Zweifel», sagte sie knapp. «Ihre Schwester lebt, es geht ihr gut, und sie wird bald zu Ihnen zurückkehren.»

«Ganz sicher?»

«Sehen Sie selbst.» Madame Delahaye schob einige Karten nach vorn. «Es ist so klar wie der helle Tag, Monsieur Dior. Da ist sie. Die Karten lügen nie.»

Überwältigt schlug sich Dior die Hand vor den Mund. In seinen Augen glitzerten Tränen. «Ich danke Ihnen, meine liebe Freundin», sagte er, als er die Beherrschung wiedergewonnen hatte. «Ich danke Ihnen tausendmal!»

Copper war bewegt von Diors Gefühlsausbruch, andererseits

hegte sie gewisse Zweifel an den Worten der Hellseherin. Madame Delahaye verbreitete eine Hoffnung, für die sie keinerlei Garantie vorweisen konnte. Catherine, so viel wusste Copper, war Dior von seinen Geschwistern das liebste. Die Mutter tot, ein Bruder in der Irrenanstalt und der andere ein selbstmordgefährdeter Exzentriker – da blieb nicht mehr viel an Familie übrig. Kein Wunder, dass er Madame Delahaye unbedingt Glauben schenken wollte. Wie viele seltsame Phantasien und Vorstellungen doch in diesem angeblich so soliden Normannenschädel umherschwirrten.

Nach dem Kartenlesen murmelte Madame Delahaye in dem kleinen Flur diskret, einen solchen Betrag könne sie nicht annehmen, doch Dior bestand darauf. Offensichtlich handelte es sich hierbei um ein eingespieltes Ritual, denn schließlich ließ Madame Delahaye das Geld mit züchtig niedergeschlagenem Blick und einem ebensolchen Lächeln in ihrer Tasche verschwinden.

Sie setzten ihre Fahrt fort, verließen Paris und fuhren gen Osten Richtung Meaux. Dior war guter Laune.

«Sie hat sich noch nie geirrt», sagte er vergnügt. «Nicht einmal bezüglich der kleinsten Kleinigkeit. Wenn sie sagt, dass Catherine zu mir zurückkehrt, dann glaube ich ihr und höre nicht auf die Zyniker, die mich einen Narren nennen.» Eine besonders laute Fehlzündung ließ Copper zusammenfahren, er hingegen kicherte. «Ist das nicht wahnsinnig komisch?»

«Schon möglich, wenn ich nicht hinterm Steuer sitzen müsste.»

Die schweren Panzerkolonnen hatten tiefe Schlaglöcher in der Straße hinterlassen, auf der allerdings im Augenblick kaum Verkehr herrschte. Die dünnen Reifen des Simca taten sich mit der unebenen Fahrbahn mehr als schwer, der Wagen schwankte wie wild von rechts nach links. Am Straßenrand standen immer noch deutsche Hinweisschilder, nützliche Wegweiser in hässlicher schwarzer Schrift. Dior kurbelte das Fenster herunter und atmete tief ein.

«Riechen Sie doch, die Landluft.»

Eine intensiv nach Kuhdung riechende kalte Brise machte sich im

Wageninneren breit. Copper sah zu Dior, der einen Rußfleck auf der Nase hatte. Sie konnte sich ein Lächeln nicht verkneifen. Seine gute Laune war ansteckend. «Wie schön, Sie glücklich zu sehen.»

«Ich möchte gern glücklich sein. Und andere glücklich machen. Das ist eins meiner Lebensziele – ein Glückshändler zu sein. Nichts allzu Schlimmes, oder?»

«Im Gegenteil, etwas sehr Gutes. Haben Sie deshalb die Mode gewählt – um Menschen glücklich zu machen?»

«Ich denke, es war eher andersherum, die Mode hat mich ausgewählt.» Er schlug die Beine übereinander und wirkte entspannt. «Aus meinem kleinen Winkel heraus erkenne ich, was den Menschen Freude bereitet. Und lerne, wie ich es ihnen geben kann. Neue Ideen sind immens wichtig. Die Kunst, anderen Freude zu bereiten, besteht darin, vor ihnen zu wissen, was sie wollen. Lelong dagegen macht seit Jahrzehnten das Gleiche: ändert hier einen Strich, da einen Farbton. Jede Kollektion gleicht mehr oder weniger der vorigen. Zeigt man ihm etwas Neues, wird man damit zurück ans Zeichenbrett geschickt und muss es so lange abändern, bis es exakt so aussieht wie alle anderen Entwürfe, die er bisher verkauft hat. Das macht Pierre Balmain wahnsinnig. Die Kunst, die der Mode innewohnt, verlangt danach, jedes Mal eine wirklich neue Kollektion zu kreieren, auch wenn man sich dafür das Gehirn zermartern muss.»

«Warum gehen Sie nicht auch, so wie Pierre? Sie könnten zusammen ein neues Modehaus gründen.»

«Ich bevorzuge die Hinterzimmer», sagte Dior entschieden. «Ich bin nicht so ehrgeizig wie Pierre. Nachdem mein Vater bankrottgegangen ist und ich dadurch ebenfalls alles verloren habe, möchte ich so etwas nicht noch einmal durchmachen. Lieber bleibe ich bei meinen Bleistiften und habe meine Ruhe.»

Sie erreichten ein kleines, in die Landschaft eingeschmiegtes Dorf. Am Ende der von steinernen Häusern gesäumten Straße stand eine offensichtlich aufgelassene Fabrik aus dem neunzehnten Jahrhundert, deren Fenster zerschlagen oder mit Brettern vernagelt waren.

«Hier muss es sein», sagte Dior.

Rings um den düsteren alten Bau wucherten stattliche Nesseln, es war fast kein Durchkommen. «Wie ein Schloss aus einem Märchen», bemerkte Copper.

«Und wir müssen den Drachen finden.» Dior hieb mit seinem Schirm einen Pfad zum Eingang und klopfte gebieterisch an die Tür. Nach einer Weile wurde diese geöffnet; durch den schmalen Spalt war ein Frauengesicht zu sehen.

«Wer sind Sie?»

«Kundschaft», sagte Dior fröhlich. «Dürfen wir eintreten?»

«Die Fabrik ist geschlossen. Mein Vater liegt krank im Bett. Was wollen Sie?»

«Schantung», sagte Dior knapp.

«Wir haben nichts», erwiderte die Frau und wollte die Tür wieder schließen.

Mit überraschender Entschlossenheit stieß Dior sie erneut auf. «Warten Sie. Lassen Sie mich nur einen Blick darauf werfen», redete er der Frau zu, schob seinen Kopf in den Spalt und spähte hinein. «Kommen Sie schon, Mademoiselle. Sie haben nichts zu befürchten – wir sind Freunde.»

Nur sehr zögerlich ließ die Frau sie ein. Sie war etwa Mitte zwanzig. Copper erkannte, warum sie so auf der Hut gewesen war. Das Tuch, das sie sich umgebunden hatte, konnte nicht verbergen, dass man ihr kürzlich den Kopf kahl geschoren hatte – dazu noch das blaue Auge und die verletzte Lippe, beides ebenfalls frisch.

«Hat die Résistance Ihnen das angetan?», fragte Copper.

Die Frau nickte und machte ein finsteres Gesicht. «Sie haben auch meinen Vater geschlagen.»

«Wie heißen Sie?»

«Claudette.»

«Es tut mir sehr leid, Mademoiselle Claudette», sagte Dior. «Wir wollen Ihnen kein Leid antun. Aber nun zu der Seide. Stimmt es, dass Sie welche haben?»

«Die Deutschen haben alles beschlagnahmt», sagte die Frau und blickte dabei noch mürrischer als zuvor.

«Ich zahle gut», erwiderte Dior. «Bar. Und kein Wort zu irgendjemandem. Sie werden keinen Ärger bekommen.» Von irgendwoher war das Weinen eines Säuglings zu hören. Dior neigte den Kopf. «Junge oder Mädchen?»

«Junge», sagte sie.

«Und wie heißt er?»

«Hans.»

«Mit der Zeit wird sicherlich ein Jean daraus. Und Sie brauchen doch bestimmt das eine oder andere für ihn?» Er ließ die Geldscheine in seiner Jackentasche vielsagend knistern.

Claudette zögerte einen Augenblick und sah zwischen ihnen hin und her. Diors milde Miene schien sie zu beruhigen. Schließlich drehte sie sich um und führte sie durch staubige Gänge zu einem Lagerraum. Die Regale waren leer, bis auf drei in braunes Packpapier gewickelte Tuchballen. «Das ist alles, was noch übrig ist.»

Gierig befreite Dior die Rollen von ihrer Umhüllung. Zum Vorschein kamen etliche Meter chinesischer Seide in Lindgrün, Blasslila und Hellrosa. In dieser trostlosen Umgebung, und eingedenk der Jahre in Oliv und Khaki, erinnerten die Farben auf seltsame, fast schon schmerzliche Weise an eine verlorene Welt. Diors Augen leuchteten.

«Wie viel verlangen Sie dafür?»

«Tausend Francs pro Meter.»

Dior lachte gutmütig. «Glauben Sie, ich entwerfe Kleider für Marie Antoinette? Hundert pro Meter.»

Eine Stunde später traten sie mit einer Wagenladung Seide den Rückweg nach Paris an. Dior war in Hochstimmung und hielt die raschelnden Stoffbahnen an die Brust gedrückt, damit sie keine

Flecken abbekamen. Nach langen Verhandlungen hatten er und Claudette sich auf zweihundertfünfzig Francs pro Meter geeinigt. «Das ist vermutlich die einzige Schantungseide, die es in ganz Frankreich noch gibt», gluckste er. «Und Sie werden sie tragen.»

Er vergrub seine Adlernase in dem Stoff, als handle es sich um einen Armvoll Rosen, und atmete genießerisch ein. «Mein Gott, riecht das gut.»

«Wie riecht es denn genau?», fragte Copper.

«Sie haben noch nie Seide gerochen?»

«Nicht, dass ich wüsste», gestand sie. «Meine Sachen sind alle aus guter alter amerikanischer Baumwolle.»

«Hier. Riechen Sie!» Er schob ihr den Ballen so energisch unter die Nase, dass sie um ein Haar von der Straße abgekommen wäre. «Was sagen Sie dazu?»

«Es riecht nach Tier», sagte sie und zog die Nase kraus. «Ein bisschen wie verschwitztes Haar von Kindern.»

«Das ist der Seidenleim, der natürliche Klebstoff, den die Seidenraupen produzieren. Ein wahres Wundermittel. Wussten Sie, dass es Blutungen stillt? Wunden heilt? Und die Haut jung hält?»

«Das haben Sie sich gerade ausgedacht.»

«Ganz und gar nicht. Ich weiß, wovon ich spreche, junge Dame. Seide schmeichelt der Haut wie kein anderer Stoff. Sie tötet Keime ab und verhindert die Faltenbildung.»

«Dann werde ich ab jetzt nur noch Seide tragen», verkündete Copper feierlich.

«Welche von den Farben gefallen Ihnen?»

«Grün oder Lila, würde ich sagen. Rosa steht mir nicht.»

«Ach, meine Liebe. Wie wenig Sie doch von sich wissen.» Er strahlte sie an. «Die Zeit der Blätter und Knospen ist vorbei. Sie sind eine Rose. Und werden nun erblühen.»

«Rotschöpfe können kein Rosa tragen.»

«Völliger Unsinn. Und das werde ich Ihnen beweisen.»

«Was sind Sie doch für ein Tyrann», sagte sie gereizt. «Immer fragen Sie mich nach meiner Meinung und entscheiden sich dann für das genaue Gegenteil.»

Er lachte vergnügt. «Das ist die sokratische Vorgehensweise, meine Liebe. Betrachten Sie es als Unterweisung.»

Er kicherte immer noch, als plötzlich ein Knall ertönte, einer der alten Reifen platzte und der Simca schlingernd zum Halten kam.

«Was jetzt?», rief Copper.

«Sie wissen, dass ich mich mit mechanischen Dingen nicht auskenne», sagte er munter. «Aber das wird sich schon beheben lassen, sehen Sie es sich einfach mal an.»

Seufzend stieg Copper aus, ging um den Simca herum und suchte nach dem Ersatzreifen und dem nötigen Werkzeug. Beides fand sich unter dem Holzofen. Dior sah über den Stapel Seide zu ihr hin und winkte, um ihr Mut zu machen. Sie machte sich an die Arbeit und hoffte nur, ihr Pariser Kleid würde sie für all das entlohnen. Als Erstes hebelte Copper das Ersatzrad aus seiner Halterung. Dior sah mit wohlwollendem Interesse zu, während sie sich mit dem Wagenheber abplagte, der gegen die Extraladung Brennholz und die Apparaturen kaum etwas auszurichten schien.

«Ich muss mir eine Wohnung suchen», keuchte sie im Kampf mit den rostigen Werkzeugen.

«Meine Liebe, Sie dürfen herzlich gern so lange bei mir bleiben, wie Sie wollen.»

«Das ist sehr, sehr freundlich von Ihnen, aber ich möchte Ihre Gastfreundschaft nicht überstrapazieren.»

«Bisher haben Sie sich als unschätzbar erwiesen. Ich hätte keine Ahnung, wie ich das anstellen sollte, was Sie da gerade tun.»

«Sei's drum, ich muss etwas finden. In die Rue de Rivoli kann ich nicht zurück.»

Er nickte. «Ganz gewiss nicht.»

«Und ich muss mich an die Arbeit machen, mir mein Brot verdienen.»

«Überlassen Sie das mir.»

Als sie eine halbe Stunde später, nach dem Reifenwechsel schwer derangiert, wieder in den Wagen stieg, erklärte Dior: «Wir werden eine Unterkunft für Sie finden. Ich habe schon eine Idee.»

Am nächsten Tag ging Copper zum Postamt und schickte ihre Reportage samt den Fotos an *Harper's Bazaar* in New York – und zwar unter ihrem Mädchennamen Oona Reilly. Für einen Neuanfang schien das angemessen.

Es war ihr klar, dass ihr Anklopfen bei *Harper's* manchen als sehr ambitioniert, wenn nicht gar dreist erscheinen würde. Doch wenn sie nun schon in den Journalismus einstieg, wollte sie ganz oben anfangen und sich notfalls nach unten vorarbeiten. Außerdem galt das, was sie zu Amory gesagt hatte, weiterhin: Es war eine verdammt gute Story.

Harper's war vornehmlich ein Modemagazin, porträtierte aber auch das Schicksal von Frauen während des Kriegs. Nicht auszuschließen, dass sie an dem Bericht interessiert waren. Denn darin ging es vor allem darum, dass die Bestrafung von «Kollaborateuren» sich häufig als die Attacke eines Mobs auf eine hilflose Frau entpuppte, der die Kleider ausgezogen und der Schädel kahl geschoren wurde – oder noch Schlimmeres. Ein äußerst hässliches Vorgehen, das nichts mit Gerechtigkeit zu tun hatte.

Nun musste sie auf eine Antwort warten. Bis dahin galt es, sich eine neue Bleibe zu suchen.

Wie sich herausstellte, hatte Dior in einem Rokokohaus an der Place Victor Hugo eine recht luxuriöse Wohnung für sie gefunden. Die Bäume davor hatten alle Blätter abgeworfen, und draußen war es kalt, aber in der Wohnung gab es eine rudimentäre Heizung und tagsüber sogar mitunter lauwarmes Wasser. Dort hatte ein Kunde von Christian gewohnt, der als Sympathisant der Deutschen nach der Befreiung geflohen war, nicht ohne die Miete zwei Monate im Voraus entrichtet zu haben.

«Damit bleiben Ihnen zwei Monate, um Fuß zu fassen», sagte Dior, der unerschütterliche Optimist. «Jede Menge Zeit.»

Die Miete überstieg das, was Copper zahlen konnte, bei weitem, und bei dem Gedanken daran, dass diese Summe in zwei Monaten erstmals fällig war, sank ihr Mut. Sie brauchte weder so viel Platz noch drei Schlafzimmer. Aber fürs Erste war es ein Unterschlupf – und kam ihr zweifellos sehr gelegen. Zudem hatte der Kollaborateur sowohl seine exquisiten Möbelstücke als auch seine schöne Sammlung von Lalique-Glaskunst in der Wohnung gelassen.

Zu guter Letzt fand Dior auch noch eine freundliche Zugehfrau namens Madame Chantal für sie, die zweimal pro Woche zum Putzen kommen wollte und die er bereits für zwei Monate im Voraus entlohnt hatte.

Doch es war Copper nicht beschieden, in diesem Luxus zu schwelgen. Kaum hatte sie ausgepackt, schleppte Dior sie zu der Unternehmung, die ihn so sehr begeisterte, und vergewisserte sich, dass sie die von George Fritchley-Bound «geerbte» Kamera dabeihatte. Ein wenig verwundert stellte Copper fest, dass ihr Ziel der Louvre war.

Das berühmte Museum war von den Nazis geplündert worden, und manche seiner legendärsten Kunstwerke befanden sich immer noch in Deutschland. Doch im Pavillon de Marsan, der Abteilung für Kunstgewerbe, herrschte geschäftiges Treiben. Dior führte Copper in einen großen Saal, wo einige Dutzend zum Schutz gegen die Kälte mit Mänteln und Schals gewappnete Menschen an einer Ausstellung arbeiteten. Verschiedene Bühnen im Kleinformat wurden dort gefertigt und bemalt, die berühmte Pariser Boulevards und Parks oder hin und wieder auch Phantasieszenerien darstellten.

Bevölkert wurden diese Traumlandschaften von Drahtpuppen, ungefähr ein Drittel so groß wie durchschnittliche Frauen. Alle hatten die gleiche, aus Keramik gegossene undurchdringliche Miene und trugen Modeentwürfe im Miniaturformat: Kleider, Hüte, winzige hochhackige Schuhe, Gürtel und Handtaschen.

«Manche haben sogar Unterwäsche», sagte Dior auf ihrer Tour durch den vollgestopften Saal. «Alles von Hand genäht. Die Modeschöpfer fördern die letzten Zipfel zutage, die ihnen noch geblieben sind und die sie früher weggeworfen hätten. Jetzt machen sie Kleider daraus.»

«Wie ungewöhnlich», sagte Copper.

«Die Modehäuser haben sich zusammengeschlossen, um diese Miniaturausstellung bewerkstelligen zu können. Hier sind alle vertreten: Nina Ricci, Balenciaga, Schiaparelli, Rochas, Hermès. Ist das nicht ein Wunder?»

Copper betrachtete die Betriebsamkeit um sie herum. «So etwas können sich nur Franzosen ausdenken. Ein Wunder, das trifft es genau.»

«Meinen Sie nicht, dass sich daraus eine interessante Story machen ließe?» Er klang ein wenig verschlagen. «Niemand weiß davon. Die Presse interessiert sich ausschließlich für den Krieg. Zurzeit sind Sie die einzige Modejournalistin in Paris.»

«Ich bin nicht mal ansatzweise eine Journalistin, geschweige denn eine Modejournalistin.»

«Tja», sagte Dior und deutete auf die Kamera, die ihr um den schlanken Hals hing, «dann wären Sie wohl gut beraten, jetzt damit anzufangen, *n'est-ce pas*?»

Copper kam es vor, als würde eine Glühbirne über ihrem Kopf aufleuchten. Sie nahm die Kamera zur Hand und ein paar junge Leute ins Visier, die einen winzigen Triumphbogen errichteten. «Monsieur Dior, Sie sind ein Genie.»

«Ich weiß», sagte er bescheiden.

Nach der Aufnahme drehte sie die Filmrolle weiter und fühlte sich aufgekratzt. «Wenn denen bei *Harper's* meine vorige Story nicht gefällt, dann springen sie vielleicht auf die hier an.»

«Genau. Lassen Sie die Welt wissen, was sich hier tut, Copper. Dass es nicht nur Tod und Verderben, Trübsal und Trostlosigkeit gibt. Die Menschen müssen sich an etwas erfreuen können.»

Ein junger Mann, der einen aus Pappkarton geschnittenen Eiffelturm vor sich hertrug, wuselte an ihnen vorbei und grüßte Dior freudig. «Das ist Marcel Rochas», sagte Dior. «Ich stelle Sie einander später vor.»

Das Palaver, Gehämmer, Gesäge und der allgemeine Tumult, den die eifrigen Arbeiter verursachten, hallten von den massiven Palastmauern wider. Der Zigarettenrauch und die Dünste, die bis hoch an die Decke stiegen und wie ein Sturm im Wasserglas verharrten, verstärkten die Illusion, dass hier eine Miniaturstadt entstand. Dior führte Copper zu einer bereits fertiggestellten Kulisse, die einen kunstvollen Salon darstellte. Zwei in Schwarz gekleidete Schneiderinnen knieten am Boden und versahen die sorgsam platzierten Puppen mit Kleidung von allerhöchster Güte.

«Das ist die Ausstellung des Hauses Lucien Lelong», erklärte Dior. «Und hier haben wir meinen Arbeitgeber, Monsieur Lelong höchstpersönlich.»

Der berühmte Modeschöpfer, ein kleiner, lebhafter Mann, trug einen zweireihigen Nadelstreifenanzug. Er hatte einen scharfen Blick und einen ordentlich gestutzten kleinen Schnurrbart. Als Dior ihm Copper vorstellte, beugte er sich nach alter Sitte über ihre Hand. «Willkommen in Paris, Mademoiselle», sagte er und taxierte sie so rasch wie erfahren. «Sie sind Journalistin? Wo haben Sie schon etwas veröffentlicht?»

«Bei *Harper's Bazaar*», behauptete sie kühn.

«Ausgezeichnet. Dann sehen wir uns hoffentlich bald in meinem Salon», gurrte er, gab Copper seine Visitenkarte und zwirbelte seine Schnurrbartspitze. «Ich schätze, wir können Ihren Leserinnen zeigen, dass die Mode in Paris doch noch nicht tot ist.»

«Was Sie hier auf die Beine stellen, ist schlicht umwerfend.» Sie hockte sich hin und nahm die Puppen in Augenschein. «Und diese fabelhaften kleinen Kleider!»

«Monsieur Dior ist das große Talent in unserem Haus», sagte Lelong und legte Dior eine Hand auf die Schulter.

Dior errötete. «Wie freundlich von Ihnen, Maître», murmelte er und erläuterte Copper dann seine Entwürfe in gedämpftem Ton: Abendroben in schimmernder Seide und etliche entzückende, gepunktete Tageskleider. Mit seinen plumpen und doch feinen Fingern entfaltete er die Kreationen aus dem Reich Liliput vor ihr, um zu zeigen, welcher Aufwand dafür getrieben worden war: handgenähte Schuhe, Knöpfe, die sich tatsächlich öffnen, und Reißverschlüsse, die sich tatsächlich zuziehen ließen. Gürtel mit Schnallen, die man schließen konnte; Handtaschen, in denen winzige Puderdosen und spitzengesäumte Taschentücher untergebracht waren. Mieder und Unterröcke, ebenfalls im Miniaturformat und wie von Feenhand bestickt.

Er wies sie auf die Ohrringe und den Armreifen der Keramikpuppen hin. «Gold und Diamanten», murmelte er. «Von Cartier für uns gefertigt.»

Trotz seiner sonst offenkundigen Schüchternheit legte Dior ein gelassenes Selbstvertrauen an den Tag, wenn es um seine Entwürfe ging. Copper hatte den Eindruck, dass Lelong seine Autorität aus seinem Status als Inhaber eines Modehauses bezog, Dior hingegen die seine aus der inneren Überzeugung eines Künstlers, gute Arbeit zu liefern.

Lelong selbst wirkte ganz wie der Herr der Lage: eine Hand in der Jackentasche, in der anderen hielt er eine Zigarette. Er hatte im letzten Krieg als Offizier gedient und seine militärische Haltung trotz der Jahre in der Pariser Modeszene nie eingebüßt. Copper dachte, dass sich kein größerer Gegensatz zwischen diesem rigorosen Zuchtmeister und dem sanften Dior denken ließ; doch Lelong wusste seinen Angestellten offenbar gebührend zu würdigen.

Sie hörte Dior aufmerksam zu und machte sich viele Notizen. Außerdem schoss sie mehrere Fotos und hoffte, dass sie gut gelangen. Sie musste ihre neue Karriere ernst nehmen – und wie andere selbstbewusst und professionell auftreten.

Später, in ihrem neuen Heim an der Place Victor Hugo, setzte sie sich vor Georges Schreibmaschine und sah sich mit einer weiteren, diesmal recht unangenehmen Aufgabe konfrontiert: Sie kam nicht darum herum, ihre und natürlich auch Amorys Familie davon in Kenntnis zu setzen, dass sie sich von ihm oder er sich von ihr getrennt hatte – dass sie so oder so mit ihrer Trennung mitten im Krieg sämtlichen düsteren Prophezeiungen entsprachen, die beide Familien bezüglich ihrer Heirat ausgesprochen hatten. Nach kurzem Überlegen schrieb sie zwei Briefe: einen knappen an Amorys Vater, der kaum Erklärungen enthielt, und einen langen an ihren Bruder, der an Erklärungen kaum etwas zu wünschen übrig ließ.

Danach las sie beide Briefe noch einmal durch. Sie abzusenden, war ein weiterer, gewichtiger Schritt auf dem Weg, sich von ihrem Mann zu trennen. Waren sie einmal auf die Post gegeben, ließen sie sich nicht mehr zurückholen. Alle ihre Lieben bei sich zu Hause würden erfahren, wie es um ihre Ehe stand. Sie dann noch zu retten, wäre danach umso schwieriger, wenn nicht gar unmöglich. Aber ihr stand ohnehin absolut nicht der Sinn danach.

Und wenn es ihr mit alldem ernst war, musste sie sich den Konsequenzen stellen.

Sie steckte die beiden Briefe in zwei Umschläge mit dem Aufdruck «US Army Priority» und legte sie auf den Flurtisch. Dann setzte sie sich wieder an Georges Schreibmaschine – die jetzt *ihre* Schreibmaschine war – und begann mit ihrem Bericht.

5. Kapitel

Copper begann unverzüglich zu tippen. Das Thema beflügelte sie. Jetzt kam ihr zugute, dass sie schon etliche Artikel für George geschrieben hatte und wusste, wie man kurz und anschaulich formulierte und lebhafte Eindrücke von Sujets wie den eigenartigen und zauberhaften Vertretern der Pariser Modewelt zeichnete. Das Interesse am Mitmenschen war der Schlüssel zu erfolgreicher Journalistenarbeit. Nach ein, zwei Tagen Arbeit erwies sich das Ergebnis als durchaus erfreulich. Und besser noch, es war definitiv nicht laienhaft.

Das Problem waren jedoch die Fotos, die sie geschossen hatte. Die vom Labor zurückgeschickten Kontaktabzüge ließen erkennen, dass sämtliche Innenaufnahmen viel zu dunkel waren. Wenn sie auch weiterhin viele Motive in geschlossenen Räumen fotografierte, würde sie sich ein Blitzlichtgerät anschaffen müssen; mit so etwas hatte George sich nie abgegeben, weil seine Bilder alle bei Tageslicht und im Freien entstanden waren. Und das hieß für Copper: noch mehr Ausgaben.

Abgesehen von einer guten Aufnahme, die Dior zeigte, waren alle anderen – sprich, die von den Puppen – zu nichts zu gebrauchen. Copper würde weitere machen müssen, sobald sie sich ein Blitzlichtgerät zugelegt hatte.

Bei einem Besuch der Trödelmärkte, die jeden Nachmittag die Ufer der Seine belebten, war der Zufall ihr hold. Fotografische Ausrüstungen ließen sich normalerweise nur schwer finden, da die Nazis während der Besatzungszeit so viel wie irgend möglich davon beschlagnahmt hatten. Doch nun waren die Deutschen fort, und das eine oder andere Stück kam aus seinem Versteck wieder zum Vorschein. Ein alter Mann hatte ein Sammelsurium aus Vorkriegskameras und entsprechendem Zubehör auf einem wackligen Tisch ausgelegt, darunter auch ein etwas ramponiertes Blitzlicht, das sich mit einer Kamera synchronisieren ließ – so schien es jedenfalls aus der verblichenen Gebrauchsanleitung hervorzugehen, die in einer Fremdsprache abgefasst war, Tschechisch vielleicht. Immerhin gab es Schaubilder. Der alte Mann versicherte ihr, dass das Ding funktioniere. Und dazu hatte er auch noch eine Schachtel mit genau den Magnesiumbirnen, die Copper für das Gerät benötigte. Sie feilschte wie wild und musste für das Ganze dann doch einen, wie sie fand, unverschämt hohen Preis zahlen.

«Passen Sie mit den Birnen auf, hübsche Dame», sagte der Alte, während er alles in einer Pappschachtel verstaute. «Manchmal explodieren sie und setzen etwas in Brand.» Diese ernüchternde Mitteilung wurde für Copper dadurch aufgewogen, als hübsche Dame bezeichnet worden zu sein. An jenem Morgen hatte sie ihre Briefe nach Amerika zur Post gebracht, und das erschien ihr als gutes Omen.

Sie trug ihren Schatz in ihre neue Bleibe und machte sich daran, die Apparatur an der Rolleiflex zu befestigen. Dies gestaltete sich schwierig, und die tschechischen Anweisungen waren keine Hilfe. Was sie auch anstellte, keine der Birnen wollte zünden. Vielleicht hatte der Alte sie übers Ohr gehauen, und es waren alles Blindgänger.

Während sie sich ratlos am Kopf kratzte, klopfte es an der Tür. Copper öffnete und erkannte sofort, wer da vor ihr stand: die vollbusige Brünette, mit der Amory sich am Abend von Georges Tod verdrückt hatte. Sie musterten einander kurz.

«Er ist weg», schnauzte Copper die Frau an. Bevor sie ihr jedoch die Tür vor der Nase zuschlagen konnte, hatte diese schon einen Fuß über die Schwelle gesetzt. Ihr Schuh war nicht allzu solide, und es rumste ordentlich.

«Au!», quiekte die Brünette, hüpfte auf einem Bein herum und hielt ihren Fuß umfasst. «Scheiße noch mal. Wieso tun Sie so was?» Ihr Cockney-Akzent wies sie als Angehörige der unteren Schichten von London aus.

«Wieso klemmen Sie Ihren Fuß in die Tür?», gab Copper zurück. «Er ist nicht da, also sehen Sie zu, dass Sie weiterkommen, Madame.»

«Ich will nicht zu ihm», sagte die Brünette und setzte den Fuß vorsichtig wieder zu Boden. «Fort mit Schaden, wenn Sie mich fragen.»

«Ich frage Sie aber nicht», knurrte Copper.

«Er ist ein Mistkerl. Gut, dass Sie ihn los sind.»

«Ich werde Ihnen ganz sicher nicht dafür danken.»

«*Ich* habe ihn mir nicht vom Hals geschafft», sagte die andere. «Wissen Sie, was ich glaube, Sie haben mir den Fuß gebrochen.»

«Das will ich hoffen», sagte Copper zufrieden. «Was wollen Sie?»

«Ich muss irgendwo unterkommen», gab die Frau zurück. Erst jetzt sah Copper, dass neben ihr im Flur ein Koffer stand. Es verschlug ihr die Sprache.

«Sie fragen ernsthaft, ob ich Sie aufnehme?», japste sie. «Sind Sie von allen guten Geistern verlassen?»

Die Frau begann zu weinen und hielt sich ein Taschentuch vors Gesicht. «Man hat mich rausgeworfen», schniefte sie. «Ich weiß nicht, wo ich hinsoll.»

«Hier können Sie auf keinen Fall bleiben», sagte Copper.

«Ich wär ja nicht gekommen, wenn ich nicht so schlimm dran wär», schluchzte die Frau und wischte sich über die gerötete Nase. «Ich bin stundenlang durch die Gegend gelaufen.» Sie schluckte. «Könnte ich nicht wenigstens einen Schluck Wasser haben? Und mich kurz ausruhen?»

Copper schäumte vor Wut. «Ein Glas Wasser sollen Sie haben, und dann ab mit Ihnen. Ich will mit Ihnen nichts, aber auch gar nichts zu tun haben.»

Kaum hatte sie den Satz beendet, da humpelte die kleine Brünette auch schon flink in die Wohnung, mitsamt ihrem Koffer voller Aufkleber von mondänen Hotels. Sie ließ sich in einen Sessel fallen und streckte ihre wohlgeformten Beine von sich. «Sie haben nicht zufällig eine Tasse Tee?»

«Sie haben vielleicht Nerven.»

«Ist doch genau das Gleiche wie ein Glas Wasser», redete die Frau ihr zu, «bloß heiß und mit Teeblättern drin.»

«Ich weiß, was eine Tasse Tee ist. Und ich trinke so was nicht. Ich bin aus Amerika, und dort trinkt man Kaffee.» Copper marschierte in die Küche und füllte ein Glas mit Leitungswasser. «Ich betreibe hier kein Restaurant.»

«Ach, ich danke Ihnen.» Die Besucherin leerte das Glas, ohne auch nur ein Mal innezuhalten. Bei näherem Betrachten entpuppte sie sich als eine dralle Zuckerpuppe mit dem typisch rosig weißen Teint einer Engländerin; ihr Mund erinnerte an eine Rosenknospe, ihre himmelblauen Augen trübte seltsamerweise keine Träne mehr, obwohl die dunklen Wimpern immer noch feucht schimmerten, was ihr gut zu Gesicht stand. Sie war nicht ganz so jung, wie sie Copper bei ihrem ersten Zusammentreffen erschienen war. Als sie merkte, dass sie von Kopf bis Fuß gemustert wurde, setzte sie sich auf und reckte ihre ansehnliche Brustpartie vor wie eine Taube. «Man nennt Sie Copper, stimmt's? Das ist echt witzig, denn ich werde Pearl genannt.»

«Was ist daran so witzig?», schnaubte Copper.

Pearl lächelte fröhlich und ließ dabei schöne Zähne sehen. «Ach, Sie wissen schon. Copper und Pearl.»

«Ich habe keine Ahnung, wovon Sie reden.»

«Na, das klingt doch irgendwie nach Schmuckstücken, Kupfer und Perle – oder?»

«Nein, tut es nicht. Woher wissen Sie, dass ich hier wohne?»

«Ich habe im *La Vie Parisienne* gehört, dass Ihr Monsieur Dior diese

Bleibe für Sie gefunden hat. Hören Sie, ich muss Ihnen etwas sagen.» Sie holte tief Luft. «Es tut mir leid, dass ich mich an dem Abend mit Ihrem Mann davongemacht habe. Tut mir wirklich leid. Das war ein Fehler. Ich könnte natürlich sagen, ich hätte nicht gewusst, dass Sie seine Frau sind, aber das würden Sie mir vermutlich nicht abkaufen, oder? Schließlich haben Sie ja direkt danebengesessen.»

«Ja», sagte Copper mit steinerner Miene. «Ich habe direkt danebengesessen.»

«Aber er ist nun mal enorm attraktiv, stimmt's? Und so was von charmant. Sagen Sie selbst, wie viele Männer kennen Sie, die Sie so richtig zum Lachen bringen können?»

«Nur den einen.»

Coppers finstere Miene ließ Pearls Lächeln ersterben. «Hören Sie zu, Schätzchen –»

«Nennen Sie mich nicht Schätzchen.»

«Er hat ganz klar gesagt, dass so was schon oft passiert ist. Und dass es Ihnen egal wäre.»

«War es mir aber nicht.»

«Das weiß ich jetzt, okay? Also gut.» Pearl gab es auf, sich aus der Sache herauszureden, und schob die Ärmel ihrer Jacke hoch. «Das habe ich nun davon.» Auf dem drallen weißen Fleisch waren blutrote Fingerabdrücke zu sehen.

«Wer hat Sie so zugerichtet?», fragte Copper entsetzt.

«Mein Alter. Und nicht nur da. Auch noch anderswo.»

«Ihr *Vater*?»

«Nein, Schätzchen. Da, wo ich herkomme, sagt man ‹mein Alter› zu seinem Mann. Wobei, Petrus ist ja nicht so richtig mein Mann. Mehr so was wie mein Manager. Und mein Freund.»

«Das tut mir alles sehr leid, aber es ist doch Ihre Angelegenheit, und –»

«Und wenn er heute Abend nach Hause kommt und ich da bin, kriege ich wieder eine Abreibung. Oder er schneidet mir gleich die Kehle durch.»

Copper fuhr zusammen. «Soll das ein Witz sein?»

«Nein, Schätzchen. Er hat ein Messer, und das ist ungefähr so lang.» Pearl deutete die Länge mit den Händen an. «Zwei Männer hat er schon um die Ecke gebracht, das weiß ich. Und er würde, ohne groß nachzudenken, auch mich abmurksen und in den Fluss schmeißen.»

«Dann sollten Sie zur Polizei gehen.»

«Na klar, und mir Ärger einhandeln. Nee, vielen Dank auch», sagte Pearl und sah sich um. «Schön haben Sie's hier. Wirklich nett. Sehr geschmackvoll.»

«Die Wohnung war schon möbliert.» Copper wollte sich nicht mit fremden Federn schmücken.

«Ach was? Ist nicht wahr. Da haben Sie's mit Ihrem Mr. Dior aber gut getroffen. Komisch, ich hab immer gedacht, er wär eine Schwuchtel.»

«Sie liegen vollkommen falsch.»

Ihre Besucherin riss die porzellanblauen Augen weit auf. «Das heißt, er kommt nicht für die Miete auf, wie man so sagt?»

«Sehen Sie zu, dass Sie weiterkommen», sagte Copper steif.

Pearl ließ mehr von ihrem Ausschnitt sehen – offenbar eine einstudierte Geste, mit der sie reizvoller erscheinen wollte. «Die Wohnung hier ist doch viel zu groß für eine einzelne Frau. Und ich hab Geld.» Sie kramte aus ihrem Büstenhalter ein dickes Bündel Banknoten hervor. «Sehen Sie?»

«Bitte packen Sie Ihren Busen wieder ein.»

«Ich spare schon seit einer halben Ewigkeit, weil ich wusste, dass ich von Petrus wegmuss, bevor er mich umbringt.» Sie wedelte mit dem Geldbündel. «Das werden Sie brauchen, falls Ihr Alter Sie nicht versorgt hat.»

Copper setzte zu einer Antwort an, doch ihr fehlten die Worte. Binnen weniger als zwei Monaten würde sie erstmals die Miete für die Wohnung zahlen müssen, und nach den heutigen Ausgaben war ihr kleiner Vorrat an Bargeld noch weiter zusammengeschrumpft. Der finanzielle Aspekt hatte durchaus etwas für sich.

«Von einem Ohr bis zum anderen», sagte Pearl in furchterregendem

Ton. «Er sagt, um ganz sicherzugehen, muss man die Halsschlagader und die Luftröhre komplett durchtrennen. Damit hat er Erfahrung.»

«Schluss jetzt.»

«Er sagt, dann ist der Kopf so gut wie ab. Und das Blut schießt raus wie bei einem Springbrunnen.»

«Tragen Sie nicht so dick auf. Ich lasse mich nicht erpressen.»

«Ich will keine Almosen», sagte die Brünette. «Es ist eine rein geschäftliche Vereinbarung. Und wir haben einiges gemeinsam. Da werden wir prima miteinander auskommen.»

«Was bitte sollen wir gemeinsam haben?»

«Wir haben uns beide mit Schweinehunden abgegeben», sagte Pearl lapidar.

«Sie sich allerdings gleich mit zweien – mit Ihrem eigenen und mit meinem.»

«Meinen können Sie gern haben, aber ich würd's Ihnen nicht empfehlen.» Pearl stand auf und begutachtete das Kamerazubehör auf dem Tisch. «Sie sind Reporterin, stimmt's? Haben schon alles dafür beisammen, wie ich sehe.»

«Nichts anfassen», befahl Copper.

«Ich kann Ihnen Modell stehen, wenn Sie wollen», bot Pearl an. «Das ist nämlich mein Beruf, ich bin Fotomodell. Natürlich rein künstlerisch. Nichts Unanständiges.»

«Na klar.»

«So habe ich Petrus kennengelernt, über die künstlerische Fotografie. Er ist Verleger.»

«Ach ja? Und die Leute, die er umgebracht hat, waren vermutlich Konkurrenten.»

Pearl sah sie verblüfft an. «Stimmt, woher wissen Sie das?»

«War bloß gut geraten.»

Pearl tätschelte ihre glänzenden Locken. «Ich bin sein Spitzenmodell.»

Copper schnaubte, doch dann kam ihr ein Gedanke. «Verstehen Sie etwas von Kameras?»

«Aber sicher doch. Ich weiß auch, wie man Filme entwickelt. Ist nichts weiter dabei.»

«Könnten Sie dieses Blitzlichtgerät zum Funktionieren bringen?»

Pearl sah es sich an. «Als Erstes muss man die Batterien einsetzen, dann das hier in die Fassung stecken und die Halterung da unten an die Kamera schrauben.» Überraschend geschickt fügte sie alles zusammen. Nun, da es seitlich an der Kamera befestigt war, wirkte das Blitzlicht mit seinem verbeulten Reflektor aus Aluminium recht eindrucksvoll, ja, das Ganze machte auf einmal einen professionellen Eindruck. «Na los», sagte Pearl und gab Copper die Kamera. «Versuchen Sie's mal.» Sie schob ihren Busen noch höher und warf sich verführerisch in Pose. Ihr Mund öffnete sich, sodass man sämtliche Zähne sah, und die blauen Augen waren so weit aufgerissen wie die eines Kindes beim Anblick einer Geburtstagstorte.

Copper nahm die Scharfeinstellung vor und erinnerte sich an die Warnung des alten Trödlers, dass die Birnen mitunter explodierten und Dinge in Brand setzen konnten. Mit ein bisschen Glück würde der Druck auf den Auslöser diese nervige Engländerin zu Asche verbrennen und Copper von ihrer unwillkommenen Anwesenheit befreien. Sie drückte auf den Auslöser.

Es knallte, und ein blendend helles Licht beleuchtete Pearl sowie den gesamten Raum hinter ihr. Eine nach Metall riechende Rauchwolke stieg zur Decke empor.

«Na bitte», sagte Pearl, jetzt wieder ganz sie selbst, und richtete ihre Kleidung. «Funktioniert bestens. Damit sind Sie im Geschäft. Halt! Nicht anfassen.»

Zu spät. Von ihrem Erfolg in Hochstimmung versetzt, hatte Copper die eben verwendete Birne inspizieren wollen und sich dabei die Finger verbrannt. Sie jaulte auf und rannte in die Küche. Während sie kaltes Wasser über ihre Hand laufen ließ, hörte sie Pearl ausrufen: «Mannomann, hier ist ja jede Menge Platz.» Offenbar nutzte ihre Besucherin die Gelegenheit, sich in der Wohnung umzusehen.

«Was soll das? Scheren Sie sich da raus.»

«Ach, das Zimmer hier finde ich einfach toll. Klein, aber sonst tipptopp. Genau wie ich. Das nehme ich.»

«Ganz sicher nicht, verdammt noch mal.» Copper kam aus der Küche gerauscht. Pearl stand in dem Raum neben Coppers Schlafzimmer, hatte bereits ihren Koffer aufs Bett gehievt und öffnete die Schnappverschlüsse. «Hinaus mit Ihnen.»

Pearl seufzte. «Nun seien Sie doch vernünftig, Schätzchen.»

«Noch einmal: Nennen Sie mich nicht Schätzchen. Und lassen Sie es nicht so weit kommen, dass ich Sie mit Gewalt vor die Tür setzen muss.»

«Das täten Sie doch nicht.»

«Ich bin größer und stärker als Sie», sagte Copper. «Und ich bin mit vier Brüdern aufgewachsen. Drei von ihnen arbeiten bei der Feuerwehr, und der Kleine ist mittlerweile Gewerkschaftsführer.»

«Was wollen Sie denn noch von mir?», jammerte Pearl. «Ich hab doch schon gesagt, dass es mir leidtut wegen Ihrem Alten. Ich hab Ihnen Ihre Kamera gerichtet. Ich nehme das kleinste Zimmer und zahle Ihnen trotzdem die halbe Miete. Das muss Ihnen doch reichen?» Sie begann zu schluchzen und wischte sich mit einem Taschentuch über die Augen.

«Auf die Tränendrüse zu drücken, bringt Sie hier nicht weiter. Raus!»

Pearls Tränen versiegten so rasch, als hätte man einen Wasserhahn zugedreht. «Ich sag Ihnen, was ich für Sie tu.» Sie förderte die zusammengerollten Geldscheine zutage und hielt sie Copper hin. «Da. Nehmen Sie sie.»

«Ich will sie nicht.»

«Damit haben Sie drei Monate Miete im Voraus. Und können uns noch was zum Essen kaufen. Den Rest heben Sie für mich auf, sonst haue ich ihn bloß auf den Kopf. Und sagen Sie ja nicht, Sie bräuchten das Geld nicht», merkte sie messerscharf an. «Er hat Ihnen nichts dagelassen, oder?»

Copper betrachtete die Scheine verdrossen. Offenbar wurde man diese Frau so schwer los wie eine herrenlose Katze. Doch das Bündel lag so gut in ihrer Hand. Richtiges, echtes Geld. Ihre Finger schlossen sich darum. «Dass Sie sich nur ja ordentlich benehmen», sagte sie, die Zähne fest zusammengepresst. «Keine Dummheiten, sonst werfe ich Sie raus, das schwöre ich. Und zwar durchs Fenster.»

«Ach, Sie sind ein Goldschatz.» Pearl machte Anstalten, sie zu umarmen, doch Coppers Miene hielt sie offenbar davon ab. «Wir werden bestimmt noch richtige Busenfreundinnen.»

«Nein, werden wir nicht», sagte Copper. «Das hier ist meine Wohnung, und Sie sind meine Untermieterin, damit das klar ist. Ich habe das Sagen.»

«Vollkommen klar, Schätzchen.»

«Ich bin weder Ihr Schätzchen noch Ihr Liebling noch Ihre Süße und auch sonst nichts, was Ihr Briten diesbezüglich noch in petto haben mögt.»

«Ganz recht, dann nenne ich Sie ab jetzt Copper Pot – Kupfertopf, das ist doch in Ordnung, oder?» Pearl klappte den Koffer auf und nahm etwas heraus, das verdächtig nach stark gerüschter und farbenfroher Unterwäsche aussah. «Wie wär's jetzt mit dem Tässchen Tee?»

Copper würdigte sie keiner Antwort. Sie ging zurück in die Küche, um sich um ihre Verletzung zu kümmern, und hoffte, dass sie sich soeben nur in einer Hinsicht die Finger verbrannt hatte.

Mit dem Blitzlicht bewaffnet begab sich Copper erneut zum Pavillon de Marsan, in dem ein noch hektischeres Getriebe als bei ihrem ersten Besuch herrschte. Diesmal ging sie mit ihren Fotografien sorgsamer um, da ihr klar war, dass jede Aufnahme eine ihrer kostbaren Magnesiumbirnen verbrauchte – und wer wusste schon, ob sie jemals Nachschub würde auftreiben können.

Jean Cocteau, unschwer an seinem graumelierten, üppigen Haarschopf zu erkennen, saß auf einem Regiestuhl. Neben ihm, auf einem ähnlichen Stuhl, hockte Suzy Solidor, bekleidet mit einem Hosenanzug in Blasslila.

Als sie Copper entdeckte, stand Suzy auf und steuerte rasch auf sie zu. Sie erinnerte Copper an einen Otter oder ein anderes geschmeidiges Tier, das vom Ufer glitt, um einem wohlschmeckenden Fisch nachzustellen.

«Chérie», sagte sie und küsste Copper ausgiebig auf beide Wangen. «Wie reizend, dich zu sehen. Ich habe so viel an dich gedacht. Geht es dir gut?»

«Alles in Ordnung», sagte Copper. Bevor sie zurückweichen konnte, wand sich ein schlangengleicher Arm um sie und hielt sie fest.

«Ich richte gerade ein Zimmer für dich in meiner Wohnung her. Es ist absolut entzückend.»

«Oh, danke. Aber ich bin gerade –»

«Du kannst unmöglich noch länger bei dem öden alten Christian hausen, meine Liebste. Da gehst du ja vor Langeweile ein.» Die braunen Augen schienen Copper förmlich zu verschlingen. «Bei mir wirst du es viel lustiger haben, das verspreche ich dir.»

«Das ist sehr lieb von dir», sagte Copper matt. «Aber ich wollte dir gerade erzählen, dass ich nicht mehr bei Monsieur Dior wohne. Er hat ein hübsches Apartment für mich gefunden, an der Place Victor Hugo.»

Suzys markante Brauen senkten sich. «Sag ihm ab.»

«Das kann ich nicht. Ich bin dort schon eingezogen.»

«Dann zieh wieder aus.»

«Und ich habe sogar schon eine Untermieterin.»

«Quel dommage», sagte Suzy, offensichtlich schwer verärgert. «Wie schade, und was für eine Geldverschwendung. Bei mir wärst du sehr viel besser dran. Hätte der blöde Dior mich doch als Erste gefragt.»

Copper sah die Sache anders. Bei Suzy einzuziehen, wäre so ähnlich gewesen, wie wenn eine Maus sich im Ohr einer Katze einnistete. Aber das sprach sie natürlich nicht aus. «Er ist der netteste Mensch auf Gottes Erden. Und er hat mir in den letzten Wochen unglaublich beigestanden.»

«Nett ist er, das gebe ich zu. Aber keine Spur von Charisma.»

«Also ich finde ihn wunderbar. So freundlich, so ein Gentleman.»

Der überraschend starke Klammergriff von Suzys Arm hinderte Copper weiterhin an der Flucht. Die Sängerin musterte ihr Gesicht so eindringlich, dass sie ihr Angst einjagte. «*Mon Dieu*. Was bist du doch für ein Prachtstück. Diese Haare. Diese Haut. Irisches Erbe, natürlich. Eine Prinzessin aus einer keltischen Sage. Ich bin auch keltischer Abstammung, wusstest du das?»

«Äh – nein.»

«Ich bin in Saint-Servan geboren, in der Bretagne. Wir sind vom gleichen Blut, du und ich.» Sie lächelte. Suzy Solidor hatte durchaus Charme, und ihre mehr als verführerische Masche zeigte mit Sicherheit Wirkung bei Frauen, die ähnlich veranlagt waren. «Komm heute Abend zu mir in den Club. Ich erwarte dich.»

«Ich will's versuchen, aber ich muss noch meinen Artikel schreiben –»

«Hör zu, *chérie*», fiel Suzy ihr ins Wort. «Ich kann eine Menge für dich tun. Dich mit den wichtigen Leuten bekannt machen, dir sagen, wo du dich tummeln und wie du dich anziehen sollst. Das alles kann ich dir beibringen, wenn du bereit bist zu lernen. Komm heute Abend zu mir. Du wirst es nicht bereuen.»

«Okay», sagte Copper, die diesen Schmeicheleien nicht gewachsen war. «Ich schaue vorbei.»

Suzys Miene hellte sich auf. «Hervorragend. Jetzt stelle ich dich gleich Cocteau vor.» Sie führte Copper zu dem Stuhl, auf dem der berühmte Regisseur thronte. «Jean, das ist Copper. Sie arbeitet als Journalistin.»

«Als Journalistin?», gab Cocteau zurück. «Ich dachte, Sie seien die Frau dieses gutaussehenden Amerikaners.»

«Ich berichte für *Harper's Bazaar* über die Ausstellung», behauptete Copper kühn.

Auf Cocteaus schmalem, angespanntem Gesicht erschien so etwas wie ein Lächeln. «Wirklich?» Er sprang auf und schüttelte ihr die Hand. «*Harper's Bazaar* interessiert sich für unsere Ausstellung?»

«Und wie», sagte Copper dreist. «Wären Sie mit einem Foto einverstanden, Monsieur Cocteau?»

«So viel Zeit werde ich wohl erübrigen können.» Er strich sich das wildwuchernde Haar aus der Stirn. Schon jetzt hatte die Nennung der großen Modezeitschrift eine magische Wirkung ausgeübt. Copper konnte nur hoffen, dass daraus etwas wurde. Cocteau geriet leicht ins Schwanken, als das tschechische Blitzlicht zündete. Es war aber auch zum Fürchten.

Als Copper Christian entdeckte, der gerade adrett und rosig in einem schicken Mantel den Saal betreten hatte, gab sie einen Freudenschrei von sich. «Monsieur Dior!»

Er ließ sich von ihr küssen und verkündete feierlich: «Meiner Meinung nach ist es an der Zeit, dass Sie mich beim Vornamen nennen. Meine Freunde sagen Tian zu mir. Aber was um Himmels willen ist das für eine Apparatur, die Sie da auf die Menschheit loslassen?»

«Sie blendet wohl sehr», räumte Copper ein.

«Ich vermute, Ihre Sujets werden allesamt recht verdutzt aussehen», sagte er. «Aber vielleicht lässt sich dieser Blitz ja zu einem guten Zweck einspannen. Folgen Sie mir.»

Er führte sie über eine Treppe zu dem Gerüst, das Ausblick auf den Saal bot. Copper stellte begeistert fest, dass das Blitzlicht den Ausstellungsraum fast vollständig ausleuchtete, und ihr gelangen ein paar Gesamtaufnahmen von dem geschäftigen Treiben im Parterre.

«Die werden sehr viel klarer machen, welches Ausmaß das hier hat», sagte sie. «Danke, Tian. Sie sind wirklich sehr gewitzt.»

«Wie steht es mit Ihrer neuen Unterkunft?», fragte er. «Haben Sie sich schon eingewöhnt?»

«Tja, irgendwie bin ich sogar schon zu einer Untermieterin gekommen.» Sie schilderte ihm, wie Pearl vor ihrer Tür gestanden hatte, den mit Hotelaufklebern übersäten Koffer an ihrer Seite.

Dior hob die Augenbrauen. «Sie haben sie aufgenommen? Nach dem, was vorgefallen ist? Meine liebe Copper, war das klug? Ich habe noch nie gehört, dass eine betrogene Ehefrau der Geliebten ihres Mannes Unterschlupf gewährt.»

«Ich auch nicht. Und mir ist immer noch nicht ganz klar, wie sie auf mich verfallen ist. Wissen Sie etwas über sie? Sie hat gesagt, ihr Freund sei ein Verleger.»

«Ach ja? So könnte man ihn wohl bezeichnen. Er gibt Fotokollektionen in versiegelten gelben Umschlägen heraus; verkauft werden sie an Straßenkreuzungen von jungen Männern, die Fersengeld geben, wenn Gendarmen auftauchen.»

«Sie machen Witze. Sagen Sie bloß nicht, dass Pearl auf diesen Fotos zu sehen ist.»

«Ich habe mir nie eins angesehen», sagte Dior dezent. «Aber es könnte durchaus so sein.»

«Mike steh mir bei.»

«Wer ist Mike?», erkundigte sich Dior interessiert.

«Ein Freund von Pete.»

«Comment?»

«Aus der Klosterschule in Brooklyn, die ich besucht habe, wurde man für Gotteslästerung hinausgeworfen. Also haben wir gelernt, anders zu fluchen. ‹Um Petes willen› und ‹Mike steh mir bei›. Sie haben mich trotzdem rausgeworfen. Egal – wollen Sie damit sagen, dass ich mit einer Frau zusammenwohne, die auf anstößigen Postkarten zu sehen ist?»

«Jeder muss sich nun mal seinen Lebensunterhalt verdienen. Und ein Blick darauf könnte recht lehrreich sein.»

«Ich war schon verheiratet. Über das Liebesleben brauche ich keine Belehrung.»

«Kann sein. Aber Sie brauchen das Geld.»

«So dringend nun auch wieder nicht», sagte Copper und zeigte ihm die Zähne.

Auf dem Rückweg zu ihrer Wohnung nahm sie sich vor, mit ihrer neuen Untermieterin kurzen Prozess zu machen. Zum einen war sie der Tropfen gewesen, der zwischen Amory und Copper das Fass zum Überlaufen gebracht hatte. Zum anderen erfreute sie sich offenbar eines zweifelhaften Rufs – das war nun wirklich das Letzte, womit Copper in Verbindung gebracht werden wollte. Und wenn Pearl für schmuddelige Bilder posierte, was tat sie dann am Ende noch alles? Und welche Leute würde sie zu sich in die Wohnung einladen?

Pearl hatte sich unter einem Haufen Decken zusammengerollt, ihre Augen tränten, aus ihrer Nase lief der Rotz. «Was haben Sie denn?», fragte Copper misstrauisch.

«Bin nur ein bisschen erkältet.» Pearls Stimme klang belegt. «Morgen ist es bestimmt wieder besser.»

«Ich muss mit Ihnen reden», sagte Copper grimmig.

«Ein nettes Schwätzchen käme mir gerade recht», erwiderte Pearl und bemühte sich um ein strahlendes Lächeln.

Copper ging ins Bad und stellte fest, dass es sich in etwas verwandelt hatte, das ihre Brüder als Hurenwirtschaft bezeichnet hätten. Die knallbunte Unterwäsche ihrer neuen Untermieterin hing frisch gewaschen kreuz und quer an behelfsmäßigen Schnüren. Über dem Waschbecken hing ein tropfendes Paar grüner Strümpfe, und um zur Toilette zu gelangen, musste Copper sich unter nassen, mit Rüschen besetzten Unaussprechlichen hindurchducken.

Als sie zurückkam, hatte Pearl sich noch tiefer in ihr Nest aus Decken vergraben und zitterte gottserbärmlich. Copper hegte den starken Verdacht, dass sie nur Theater spielte, um nicht zur Rede gestellt zu werden.

«Ich will haarklein wissen, womit Sie Ihr Geld verdienen», sagte sie.

Pearl klapperte mit den Zähnen. «Was spielt das schon für eine Rolle?», fragte sie müde.

«Es spielt durchaus eine Rolle. Ich muss wissen, ob Sie imstande sind, finanziell Ihren Teil beizutragen.»

«Das wüsste ich umgekehrt auch gern von Ihnen.»

«Hören Sie zu.» Copper entschloss sich zur Offensive. «Ich habe das eine oder andere über Sie gehört. Über das, was Sie so treiben.»

«Und jetzt wollen Sie wissen, ob es stimmt.» Pearl tupfte sich die Schweißperlen vom Gesicht. «Na gut. Dann sehen Sie es sich wohl mal besser an.» Sie kroch unter den Decken hervor, stand auf und nahm eine Ledermappe aus ihrem Koffer. «Da, bitte sehr.»

Auf der Mappe stand in äußerst schnörkeliger Schrift *Pearl, die Königin der Kannibalen*. Die Fotos darin zeigten – vor einer unechten Dschungelkulisse – Pearl mit einem großen, schwarzhäutigen Mann.

Copper hatte zu Dior gesagt, dass sie, was körperliche Liebe anging, keiner weiteren Aufklärung bedürfe, doch diese Fotos schockierten sie. Pearls kurvenreicher, schimmernder Körper war in jedem nur denkbaren Geschlechtsakt zu sehen.

Pearl vergrub sich wieder in ihrem Kokon. Ihr Gesicht glänzte schweißnass. «Ich musste so was machen, um über die Runden zu kommen. Sonst wäre ich vor die Hunde gegangen.»

«Sie hätten Toiletten schrubben können, statt das da mit sich machen zu lassen.»

«Ich habe Toiletten geschrubbt. Und zwar nicht zu knapp. Aber dann habe ich beschlossen, dass ich lieber auf schmutzigen Postkarten posiere. Fürs Toilettenschrubben bin ich nun mal nicht gemacht. Aber ich will drei anständige Mahlzeiten pro Tag, und deswegen habe ich damit angefangen – um nicht zu verhungern.»

Copper pfefferte die Mappe zur Seite. «Ich glaube nicht, dass wir zueinander passen.»

«Ich bin nicht stolz auf das, was ich da getan habe.» Pearl sprach noch leiser als zuvor. «Vielleicht haben Sie recht, und ich hätte weiter Toiletten schrubben sollen. Aber damals fand ich es eine gute Idee.

Petrus hat es so hingestellt, als wäre es was ganz Prächtiges und ein Riesenspaß. Und ehrlich gesagt hat er immer dafür gesorgt, dass ich bei den Aufnahmen nicht bei Sinnen war.»

«Was meinen Sie damit?»

«Gin, Haschisch, Kokain, Morphium – die ganze Palette.»

«Darauf hätten Sie sich auch nicht einlassen müssen.»

«Sie kennen Petrus nicht. Zu einem wie ihm sagt man nicht so leicht nein. Ich musste von ihm weg, Copper. Er hat mich an die Nadel gebracht.»

«An die Nadel?»

«Kokain. Wenn man sich das erst einmal spritzt, kommt man sein Leben lang nicht mehr davon los. Nur gut, dass es so kalt ist – vorerst kann ich keine vorn offenen Schuhe tragen.» Sie schob einen Fuß unter den Decken hervor und zeigte ihn Copper. «Er hat mir die Spritzen da gesetzt, weil er nicht wollte, dass auf den Fotos Einstichlöcher zu sehen sind.»

Copper ließ sich auf eine Sessellehne plumpsen. «Allmächtiger.»

Pearl betrachtete ihr zierliches Füßchen mit den hässlichen roten Punkten an den Zehen. «Bis ich das Zeug aus mir raushabe, wird's mir eine Woche lang schlechtgehen. Aber das nehme ich in Kauf. Und der Mann auf den Fotos, das ist Petrus. Man sieht sein Gesicht nicht, aber dafür die wesentlichen Teile. Ich fand es eigentlich gar nicht so schlimm. Einfach nur Fotos von uns, wie wir uns amüsieren. Aber nachdem er mich an die Nadel gebracht hat, wollte er, dass ich mich auch mit anderen Männern abgebe. Verstehen Sie, was ich meine? Mit sogenannten Freunden von ihm. Sie wissen, worauf so was hinausläuft, oder?»

«Ich brauche was zu trinken.» Copper ging zum Barschrank, in dem der Kollaborateur ein paar Halbliterflaschen hinterlassen hatte. Sie goss sich und Pearl je einen ordentlichen Schluck Cognac ein.

«Und wenn ich Ihnen nun schon meine Lebensgeschichte erzählt habe», fuhr Pearl fort, «dann sollten Sie auch wissen, dass ich eine neue Arbeit brauche. Das Geld, das ich Ihnen gegeben habe, ist alles, was ich auf dieser Welt besitze. Und ich will nicht wieder Toiletten schrubben, sondern mir eine anständige Arbeit suchen, sobald es mir bessergeht. Ich bringe mir weiter Buchhaltung bei, damit habe ich mal angefangen und es dann blöderweise wieder aufgegeben.» Sie kippte den Cognac in sich hinein. «Als ich gehört habe, dass Sie Ihrem lausigen Mann den Laufpass gegeben haben, hab ich mir gedacht, das Mädel ist genau die Richtige für mich. Sie haben mir Auftrieb gegeben, Copper. Ich wusste, dass Sie mich aufnehmen würden. Copper und Pearl. Wie schon gesagt, zwei Schmuckstücke.»

«Ich habe noch nie von Schmuckstücken gehört, die aus Kupfer und Perlen bestehen», widersprach Copper. «Die beiden Stoffe vertragen sich nicht.» Sie schaute auf und sah, dass Pearl weinte. Stille Tränen liefen ihr ungehindert über die Wangen.

«Sie denken, ich bin der letzte Dreck. Und dass Sie sich von mir was einfangen.»

«Ich glaube einfach, dass wir nicht zueinander passen. Sie sagen, wir sind vom gleichen Schlag, aber das stimmt nicht. Ich bin immer achtbar gewesen.»

«Ach, ich weiß schon, ich bin verdorben», sagte Pearl ein wenig verbittert. «*Achtbar* – das bin ich nie gewesen. Aber dazu hat man mir von klein auf auch nie eine Chance gegeben.»

Copper schämte sich, von «achtbar» gesprochen zu haben. «Das verstehe ich schon –»

«Nein, tun Sie nicht. Sie wissen kein bisschen von mir und davon, wie mein Leben bisher ausgesehen hat. Sie machen kurzen Prozess mit mir, wie alle anderen Frauen. Frauen sind da noch viel schlimmer als Männer. Vielleicht weil sie alle im Geheimen wissen, dass es ihnen genauso ergehen könnte wie mir.»

«Mag sein. Aber bis dahin verbindet uns nichts. Und wenn ich Sie sehe, muss ich jedes Mal daran denken, was an dem Abend zwischen Ihnen und Amory passiert ist. Das würde ich mir gern ersparen.»

«Das heißt, Sie schmeißen mich endgültig raus?»

«Suchen Sie sich eine andere Unterkunft. Sobald Sie wieder auf den Beinen sind, will ich Sie hier nicht mehr haben. Kein böses Blut, es ist einfach so.»

Pearl nickte. «Ich sehe mich um, Copper Pot.»

Copper hörte, wie Pearl sich im Bad übergab, und wurde das beschämende Gefühl nicht los, dass sie unnötig grob zu ihr gewesen war. Sie setzte sich wieder an ihren Artikel und mühte sich, nicht mehr an Pearl und ihre Probleme zu denken.

Sie arbeitete bis spätabends und begab sich dann, wie Suzy versprochen, ins *La Vie Parisienne*.

Dort ging es hoch her. Als sie sich einen Weg durch die lärmende Meute vor der Tür bahnte, kam ein gutaussehender blonder Mann, der einen untadeligen Abendanzug trug und eine Zigarre zwischen den Fingern hielt, auf sie zu. Erst als Copper unvermittelt voll auf den Mund geküsst wurde, erkannte sie in dem «Mann» Suzy Solidor.

«Da bist du ja! Willkommen in meinem kleinen Etablissement. Michel, kümmern Sie sich um Miss Copper.» Suzy übergab sie an den Oberkellner, der Copper lächelnd zu einem Tisch unweit der Bühne führte und dort eine Flasche Champagner in einem Eiskübel deponierte. Erstklassiger Service, kein Zweifel.

Dior war ebenfalls anwesend, in Begleitung eines hinreißenden jungen Mannes namens Maurice, dazu die übliche Ansammlung von Künstlern und Schriftstellern, unter ihnen ein finster blickendes Paar, bei dem es sich laut Dior um Jean-Paul Sartre und Simone Beauvoir handelte. Copper schrak leicht zusammen, als ihr klarwurde, dass der Mann mit den stechenden, dunklen Augen, der am Nachbartisch neben einer auffallend schönen Frau saß, Pablo Picasso sein musste. Als wolle er ihre Vermutung bestätigen, kritzelte er träge mit einem Buntstiftstummel auf einer Serviette herum und lauschte dem Geplauder rings um ihn her. Kaum war er mit seinem Gekrakel fertig, schnappte sich ein Kellner flink die Serviette und zog triumphierend damit ab; zweifellos würde er dafür von einem Sammler eine gute Handvoll Dollar erhalten.

Als hätte sie nur noch Coppers Eintreffen abgewartet, trat Suzy nun ins Rampenlicht und nahm den Applaus wohlwollend entgegen.

Sie begann mit *Lili Marlène*, ihre tiefe, vibrierende Stimme schien allem und jedem Trotz zu bieten. Copper hatte das Kinn auf die Hand gestützt und betrachtete sie eindringlich. Selbst in diesem tristen, grauen Winter schien Suzy gerade einem Strand an der Côte d'Azur entsprungen zu sein.

«Sie ist schon etwas sehr Besonderes, oder?», fragte Copper Dior, der sich mit seinem Begleiter zu ihr gesetzt hatte. Ihre Zunge war schwer, sie hatte schon ein paar Gläser Champagner geleert.

«Oh, sie ist gigantisch», sagte Dior.

«Schrecklich, was sie mit ihr vorhaben», mischte Maurice sich ein. Die beiden hielten Händchen, und Copper bemerkte, dass Maurice' Fingernägel rosa lackiert waren. «So grausam.»

«Wovon sprechen Sie?», fragte Copper neugierig.

«Die Leute von der *épuration légale* wollen sie anklagen, als Kollaborateurin und wegen Unterstützung des Feindes.»

«Nur weil sie *Lili Marlène* gesungen hat?»

«Vielleicht nicht nur deswegen», sagte Dior. «Sie hat sich nicht immer klug geäußert.»

«Zumindest kann man sie nicht bezichtigen, mit deutschen Offizieren geschlafen zu haben», kicherte Maurice.

Copper runzelte die Stirn. «Nachdem die Deutschen nun fort sind, sollte eigentlich alles vergeben und vergessen sein.»

«Ausgeschlossen», erwiderte Dior. «Im Augenblick will jeder mit dem Finger auf seinen Nachbarn zeigen und sagen: ‹*Er* hat kollaboriert, *ich* dagegen war ein Held.›»

«Das liegt wohl in der menschlichen Natur», seufzte Copper.

«Exactement», sagte Dior. «Wir alle schreiben unsere Geschichte um.» Er beugte sich vertraulich zu ihr. «Ihr Kleid ist so gut wie fertig», murmelte er.

«Ach, wie schön!»

«Kommen Sie zur Anprobe, wann immer es Ihnen passt.»

«Das werde ich.»

Auch der restliche Auftritt von Suzy Solidor verlief provokant. Sie sang noch einige Lieder in ihrem Männerkostüm, dann eines in einem Matrosenanzug, begleitet von einem «Seemannschor», und erschien schließlich fast nackt; ihr phantastischer Körper war nur an den Stellen, die Pearl als die wesentlichen Teile bezeichnet hätte, mit goldenen Stofffetzen bedeckt. Ihre Stimme wurde noch tiefer und kehliger, sank zu einem erotischen Gurren herab. Zuweilen ließ sich nur noch schwer sagen, ob sie Mann oder Frau war, und Copper schien es, als seien manche Lieder unmittelbar an sie gerichtet. Sie sah sich um und stellte fest, dass auch von den Gästen nur wenige eindeutig einem der beiden Geschlechter zuzuordnen waren.

Nach ihrem Auftritt schlang sich die Sängerin eine Stola aus Hermelin um die schönen Schultern und machte, einer Königin gleich, die Runde.

Die stämmige Gestalt von Ernest Hemingway schob sich an Coppers Tisch. Wie üblich trug er ein fleckiges und verblichenes Khakihemd.

«Man erzählt sich, Sie wollen sich als Journalistin versuchen?», fragte er Copper mit volltönender Stimme.

«Ja.»

«Das ist ein Hurengewerbe.» Er zog den Stuhl neben ihrem zu sich heran, wobei der arme Maurice beinahe zu Boden gepurzelt wäre, und ließ sich schwerfällig nieder. «Und das Huren kann ich Ihnen beibringen, Schätzchen.» Er beugte sich vor und blies ihr eine Absinthfahne ins Gesicht. «Besser als jeder andere.»

«Sie sind betrunken, Mr. Hemingway.»

«Das will ich hoffen. Betrunken und verfügbar. Zimmer Nr. 117 im Ritz. Kommen Sie später noch vorbei.»

«Nein, danke.»

«Angst?»

«Nicht im Geringsten.»

Nun erschien Suzy Solidor am Tisch, mit einem Tablett, auf dem sich neben einer neuen Runde Champagner auch ein in Seidenpapier gewickeltes Päckchen mit einer Satinschleife befand. Suzy reichte es Copper. «Ein Geschenk für dich, *chérie*.»

Überrascht wickelte Copper es aus. Es war ein kunstvoll gestalteter Gedichtband von Verlaine. «Danke, Suzy», sagte sie und bewunderte den prächtigen, vergoldeten Ledereinband.

Hemingway ließ ein dröhnendes Lachen hören. «So steht es also? Ich hab mich schon gefragt, was zwischen Ihnen und Amory schiefgelaufen ist. Bei mir im Ritz sind Sie besser aufgehoben, Schätzchen», sagte er zu Copper. «Einfach dreimal klopfen. Ich werde Sie verderben, aber nicht so, wie diese Lesbe es mit Ihnen vorhat.»

«Ich lasse mich von niemandem verderben», sagte Copper verärgert.

«Sie wird Sie dazu bringen, sich Ihre Flammenmähne abzuschneiden und Männerkleidung zu tragen. Das wäre eine Schande.»

«Es gibt schlimmere Schicksale», sagte Suzy.

«Hör zu, Suzy», gab Hemingway zurück. «Ich schnappe sie mir heute Nacht als Erster. Morgen Nacht kannst du sie haben. Und am Montagmorgen soll sie sich zwischen uns entscheiden.»

Copper hatte mehr als genug. Sie stand auf. «Ich gehe nach Hause.»

«Nicht doch», sagte Suzy, aber Copper drehte sich nicht um.

«Im Ritz, Zimmer Nr. 117», rief Hemingway ihr nach. «Nicht vergessen.»

Als sie in der Wohnung stand, war ihr elend zumute. Suzy und Hemingway hatten ihr den Abend ruiniert. Ja, sie hatte sich von ihrem Mann getrennt, doch das bedeutete noch lange nicht, dass man ohne weiteres auf ihr herumtrampeln durfte. Von diesen beiden manischen Egoisten wie leichte Beute behandelt worden zu sein, war eine unerträgliche Zumutung. Paradoxerweise sehnte sie sich auf einmal nach dem respektablen Ehestand zurück.

«Du bist aber früh wieder da», bemerkte Pearl. Sie hockte mit einem Handbuch zum Thema Buchhaltung auf dem Sofa – immer noch zittrig und blass, aber sie hatte sich ein wenig zurechtgemacht. Die Lockenwickler erklärten, wieso ihr Haar sich sonst so munter kringelte. «Und, war's lustig?»

«Eher nicht.» Pearl zählte nicht zu den Menschen, die Copper ins Vertrauen ziehen wollte, aber es war niemand anders zugegen. Sie lieferte Pearl einen kurzen Bericht über die Ereignisse des Abends. Pearl schnappte sich den Gedichtband von Verlaine und las mit leicht verschwommenem Blick darin.

«He», rief sie aus. «Du hältst *mich* für verdorben? Also, das Zeug hier ist einfach ekelhaft.»

«Ich habe noch nichts davon gelesen.»

«Wenn du schon ein paar Schmuddelfotos schlimm findest, dann lässt du von dem hier besser die Finger. Das verdirbt einen.»

«Da spricht die Richtige.»

«Was ich gemacht habe», sagte Pearl würdevoll, «war wenigstens normal. Dass zwei Frauen miteinander rummachen, ist nicht normal, sondern unnatürlich.» Sie wischte sich Nase und Augen trocken. «Außerdem kenne ich Suzy Solidor. Sie ist gefährlich.»

Copper schnaubte. «In welcher Hinsicht?»

«Sobald sie dich in ihren Krallen hat, lässt sie dich nicht mehr los. Und dann wird kein Mann dich mehr beachten. Das hängt dir für den Rest deines Lebens an.»

«Bevor ich mir noch weitere Vorträge anhören muss, möchte ich klarstellen, dass Suzy mich nicht ‹in ihren Krallen› hat. Weder sie noch sonst jemand. Ich bin immer noch nicht über Amory hinweg.»

Copper begab sich mitsamt dem Verlaine-Gedichtband zu Bett. Die mehr als offenen Beschreibungen lesbischer Liebestechniken verblüfften sie. Da hatte sie sich immer für recht welterfahren gehalten – war aber wohl doch weit unschuldiger als bisher angenommen.

Sie legte das Buch beiseite und schaltete das Licht aus. Vor ihrem inneren Auge schwebte verführerisch eine in Goldglanz getauchte Suzy Solidor, weder ganz Frau noch ganz Mann. Trotz der kalten Nacht wurde es Copper so heiß, dass sie die Decken von sich strampeln musste. Und obwohl Pearl im Zimmer nebenan erbärmlich hustete, mühte sich Copper, zur Ruhe zu finden.

Mit einem Ruck fuhr sie in den frühen Morgenstunden aus dem Schlaf hoch. Jemand hämmerte an die Wohnungstür. Ihr erster Gedanke war, dass das Haus in Flammen stand. Sie sprang aus dem Bett und knotete ihren Morgenmantel zu.

Bevor sie die Tür öffnen konnte, stand Pearl neben ihr und packte sie beim Arm.

«Nicht aufmachen. Das ist Petrus.» Pearl war leichenblass. «Keine Ahnung, wie er herausgekriegt hat, wo ich bin.»

Copper starrte die Tür an, die unter den Hammerschlägen des wutschnaubenden Petrus erzitterte. «Ich rufe die Polizei.»

«Nein! Die sperren mich ein.»

«Und, was sollen wir sonst tun?»

Das Gehämmer verstummte für einen Augenblick. Dafür ließ sich lautstark eine heisere Männerstimme in schlechtem Französisch vernehmen. «He, ich höre euch. Ich höre euch dadrin. Aufmachen!»

Pearl hielt einen Finger an die Lippen und riss die blauen Augen weit auf. «Nicht antworten», hauchte sie.

«Was soll der Unfug», konterte Copper. «Er weiß doch, dass wir da sind.»

Die Faustschläge setzten wieder ein, wie um die Offensichtlichkeit dieser Bemerkung zu unterstreichen. «Aufmachen! Aufmachen, ihr Huren.»

«Ich mache ihm auf», sagte Copper.

Pearl klammerte sich an Coppers Arme. «Nein, bitte nicht. Er bringt mich um.»

«Das ist mir egal», erwiderte Copper grimmig. «Hauptsache, er schlägt mir nicht die Tür ein.» Sie schüttelte Pearl ab und schloss auf.

Herein stürmte ein riesiger, überaus wütender Mann. «Wo ist mein Geld?», schnauzte er Pearl an. Die hatte sich wimmernd hinter Coppers Rücken verkrochen, sodass Copper sich dem rasenden Zorn von Petrus ausgesetzt fand. Sein Gesicht, das auf den Fotos nicht zu sehen gewesen war, entpuppte sich als außerordentlich hässlich und von wilder Entrüstung gezeichnet. «Gib mir mein Geld!»

«Sie hat Ihr Geld nicht», sagte Copper.

«Doch! Sie hat mein Geld gestohlen.» Er versuchte Pearl zu fassen zu bekommen, doch die wich zur anderen Seite aus. «Ich bringe dich um, du Hure.»

Plötzlich fiel Copper das dicke Geldbündel wieder ein, das Pearl ihr gegeben hatte. Vermutlich hatte Petrus durchaus Gründe für seine Beschuldigung. Doch fast im selben Augenblick beschloss sie, ihm das Geld auf keinen Fall auszuhändigen. «Sie hat Ihr Geld nicht», wiederholte sie. «Ich habe es.»

Petrus stutzte und musterte sie argwöhnisch. Seine Augen waren gelb wie die eines Löwen. «*Sie* haben es?»

«Ja. Und von mir bekommen Sie es nicht zurück. Sie hat damit die Miete bezahlt, und nun gehört es mir.»

«Sie sind verrückt», stieß er hervor. «Geben Sie es mir.»

«Wohl kaum. Sie gehen jetzt auf der Stelle – und wenn Sie sich noch einmal hier blickenlassen, rufe ich die Polizei.»

Er versuchte sich erneut Pearl zu schnappen. «Rufen Sie die Polizei. Sie hat mich bestohlen.»

Copper geriet in Rage und schob Pearl wieder hinter sich. «Sie sind noch viel schlimmer. Sie haben Sie gezwungen, sich Kokain zu spritzen.»

«*Gezwungen?* Jeden Tag hat die Hure auf den Knien um Koka

gebettelt. Eh, *p'tite*? Schau, was ich dir bringe.» Er hielt ein kleines, zusammengefaltetes Stück Papier empor. «Willst du das? Komm, ich gebe es dir.»

Copper spürte, wie Pearl sich krampfhaft an sie klammerte. «Pearl will nichts davon haben.»

«O ja, sie will. Eh, *p'tite*?» Grinsend faltete er das Papier auseinander, das ein weißes Pulver enthielt. Pearl winselte. «Du willst es unbedingt haben, eh? Komm und hol's dir.»

«Ich werde der Polizei alles erzählen», sagte Copper und hielt Pearl so fest im Griff, dass diese sich nicht rühren konnte. «Wie Sie sie süchtig gemacht haben. Die Fotos, die Schläge – alles.»

«Sie denken, Sie sind tapfer, Mam'selle? Sie wissen nicht, wer ich bin.»

«Ich weiß, dass Sie ein Drogenhändler und ein brutaler Kerl sind. Und ich habe es schon mit übleren Schurken als mit Ihnen aufgenommen. Jetzt raus mit Ihnen.»

Er spuckte ihr vor die Füße. «Leck mich am Arsch.»

«Raus.» Sie schlug ihm das Briefchen aus der Hand, und das Kokain verstreute sich in alle Richtungen.

Er holte etwas aus seiner Hosentasche. Es schnippte, und dann ragte mit einem Mal eine lange scharfe Klinge aus seiner Faust. «Jetzt sehen Sie, dass ich es ernst meine. Kapiert? Pearl kommt jetzt mit mir. Sie gehört mir.»

«Sie geht nirgendwohin.» Copper behielt das Klappmesser fest im Blick, ihr Herz raste. Sie war in Brooklyn aufgewachsen und hatte die vernarbten Gesichter – mitunter auch die Beerdigungen – gesehen, die daher rührten, dass wütende Männer mit Messern herumfuchtelten. Aber sie wollte Pearl um keinen Preis diesem Mann überlassen. «Sie bleibt hier bei mir. Stecken Sie das Messer weg.»

«Ja, ich stecke das Messer weg. In Ihren Hals.» Er trat einen Schritt vor und kniff die Augen zusammen. «Geben Sie mir das Geld. Und die kleine Hure.»

Während Copper zu einer Antwort ansetzte, ging er plötzlich auf sie los – nicht mit dem Messer, sondern mit seiner freien Hand. Der Fausthieb gegen ihre Stirn ließ sie rückwärtstaumeln und Sternchen sehen. Benommen nahm sie wahr, dass Pearl entsetzt aufschrie. Trotz der Schmerzen versuchte Copper sich darauf zu konzentrieren, was vorging. Wie in einem Albtraum sah sie, dass Petrus Pearl an den Haaren zur Tür zerrte. Im Nu würde er mit ihr verschwunden sein und sie einem scheußlichen Schicksal überantworten.

Bis zu diesem Augenblick war Copper das Ganze immer noch unwirklich erschienen. Pearls geschundener Körper, die Spuren der Einstiche, ihr Zittern und ihr Erbrechen, all das hatte Copper lieber nicht so genau zur Kenntnis genommen, hatte es nicht glauben können und wollen. Doch nun, da ihr nach Petrus' Faustschlag fast der Kopf platzte, war es nicht mehr zu leugnen. Ohne nachzudenken, griff sie sich einen schweren Aschenbecher von Lalique, der auf dem Tisch stand, und ließ ihn auf Petrus' Hinterkopf niedergehen.

Da sie immer noch halb betäubt war, saß der Schlag nicht richtig. Der Aschenbecher prallte von Petrus' kahlrasiertem Schädel ab und ließ den Mann lediglich ins Taumeln geraten. Brüllend vor Schmerz und Wut, wandte er sich mit gefletschten Zähnen zu ihr um und wollte ihr mit dem Messer das Gesicht zerschlitzen.

Doch die Dumpfheit in ihrem Kopf wich rasch. Copper hob den Aschenbecher erneut und schleuderte ihn – bestens geschult dank Tausender Baseballspiele im Park mit ihren Brüdern – zwischen Petrus' flammende Bernsteinaugen. Diesmal gab es einen ordentlichen Rums, und der Mann ging zu Boden; aus seiner Nase sprudelte Blut.

«O Gott, du hast ihn umgebracht», japste Pearl und blickte auf die reglose Gestalt.

«Nein, bloß außer Gefecht gesetzt. Wer mir eine verpasst, kommt nicht ungestraft davon», sagte Copper grimmig, beugte sich zu Petrus hinunter und nahm ihm das Messer aus den schlaffen Fingern. «Heiliges Kanonenrohr, sieh sich das einer an.» Sie fand die Vorrichtung zur Arretierung und klappte die Klinge behutsam ein.

Petrus kam langsam wieder zu sich. Ächzend betastete er seine Nase und wollte sich aufsetzen. «Mhm-mhm», sagte Copper und hielt ihm den Aschenbecher erneut vors Gesicht. «Mehr davon?»

«Nein.» Er spuckte Blut, versuchte Coppers bedrohlichem Blick zu entkommen und hob zittrig die Hand. «Nicht noch mehr.»

«Hören Sie zu, Sie Raufbold. Wenn Sie Ihre hässliche Visage noch einmal hier sehen lassen, schlage ich Sie zu Brei. Und rufe die Polizei, damit die Ihre traurigen Überreste in den Knast schleift. So weit, so klar?»

«Ja», sagte er, den Blick auf den Aschenbecher geheftet.

«Halten Sie sich ab jetzt von Pearl fern. Sie beide gehen von nun an getrennte Wege. Kapiert?»

«Ja», grunzte er. «Kapiert.»

«Okay.» Copper trat zurück. «Dann können Sie jetzt gehen.»

Mittlerweile hatten sich im Eingangsbereich etliche neugierige Nachbarn versammelt. Sie sahen zu, wie Petrus hinausstolperte und sich die Nase hielt. «Bravo, Madame», rief jemand, gefolgt von Gelächter. Copper wünschte allen eine gute Nacht und sperrte die Wohnungstür hinter sich zu.

«Er hätte mich kaltgemacht», sagte Pearl. «Ich hab noch nie jemanden so was Tapferes tun sehen.»

«Ich bin in einer rauen Gegend aufgewachsen. Und jetzt ab ins Bett.»

6. Kapitel

Während der nächsten Tage half Copper Pearl, ihren Entzug durchzustehen. Sie zitterte unablässig und weinte, weil sie am ganzen Körper Schmerzen hatte. Das Einzige, was sie zu sich nahm, war Tee mit Milch, und so wurde Copper schon bald zur Expertin darin, dieses englische Gebräu zuzubereiten. Es wirkte auf eigentümliche Weise tröstlich.

Sie erfuhr etwas mehr über Pearls Vergangenheit. Wie Copper selbst war die junge Frau in einer armen Gegend aufgewachsen, im Londoner East End.

«Pearl ist gar nicht mein richtiger Name. Eigentlich heiße ich Winifred Treadgold. Aber auf das Gold in meinem Leben warte ich bisher vergeblich», fügte sie mit bitterem Lächeln hinzu. Sie war ein hübsches Kind gewesen, und dieser Umstand war nicht unbemerkt geblieben. Ein älterer Mann namens Onkel Alf hatte angefangen, «Schweinkram» mit ihr zu machen, noch ehe sie ihren zwölften Geburtstag feierte. Mit dreizehn hatte sie bereits eine Abtreibung auf einem Küchentisch hinter sich, und ihre Kindheit – sofern sie jemals eine gehabt hatte – war endgültig vorbei.

Die Arbeit war ihre Zuflucht gewesen. Sie hatte in einer Wäscherei angefangen, zehn Stunden täglich. Zum Schlafen hatte sie sich mit den anderen Mädchen neben die Waschzuber gelegt. Dort konnte man zwar vor Laugendämpfen kaum atmen, aber wenigstens war es warm. Nach Onkel Alf hatte es andere Männer gegeben. Pearl hatte gelernt, dass sie sie benutzen konnte, wie die Männer sie benutzten.

Hitlers Luftwaffe hatte während *The Blitz* das East End gnadenlos bombardiert, Tausende getötet und große Teile der Stadt in Schutt und Asche gelegt. Pearl war kurz nach der Befreiung von Paris hierhergekommen, angelockt von den strahlenden Lichtern, die im verwüsteten London nicht mehr leuchteten. Sie hatte sich eine Karriere als Fotomodell oder Revuetänzerin erhofft und war in die Fänge von Petrus geraten. Schon nach wenigen Wochen war sie Sklavin seiner Nadel und ließ sich widerstandslos von ihm erniedrigen.

«Er hatte noch andere», sagte Pearl zu Copper. «Ich wollte es anfangs nicht glauben. Ich bin wohl nicht so gut darin, Männer zu durchschauen, wie?»

«Ich auch nicht», gestand Copper mit schiefem Lächeln.

Bislang hatte sie nichts von Amory gehört. Es war, als hätte er nie existiert. Achtzehn Monate Ehe waren über Nacht dahin, und sie hing in der Luft. Zweifellos hatte Amory sie bereits vergessen. Er hatte sich nicht einmal die Mühe gemacht, eine Postkarte zu schicken.

Stattdessen erhielt sie zwei Briefe aus Amerika. Der erste war sehr lang und kam von Amorys Vater. Er beschwor sie, den Scheidungsantrag zurückzuziehen und sich schnellstmöglich wieder mit Amory zu versöhnen, aus einer Reihe von Gründen, die er ausführlich darlegte. Copper war überrascht, denn sie hatte nie das Gefühl gehabt, dass die Familie Heathcote sie besonders schätzte.

Der andere Brief kam von Michael, ihrem ältesten Bruder. Er war sehr viel kürzer und sachlicher:

Es war die richtige Entscheidung, dich von ihm zu trennen. Lass dich auf gar keinen Fall noch einmal mit ihm ein. Komm nach Hause. Wenn du pleite bist, schicke ich dir eine Fahrkarte.

Kein «Ich hab's dir ja gleich gesagt», sehr zu Coppers Erleichterung. Auch keine Mitleidsbekundungen. Sie wusste, dass Michael für die ganze Familie sprach: Keiner von ihnen hatte Amory gemocht, keiner hatte die Ehe gutgeheißen. Sie und Michael standen sich besonders nahe, aber er hatte nie viele Worte gemacht. Sie war dankbar für seine Unterstützung, doch im Augenblick hatte sie nicht die Absicht heimzukehren. Sie entschied, die beiden Briefe später zu beantworten.

Ihre Scheidungsunterlagen wurden ihr zugeschickt. Sie unterschrieb ihren Abschnitt, und nach einer Weile traf Amorys Teil mit seiner Unterschrift per Militärpost ein. Sie war frei. Das Einzige, was sie bedauerte, waren die vergeudeten Jahre.

Und endlich erhielt sie eine Antwort von *Harper's Bazaar*.

Es handelte sich um ein etwas kryptisches Telegramm, das ihr von einem Boten an der Wohnungstür übergeben wurde. Der Text lautete: HENRY VELIKOVSKY ANRUFEN ELY-2038. Und als Absender war SNOW HARPERS angegeben.

Mit wild klopfendem Herzen starrte Copper auf das Telegramm. «Snow Harpers» konnte nur die respekteinflößende Carmel Snow sein, die Chefredakteurin des Magazins. Aber wer war Henry Velikovsky? War es möglich? War dies endlich der Durchbruch für sie?

Copper eilte zum Telefon und wählte die Nummer. ELY war das Kürzel für das Fernsprechamt an den Champs-Élysées. Die Männerstimme, die sich meldete, klang tief und kultiviert, mit leichtem ausländischen Akzent.

«Hallo», begann Copper aufgeregt. «Ich habe gerade ein Telegramm von Mrs. Snow erhalten – wenigstens glaube ich, dass es von Mrs. Snow ist –, in dem steht, ich soll Sie anrufen. Wenigstens glaube ich, dass Sie es sind.»

«Gut möglich, dass ich es bin», erwiderte die Stimme höflich. «Und gut möglich, dass es Mrs. Snow war. Die einzige Unbekannte in der Gleichung sind Sie. Dürfte ich wohl Ihren Namen erfahren?»

«Oh, ich bitte um Verzeihung. Ich heiße Oona Reilly.»

«Ah, natürlich, Sie sind es. Hätten Sie Zeit, sich morgen Abend mit mir zum Essen im Ritz zu treffen?»

«Im Ritz?»

«Ja, ich logiere dort, wie ich zu meiner Schande gestehen muss. Sagen wir morgen Abend um acht?»

«Einverstanden», antwortete Copper atemlos und legte den Hörer auf. Da kam Pearl herein. Sie sah etwas besser aus als in den vergangenen Tagen.

«Was war das denn?»

«Jemand von *Harper's Bazaar* will sich mit mir treffen», erklärte Copper, noch immer ein wenig benommen. «Morgen zum Abendessen im Ritz.»

«Was ziehst du an?», erkundigte sich Pearl, die stets praktisch dachte.

«Dior», rief Copper aus, und ihre Augen weiteten sich. «Ich muss gleich zu Christian Dior.»

Als sie in ihrem rosa Seidenkleid die Empfangshalle des Ritz durchquerte, kam Copper sich vor wie eine dieser Frauen in der Illustriertenwerbung, die beteuerten, das betreffende Produkt habe ihr Leben verändert. Nie zuvor in ihren sechsundzwanzig Lebensjahren hatte sie ein solches Kleid getragen. Das Mieder schmiegte sich an ihren schlanken Oberkörper, während der Rock weit um ihre Knie schwang. Es war nicht einfach nur schön; es passte wie angegossen, makellos, als wäre es eigens für sie gemacht – was es ja auch war. Christian Dior hatte genau erkannt, wie er ihre Figur am besten zur Geltung bringen konnte, und ihr das Kleid buchstäblich auf den Leib geschnitten wie eine zweite Haut. Er hatte ihr sogar ihre spärliche Oberweite verziehen und das Mieder bis tief zwischen ihre kleinen Brüste ausgeschnitten, sodass ihr zarter Hals und die Schultern vorteilhaft zur Geltung kamen. Über dem Herzen saß eine Schleife. Copper war sich der Blicke bewusst, die ihr folgten, als sie erhobenen Hauptes einherschritt, als wäre sie nicht Oona Reilly aus Brooklyn, sondern eine Königin auf Staatsbesuch.

«Ich bin mit Mr. Velikovsky verabredet», teilte sie dem Oberkellner am Empfang des Restaurants mit.

«*Graf* Velikovsky erwartet Sie bereits», erwiderte der Mann hoheitsvoll. Er musterte ihr Kleid und entschied offenbar, ihr den Schnitzer zu verzeihen. «Folgen Sie mir, Mademoiselle», sagte er nachsichtig und verbeugte sich.

Copper betrat mit ihm eine andere Welt, die von Rokokorüschen und goldenen Vorhängen, schneeweißem Leinen, dezenter Beleuchtung und leiser Musik erfüllt war. Ein Wolkenfresko zierte die Decke, in den weichen Teppich unter ihren Füßen waren Bilder von Pfauen eingewebt. Und Blumen – überall standen Blumen im Überfluss, deren zarter Duft den Raum durchzog. Das Restaurant war voll besetzt, und der Kellner führte sie auf Umwegen zwischen den Tischen hindurch, offenbar um sie den anderen Gästen vorzuführen.

Der Mann, mit dem sie verabredet war, saß an einem Tisch in einer der Nischen und las in einer Zeitschrift. Er war hochgewachsen und trug einen enganliegenden Smoking mit Fliege. Als sie näher kam, stand er auf und streckte ihr die Hand entgegen. «Guten Abend, Miss Reilly.»

«Mir wurde gesagt, Sie seien ein Graf», erwiderte sie ein wenig verlegen. «Wie darf ich Sie anreden?»

«Dieser ganze Unfug wurde mit der Oktoberrevolution abgeschafft», wehrte er ab und küsste ihr die Hand. «Aber Sie wissen ja,

Kellner tun gern wichtig. Ich bin nur noch ein einfacher ‹Monsieur›.» Er half ihr auf ihren Stuhl. «Oder auch schlicht ‹Henry›, wenn Sie das vorziehen.»

«Nun habe ich mich schon darauf gefreut, ‹Euer Gnaden› zu sagen, oder was immer die korrekte Anrede sein mag. Sie müssen meine Unwissenheit verzeihen, bei uns in Amerika gibt es keine Adelstitel.»

«Sie haben *Count* Basie und *Duke* Ellington», bemerkte er. «Das ist viel beeindruckender.»

Copper musterte ihn, während sie Platz nahm. Er war schätzungsweise Mitte vierzig und auf unkonventionelle Weise attraktiv. Seine dunklen Augen waren ein wenig mandelförmig, was auf Tataren unter seinen Vorfahren schließen ließ. Seine Nase war breit, die Lippen voll und zu einem Lächeln verzogen. Er hatte die gebräunte Haut eines Mannes, der viel Zeit im Freien verbrachte. Sein Haar trug er in einer fremdartigen Weise zurückgekämmt, die weder französisch noch amerikanisch war. «Sie sind Russe?», erkundigte sie sich.

«Ja. Stellt das ein Problem dar?»

«Nur wenn Sie kleine Kinder fressen und Kirchen niederbrennen.»

«Äußerst selten. Ich bin Anhänger der Weißen Bewegung. Mein Vater und ich haben mit Säbeln gegen die Bolschewiken gekämpft. Leider hatten sie Maschinengewehre, und so zogen wir den Kürzeren.»

«Das freut mich zu hören. Ich bin in gewisser Weise selbst eine Bolschewikin.»

Seine dunklen Augen funkelten. «Sie sehen nicht aus wie die Bolschewiken, denen ich begegnet bin.»

«Nun, wir verstehen es eben, uns zu verkleiden.»

«Offensichtlich. Nehmen wir einen Cocktail? Ich habe natürlich eine Schwäche für Wodka, aber ich bestehe nicht darauf, wenn Sie etwas Zivilisierteres bevorzugen.»

«Ich glaube, ich habe noch nie Wodka getrunken. Wählen Sie doch für mich.»

«Dann nehmen wir zwei Greyhound», entschied er, an den Kellner gerichtet, der beflissen davoneilte. Velikovsky betrachtete Copper mit Interesse. «Ihre Verkleidung ist eine der besten, die ich je gesehen habe. Rochas?»

«Nein, das Kleid hat ein Freund von mir entworfen. Christian Dior im Modehaus Lelong.»

«Dior? Wo habe ich diesen Namen schon einmal gehört? Ach, natürlich. Man sagt, er sei ein aufsteigender Stern.»

«Oh, ich bin ja so froh, dass man von ihm spricht. Wir alle reden ihm zu, ein eigenes Modehaus zu gründen.»

«Tatsächlich?»

«Er scheut sich, Monsieur Lelong im Stich zu lassen, aber er könnte ein Vermögen machen, wenn er nur den Absprung wagen würde.»

«Wir wollen sehen, was ich tun kann, um ihn zu ermutigen», erwiderte Henry Velikovsky. «Sie scheinen gute Beziehungen zur Pariser Modewelt zu haben.»

«Ich finde das Thema faszinierend.» Sie konnte ihre Frage nicht länger zurückhalten. «Sind Sie ein Mitarbeiter von *Harper's*?»

«Ich fürchte, meine Tätigkeit ist weit weniger klar definiert. Ich beschäftige mich damit, kleinere Geldbeträge herumzuschieben.»

Sie war enttäuscht. «Sie verkaufen doch nicht etwa Ölquellen in Brasilien? Oder kostbare Ringe, die Sie zufällig auf der Straße gefunden haben?»

Er schmunzelte. «Nein, ich bin kein Betrüger.»

«Da bin ich ja erleichtert.»

«Carmel Snow und ihr Mann George sind Freunde von mir. Ich habe mit ihnen ein paar interessante Investitionen in New Yorker Immobilien getätigt. Mrs. Snow fand den Artikel, den Sie ihr zugeschickt haben, höchst interessant und hat mich gebeten, mich mit Ihnen zu treffen.»

«Dann hat er ihr gefallen?», fragte Copper mit leuchtenden Augen.

«Sehr sogar. Sie will ihn nächsten Monat drucken. Das ist übrigens einer der Gründe, weshalb wir uns heute Abend hier treffen: damit ich Ihnen das Honorar für Ihre Arbeit übergeben kann. Ich fürchte, es ist kein Vermögen, doch immerhin bekommen Sie es in US-Dollar. Aber meine Liebe, was haben Sie denn?»

Copper waren die Tränen gekommen. «Tut mir leid», brachte sie mit erstickter Stimme heraus. «Das bedeutet mir wirklich sehr viel.»

Verschwommen sah sie, wie Henry Velikovsky ihr ein schneeweißes Taschentuch reichte. «Ich bitte Sie, meine Liebe, trocknen Sie Ihre Tränen. Die Leute werden mich für einen Schuft halten, dass ich Sie zum Weinen bringe. Mein Ruf als guter Mensch ist in Gefahr.»

Copper putzte sich die Nase mit dem Taschentuch, das mit einem gestickten Monogramm versehen und gewiss sehr teuer war. «Ich danke Ihnen. Das ist die erfreulichste Nachricht, die ich seit Wochen bekommen habe!»

Er lehnte sich zurück. «Nun, Carmel ist ihrerseits erfreut über Sie. *Harper's* wird keine Journalisten nach Frankreich entsenden, solange der Krieg nicht vorbei ist. Damit befinden Sie sich in einer interessanten Position: Sie sind gegenwärtig die einzige amerikanische Frau, die in Paris als Journalistin tätig ist. Carmel möchte gern wissen, ob Sie noch weiteres Material haben.»

«Ja», erwiderte Copper eifrig. «Ich arbeite gerade an einer faszinierenden Story.» Sie begann, ihm von *Le Théâtre de la Mode* zu erzählen. Ihre Worte überschlugen sich schier vor Eifer. Sie berichtete, dass sie bereits Jean Cocteau und andere interviewt und eine ganze Reihe Fotos aufgenommen hatte. «Ich habe denen erzählt, dass ich für *Harper's* arbeite», gestand sie. «Ich fürchte, da habe ich etwas vorgegriffen.»

«Nur ein wenig.» Seine exotischen Mandelaugen beobachteten ihr Gesicht und ihre Hände aufmerksam, aber mit einem Anflug von Belustigung. Copper wurde unter seinem Blick etwas verlegen und kam sich sehr amerikanisch vor.

«Sie machen sich über mich lustig», beschuldigte sie ihn.

«Durchaus nicht. Es ist einfach eine Freude, jemanden so voller Begeisterung zu sehen. Wissen Sie, nach all den Jahren des Krieges ist die Welt müde. Sie braucht Frische, Jugend, *joie de vivre*. Und Sie besitzen diese Eigenschaften in Fülle.»

Ihre Cocktails wurden serviert – eine Mischung aus Wodka und Grapefruitsaft, die Copper höchst interessant fand. «Ich nehme an, das heißt Greyhound, weil es einen schlank und bissig hält wie einen Windhund?»

«Ganz genau. Ich habe Harry Craddock vom Savoy in London vor dem Krieg auf die Idee gebracht. Mein bedeutendster Beitrag zur westlichen Zivilisation.»

«Das müssen ja beträchtliche Geldbeträge sein, die Sie herumschieben, wenn Sie es sich leisten können, im Savoy und im Ritz einzukehren», bemerkte sie.

«Ich lege Wert auf eine gepflegte Umgebung. Wissen Sie, früher war ich arm, sogar sehr arm, und ich betrachte die kleinen Annehmlichkeiten des Lebens durchaus nicht als selbstverständlich.»

«Sie haben wohl nicht zufällig Ernest Hemingway zum Nachbarn?»

Ein belustigtes Lächeln erhellte sein Gesicht. «Er hat das Zimmer über meinem. Ich höre ihn gelegentlich mit seiner Pistole schießen. Er behauptet, in seinem Zimmer gibt es Mäuse, aber ich glaube, er trinkt zu viel. Sie sind verheiratet?», erkundigte er sich beiläufig.

«Ich habe mich gerade von meinem Mann scheiden lassen.»

«Das tut mir leid.»

«Das braucht es nicht. Inzwischen scheint mir, es war die beste Entscheidung, die ich je getroffen habe.» Vielleicht war es der Greyhound, vielleicht die Wärme in seinen klugen Augen, jedenfalls erzählte sie Velikovsky auf einmal alles über die Widrigkeiten in ihrer Ehe, ihre Scheidung von Amory und ihre Pläne für ihre Zukunft. Er hörte ihr zu und legte die Speisekarte beiseite, um ihr seine ungeteilte Aufmerksamkeit zu schenken.

«Ihre Zukunftsaussichten sind jedenfalls erfreulich», sagte er. «Bei *Harper's* war man von Ihrem Artikel höchst angetan. Man sieht in Ihnen ein vielversprechendes neues Talent.»

«Wirklich?»

«Carmel war besonders von der Fotografie beeindruckt. Sie hat schon viele Aufnahmen von Frauen gesehen, denen der Kopf kahl geschoren wurde, aber Ihr Bild war etwas Besonderes. Die Mutter mit dem Kind, wie eine tragische Madonna. Carmel sagte, es war schonungslos und zugleich rührend.»

«Das muss ich mir aufschreiben.» Copper sonnte sich in dem Lob.

«Und Ihr geplanter Bericht über *Le Théâtre de la Mode* ist genau das, wonach Carmel sucht.» Er hielt kurz inne. «Was hielten Sie davon, für ein Jahr als festangestellte Reporterin für *Harper's* in Paris zu arbeiten?»

Coppers Herz tat einen Sprung. Sie fühlte, wie ihr das Blut in Hals und Wangen schoss, und konnte sich vor Begeisterung nur mühsam beherrschen. «Das ist ein großartiges Angebot.»

«Das klingt, als käme da noch ein ‹Aber›.»

«Aber ich glaube, im Augenblick sollte ich es nicht annehmen.»

Er zog die Augenbrauen hoch. «Sie wollen nicht Journalistin werden?»

«Oh doch, und ob. Sie können sich gar nicht vorstellen, wie sehr ich mir wünsche, Journalistin zu werden. Ich denke an nichts anderes mehr. Aber fürs Erste würde ich lieber als freie Korrespondentin arbeiten.»

Velikovsky zupfte sich am Ohrläppchen, als wäre er um die richtigen Worte verlegen. «Darf ich fragen, wie alt Sie sind?»

«Ich bin sechsundzwanzig.»

«Ihnen ist klar, dass nicht viele Sechsundzwanzigjährige ein solches Angebot bekommen?»

«Ja, das ist mir klar. Und ich mag überheblich oder verrückt klingen. Aber ich habe mich gerade erst aus einer Ehe befreit. Ich habe es nicht eilig, neue Bindungen zu knüpfen. Ich will mich nicht auf ein einzelnes Blatt festlegen, nicht einmal auf ein so renommiertes wie *Harper's Bazaar*. Als selbständige Journalistin kann ich mir meine Freiheit bewahren.»

«Ist Ihre Freiheit Ihnen so wichtig?»

«Ja, das ist sie.»

«Selbst wenn eine Festanstellung Ihnen Ihr tägliches Brot sichern würde?»

«Selbst wenn sie mir täglichen Kaviar sichern würde», erwiderte Copper entschieden. «Ich liebe den Journalismus und beabsichtige, mich in diesem Bereich zu betätigen. Aber auf meine Weise. Ich bin sehr froh, dass mein Artikel Mrs. Snow gefallen hat, und hoffe wirklich inständig, dass mein nächster ihr noch besser gefällt. Ich will nur frei sein, meinen eigenen Weg zu gehen, und mir nicht vorschreiben lassen, worüber ich berichte.»

Velikovsky nickte bedächtig. «Wie kam es eigentlich dazu, dass Sie diesen Artikel geschrieben haben?»

«Das ist nicht ganz einfach zu erklären. Ich bin gewissermaßen an die Stelle eines Toten getreten.» Copper erzählte ihm von George Fritchley-Bound und wie er sie unabsichtlich in die Grundlagen ihres Handwerks eingeführt hatte. Sie endete mit seinem grausigen Tod und der außergewöhnlichen Beerdigung mit den Surrealisten auf dem Friedhof Père Lachaise. Henry Velikovsky amüsierte sich prächtig über ihre Schilderung, er lehnte sich auf seinem Stuhl zurück und lachte Tränen.

Dann entschuldigte er sich. «Das ist eine ernste Angelegenheit. Ich sollte nicht lachen.»

«Warum nicht?», erwiderte Copper, erfreut, diesen weltgewandten älteren Mann so gut unterhalten zu haben. «George selbst hätte auch gelacht.» Sie zögerte, da ihr eine Erinnerung kam. «Es war das letzte Mal, dass ich meinen Mann gesehen habe. Wir haben an jenem Tag also nicht nur den armen George, sondern auch unsere Ehe zu Grabe getragen.» Der Kellner wurde es anscheinend leid zu warten, bis sie ihre Unterhaltung beendet hatten, und trat an den Tisch, um ihre Bestellungen entgegenzunehmen. Doch Copper fühlte sich durch das Angebot auf der Speisekarte ein wenig eingeschüchtert. «Bitte wählen Sie für mich», sagte sie. «Sie kennen sich so viel besser aus als ich.»

«Sie schmeicheln mir. Was das Essen angeht, ist mein Geschmack allerdings eher schlicht. Wie lange ist es her, dass Sie zuletzt ein wirklich gutes Steak gegessen haben?»

«Lange», antwortete Copper wehmütig.

«Mit Pommes frites? Und dazu einen guten Cabernet Sauvignon?»

«Klingt himmlisch.» Sie beobachtete ihn, während er die Bestellung aufgab. Für sein Alter war er gut in Form. Der Bauch unter seiner Weste war flach, und seine Hände waren kräftig und gepflegt. Er schien ein Dandy zu sein: Sein Smoking saß wie angegossen, der Kragen war sorgfältig gestärkt, die Fliege tadellos gebunden. Entweder widmete er seinem Äußeren große Sorgfalt, oder er hatte zu Hause eine fürsorgliche Frau. «Sind Sie verheiratet?», hörte sie sich selbst fragen.

«Ich war es, ebenso wie Sie.»

«Und es hat Ihnen nicht gefallen?»

«Nun, meine Frau hat mich verlassen, aber auf endgültigere Weise, als Ihr Mann Sie verlassen hat.»

«Sie meinen, sie ist gestorben? Oh, das tut mir leid.»

Er wehrte mit einer kleinen Geste ab. «Es ist lange her. Wir haben uns sehr jung kennengelernt. Gott hat uns ein paar glückliche Jahre geschenkt, ehe er sie zu sich nahm.»

«Sie haben also früh geheiratet.»

«Wir haben alles früh getan», erwiderte er. «Ich bin schon von der Schule in Sankt Petersburg ausgerissen, um im Großen Krieg gegen die Deutschen zu kämpfen. Da war ich fünfzehn. Ich wollte wie mein Vater sein, der ein General war. Ich habe ein paar Wochen an der Front zugebracht, bis mein Vater mich aufspürte und nach Hause zurückschickte. Ein Jahr oder zwei später begann die bolschewikische Revolution. Inzwischen war ich siebzehn, und mein Vater und ich kämpften Seite an Seite. Wie Sie vielleicht wissen, hat die Welt leider zugelassen, dass die Kommunisten uns unser Land wegnahmen. Der Winter kam, und das war es dann. Ich habe meinen Vater an einem verschneiten Berghang im Kaukasus begraben und mich den Überresten unserer Armee auf dem Rückzug nach Konstantinopel angeschlossen. Auf diesem Marsch lernte ich Katja kennen. Sie stammte wie ich aus einer adligen Familie, die durch die Revolution alles verloren hatte. Sie pflegte unsere Verwundeten. Wir beschlossen, zusammen nach Paris zu gehen, und heirateten, sobald wir die Stadt erreicht hatten.»

«Das ist die romantischste Geschichte, die ich je gehört habe», bemerkte Copper.

«Meine Frau erkrankte dann an Leukämie, das war weniger romantisch», erwiderte er. «Dagegen gibt es kein Mittel, selbst wenn ich mir eine Behandlung hätte leisten können.»

«Es tut mir wirklich leid.»

«Ja. Die Zwanziger waren eine harte Zeit. Aber ich stellte fest, dass ich ein wenig von Mathematik verstand, obwohl ich damals aus der Schule weggelaufen war, um den Kaiser umzubringen. Es gelang mir, etwas Kapital aufzubauen, und in meinem bescheidenen Rahmen wurde ich so etwas wie ein Finanzier. Ich arbeitete Tag und Nacht, um meiner Trauer zu entfliehen. Aber wir sind nicht hier, um über mich zu sprechen, meine Liebe. Wir sind hier, um etwas über Sie zu erfahren.»

«Meine Geschichte ist nicht so romantisch. Meine Ehe krankte daran, dass mein Mann andere Frauen hatte.»

«Nichtsdestoweniger eine Tragödie. Aber wie mir scheint, haben Sie, indem Sie ihn verloren, sich selbst gefunden?»

«So ungefähr», bestätigte sie.

«Und jetzt sind Sie auf sich allein gestellt?»

Copper nickte. «Sie müssen mich wohl für verrückt halten, dass ich Mrs. Snows Angebot nicht begeistert annehme?»

«Verrückt? Nein. Carmel würde Sie liebend gern einstellen, und ich muss gestehen, dass mich ihr Zorn treffen wird, wenn ich Sie nicht überzeuge, einen Vertrag zu unterschreiben. Aber ich kann Ihren Wunsch, sich Ihre Freiheit zu bewahren, durchaus nachvollziehen. Ich bin selbst so. Die Dinge sind im Fluss, und Sie sind in einer günstigen Position, um zuzugreifen, wenn sich plötzlich die Gelegenheit zu einer Story bietet. Sie können frei entscheiden, worüber Sie schreiben. Und Sie können frei entscheiden, an wen Sie Ihre Arbeit verkaufen.

Sie können auch frei entscheiden, von wem Sie Aufträge annehmen.» Wieder zupfte er sich am Ohrläppchen, offenbar eine Angewohnheit von ihm, wenn er nach Worten suchte. «Natürlich besteht die Gefahr, dass Sie verhungern. Paris ist die einzige Stadt der Welt, wo Verhungern noch immer als eine Kunst betrachtet wird. Aber ich glaube nicht, dass Sie verhungern werden. Sie schreiben gut, das ist selten, und Sie haben eine einzigartige Sicht auf die Dinge, das ist noch seltener. Sie heben sich von der Masse ab.»

«Das freut mich zu hören.»

«Sie besitzen Charakter, Mut und Intelligenz.»

In diesem Moment wurden ihre Steaks serviert. Das Fleisch war saftig, er hatte nicht zu viel versprochen. Copper hatte sich seit ihrer Trennung von Amory recht karg ernährt, und so aß sie wie eine hungrige Löwin. «Sie sind sehr verständnisvoll, Monsieur Velikovsky.»

«Bitte nennen Sie mich doch Henry. Darf ich Oona zu Ihnen sagen?»

«Gern, aber die meisten Leute nennen mich ‹Copper›.»

«Copper? Das gefällt mir. Meine erste größere Transaktion habe ich mit Termingeschäften in Kupfer getätigt.»

«Tatsächlich? Sie müssen wohl eine Kristallkugel gehabt haben.»

«Es war nicht allzu schwer zu erkennen, dass die Welt sich zu einem weiteren, noch größeren Krieg rüstete. Kupfer wird zur Herstellung von Munition benötigt.»

«Sie sind ja ein wahrer Daddy Warbucks.»

«Wer bitte ist Daddy Warbucks?»

«Haben Sie *Little Orphan Annie* nicht gelesen? Das ist ein amerikanischer Comic. Daddy Warbucks ist der reiche alte Kriegsgewinnler, der für die kleine Waise Annie zum Beschützer wird.»

«Das klingt nach mir.»

«Und wie haben Sie die Jahre dieses größeren Krieges zugebracht?», wollte sie wissen.

«An ein paar seltsamen Orten, die weniger komfortabel waren als das Ritz. Es tut gut, wieder in Paris zu sein.»

«Sie geben sich rätselhaft.»

«Nicht mit Absicht. Der Krieg ist noch nicht beendet, und meine Arbeit ebenso wenig.»

«Ich sehe Ihren Säbel gar nicht.»

Er schmunzelte. «Kriege werden nicht nur mit Säbeln, sondern auch mit Köpfchen gewonnen. Meine Aufgabe ist es, dafür zu sorgen, dass die Säbel zur rechten Zeit am rechten Ort eintreffen.»

«Das klingt gefährlich.»

«Mitunter schon», erwiderte er leichthin.

«Dann sind Sie also ein Geheimagent?»

«Wenn ich einer wäre, würde ich es Ihnen dann verraten?»

«Ich bin nur neugierig.»

«Falls Sie mit dem Gedanken spielen, mich in einem Ihrer Artikel zu erwähnen, vergessen Sie es. Meine Arbeit ist tabu.»

«Und was passiert, wenn Sie gefasst werden?»

«Das hängt davon ab, wem ich in die Hände falle, Herrn Hitler oder dem Genossen Stalin. So oder so wäre ich in Schwierigkeiten.»

«Können Sie sich nicht jetzt zur Ruhe setzen? Der Krieg ist fast gewonnen.»

«Wenn er gewonnen ist, werde ich mich zur Ruhe setzen», erklärte er. «Auch wenn es vielleicht kein wirkliches Ende geben wird, nur andere Feinde.»

«Sie meinen die Russen?»

«Ich meine die Kommunisten.»

«Das ist eine deprimierende Vorstellung.»

«Für mich nicht. Ich weiß gar nicht recht, womit ich mir die Zeit vertreiben würde, wenn es keinen Krieg gäbe. Ich habe für meine Bedürfnisse genug Geld, und ich langweile mich schnell. Sie wohl auch, nehme ich an.» Er schenkte ihr Wein nach. «Darf ich fragen, warum Sie sich selbst als Bolschewikin bezeichnet haben?»

Sie lächelte. «Ach, eigentlich bin ich gar keine. Aber wir wurden oft so genannt.»

«Wir?»

«Mein Vater war das, was Plutokraten wie Sie einen Gewerkschaftsagitator nennen würden. Er organisierte in den Dreißigern Streiks gegen schlechte Arbeitsbedingungen.»

«Ich sehe es im Geiste vor mir. Die kleine Copper, wie sie zitternd vor den grauen Gefängnismauern steht.»

«So ungefähr war es tatsächlich.»

«Sie stehen also den Kinderfressern, die Kirchen niederbrennen, näher als ich.»

«Inzwischen habe ich mir meine eigenen Gedanken gemacht. Aber Ungerechtigkeit ist mir immer noch zuwider, und daran wird sich auch nie etwas ändern.»

«Das spricht für Sie. Ich bitte Sie nur um eines, Copper: dass Sie von jetzt an mit mir in Kontakt bleiben. Einverstanden? Ich schlage vor, wir machen dieses Treffen hier zu einer ständigen Einrichtung – solange ich in Paris bin, essen wir einmal die Woche im Ritz zu Abend.»

«Jede Woche? Hier?»

«Nun, ich habe ein verstaubtes kleines Büro an den Champs-Élysées, aber das hier ist ein passenderer Rahmen, finden Sie nicht? Und auch wenn ich auf Reisen gehe, bemühe ich mich immer, am Wochenende wieder in Paris zu sein.»

«Ich kann furchtbare Mengen Steaks vertilgen», warnte sie ihn.

«Das wäre einer der Gründe, unsere Freundschaft zu festigen: um sicherzustellen, dass Sie nicht verhungern.»

«Und was wären die anderen Gründe?»

«So bleibe ich über Ihre Entwicklung auf dem Laufenden. Wenn Sie einen Artikel an *Harper's* verkaufen, sorge ich dafür, dass Sie Ihr Honorar bekommen. Mehr noch, wenn Ihnen zwischen zwei Aufträgen das Geld ausgeht, helfe ich Ihnen über die Runden.»

Sie warf ihm über den Rand ihres Kristallglases einen argwöhnischen Blick zu. «Das klingt verflixt nach einer Spinne, die eine Fliege in ihr Netz zu locken versucht. Wenn ich von Ihnen Geld annehme, wann immer ich pleite bin, wäre ich dann nicht praktisch eine Angestellte?»

«Durchaus nicht. Sie wären lediglich vernünftig.»

«Und welche Gegenleistung fordern Sie dafür, dass Sie mir ‹über die Runden helfen›?»

«Die Befriedigung, ein angehendes Talent gefördert zu haben», erwiderte er, ohne zu zögern.

«Das ist eine interessante Art, es auszudrücken», erwiderte sie.

«Sie zweifeln an meinen Beweggründen?»

«Ich bin geneigt, das zu tun, ja.»

«Sie verletzen mich zutiefst», klagte er, eine gebräunte Hand auf das Seidenrevers seines Smokings gelegt. «Ich bin hier, um zu helfen.»

«Ach, ich höre schon, wie die Milch der Menschenliebe in Ihnen herumschwappt.»

Zum zweiten Mal an diesem Abend lachte er laut. «Also schön, ich gebe es zu: Ich finde Sie interessant. Ich würde Sie gern wiedersehen.»

«Ich finde Sie auch interessant», erwiderte Copper. «Sie sind ein sehr interessanter Mann. Aber ich bin nicht zu haben.»

«In welcher Hinsicht sind Sie nicht zu haben?»

«In gar keiner Hinsicht. Ich will keine weiteren Komplikationen in meinem Leben. Ich will keine Verträge mehr. Also wenn das hier ein Annäherungsversuch ist –»

«Ich biete Ihnen meine Freundschaft an.»

Sie schwieg kurz, dann streckte sie ihm über den Tisch hinweg ihre schmale Hand zu einem forschen amerikanischen Händedruck entgegen. «Ihre Freundschaft nehme ich gern an. Solange es bei einer Freundschaft bleibt.»

«Ausgezeichnet. Dann sehen wir uns also nächsten Samstagabend wieder, um die gleiche Zeit?»

«Ich freue mich schon sehr darauf.»

Und wirklich, als sie sich trennten, den Bauch voll mit gutem Essen, hatte Copper das Gefühl, in Henry Velikovsky einen Freund gefunden zu haben. Er war gerade alt genug, als Beschützer gelten zu können, und gerade attraktiv genug, um ihr Interesse zu wecken. Überdies umgab ihn eine Aura des Gefährlichen und Exotischen, die unweigerlich jede Frau in Bann schlagen musste.

Ehe sie vom Tisch aufstanden, überreichte er ihr einen dicken weißen Umschlag, dessen Lasche mit seinen Initialen versehen war. Der Umschlag war mit neu aussehenden Dollarscheinen gefüllt. Copper war begeistert. «Ich kann gar nicht glauben, dass das hier wirklich ist.»

«Ganz und gar wirklich. Ich habe sie selbst gedruckt.»

«Hören Sie auf, sich über mich lustig zu machen. Dies ist das erste Geld, das ich durch Schreiben verdient habe.»

«Es wird nicht das letzte sein.» Er begleitete sie nach draußen und winkte ihr ein Taxi heran. «Im Notfall können Sie mich jederzeit über die Telefonnummer an den Champs-Élysées erreichen. Falls ich gerade nicht in Paris sein sollte, leitet meine Sekretärin Nachrichten weiter.»

«Vielen Dank, Henry. Und danke auch, dass Sie mir den ganzen Abend zugehört haben. Ich hatte schon lange keinen intelligenten Gesprächspartner mehr.»

«Ich hoffe, Sie werden mich künftig als Vertrauten ansehen, meine liebe Copper. Ich kann recht nützlich sein.»

Sie gaben sich die Hand, dann stieg Copper in ihr Taxi. Auf dem Weg zur Place Victor Hugo fühlte sie sich so glücklich wie seit Wochen nicht mehr.

Pearl war wach, als sie zurückkam. Doch als Copper, noch immer ganz verzaubert, ihr erzählte, wie das Treffen verlaufen war, schrie Pearl entrüstet auf.

«Du hast an einem einzigen Abend eine Stelle bei *Harper's Bazaar* und einen gutaussehenden Millionär abgelehnt – und findest das auch noch gut?»

Copper lachte fröhlich. «Ich habe keines von beidem abgelehnt. Ich erhalte mir nur meinen Handlungsspielraum.»

«Handlungsspielraum? Bist du größenwahnsinnig geworden?»

«Nein. Aber ich kann meine Arbeit verkaufen und jede Woche auf Rechnung anderer Leute im Ritz Steak essen. Und ich bin frei.» Sie reckte die Arme hoch und tanzte um Pearl herum. «Ich bin frei!»

Doch Pearl ließ sich nicht von ihrer Begeisterung anstecken. «Du hast es gut», sagte sie. «Für mich wird sich nie ein Mann wie der interessieren. Nie im Leben.»

Etwas an Pearls Tonfall machte Copper stutzig. Sie hörte auf zu tanzen, um ihre Mitbewohnerin eingehender zu betrachten. Pearls Haut war blass, ihre Augen stumpf, die Pupillen winzig wie Stecknadelköpfe. «Pearl!», rief sie bestürzt. «Was hast du getan?»

«Ich habe gar nichts getan», verteidigte sich Pearl.

Copper griff nach dem Buch, das neben Pearl lag. Zwischen den Seiten fiel eine gläserne Spritze mit einem Rest trüber Flüssigkeit heraus. Copper wich entsetzt einen Schritt zurück. «Ach, Pearl.»

«Es ist nicht so leicht», sagte Pearl tonlos, hob die Spritze auf und legte sie sorgfältig wieder zwischen die Buchseiten.

«Woher hast du das Zeug?»

«Was glaubst du wohl?», versetzte Pearl bitter.

Copper musste sich setzen. «Du bist doch nicht etwa wieder zu ihm gegangen?»

«Doch, genau das habe ich getan.»

«Was ist mit der Buchhaltung?»

«Zum Teufel mit der Buchhaltung. Ich kann nicht rechnen.»

«Das Zeug wird dich umbringen.» Copper kämpfte gegen den Kloß in ihrem Hals an.

«Es war doch nur ein Schuss. Nur damit ich wieder auf die Beine komme.»

«Ich werde diese Spritze zertrümmern.»

Pearl griff hastig nach dem Buch und drückte es schützend an die Brust. «Hörst du nicht, was ich sage? Es war nur der eine Schuss.»

«Und wenn die Wirkung nachlässt, brauchst du noch einen und dann noch einen.»

«Du weißt ja nicht, wie das ist.»

«Ich kann dich zum Arzt bringen –»

«Ich brauche keinen Arzt. Ich brauche überhaupt niemanden, der seine Nase in meine Angelegenheiten steckt.»

«Pearl –»

«Lass mich in Ruhe, Copper.» Sie ging in ihr Zimmer und schloss die Tür ab.

7. Kapitel

Copper stand unauffällig vom Tisch auf, an dem die anderen sich unterhielten und Champagner tranken, und schob sich durch das lärmige Gedränge, das wie jeden Abend im *La Vie Parisienne* herrschte. Sie hatte sich angewöhnt, zwei- oder dreimal wöchentlich in den Club zu kommen. So blieb sie über den Klatsch und Tratsch in der Modewelt auf dem Laufenden, denn Suzys Club war der Treffpunkt der Modeschöpfer und Couturiers. Doch das war nicht alles.

Die Wochen waren rasch vergangen. Das Jahr 1945 war angebrochen, und die Alliierten standen bereits auf deutschem Boden. Seit Amory fort war, kam es Copper vor, als wären die düsteren Gesetze der Schwerkraft aufgehoben und sie schwebte frei zwischen strahlend weißen Wolken. Sich mit Christian Dior und seinem Kreis anzufreunden, war der Anfang gewesen, ihre Eintrittskarte in die Welt der Mode. Allmählich verstand sie, was die Haute Couture ausmachte, was neu war und was bereits hoffnungslos *démodé*. Für sie hatte sich eine Zukunft als Journalistin aufgetan, die maßgeblich über Frauenthemen und Mode schreiben konnte.

Dass *Harper's* gleich beim ersten Versuch einen Artikel von ihr angenommen hatte, war ein gewaltiger Schritt auf der Leiter gewesen. Sich selbst gedruckt zu sehen – und erstmals unter ihrem eigenen Namen –, war unglaublich aufregend. Ihre knappe, schonungslose Prosa hatte zwischen all den Artikeln über Kleider und Schuhe kraftvoll gewirkt.

Ihr Abendessen im Ritz mit Henry Velikovsky war für sie mittlerweile zum Höhepunkt der Woche geworden. Sie liebte das Ritual, ihn dort zu treffen und Geschichten über seine Abenteuer zu hören, über seine Kindheit in Russland und die romantische Welt mit Schlittenfahrten und Winterpalästen, in der er einst gelebt hatte. Er gab ihr seinerseits das Gefühl, glanzvoll und besonders zu sein, ein Gefühl, das sie lange nicht mehr gehabt hatte. Langsam und fast unmerklich hatte sich ihre Freundschaft zu etwas Tieferem entwickelt.

Über ihn hatte sie zwei weitere kleine Arbeiten an *Harper's Bazaar* verkauft. Carmel Snow war noch immer an Storys über Paris interessiert, besonders an solchen, die einen Bezug zur Mode hatten. Und man erwartete mit Spannung ihren Artikel über *Le Théâtre de la Mode*, den sie einreichen würde, wenn die Ausstellung eröffnet war.

Dann war da noch ihre dritte wichtige Freundschaft, die mit Suzy Solidor. Copper traf Suzy an ihrem kleinen Schminktisch an, wo sie gerade ihr Gesicht im Spiegel betrachtete.

«Ich mache mir Sorgen um dich», sagte sie und setzte sich neben Suzy.

«Pourquoi?»

«Die *épuration*. Alle im Club reden davon.»

«Hab keine Angst», erwiderte Suzy. «Ich habe nichts Unrechtes getan. Diese Hunde können mir gar nichts.»

«Doch, das können sie. Sie können dich ins Gefängnis stecken oder in ein Internierungslager.»

«*Chérie*, sie können mir schlimmstenfalls eine Geldstrafe von ein paar Francs auferlegen.»

«Ich hoffe, du behältst recht.»

«Natürlich. Sei unbesorgt.» Ihre Blicke trafen sich im Spiegel. «Ich bin kein Engel. Aber du bist einer, *ma chérie*. Du bist ein vollkommener Engel.» Sie tätschelte Coppers Wange und sah ihr forschend ins Gesicht. «Findest du mich abstoßend?»

«Natürlich nicht.»

In Wahrheit hatte Suzys Intensität sie anfangs eingeschüchtert. Die Gesellschaft der älteren Frau wirkte auf sie wie Absinth: berauschend, aber gefährlich. Suzy hielt sich an keine Regeln, unter anderem deshalb fand Copper sie so interessant. Schon bald war Suzy ein fester Bestandteil ihres Lebens geworden. Sie hatte es sich zur Aufgabe gemacht, Copper zu unterweisen, ihr Französisch zu verbessern, ihren Geschmack in Sachen Kleidung, Essen und noch in vielen anderen Dingen. Sie machte Copper mit ihren Lieblingsdichtern vertraut – Baudelaire, Villon, Rimbaud – und eröffnete ihr eine ganze Welt ungeahnter Möglichkeiten.

Wie bei Henry, wenn auch auf andere Art, hatte sie das Gefühl, dass etwas in ihr erwachte. Sinnlichkeit war in ihr Leben gedrungen wie ein warmer Lufthauch durch die Fenster eines Raumes, der lange Zeit verschlossen gewesen war. Amory hatte ihr alles bedeutet, vor allem zu Beginn ihrer Ehe, aber seine Untreue hatte sie so oft und so tief verletzt, dass sie ihm irgendwann gar nicht mehr vertraut hatte. Und mit dem Vertrauen war auch das Begehren gestorben. Sie hatte festgestellt, dass Nähe und Vertrauen ihr wichtiger waren als körperliche Liebe. Begehren erwuchs aus Vertrauen, nicht umgekehrt. Etwas in ihr hatte sich verschlossen wie der Kelch einer zarten Blüte. Und war verschlossen geblieben, bis neue Menschen in ihr Leben getreten waren – Henry und Suzy.

«Und dieser russische Schuft», fuhr Suzy fort. Copper überlief ein Schauder, als sie mit Fingerspitzen leicht wie Schmetterlingsflügel ihren Nacken liebkoste. «Wenn du schon nicht mit mir schläfst, schläfst du denn mit ihm?»

«Natürlich nicht.»

«Natürlich nicht», ahmte Suzy sie spöttisch nach. «Du bist ein

Monument der Keuschheit, und deine marmornen Schenkel öffnen sich nie. Wirklich, *chérie*, du genießt es doch, alle Welt in den Wahnsinn zu treiben.»

«Das ist nicht wahr.»

«Lügnerin.» Suzy drückte ihre feuchten Lippen fest auf Coppers Mund. So großen Wert sie auch auf elegante Kleidung legte, Suzy benutzte niemals Parfüm oder Deodorant. Der milchige Duft ihrer Haut und der strengere Geruch ihrer Achselhöhlen stiegen Copper in die Nase, betörend und erotisch. Sie wich hastig zurück.

«Warum küsst du mich nie richtig?», fragte Suzy und berührte Coppers helle Locken.

«Ich will dich nicht so küssen.»

«Warum nicht?»

«Das ist nicht –» Copper fand nicht das passende Wort.

«Nicht anständig? Nicht schicklich? Nicht sittsam?»

«Nicht ich.»

«Aber du willst mich doch genauso, wie ich dich will. Das spüre ich.»

«Du meinst, du glaubst es zu spüren.»

Suzy packte Copper drohend an den Haaren. «Manchmal würde ich dir gern weh tun.»

«Manchmal wünschte ich, du tätest es», erwiderte Copper leise.

Als Copper in den frühen Morgenstunden aus dem *La Vie Parisienne* zurückkehrte, fand sie Pearl im Wohnzimmer vor: Sie kauerte auf dem Sofa, spreizte mit einer Hand die Zehen ihres nackten Fußes und hielt in der anderen schon die Nadel bereit.

«Um Himmels willen», rief Copper angewidert aus. «Kannst du das nicht im Bad tun?»

«Dadrin ist es eiskalt.» Pearl setzte sich sorgfältig die Spritze, dann ließ sie sich mit einem Seufzer in die Kissen zurücksinken. Copper sah zu, wie die Wirkung der Droge alle Falten aus Pearls jungem Gesicht tilgte, sodass es glatt und ausdruckslos wurde. Pearls Rückfall war eine herbe Enttäuschung gewesen, doch Copper musste einsehen, dass Pearl den Ausweg aus ihrer Sucht, wenn überhaupt, nur selbst finden konnte.

«Du warst wieder bei Petrus.»

Pearls Mundwinkel zuckte, die schwache Andeutung eines Lächelns. «Ja, ich war wieder bei meinem großen schwarzen Teufel.»

«Und was musst du als Gegenleistung für das Kokain tun?»

«Dasselbe, was du auch tust.»

«Ich weiß nicht, wovon du redest», entgegnete Copper ungehalten.

«Ich rede von dem Lippenstift in deinem Gesicht. Das ist nicht dein Farbton, Kindchen.»

Copper wischte sich verärgert den Mund ab. «Das könnte von jedem sein.»

«Nicht dieses spezielle Blutrot. Das ist eindeutig von ihr. Hast du eine Affäre mit Suzy?»

«Nicht dass es dich was anginge», antwortete Copper ruhig, «aber nein, ich habe keine Affäre mit Suzy.»

«Na, wenn du jetzt noch keine Affäre mit ihr hast, dann ist es nur eine Frage der Zeit, denn darauf legt sie es an. Sie umgarnt dich. Du wirst ihre nächste Eroberung.»

Copper schnaubte. «Also wirklich, Pearl. Das geht mir zu weit, mich von jemandem belehren zu lassen, der sich gerade eine Nadel zwischen die Zehen gestochen hat.»

«Sie ist abnorm.»

«Wenn du mit ‹abnorm› meinst, dass sie nicht langweilig ist, dann stimme ich dir zu.»

«Im *La Vie Parisienne* kann man sich eine Weile ganz gut amüsieren. Die seltsamen Gestalten beobachten, ein paar Gläser trinken –»

«Anderen Frauen den Mann ausspannen», warf Copper ein.

«Aber du gehst jeden Abend hin. Du bist in sie verknallt.»

«Und du bist süchtig.»

«Du auch. Du schaust sie an wie ein Kaninchen eine Boa constrictor.»

«Dazu kann ich nichts sagen, weil ich noch nie gesehen habe, wie ein Kaninchen eine Boa constrictor anschaut. Wenn ich das nächste Mal in Brooklyn in den Zoo gehe, werde ich darauf achten. Einstweilen mag ich Suzy einfach gern. Sie war gut zu mir, und ich nehme an, ich schaue sie dementsprechend an.»

«Es ist offensichtlich, was sie von dir will – sie macht vor allen Leuten mit dir rum. Sie reden schon über dich.»

«Lass sie reden.»

«Ich weiß, wie das ist, wenn man verdorben wird», sagte Pearl. Sie machte sich träge, aber sorgfältig daran, ihr «Handwerkszeug», wie sie es nannte – ihre Sammlung Spritzen und kleine Ampullen –, in einen Kulturbeutel zu packen. «Ich will nicht, dass du so endest wie ich. Es ist schwer, von der schiefen Bahn wieder runterzukommen.»

«Das weiß ich», sagte Copper in milderem Ton. Pearl verschwand jeden Tag für Stunden, zweifellos um für Petrus zu arbeiten wie früher. Wenn sie zurückkehrte, brachte sie einen neuen Vorrat an Kokain und anderen Drogen mit. Wenigstens steuerte sie auch ihren Anteil zur Miete bei, in diesem Punkt konnte Copper sich nicht beklagen. «Wir könnten einen Platz in einer Klinik für dich suchen.»

«Nein, danke. Kalter Entzug? Das ist doch alles Mist. Was sagt Henry eigentlich zu Suzy?»

«Im Unterschied zu dir mischt Henry sich nicht in mein Leben ein.»

Pearl gähnte. «Du wirst ihn verlieren.»

«Wie kann ich ihn verlieren, wenn ich ihn gar nicht habe?»

Pearls Augen erinnerten Copper in verstörender Weise an die von George, als sie ihn tot am Boden gefunden hatte: trüb und ausdruckslos. «Du hast ihn völlig in der Hand. Er ist verrückt nach dir.»

Copper versuchte gar nicht erst, etwas so Privates, Sensibles und Kompliziertes wie ihre Gefühle für Henry und Suzy zu erklären. Sie war sich ja selbst kaum im Klaren darüber. «Henry ist viel älter als ich.»

«Welche Rolle spielt das? Henry ist gutaussehend, reich, und er vergöttert dich. Was willst du mehr?»

«Ich will überhaupt niemanden. Ich mag meine Freiheit.»

«Copper Pot, wann wirst du endlich erwachsen und erkennst, wie es im Leben wirklich läuft?», fragte Pearl, die gern das letzte Wort hatte. Dann stand sie auf und ging langsam wie eine Schlafwandlerin in ihr Zimmer.

Am nächsten Tag traf Copper sich im Pavillon de Marsan mit Dior. Es war ein klarer, klirrend kalter Morgen. Sie gingen in den Hof hinaus, wo an einer Bude mit einem Kohlenbecken geröstete Maronen reißenden Absatz fanden.

«Es ist eiskalt», klagte sie.

«Das ist Paris. Man kommt nicht wegen des schönen Wetters her. Sie wirken müde, meine Liebe», bemerkte Dior und kaufte eine Portion Maronen in einer Tüte aus Zeitungspapier.

«Ich habe letzte Nacht nicht allzu gut geschlafen», gestand sie. «Pearl ist wieder auf Kokain.»

Dior konzentrierte sich darauf, eine Marone zu schälen. Sorgfältig zupfte er die Haut von dem heißen, süßen Kern ab. «Damit war zu rechnen. Sie können nichts dagegen tun. Ich habe mit Bébé dasselbe Problem.»

«Und dann ist da noch Suzy.»

«Was ist mit Suzy?»

«Sie war immer furchtbar nett zu mir. Aber sie will mehr als nur eine Freundschaft. Nun wird sie ungeduldig, weil ich auf ihre Annäherungsversuche nicht so eingehe, wie sie es gern hätte. Ich will sie nicht verletzen oder enttäuschen. Was soll ich tun?»

«Da fragen Sie den Falschen, meine Liebe.»

«Aber gerade Sie müssen doch mein Dilemma verstehen – wer, wenn nicht Sie?»

«Sie meinen, weil ich so bin, wie ich bin? Aber ich wurde so geboren. Ich wusste schon sehr früh im Leben, was ich bin. Es kam mir nie seltsam vor, mich nach Liebe mit Menschen des gleichen Geschlechts zu sehnen.» Er betrachtete die fertiggeschälte Marone prüfend. «Und lassen Sie sich gesagt sein, *ma petite*, Beziehungen sind niemals einfach. Ich für meinen Teil habe nie mein Glück in der Liebe gefunden.»

«Ach, Tian, wie traurig das klingt.»

«Traurig, aber wahr. Im Grunde spielt es gar keine Rolle, ob man sich zum anderen Geschlecht oder zum eigenen hingezogen fühlt. Die Probleme sind die gleichen. In dem Kreis, in dem ich mich bewege, können Sie sehen, dass es zum Problem des Begehrens nicht die eine Lösung gibt. Schauen Sie sich Cocteau an: Er verliebt sich in Frauen und Männer gleichermaßen.»

«Der einzige Mensch, den Cocteau wirklich liebt, ist er selbst», stellte sie trocken fest.

Dior lachte. «Vielleicht haben Sie recht. Die Schönen werden begehrt, die anderen nicht. Ich war nie schön, nicht einmal in meiner Jugend, wo doch die meisten Menschen eine kurze Blüte erleben. Ich hatte nie eine solche Blüte. Ich war immer schlicht und unscheinbar. Und ich bleibe schlicht und unscheinbar.»

«Sie sind nicht unscheinbar.»

«Aber gewiss doch. Und ich habe den angeborenen Makel, mich unausweichlich zum Schönen hingezogen zu fühlen. Mit dem Ergebnis, dass ich meist Zurückweisung erfahre. Mitunter werde ich sogar für meine Anmaßung verspottet. Und wenn ich tatsächlich einmal erhört werde, so ist es nicht von Dauer, sondern ich werde schon bald durch einen attraktiveren Kandidaten ausgetauscht.»

Sie legte ihm mitfühlend eine Hand auf den Arm. «Selbst wenn Sie unscheinbar wären – wobei ich Ihr Gesicht ganz bezaubernd finde –, so haben Sie doch eine Brillanz an sich, die über äußerliche Schönheit weit hinausgeht.»

«In dieser Welt», entgegnete er mit wehmütigem Schulterzucken, «zählt die äußere Erscheinung weit mehr als das, was darinsteckt. Wenn ich in meinem Gewerbe eines gelernt habe, dann das.»

«Ich dachte, Amory wäre der Richtige für mich», sagte sie traurig. «Es war ein langer, allmählicher Prozess der Desillusionierung. Ich weiß, wie es ist, gegen attraktivere Kandidaten ausgetauscht zu werden.»

Er legte seine Hand über ihre. «Mir wurde viele Male das Herz gebrochen. Jetzt, mit vierzig, rechne ich nicht mehr damit, den Richtigen zu finden. Ich widme mich ganz meiner Arbeit. Aber Sie haben keinen Grund, ein solches Leben zu führen. Der Richtige für Sie ist vielleicht näher, als Sie denken.»

«Wie meinen Sie das?»

«Nun ...» Er wandte sich wieder seinen Maronen zu. «Da wäre Henry.»

«Er ist ein Freund. Weiter nichts.»

«Sind Sie sicher, dass da weiter nichts ist?»

«Er ist sehr attraktiv. Aber ...»

«Aber?»

«Nun, ich bin viel jünger als er. Ich liebe mein Leben. Ich liebe es, ein Bohemien zu sein und Abenteuer zu erleben. Ich bin nicht bereit, all das aufzugeben, für niemanden. Außerdem haben wir sehr unterschiedliche Ansichten. Er hält es mit den starken Mächten, ich sympathisiere eher mit den Unterdrückten.»

«Wollen wir Madame Delahaye zu Rate ziehen?»

«Ich glaube nicht, dass ich eine Wahrsagerin brauche. Eher einen Psychiater.»

«Wissen Sie, Madame Delahaye ist schrecklich zuverlässig. Jedes Mal liest sie aus den Karten genau dasselbe: Catherine lebt, es geht ihr gut und sie wird zu mir zurückkehren.»

«Das freut mich für Sie», erwiderte Copper sanft. Insgeheim dachte sie, wie naiv Dior doch mitunter sein konnte.

Er nickte. «Meine Liebe, man sollte etwas Neues probieren können, ohne gleich zu meinen, man würde sich selbst dazu verurteilen, auf ewig immer das Gleiche zu essen. Erst recht in Ihrem Alter. Hören Sie auf Ihre Instinkte.» Er bot ihr eine akribisch geschälte Marone an. «Ich kann Ihnen nur einen Rat geben: Tun Sie nichts, wovon Sie nicht das Gefühl haben, dass es richtig ist.»

Sie nahm die warme kleine Gabe an. «Sie können sich glücklich schätzen, dass Sie Ihre Arbeit haben, Tian.»

«Glück in der Arbeit, Pech in der Liebe. Manchmal wünsche ich mir, ich wäre nicht so, wie ich bin. Es hat seine Nachteile. Zunächst einmal ist es strafbar, und das bedeutet, man lebt in ständiger Angst. Außerdem begegnet man ständig der Verachtung, sogar dem Hass einer bestimmten Personengruppe. Manchmal ist es nur ein Blick, ein ganz bestimmtes Lächeln, ein gezieltes Wort. Das kann einen tief verletzen.» Ein bitterer Ausdruck huschte über sein Gesicht. «Mit der Zeit wird es leichter, seine Begierden zu vergeistigen. Ein umwerfendes Kleid, ein neuer Stoff, ein eleganter Schnitt kann vom eigenen Unglück ablenken.» Er faltete die Papiertüte zusammen und schob sie in die Tasche. «Da wir gerade beim Thema sind, ich muss zurück zu meinen Puppen. Ihre Stunde bei Professor Dior ist beendet.»

Vielleicht, dachte Copper, während sie durch das prunkvolle Portal des Ritz trat, sollte sie wirklich einen Psychiater aufsuchen. Von den zwei Personen in ihrem Leben, für die sie romantische Gefühle hegte, war eine ein achtzehn Jahre älterer Mann und die andere eine Frau. Was Freud wohl dazu gesagt hätte? Sie war längst nicht mehr das naive Mädchen aus Brooklyn, als das sie vor einem Jahr in Paris angekommen war.

Henry erwartete sie an ihrem angestammten Tisch, wie stets makellos zurechtgemacht. Immer wenn sie ihn sah, durchströmte sie ein freudiges Gefühl. In einer Welt voller Unsicherheiten war er eine verlässliche Konstante: Er war immer da, immer bereit, sie zu unterstützen. Vielleicht lag gerade darin das Problem. Wo Henry zuverlässig war, war Suzy eine dauernde Herausforderung. Wo Henry beständig war, war Suzy wandelbar wie der Mond. Wo Henry ihr Sicherheit vermittelte, hatte sie bei Suzy ein starkes Gefühl der Unsicherheit. Es war keine leichte Wahl – sofern es überhaupt eine Wahl gab.

Henry begrüßte sie nach russischer Sitte mit drei Küssen. An diesem Abend spielte ein Orchester Jazz, und elegante Paare tanzten.

«Möchtest du tanzen, bevor wir uns die Speisekarte vornehmen?», schlug er vor.

«Wenn du mir nicht auf die Füße trittst.»

«Ich werde mich bemühen.» Er nahm sie in die Arme, und sie schwebten Wange an Wange zwischen den Tischen hindurch. Er tanzte gut und leichtfüßig, seine Arme waren stark.

«Ich habe versucht, dich im Büro zu erreichen», sagte Copper. «Deine Sekretärin sagte, du seist diese Woche nicht in Paris.»

«Ich hatte ein paar Dinge zu erledigen.»

«Was für Dinge?»

«Langweilige Dinge.»

«Du erwartest von mir, dass ich dir jede Kleinigkeit aus meinem Leben erzähle», warf Copper ihm vor, «aber du erzählst mir überhaupt nichts aus deinem Leben.»

«Also gut», erwiderte er. «Was möchtest du denn wissen?»

«Wo du diese Woche warst und was du dort gemacht hast.»

Er schwieg einen Moment lang und wiegte sie in den Armen. «Der Kampf gegen die Deutschen befindet sich in der Endphase», sagte er schließlich. «Aber es werden bereits Vorbereitungen für einen neuen Kampf getroffen. Die Kommunisten würden sich gern Frankreich einverleiben, so wie sie sich Osteuropa einverleiben.»

Copper schnaubte. «Das ist doch ein alter Hut. Dieses Schauermärchen haben die Fabrikbesitzer schon in den Dreißigern erzählt, um ihre Arbeiter einzuschüchtern, damit sie weiter in eiskalten Hallen unter gefährlichen Bedingungen für einen Hungerlohn schufteten wie Sklaven.»

«Hier geht es nicht um die Arbeitsbedingungen in ein paar Fabriken», erklärte Henry geduldig. «Sie rüsten sich zum Bürgerkrieg.»

«Okay, Daddy Warbucks.» Copper lachte. «Jetzt reicht es mit der Propaganda. Ich habe nicht vor, gegen dich zu kämpfen.»

Sie tanzten noch eine Weile, dann setzten sie sich wieder an den Tisch, um «ihren» Cocktail zu trinken, wie sie ihn inzwischen nannten: Greyhound mit Wodka. Henrys mandelförmige Augen blickten unergründlich, doch er lächelte und sprach in unbeschwertem Ton.

«Du musst dich in Acht nehmen, meine liebe Copper.»

«Vor den blutrünstigen Horden der Kommunisten?»

«Vor einem Skandal. Die Leute reden über dich. Paris ist klein. Ich hörte, man zerreißt sich das Maul über eine Freundschaft zwischen einer gewissen französischen *chanteuse* und einer gewissen jungen amerikanischen Reporterin.»

«Ich verstehe.» Copper blickte nachdenklich in ihr Getränk. «Ich wusste gar nicht, dass ich so berühmt bin.»

«Du bist neu. Und du bist außergewöhnlich. Natürlich ziehst du Aufmerksamkeit auf dich, und die Leute wollen wissen, wer du bist, woher du kommst.»

«Und wohin ich gehe. Wahrscheinlich geradewegs zur Hölle.»

«Die Pariser sind sehr tolerant. Ich glaube nicht, dass irgendjemand dir ewige Verdammnis wünscht. Aber deine Freundin ist alles andere als diskret.»

«Wenigstens schämt sie sich nicht für das, was sie ist.»

Henry zuckte die Schultern. «In Paris kann eine Frau schon seit der Mitte des letzten Jahrhunderts ganz offen lesbisch sein. Das ist gewissermaßen ein Beruf. Es zählt zu den darstellenden Künsten.»

«In Paris ist es schon ein Beruf, überhaupt eine Frau zu sein», bemerkte Copper ironisch.

«Suzy kam als Gassenkind nach Paris. Sie ist die illegitime Tochter einer Reinmachefrau aus Saint-Malo. Eigentlich hieß sie Suzanne Rocher. Yvonne de Bremond hat aus ihr Suzy Solidor gemacht.»

«Wer ist Yvonne de Bremond?»

«Yvonne ist eine lesbische Aristokratin, eine der großen Schönheiten der Zwanziger und Dreißiger. Etwas älter als Suzy. Man könnte die beiden für Schwestern halten. Sie hat Suzy bei sich aufgenommen, sie zu ihrem Herzensprojekt gemacht. Sie hat Jahre gebraucht, um aus dem Rohmaterial ein Kunstwerk zu formen.»

«Wie hat sie das geschafft?», erkundigte sich Copper interessiert.

«Yvonne kannte sich mit allem aus, wovon Suzy keine Ahnung hatte: welche Bücher man gelesen haben muss, wie man sich kleidet, welche Weine man trinkt, wie man redet. Sie hat Suzy in sämtlichen Seebädern vorgeführt, wo die bessere Gesellschaft verkehrte. In den Jahren vor dem Krieg sah man sie in Biarritz oder Cannes in Yvonnes Rolls-Royce Cabriolet daherbrausen, auf dem Rücksitz einen großen schwarzen Hund. Ich kann dir sagen, das war ein Anblick.»

«Kommt mir irgendwie bekannt vor», bemerkte Copper nachdenklich. Es erinnerte sie an das, was Suzy mit ihr tat. «Und dann?»

«Suzy hat sich von ihr abgewandt. Ganz plötzlich, es hat Yvonne das Herz gebrochen. Aber Suzy war es leid, ihr Protegé zu sein. Sie wurde flügge – *et voilà. Adieu,* Yvonne.»

«Das habe ich nicht gewusst.»

Henry griff nach der ledergebundenen Weinkarte. «Man hätte fast meinen können, sie hätte Yvonne die ganze Zeit gehasst und sich nur von ihr verhätscheln lassen, bis der rechte Zeitpunkt gekommen war. Dann hat sie sich gerächt.»

«Gerächt? Wofür?»

«Gute Taten bleiben niemals ungestraft.» Er studierte die Karte. «Yvonne hat einen schicken Laden an der Rue du Faubourg Saint-Honoré. Sie ist ungemein elegant, eine Expertin für Möbel aus dem achtzehnten Jahrhundert. Ihre weihnachtlichen Schaufensterdekorationen sind legendär. Aber sie hat keinen Kontakt mehr zu Suzy. Hmm, sie bieten hier den 1922er Château Latour an. Ob wir eine Flasche bestellen sollten?»

Copper drückte die Weinkarte mit einem Finger hinunter, um ihm ins Gesicht zu sehen. «Soll das eine Warnung sein, lieber Henry?»

«Ich wollte nur anregen» – er lächelte –, «dass du dich von Suzy vielleicht lieber nicht öffentlich vorführen lassen solltest.»

«Ich werde es mir zu Herzen nehmen.»

«Du findest, dass ich mich einmische.»

«Ach, das bin ich schon von Pearl gewohnt.»

Er legte die Weinkarte ab. «Ich staune immer noch darüber, dass du die Geliebte deines Mannes bei dir aufgenommen hast. Du bist wirklich eine außergewöhnliche Frau, Copper.»

«Die arme Pearl war eigentlich gar nicht Amorys Geliebte. Eher das, was wir Amerikaner einen One-Night-Stand nennen.»

«Dennoch war es sehr großmütig von dir, ihr zu verzeihen. Nicht viele Frauen hätten sich so verhalten.»

«Pearl hat genug eigene Probleme.»

«Du sprichst von ihrer Drogensucht.»

Copper schüttelte den Kopf. «Gibt es eigentlich irgendwas, das du nicht weißt?»

«Ich habe meine Quellen. Mir ist auch zu Ohren gekommen, wie du mit ihrem – nun ja – Manager umgesprungen bist.»

«Dir kommt so einiges zu Ohren, lieber Henry.»

«Stimmt es, dass er ein Messer hatte?»

Coppers große graue Augen funkelten. «Ich habe ihm mit einem Aschenbecher von Lalique eins übergezogen. Er hatte keine Chance.»

«Du hast dein Leben riskiert.»

«Es ist ja gutgegangen. Und immerhin kommt er nun nicht mehr in die Nähe meiner Wohnung. Er ist Pearls *bête noir*.»

Henry legte seine Hand auf ihre. «Meine Liebe, ich weiß, du amüsierst dich, aber die Welt ist gefährlich.»

«Das stimmt», räumte sie nachdenklich ein.

«Dass die Welt gefährlich ist?»

«Nein, *das* kümmert mich nicht. Ich meine, es stimmt, dass ich mich amüsiere. Ich war so damit beschäftigt, mir selbst leidzutun, dass es mir bis eben gar nicht bewusst war.»

Er schaute sie ein wenig traurig an. «Vor lauter Amüsieren denkst du wohl gar nicht daran, wieder ein geregelteres Leben zu führen?»

Es dauerte einen Moment, bis sie begriff, worauf er hinauswollte. «Ach, Henry.»

«Ich weiß, das kommt sehr schnell. Und ja, ich bin zwanzig Jahre älter als du –»

«Achtzehn», korrigierte sie automatisch.

«Aber ich hätte dir als Ehemann eine Menge zu bieten.»

«Henry –»

«Ich würde niemals deiner Karriere im Weg stehen oder etwas aus dir machen wollen, was du nicht bist.» Einen Moment lang drückten seine starken Finger fest ihre Hand, dann ließ er sie los. «Du brauchst nicht gleich zu antworten, lass dir Zeit. Aber denk darüber nach.»

«Das werde ich», versprach sie. Dann beugte sie sich vor und küsste ihn auf die Wange. «Und wie auch immer es weitergehen mag – ich fühle mich zutiefst geehrt.»

Ein Antrag von Henry Velikovsky war etwas, das man nicht so einfach abtat. Dennoch hatte sie das Gefühl, ihn nicht annehmen zu können. Jetzt nicht und vielleicht überhaupt nie. Zwar hatte er gesagt, er würde ihrer Karriere nicht im Weg stehen, aber es wäre dennoch ein Verlust an Freiheit – der Freiheit, die ihr so viel bedeutete.

Seine Frau zu werden – Gräfin Velikovsky, wenn man auf so etwas Wert legte –, wäre mit Verpflichtungen verbunden. Unweigerlich würde sie einen Teil der Energie, die sie jetzt in ihre Arbeit steckte, stattdessen auf den Mann verwenden, mit dem sie verheiratet war. Das wusste sie aus ihrer ersten Ehe. Und wenn dann Kinder kamen ...

Sie liebte Henry. Sie liebte ihn für seine gütige und charmante Art, für die Sicherheit, die er ihr bot. Dass er älter war, machte für sie einen Teil der Anziehung aus.

Ob sich daraus die Liebe und Leidenschaft entwickeln konnte, die nötig war, um eine Ehe in Gang zu halten, war eine andere Frage. Vielleicht schon. Aber nur, wenn sie die Flammen nährte. Bislang hatten sie miteinander getanzt, gelacht und sich gemeinsam in einer Glitzerwelt bewegt, die allzu märchenhaft war, als dass man darauf bauen könnte. Sie waren nie miteinander ins Bett gegangen, und solange das nicht geschah, verweilten sie sozusagen im Vorzimmer der Leidenschaft. Copper wusste nicht, ob sie diese Tür öffnen wollte.

Nachdem sie sich verabschiedet hatten, empfand sie eine seltsame Mischung aus Hochgefühl und Traurigkeit. Sie konnte nicht leugnen, dass es ihr Selbstbewusstsein ungemein steigerte, von einem Mann wie Henry umworben zu werden. Andererseits war es frustrierend, ihre eben erst neu errungene Freiheit schon wieder in Gefahr zu sehen.

Es war nicht leicht, sich über ihre Gefühle für Henry klarzuwerden. Der Altersunterschied war beträchtlich, und auch ihre politischen Gesinnungen waren sehr verschieden. Es gefiel ihr nicht, dass sie sich in seiner Gegenwart vorkam wie die großäugige Waise – kindlich, naiv, in einer Not, in die sie sich selbst gebracht hatte und aus der sie nun gerettet werden musste.

Dass er äußerst attraktiv war, trug noch zu ihrem Gefühlswirrwarr bei. Nachdem sie sich eines dominanten, manipulativen Ehemannes entledigt hatte, drängte es sie nicht gerade, sich an den nächsten zu binden.

Weiter kam sie in ihren Überlegungen nicht.

8. Kapitel

Im Pavillon de Marsan herrschte fieberhafte Geschäftigkeit. Die Ausstellungseröffnung stand kurz bevor. Die Modeschöpfer legten letzte Hand an die Dioramen. Die meisten Puppen waren bereits fertig: geheimnisvolle Mannequins in perfekten kleinen Kostümen, zu unergründlichen Szenen gruppiert. Dior selbst benutzte etwas von der Seide, die sie gemeinsam mit dem Simca geholt hatten. Copper überließ ihn der Arbeit an seinen Entwürfen und spazierte mit ihrer Kamera durch die Halle, um in dem Durcheinander surrender Nähmaschinen und lärmender Werkzeuge nach Motiven zu suchen.

Alle großen Couturiers von Paris waren hier vertreten. Copper erkannte inzwischen jeden von ihnen, sowohl die Personen selbst als auch den Stil ihrer Entwürfe. Da war der junge, zerbrechlich wirkende Jacques Fath, dem man, obwohl er erst Anfang dreißig war, in der Modewelt bereits mit Ehrfurcht begegnete. Und da war Elsa Schiaparelli, über ihre Modelle gebeugt, aristokratisch und mystisch, ganz in Schwarz mit eindringlichen dunklen Augen. Nicht weit von ihr arbeitete ebenso konzentriert der Baske Balenciaga, gleichfalls eine düstere Erscheinung. Und hinter ihm stand gebeugt Jeanne Lanvin, vom Krieg gebrochen und laut Suzy, die ihre Freundin war und ihre Kreationen trug, dem Tode nah.

Während Copper sich aufmerksam umschaute, rief jemand ihren Namen. Es war Christian Bérard, über und über mit himmelblauer Farbe bekleckert. Sogar in seinem riesigen wirren Bart hingen dicke Tropfen. Seine strahlenden Augen, die fast genauso blau waren wie die Farbe, blickten durchtrieben. Er trug wie immer seinen kleinen weißen Hund im Arm und hielt in der anderen Hand einen großen Pinsel. «Copper! Wo ist denn Ihre Anaktoria?»

«Hallo, Bébé. Wer ist meine Anaktoria?», erkundigte sie sich vorsichtig, denn in Bérards Kopf gingen seltsame Dinge vor, und seine Witze waren nicht leicht zu verstehen.

«Suzy Solidor natürlich, wer denn sonst?»

«Ich verstehe nicht.»

«Ach, ich vergaß, Sie sind ja bei Wölfen aufgewachsen», sagte er heiter. «Wären Sie in den Genuss von Bildung gekommen, so wüssten Sie, dass Anaktoria die Freundin der Sappho von Lesbos war. Die ganz *besondere* Freundin.» Er riss seine vorstehenden Augen weit auf, damit ihr die Andeutung nur ja nicht entging. «Meine kleine Jacinthe hat heute Geburtstag.» Er streichelte das krause Fell des Hundes. «Ich gebe am Samstagabend eine kleine Feier in meinem Studio. Sie kommen doch sicher auch.»

«Ich ... ich habe am Samstagabend schon eine Verabredung.»

«Mit Ihrem Russen? Ach ja. Er soll ja ein ganz lustiger Zeitgenosse sein», sagte Bérard mit drolliger Miene. «Sie müssen ihn unbedingt mitbringen, ich bestehe darauf.»

Copper hielt das für keine gute Idee. Sie wollte Henry nicht mit dem Kreis der Boheme in Kontakt bringen. Andererseits mochte sie die Einladung auch nicht ausschlagen, Bérard war immerhin Christian Diors engster Freund. «Ich werde ihn fragen, versprochen.»

«Und bringen Sie auch Ihre pornographische kleine Cockney-Freundin mit. Sie ist so bezaubernd.»

«Einverstanden.»

«Gott segne dich, mein Kind.» Er machte mit dem Pinsel das Kreuzzeichen über ihr wie ein Kardinal, der Weihwasser versprengte. Copper war nicht schnell genug, um dem himmelblauen Farbregen zu entgehen.

«Bébé, Sie sind unmöglich», rief sie erbost. Sein quiekendes Lachen klang ihr noch in den Ohren, als sie davonlief, um die Farbe abzuwaschen.

Copper hatte Henry vorgewarnt, dass Bérards Partys spät anfingen, und so kamen sie am Samstagabend erst um elf an. Henry war wie immer förmlich gekleidet, mit Smoking und Seidenschal. Copper war ziemlich angespannt, da die beiden Welten, in denen sie sich bewegte, erstmals zusammentreffen sollten. Was Henry von Bérards Zirkel halten würde und umgekehrt, war nicht vorherzusagen.

Pearl war auch mitgekommen. Sie war reizbar und aufgekratzt – offenbar hatte sie ihren «Schuss» noch nicht gehabt.

Das Studio, ein höhlenartiger Raum in einem alten Häuserblock in Montparnasse, war bereits voller Menschen. Bérard hatte mit seinem Ofen so stark eingeheizt, dass die Luft schier zum Ersticken war. Die meisten seiner Gäste waren ausgefallen gekleidet, wie es zu solchen Anlässen üblich war, Bérard selbst jedoch trug seinen Pyjama und den von Zigarettenasche fleckigen Morgenrock. Copper hatte ihn kaum jemals in anderer Aufmachung gesehen. Er kam ihnen durch das Gedränge entgegen, um sie zu begrüßen, wie immer mit Jacinthe auf dem Arm.

«Herzlich willkommen», rief er. «Und da ist ja auch Pearl. Dieser Mund. Dieser Embonpoint. Meine Liebe, man könnte Sie so vernaschen. Und *dies* –» Seine blauen Augen quollen hervor, und er sank vor Henry in einen scherzhaften Knicks. «Dies muss der Gott Apoll sein, der vom Olymp herabgestiegen ist. Seid gegrüßt, Phoebus Apollo! Dies ist Jacinthe, zu deren Ehren Ihr Euch hernieder auf die Erde begeben habt. Wir feiern heute ihren Geburtstag. Ihr dürft sie küssen.» Er hielt Henry den wolligen kleinen Hund entgegen.

Copper fragte sich, wie Henry auf diesen dicken, betrunkenen, ungepflegten Künstler mit seinem extravaganten Benehmen reagieren würde. Aber sie hätte sich nicht zu sorgen brauchen – Henry schien ihn amüsant zu finden. Er küsste Jacinthe feierlich.

Bébé zog sie mit sich in die Menge und fing an, sie mit seinem seltsamen Freundeskreis bekanntzumachen. Die meisten Couturiers waren versammelt, sogar Balenciaga – hochgewachsen, auf düstere Weise attraktiv und geradezu unmöglich gut gekleidet. Er schien ganz benommen von dem Lärm und Chaos um sich herum.

Der ernste Poulenc war da, außerdem ein großer, stämmiger Mann, der ihnen als Darius Milhaud vorgestellt wurde. Bérard machte Henry mit seinem düster wirkenden russischen Geliebten bekannt, dem Balletttänzer Boris Kochno. Copper überließ die beiden ihrem Gespräch auf Russisch und sah sich ein wenig im Raum um.

Auf einer Arbeitsplatte standen allerlei Flaschen mit alkoholischen Getränken jeder erdenklichen Sorte und Farbe. Jemand schenkte ihr ein Glas Crème de Menthe ein, den sie gern mochte. Dann schlenderte sie durch die Menge und hörte beiläufig die Gespräche der Umstehenden mit an. An den Wänden des Studios häuften sich verschiedene Arbeiten von Bérard, fertige und noch unvollendete. Dutzende Modeskizzen waren da zu sehen, die er mühelos für die Couturiers und Magazine anfertigte. Er war ein Liebling von Coco Chanel, ebenso wie von Elsa Schiaparelli und Nina Ricci. Sie alle ertrugen seine notorische Unzuverlässigkeit und die häufigen Alkoholexzesse, denn seine Arbeit hatte ein gewisses Etwas, einen ganz besonderen Glanz, den kein anderer Künstler erreichte.

Über den Köpfen der Gesellschaft ragten auch ein paar riesige Bühnendekorationen für die Ballets des Champs-Élysées auf, zu deren Mitbegründern Bérard und Boris Kochno zählten, außerdem diverse Stücke, die er für *Le Théatre de la Mode* entworfen hatte. Ein wenig versteckt zwischen all diesen Arbeiten fanden sich die Ölgemälde, die er in eigener Sache anfertigte. Copper blieb vor einem Porträt von Boris stehen, einem brillanten Werk. Bérard war wirklich ein überragender Künstler, der sein Talent nur so aus sich herausfließen ließ. Sie fragte sich, wie lange er dieser Arbeitsbelastung, kombiniert mit seiner Opium- und Alkoholsucht, wohl standhalten würde. Sie hatte mit angesehen, wie George Fritchley-Bound sich auf die gleiche Weise umgebracht hatte.

Weit nach Mitternacht, als der Lärm und das Gedränge auf der Feier ihren Höhepunkt erreichten, traf endlich Suzy Solidor ein. Sie trug ein rotgoldenes chinesisches Kleid mit Stehkragen. Copper fand sie atemberaubend und ging durch die Menge auf Suzy zu, als würde sie magnetisch angezogen. Ihr war ein wenig schwindelig von den diversen Gläsern Crème de Menthe, die sie bereits getrunken hatte.

«*Chérie!*», begrüßte Suzy sie erfreut. Sie hatten sich seit ein paar Tagen nicht gesehen. «Ich habe dich so vermisst.»

«Komm, ich will dich mit Henry bekanntmachen.»

Suzys Gesichtsausdruck veränderte sich schlagartig. «Ich will diesen Mann nicht sehen. Er ist ein Spion, wusstest du das?»

«Er ist ein guter Mann.»

«Männer sind nie gut. Warum hast du ihn hergebracht?»

«Bébé hat ihn eingeladen. Sei nicht eifersüchtig.»

«Aber natürlich bin ich eifersüchtig. Ich hatte mich darauf gefreut, mit dir allein zu sein.»

Copper lachte. «Suzy, das hier ist eine Party.»

Suzy spähte durch die Menge zu Henry hinüber, der sich noch immer mit Boris unterhielt. «Du magst diese gutaussehenden Schufte. Begreifst du nicht, dass sie nur darauf aus sind, dich zu beherrschen? Aber vielleicht gefällt dir das ja. Ein Paar dicke Lippen, die dich küssen, und ein Paar dicke Stiefel, die dich treten.»

«Komm und sprich wenigstens mit ihm. Du wirst sehen, wie bezaubernd er ist.»

«Ich wünsche nicht von ihm bezaubert zu werden.»

Copper gab es auf. «Möchtest du was trinken? Dadrüben stehen eine Menge interessante und geheimnisvolle Flaschen.»

«Nein. Ich habe was Besseres. Komm mit.» Suzy nahm sie an der Hand und zog sie aus dem Studio und die Treppe hinauf ins Obergeschoss. In der stillen Wohnung fand sie ein leeres, dunkles Schlafzimmer. «Mach kein Licht», befahl Suzy. Sie schloss die Tür ab und öffnete die Vorhänge. Vom Montparnasse konnte man weit über Paris hinausblicken. Am Himmel strahlte der Vollmond in eisigem Licht.

«Es ist wie verzaubert.»

«Es ist Mitternacht», sagte Suzy. «Halb Paris schläft gerade mit der anderen Hälfte.» Sie zog ein goldenes Zigarettenetui hervor. Es enthielt eine einzelne Zigarette. «Marokkanisches Haschisch. Das allerbeste.»

Copper versteckte die Hände hinter dem Rücken. «Äh ... Ich weiß nicht recht, ob ich das will. Ich habe noch nie Haschisch probiert. Aber du kannst ruhig ...»

«Ich versichere dir, es ist göttlich. Warum zögerst du?»

«Nun ja, ich bin mit Henry hier ...»

«Was hat das damit zu tun? Bestimmt er etwa über dein Leben?»

«Nein, er macht mir nie Vorschriften.»

«Wart's ab, das kommt noch. Du darfst ihm nicht vertrauen. Diese Leute sind so überheblich, so sehr von sich eingenommen.»

Das traf bei Copper einen Nerv. «Er ist schon ein wenig dominant.»

«Ich hasse diese Kerle. Sie bilden sich ein, du wärst ihr Eigentum. Hat er dich schon gefragt, ob du seine Mätresse werden willst?»

«Er hat mich gefragt, ob ich seine Frau werden will», erwiderte Copper. Kaum hatte sie es ausgesprochen, da bereute sie ihre Worte bereits. Suzy war hell empört.

«Wie kann er es wagen!»

«Ehrlich gesagt fühle ich mich sehr geschmeichelt.»

Suzys Wut richtete sich nun gegen sie. «Du denkst doch nicht etwa daran, ja zu sagen?»

«Noch nicht.»

«‹Noch nicht›? Was soll das heißen, ‹*noch* nicht›? Willst du damit sagen, die Möglichkeit besteht?»

«Alles ist möglich», entgegnete Copper lächelnd.

«Dein Männergeschmack ist abscheulich», erklärte Suzy entschieden.

«Ach, lass uns heute Abend nicht darüber diskutieren.»

Suzy steckte die Zigarette an und sog den Rauch tief in ihre Lunge. Sie blies die Wolke über das Panorama von Paris hinaus. «Komm, meine Liebste. Rauch mit mir.»

Widerwillig nahm Copper die Zigarette in der Hoffnung, Suzy damit zu besänftigen, und inhalierte. Der dicke, beißende Rauch brachte sie sofort zum Würgen. Suzy hielt ihr mit starker Hand den Mund zu, damit sie nicht ausatmete. Copper befreite sich von ihr und hustete.

«Mir wird schlecht.»

«Ach was. Noch mal.» Sie hielt Copper die Zigarette hin und nötigte sie, noch ein paar Züge zu nehmen.

«Ich kann nicht mehr», brachte Copper erstickt heraus. «Das reicht.»

Suzy nahm mit unergründlichem Lächeln die Zigarette zurück. «Ist das nicht göttlich?»

Copper spürte, wie ein seltsames Gefühl sich in ihrem Kopf breitmachte, als ob ihr Gehirn sich im Schädel ausdehnte. «Ich fühle mich ganz eigenartig.»

«Das Haschisch habe ich von einem deutschen Offizier, der immer in meinen Club kam. Ich habe es für einen besonderen Anlass aufgespart.»

«Was, wenn die *épuration* dahinterkommt?» Copper kicherte. Ihr wurde immer schwindliger, ein verstörendes Gefühl. «Ein Geschenk von einem Nazi.»

«Ich habe nicht gesagt, dass es ein Geschenk war. Ich musste dafür bezahlen.»

«Womit?» Copper konnte sich die Frage nicht verkneifen.

«Ich werde es dir zeigen – wenn du mit mir das Haschisch rauchst.»

Wider besseres Wissen nahm Copper die angebotene Zigarette und wagte noch einen Zug. Es gelang ihr immer besser, den öligen Qualm in der Lunge zu halten. Es schmerzte nicht mehr. Sie rauchten abwechselnd, und der Raum füllte sich mit den beißenden, weihrauchartigen Dünsten. Copper fühlte, wie alle Anspannung und alle Hemmungen von ihr abfielen. Für eine Weile schienen ihre Sinne geschärft: Jedes Geräusch von der Party unten durchdrang pulsierend ihren Körper, die kühle Luft im Raum streichelte zärtlich ihre Haut. Dann löste sich die Wirklichkeit ganz auf. Sie tanzte stumm durch den Raum, die Arme leicht ausgebreitet, als hätte sie Flügel.

«Wie fühlst du dich?», fragte Suzy, deren dunkle Augen ihren Tanz verfolgten.

«Wie eine Gestalt in einem Märchen. Oder wie ein Vogel. Oder ein Engel.»

«Soll ich dir jetzt zeigen, welchen Dienst ich dem Nazioffizier erwiesen habe?»

«Ja, bitte.»

Suzy öffnete langsam ihr Cheongsam. Dabei sah sie Copper unablässig in die Augen, und diese spürte, wie ihr Herz heftiger schlug. Ein Teil des rotgoldenen Kleides schlug zur Seite, sodass Suzys Körper halb entblößt wurde. Unter der Seide war sie nackt. Das Mondlicht versilberte die Rundung ihrer Brust, die straffen Konturen ihres Bauches, während ihr Nabel und die Lenden im Schatten lagen. Suzys Gesicht war halb perlweiß, halb dunkel. «Komm», sagte sie leise. Copper fühlte sich zu ihr herangezogen, als hätte sie keine Kontrolle mehr über ihre Gliedmaßen. «Ich habe ihn vor mir knien lassen. In seiner Uniform und seinen glänzenden Stiefeln. *Comme ça.*» Sie drückte Copper an den Schultern hinunter. Copper ging widerstandslos vor Suzy auf die Knie und blickte zu ihr auf. Die rotgoldenen Drachen auf dem Cheongsam spien ihr Feuer entgegen. Sie schienen sich langsam zu winden, als wären sie zum Leben erwacht, geschmeidig und sinnlich. Suzy öffnete das Cheongsam vollends und zog Coppers Gesicht an ihre Lenden, bis das krause Haar Coppers Lippen berührte. *«Cet officier allemand – voici ce qu'il voulait, tu comprends?»*

«Oui», flüsterte Copper.

«Ich habe ihn ausgelacht. Aber dich lache ich nicht aus.» Sie drückte sich gegen Coppers Mund, öffnete die Schenkel. «Für dich empfinde ich völlig anders. Ich will dich. Ich gebe mich dir hin.» Sie kniete jetzt ebenfalls nieder und schmiegte ihren nackten Körper fest gegen Coppers. «Ekelst du dich vor mir?»

«Nein.»

«Auch nicht, wenn ich dir erzähle, dass ich Spaß daran hatte, die *putain* zu spielen?»

«Ich ekle mich nicht.»

«Wirklich nicht? Manchmal ekle ich mich vor mir selbst.» Sie küsste Copper leidenschaftlich auf den Mund. Diesmal konnte Copper nicht widerstehen, als Suzys Zunge sich zwischen ihre Zähne schob. Sie fühlte, wie sie ihren Mund erkundete, sie ausfüllte, fest und kraftvoll wie alles an Suzy. Suzys Hände umfassten ihre Brüste, glitten unter ihre Kleidung, fanden ihre Schenkel. Bei ihrer Berührung durchlief Copper ein Schauder der Erregung. Sie fand sich von einem Drachen umschlungen, der viel stärker war als sie, überwältigt von seinem Verlangen, seiner Begierde. Sie fühlte sich köstlich schwach, ihr Körper schmolz zu Honig.

Aus weiter Ferne hörte sie, wie jemand von der Treppe her ihren Namen rief. Es war Pearls Stimme. Irgendwie brachte Copper die Kraft auf, sich von Suzy zu lösen. «Die anderen suchen nach mir», sagte sie mit zittriger Stimme.

«Lass sie suchen», zischte Suzy.

«Ich muss gehen.»

«Nein. Bleib bei mir.»

«Ich kann nicht.» Sie kam taumelnd auf die Beine und richtete ihre Kleidung. «Es tut mir leid.»

Suzy erhob sich mit verkniffener Miene und schloss ihr Cheongsam. «Du bist ein Feigling.»

«Tu das nicht, bitte.»

Suzy nahm Coppers Gesicht in beide Hände und küsste sie leidenschaftlich auf den Mund, so fest, dass es schmerzte. «Du gehörst mir, *mir.*»

Doch Copper hörte, wie Pearl erneut nach ihr rief. Sie machte sich los und schüttelte den Kopf. «Ich kann nicht bleiben. Ich gehe zuerst, du kommst nach.»

«Da bist du ja, Copper Pot», sagte Pearl, als Copper ihr auf der Treppe entgegenkam. Gemeinsam gingen sie ins Studio zurück. Der Lärm war inzwischen ohrenbetäubend. «Wo warst du?», wollte Pearl wissen. «Ich habe dich schon überall gesucht.»

«Ich war draußen, etwas frische Luft schnappen.»

«In dieser Eiseskälte?», fragte Pearl. «Du wirst dir den Tod holen. Hör mal, ich muss zurück in die Wohnung. Ich brauche einen Schuss.» Sie nahm Coppers Hand, die tatsächlich eiskalt war. «Was ist, was hast du?»

«Nichts», erwiderte Copper tonlos. Doch sie fühlte sich ängstlich und benommen. Die Droge war so überwältigend, und sie versuchte, die Wirkung zu verbergen.

«Ist dir schlecht?»

«Mir geht's gut», murmelte Copper. Die Party war jetzt in vollem Gange, ein Rausch aus Musik und Farben. Bérard hatte eines der Ballettkostüme angezogen, die ringsum an den Wänden hingen – ein extravagantes Clownskostüm in leuchtenden Orange- und Gelbtönen –, und tanzte unter lautem Beifall. Sein Gesicht war gerötet, die Augen fast geschlossen. Er war ganz in seine eigene Welt eingetaucht.

Henry bahnte sich einen Weg durchs Gedränge zu ihnen. Als er Coppers Gesicht sah, fragte er: «Copper? Ist alles in Ordnung mit dir?»

«Mir geht's gut», behauptete Copper wieder.

«Du bist sehr blass.»

«Nur müde.»

«Sie war mit dieser Frau zusammen», sagte Pearl. Sie zeigte quer durch den Raum auf Suzy Solidor, eine spektakuläre Erscheinung mit ihrem platinblonden Haar und ihrem rotgoldenen chinesischen Kleid. Für einen Moment begegnete sie Coppers Blick, dann wandte sie sich mit gleichgültiger Miene wieder ihrem Gesprächspartner zu.

Copper schwankte. Henry legte ihr einen Arm um die Schultern. «Vielleicht solltest du lieber nach Hause gehen, meine Liebe.»

Mit matter Stimme antwortete Copper: «Du hast recht. Zeit, nach Hause zu gehen.»

Als sie zu dritt auf die Straße hinaustraten, stolperte Copper. Henry musste sie stützen. Er war sichtlich besorgt. Die Nacht war bitterkalt, auf metallenen Geländern funkelte schon Reif. Sie mussten die steile Kopfsteinpflasterstraße hinuntergehen, bis sie an eine größere Straße kamen, wo vielleicht ein Taxi zu bekommen war. Obwohl Henry sie festhielt, glitt Copper immer wieder auf dem Eis aus und wäre zweimal fast gestürzt. Sie sagte nichts. Als sie den Lärm von Bérards Party hinter sich ließen, war es still.

«Ich wünschte, wir wären gar nicht erst hingegangen», murmelte Pearl wütend. Henry schwieg und konzentrierte sich darauf, Copper zu stützen.

Glücklicherweise entdeckten sie ein Taxi und fuhren heim.

Copper lehnte sich auf dem Sitz zurück und schloss die Augen. Ihr Gesicht war weiß, sie reagierte nicht auf Fragen. Pearl schäumte vor Wut.

«Sie hat irgendwas mit ihr gemacht.»

«Sie meinen Miss Solidor? Was hat sie mit Copper gemacht?»

«Sie hat ihr was gegeben. Drogen. Glauben Sie mir, ich kenne die Anzeichen.»

Als sie die Place Victor Hugo erreichten, fühlte Copper sich hundeelend. Sie stürzte zum Waschbecken in der Ecke ihres Schlafzimmers und würgte heftig. Dabei umklammerte sie den Rand des Waschbeckens so fest, dass ihre Knöchel weiß wurden. Ihre Haut war von kaltem Schweiß bedeckt, ihr Gesicht fahl wie Elfenbein. Henry hielt ihren Kopf, den anderen Arm um ihre Taille gelegt. Pearl holte ein Handtuch und wischte ihr das Gesicht ab. Nachdem Copper sich übergeben hatte, halfen Henry und Pearl ihr ins Bett. Die seltsamen Empfindungen in ihrem Kopf ließen allmählich nach, ihre Panik verebbte. Henry küsste sie zum Abschied und ging mit besorgter Miene.

Pearl war noch immer wütend. «Sie schert sich nicht *so* viel um dich», sagte sie und schnippte mit den Fingern. «Glaubst du wirklich, ihr läge was an dir? Bestimmt nicht. Siehst du nicht, was sie ist? Eine herzlose Schauspielerin, die ihre Perversionen für Geld zur Schau stellt. Henry dagegen –»

«Was weißt du schon von ihm?»

«Ich erkenne einen Diamanten, wenn ich einen sehe. Du wirst ihn verlieren, wenn du Suzy nicht aufgibst.»

«Ich gebe Suzy nicht auf. Eher gebe ich Henry auf.»

«Herrgott noch mal!»

Copper wälzte sich auf die Seite. «Geh weg, ich will schlafen.» Und schon war sie eingeschlafen wie ein Kind, das rote Haar wirr im Gesicht, die geschwollenen Lippen halb geöffnet.

Am nächsten Tag erwachte Copper mit hämmernden Kopfschmerzen. Sie fühlte sich verkatert und war den ganzen Tag nicht richtig auf der Höhe. Henry kam vorbei, um nach ihr zu sehen, aber sie war zu teilnahmslos für ein richtiges Gespräch. Während seines Besuchs saß sie träge da, starrte auf den Boden und beantwortete seine Fragen nur einsilbig.

«Was ist letzte Nacht zwischen dir und Suzy Solidor vorgefallen?», erkundigte er sich leise.

«Nichts», murmelte sie.

«Warum bist du dann so?»

«Ich bin verkatert. Ich habe zu viel getrunken. Und ...»

«Und?»

«Ich habe Haschisch geraucht.»

«Wer hat es dir gegeben?», wollte Henry wissen. «Nein, sag nichts. Ich kann es mir denken.» Er musterte sie aus dunklen Augen. «Diese Frau ist dir keine gute Freundin, Copper.»

«Du bist ja nur eifersüchtig», entgegnete sie.

«Ich mache mir Sorgen.»

«Das kannst du dir sparen. Ich komme ganz gut ohne deine Hilfe zurecht.»

«Diese Sache wird nicht gut ausgehen», prophezeite er mit düsterem Unterton.

Nachdem er gegangen war, versuchte sie mühsam, sich auf ihre Arbeit zu konzentrieren. Haschisch tat ihr nicht gut, entschied sie. Zwar verzieh sie Suzy, dass sie dieses Experiment mit ihr angestellt hatte, aber sie würde es nicht wiederholen.

Das andere Experiment – Suzys nackten Körper an ihrem zu spüren – hatte sie verwirrt, aber auch irgendwie erregt. Es war nicht hilfreich, dass Pearl schmollte und keine Gelegenheit ausließ, an ihr herumzunörgeln. Aber ihr Körper fühlte sich verstörend lebendig und sinnlich an.

Ein paar Tage später suchte Dior Copper an der Place Victor Hugo auf. «Bébé ist seit Tagen nicht nach Hause gekommen. Schon seit der Party nicht mehr. Im Pavillon schreien alle nach ihm. Wir müssen ihn suchen. Ich habe ein Automobil ausgeliehen. Würden Sie fahren?»

«Was denken Sie, was mit ihm ist?», fragte Copper, während sie sich auf den Weg machten.

«Das Übliche», erwiderte Dior. «Eine Sauftour wird zum Exzess, dann zur Orgie. Und dann ist er verloren.»

«Wo könnte er sein?»

«Wir suchen zuerst unter den Brücken. Meist landet er irgendwann dort.»

«Sie scherzen wohl?»

«Nein», sagte er traurig, «ich scherze nicht.»

Sie fuhren am Seineufer entlang und hielten an jeder Brücke an. Unter den Bögen gab es Kolonien von *clochards*, Obdachlosen, Deserteuren und Landstreichern; die meisten von ihnen waren Alkoholiker. Das Wetter war eisig, und Copper sah wenigstens eine Gestalt, die bedenklich reglos da lag. Dior ließ sie im Auto warten, während er von einer Gruppe zusammengekauerter Gestalten zur nächsten ging und jedes der schmutzigen, bärtigen Gesichter eingehend betrachtete.

«Hier nicht», sagte er, als er nach dem dritten Halt wieder in das Auto stieg. «Es gibt siebenunddreißig Seinebrücken in Paris. Das könnte einige Zeit dauern, Copper.»

«Das macht nichts», versicherte sie ihm. «Ich stehe zu Ihrer Verfügung.»

«Ich bin Ihnen ja so dankbar.» Seine Wangen waren vor Kälte gerötet. Auch wenn er wenig Geld hatte, war er stets makellos gekleidet. Jetzt trug er einen hochwertigen englischen Mantel und einen Hut. «Lassen Sie uns zum Port de Grenelle fahren, das ist einer seiner Lieblingsplätze.» Während Copper losfuhr, verkroch Dior sich in seinen Mantel wie ein Vogel, der sein Gefieder aufplusterte. «Wie stehen eigentlich die Dinge mit Ihrem Henry?»

«Ich habe in letzter Zeit nichts von ihm gehört.»

«Mir ist zu Ohren gekommen, dass es bei der Party einen Zwischenfall gab», sagte er behutsam.

«Mir war nicht gut, weil ich zu viel Crème de Menthe getrunken hatte», erklärte sie leichthin. «Weiter nichts.»

«Verlieren Sie ihn nicht», sagte Dior.

«Tian –»

«Mehr sage ich nicht dazu.» Plötzlich rief er aus: «Achtung, *ma petite*!» Sie trat heftig auf die Bremse. Eine große Schar Männer versperrte die Straße. Sie trugen Schilder und marschierten zielstrebig in Richtung Fluss. Schon seit mehreren Wochen gab es in Frankreich politische Unruhen, immer wieder brachten Streiks ganz Paris für Stunden zum Stillstand. Doch dies war die größte Demonstration, die Copper bislang gesehen hatte.

«Ich will ein paar Aufnahmen machen», sagte sie und griff nach ihrer Kamera, die ihr ständiger Begleiter war.

«Seien Sie vorsichtig», mahnte Dior beunruhigt. «Diese Leute könnten gefährlich sein. Sie sind ganz abscheulich gekleidet.»

Copper nahm sich vor, sich dieses Bonmot für eine Erzählung in geselliger Runde zu merken, dann stieg sie aus dem Wagen. Während sie auf die Streikenden zuging, schaute sie bereits durch den Sucher. Die Männer marschierten mit mürrischen Gesichtern und riefen laut im Chor ihre Parolen. Copper bemerkte, dass auf vielen Schildern Hammer und Sichel zu sehen waren. Die Männer trugen Arbeitskleidung und Mützen. Der Krach ihrer Holzschuhe wurde ohrenbetäubend, als immer mehr von ihnen aus der Seitenstraße strömten. Eine Weile lang konnte Copper sie unbeachtet fotografieren, doch dann begannen die Ersten, sie wütend anzuschreien.

«Copper», rief Dior mit bebender Stimme aus dem Auto. «Lassen Sie uns weiterfahren!»

Über der Menge flatterte ein großes Transparent, das zwischen zwei Latten gespannt war. Copper wollte es aufs Bild bekommen, wenn es vorbeigetragen wurde. «Einen Moment noch», rief sie Dior zu.

«Copper!»

Etwas flog neben ihr durch die Luft. Erst als sie es hinter sich auf dem Kopfsteinpflaster zerschellen hörte, wurde ihr klar, dass es eine Flasche gewesen war. Erschrocken blickte sie von ihrem Sucher auf und sah gerade noch, wie wieder ein Mann etwas nach ihr warf – einen großen Stein. Sie wich behände aus, sodass der Stein sie verfehlte und aufs Pflaster polterte.

«He», schrie sie. «Was fällt euch ein, ihr Trottel? Ich bin auf eurer Seite.»

Wüste Beschimpfungen waren die Antwort. Jetzt holten noch mehr Männer mit Wurfgeschossen aus.

Copper machte kehrt und rannte zum Wagen zurück. Dior war in heller Panik. «Sind Sie von Sinnen?», stieß er atemlos hervor. «Wir müssen von hier fort.»

Sie packte das Lenkrad und wendete, so schnell sie konnte. Weitere Wurfgeschosse wurden nach ihnen geschleudert und prallten von der Karosserie ab. «Die sind wohl etwas nervös, wie?», keuchte sie, während sie mit der Gangschaltung kämpfte. «Ich habe ja nichts dagegen, mich auf Französisch beschimpfen zu lassen, aber bei fliegenden Ziegelsteinen hört der Spaß doch auf.»

«Nun fahren Sie schon!»

Während der Wagen beschleunigte, krachte etwas laut gegen die Heckscheibe. Sprünge durchzogen das Glas wie ein Spinnennetz.

«Heiliger Strohsack.» Copper betrachtete den Schaden im Rückspiegel. «Was haben wir denen denn getan?»

«Es ist das Automobil», erklärte Dior, noch immer zitternd. «Diese Leute sind Kommunisten. Die glauben, jeder, der ein Auto fährt, müsse reich sein. Um Himmels willen, tun Sie so etwas nie wieder. Jetzt lassen Sie uns unter dem Pont de Passy nachsehen.»

Sie erreichten die große Brücke ohne weitere Zwischenfälle. Gemeinsam gingen sie unter den Bögen hindurch und suchten zwischen dem Abfall. Ein streunender Hund knurrte sie an, ehe er davonlief, und ein paar *clochards*, die zusammengekauert im kalten Wind hockten, beobachteten sie mit glasigen Augen argwöhnisch. Manche hatten Feuer entzündet und hielten bereits zu dieser frühen Tageszeit Flaschen mit billigem Wein in den Händen. Über ihren Köpfen ratterte ein Metrozug langsam gen Passy, wobei schwarzer Staub auf sie herabrieselte. Schmutz, Kälte und Trostlosigkeit bestimmten diesen Ort.

Plötzlich stieß Dior einen Schrei aus und eilte auf einen Abfallhaufen zu, der an einem der eisernen Brückenpfeiler lag. Copper folgte ihm, vor Kälte zitternd. Der Abfallhaufen entpuppte sich als Mensch, und der Mensch entpuppte sich als Bérard.

Tränen liefen Dior über die Wangen, während er Bérard half, sich aufzusetzen. *«Mon pauvre ami»*, sagte er mit erstickter Stimme. «Bébé! *Tu m'entends?* Gott, er ist ja halb erfroren. Copper, helfen Sie mir.»

Copper kniete neben Bérard nieder und starrte ihn entsetzt an. Er war kaum wiederzuerkennen. Eine Seite seines aufgedunsenen Gesichts war voller Schrammen und Blutergüsse, wohl von einem Schlag oder Sturz. Sein stets wirrer Bart war verfilzt und schmutzig; er stank nach Alkohol und Schlimmerem. Als sie versuchten, ihn aufzurütteln, öffneten sich seine verquollenen Augen halb, aber sonst reagierte er nicht.

«Bébé!», sagte Dior mit brüchiger Stimme. *«Peux-tu m'entendre?»* Bérard stöhnte nur. Er war nicht in der Lage zu gehen, und so war es ein anstrengendes Unterfangen, den schwergewichtigen Mann zum Auto zu befördern. «In so furchtbarer Verfassung habe ich ihn noch nie gesehen», keuchte Dior, der sich einen Arm seines Freundes über die Schultern gelegt hatte. «Mein armer Freund. Ich mache mir Vorwürfe. Ich war so sehr mit den elenden Puppen beschäftigt, dass ich ihn ganz vernachlässigt habe.»

«Es ist nicht Ihre Schuld», widersprach Copper. «Warum tut er sich das an?»

«Er hat für dieses verdammte *Théâtre de la Mode* bis zur Erschöpfung gearbeitet. Seine Nerven waren überstrapaziert. Das hier ist seine Art, allem zu entfliehen.» Sie wuchteten Bérard auf den Rücksitz des Autos. Dior durchsuchte leise weinend die Taschen seines verdreckten Mantels und förderte eine Handvoll rußgeschwärzter Opiumpfeifen zutage, eine Spritze und eine Flasche mit etwas, das wie Verdünnung aussah. *«Merde»*, sagte er und warf alles fort.

Copper bemerkte, dass an Bérards kleinen, schmutzigen Händen noch immer Flecken von der himmelblauen Farbe waren, mit der er Tage zuvor gearbeitet hatte. Aus irgendeinem Grund brachte dieses Detail auch sie zum Weinen. «Wohin bringen wir ihn?», fragte sie.

«In die Salpêtrière. Da gibt es einen Arzt, der weiß, wie Bébés Probleme zu behandeln sind.»

«Was tun sie dort mit ihm?»

«Was keiner von uns übers Herz brächte», antwortete Dior verbissen. «Sie sperren ihn ein und lassen ihn schreien.»

Als Copper in ihre Wohnung zurückkehrte, wartete Henry dort auf sie.

«Ich hasse es, mit dir zu streiten», sagte er. «Es tut mir leid, wenn ich dich verärgert habe. Ich mache mir nur Sorgen um dich. Können wir uns wieder versöhnen?»

«Manchmal bist du wirklich ein Tyrann, weißt du das?»

«Ich weiß, und es tut mir leid.» Er küsste sie auf die Wange. «Du hast geweint. Was ist geschehen?»

«Ich war mit Tian unterwegs, um Bébé Bérard zu suchen.» Copper schilderte die Ereignisse des Vormittags. «Es war schrecklich, als wir bei der Salpêtrière ankamen. Während sie ihn reintrugen, kam er allmählich zu sich. Als er begriff, was geschah, fing er an, uns anzuflehen. Er beschwor uns, ihn nicht dort zu lassen. Er weinte. Christian auch. Als sie Bébé in einem Zimmer einschlossen, schrie er wie ein Kind. Ich konnte es nicht ertragen. Ich musste mir die Ohren zuhalten und davonlaufen.»

«Er hat es sich selbst zuzuschreiben», sagte Henry knapp.

«Henry, es war zum Erbarmen.»

«Du solltest dir dein Mitleid sparen. Wenn er sich selbst zum Tier macht, muss er auch leiden wie ein Tier.»

«Du bist herzlos», rief sie.

«Nein, ich bin diszipliniert. Ich bewundere niemanden für mangelnde Disziplin, ganz gleich, wie genial er sein mag.»

«Auf der Suche nach ihm sind wir einer Gruppe streikender Arbeiter begegnet. Ich habe angehalten, um Fotos zu machen, aber sie haben mit Flaschen und Steinen nach uns geworfen. Eine Scheibe an unserem Auto ist zu Bruch gegangen.»

Henrys Gesicht wurde ernst. «Diese Leute sind gefährlich, Copper. Halte dich von ihnen fern.»

«Ich bin Journalistin», erinnerte sie ihn. «So was zu fotografieren, gehört zu meinem Beruf.»

«Das wissen diese Leute nicht. Sie sehen eine Kamera und denken, du seist von der Geheimpolizei.»

«Sehe ich etwa aus, als wäre ich von der Geheimpolizei?», fragte sie mit hochgezogener Augenbraue.

Er schüttelte ernsthaft den Kopf. «Eigentlich nicht. Du hast wohl immer noch nichts von deinem Mann gehört?»

«Einmal habe ich einen Brief von ihm bekommen, aber das war schon vor Wochen. Er hat nur geschrieben, sie seien auf ein Konzentrationslager der Nazis gestoßen, und es sei schockierend. Ich habe keine Ahnung, wo er jetzt ist und was er macht. Ich habe zurückgeschrieben, aber keine Antwort erhalten.»

«Vermisst du ihn?»

Sie konnte Henry nicht anlügen. Sie waren immer in allen Dingen ehrlich zueinander gewesen. «Manchmal rede ich mir ein, es täte nicht mehr weh. Dann gibt es wieder Tage, da fühle ich mich ganz elend. Wir hatten auch glückliche Zeiten.»

«Natürlich.»

«Warum hat er dieses Glück nicht höher geschätzt?», fragte sie. «Hätte er nicht lernen können, treu zu sein? War ich ihm nicht genug?»

«Ich denke, er wusste nicht, was er an dir hatte und wie glücklich er sich schätzen konnte.»

«Vermisst du deine Frau?»

«Sicher. Manchmal denke ich, es ist besser, plötzlich und unerwartet aus dem Leben gerissen zu werden, als langsam dahinzusiechen. Ich wünschte, ich hätte sie so in Erinnerung behalten können, wie sie war – strahlend und voller Leben –, nicht als die von Krankheit gezeichnete Frau, zu der sie am Ende wurde.»

«Ihr habt gemeinsam eine Menge durchgemacht. Glaubst du, dass jemals eine andere sie wirklich ersetzen könnte?»

«Niemand kann einen anderen Menschen ersetzen. So läuft das nicht in der Liebe. Man kann mehr als ein Mal lieben, aber jede Liebe ist auf ihre ganz eigene Weise wunderbar.»

«Dem stimme ich zu.»

«Was würdest du tun, wenn dein Mann zu dir zurückkehren wollte?»

«Das ist vorbei», erklärte sie entschieden. «Wenn ich nicht sofort ja zu dir sage, so ist es nicht wegen Amory.»

«Du brauchst gar nicht sofort etwas zu sagen, meine Liebe. Ich bin ein geduldiger Mann.»

9. Kapitel

Als Paris am nächsten Morgen erwachte, klebten in allen Straßen Plakate mit Aufrufen zum Generalstreik.

Die Plakate, auf billigem Papier gedruckt, waren mit Hammer und Sichel versehen, dem Zeichen der kommunistischen Partei. Sofort war Coppers Interesse geweckt. Der Anblick erinnerte sie an die Flugblätter, die während der Weltwirtschaftskrise in New York verteilt worden waren.

Ein paar Tage später tauchte ein noch reißerischeres Plakat auf: *TOUS AUX BARRICADES* – Alle auf die Barrikaden!

Diesen Aufruf hatte man nicht mehr gehört, seit die Nazis abgezogen waren. In den herrschaftlichen Straßen, wo Copper lebte, tauchten keine Barrikaden auf, aber sie erfuhr, dass auf der Rive Gauche – in den Stadtteilen südlich der Seine, wo die revolutionäre Gesinnung traditionell am stärksten war – Bürger dem uralten Ruf zu den Waffen folgten. Darüber musste sie unbedingt berichten. Sie nahm ihre Kamera, zog ihren ältesten Mantel und ein paar feste Wanderschuhe an und machte sich zu Fuß auf den Weg ins Quartier Latin, da die Fahrer von Taxis und Bussen dem Streikaufruf gefolgt waren.

Nahe der Place Saint-Michel stieß sie tatsächlich auf eine Barrikade, die aus einem umgekippten Pissoir bestand. Copper hatte sich nie an diese gusseisernen öffentlichen Toiletten gewöhnt, die selbst in den vornehmsten Straßen von Paris standen und so konstruiert waren, dass man die Beine der – ausschließlich männlichen – Benutzer sah. Dieses Exemplar war vom Gehweg losgerissen und mitten auf die Straße geschleift worden, wo es ein recht beachtliches Verkehrshindernis von einer Tonne Gewicht darstellte. Die Barrikade war mit etwa zwanzig bis dreißig Männern und Frauen besetzt. Copper machte ein paar Aufnahmen, auch wenn sie ihre Zweifel hatte, ob irgendein Redakteur ein Foto einer öffentlichen Toilette als Ausdruck politischer Gesinnung drucken würde.

«Sie können hier nicht durch», teilte eine der Frauen an der Barrikade Copper mit, als diese ihren Presseausweis zückte. «Wir sorgen dafür, dass hier kein Faschistenschwein vorbeikommt.»

«Ich bin aber kein Faschistenschwein», wandte sie ein.

Ein Mann mit weißer Armbinde nach Art der Résistance und mit einem Armeehelm schlenderte auf Copper zu. Er war unrasiert, und an seiner Unterlippe hing eine Gauloise.

«*Salut,* Genossin. Erinnern Sie sich noch an mich?»

Sie erkannte das zerfurchte Gesicht und die unverschämte Art von François Giroux, dem selbsternannten Partisanenführer, durch den sie seinerzeit Christian Dior kennengelernt hatte. «Monsieur Giroux! Wie geht es Ihnen?»

Er zuckte die Schultern. «*Comme ci, comme ça.* Immer im Einsatz für die Revolution.» Er schlug seine Jacke auseinander, um ihr das schwarz-rote Band zu zeigen, das an sein Hemd geheftet war. «Sie haben mir die *Médaille de la Résistance* verliehen.»

Copper bemerkte den Revolver an seinem Gürtel. «Gratuliere.»

«Eigentlich hätte ich die *Légion d'honneur* verdient», fügte er säuerlich hinzu. «Wohin sind Sie denn unterwegs?»

«Ich habe gehört, hier soll heute eine große Demonstration stattfinden.»

«Und Sie denken, das ist ein Zuschauersport?»

«Ich bin Journalistin», erklärte Copper würdevoll.

Giroux paffte seine Gauloise, sodass sie die Funken abbekam. «Journalistin? Sie schreiben über diese Schweine, die zwanzigtausend Francs für ein Kleid verlangen. Geld, von dem eine Familie der Arbeiterklasse sich ein ganzes Jahr lang ernähren könnte. Und das nennen Sie Journalismus?»

«Tja, wenn Sie mich durchlassen, schreibe ich heute über was anderes.»

«Woher weiß ich, dass Sie keine Spionin sind?»

«Sie wissen ganz genau, dass ich keine Spionin bin», versetzte sie entrüstet.

Er machte keine Anstalten, den Weg freizugeben. «Ich habe gehört, Ihr Mann hat Sie sitzenlassen. Und Sie sind ganz dicke mit *la Comtesse* Dior. Wie geht's denn der alten Schwuchtel?»

«Nennen Sie ihn nicht so.»

Der Mann zeigte seine spitzen Zähne. «Mir scheint, Sie mögen diese degenerierten Kerle. Wie kommt das wohl?»

«Ich mag ihn, weil er talentiert, freundlich und großzügig ist», entgegnete sie entschieden. «Lassen Sie mich jetzt durch?»

Er blinzelte durch den Rauch seiner Zigarette. «Was ist es Ihnen denn wert?»

Offensichtlich war er auf eine Bestechung aus. Sie zog ein paar Hundert-Francs-Scheine hervor und gab sie ihm. «Als Beitrag zur Revolution.»

Er steckte das Geld ein, schnippte seine Zigarette in die Gosse und gab ihr einen Helm. «Setzen Sie den auf», riet er mit boshaftem Augenzwinkern. «Heute Morgen wird es noch richtig spaßig werden, das kann ich Ihnen sagen.»

«Danke.»

«Da lang.» Er wies mit dem Daumen über die Schulter. «Aber passen Sie auf Ihren Kopf auf, Genossin. Die kapitalistischen Schläger machen Ernst.»

«Und wir auch», rief eine Frau Copper nach.

Der Helm war schwerer, als er aussah, und drückte an der Stirn. Copper ließ die Straßensperre hinter sich und ging weiter ins Quartier Latin hinein. Wie immer waren die Straßen hier voller Leben, trotz des leichten Nieselregens, der inzwischen eingesetzt hatte. Nicht zum ersten Mal bedauerte sie, dass sie sich von Dior eine Wohnung im vornehmen Teil der Stadt hatte vermitteln lassen. Sicher wäre es viel amüsanter gewesen, hier unter Künstlern und Revolutionären zu leben. Sie selbst mochte keine Künstlerin oder Revolutionärin sein, aber ein Faschistenschwein war sie ganz sicher auch nicht.

Ein paar Straßen weiter traf sie auf immer weniger Kunst und immer mehr Revolution. Gruppen aus Männern und Frauen marschierten mit Transparenten und riefen laut Parolen. Alle schienen in dieselbe Richtung zu streben. Copper schloss sich ihnen an. Voraus hörte sie eine große Menschenmenge singen. Ihr Herz schlug schneller. Sie erinnerte sich, wie sie mit ihrem Vater und ihren Brüdern an der Lower East Side marschiert war.

Ziel des Marsches war ein großer Platz, der von dürren Platanen gesäumt war. Dort drängten sich bereits mehrere tausend Menschen, die *Die Internationale* sangen und Schilder schwenkten. Ein Podium war errichtet und mit roten Fahnen geschmückt worden – offensichtlich sollten hier Reden gehalten werden. Der Regen, der mittlerweile stärker geworden war, schien niemanden abzuschrecken.

Copper wollte die gesamte tumultartige Szene in einem Bild erfassen, deshalb bat sie ein paar Männer, ihr auf einen der Bäume zu helfen. Grinsend taten sie ihr den Gefallen, wobei sie sich nicht scheuten, ihr kräftig ans Hinterteil zu greifen. Sie kletterte auf einen Ast und machte die gewünschten Aufnahmen. Es war ein guter Aussichtsposten, aber Copper wollte sich lieber wieder unter die Leute mischen. Doch noch ehe sie die jungen Männer bitten konnte, ihr beim Herunterklettern behilflich zu sein, änderte sich die Atmosphäre auf dem Platz schlagartig.

Die Menge war verstummt. In die Stille hinein waren Hufschläge zu hören. Sie wurden lauter, dann kamen aus Nebenstraßen auf der anderen Seite des Platzes berittene Gendarmen hervor. Es waren Dutzende. Hinter ihnen marschierte eine Phalanx unberittener Polizisten. Ihre schwarzen Umhänge glänzten vom Regen, und sie schwangen lange Schlagstöcke. Ihre Gesichter wurden von schweren Helmen überschattet.

Ein Raunen lief durch die Menge, ängstlich und zornig zugleich. Dies waren die verhassten CRS, die Kompanien der Sicherheitspolizei, die dazu eingesetzt wurden, Aufstände niederzuschlagen. Sie hatten sich unbemerkt durch Seitenstraßen genähert, wo keine Barrikaden waren. Die Masse stimmte wieder *Die Internationale* an und drängte vorwärts, den Polizisten entgegen. Ein ranghoher Polizeioffizier begann, sie durch ein Megaphon anzubrüllen. Er befahl, die Versammlung aufzulösen, doch seine Stimme ging fast im ohrenbetäubenden Gesang der kommunistischen Hymne unter.

Elektrisiert beobachtete Copper, wie die vorderste Reihe der Demonstranten auf die Polizisten traf. Es entstand heftiger Streit, dann sauste der erste Polizeiknüppel durch die Luft. Ein Mann ging zu Boden, den Kopf mit beiden Händen umklammert. Die Menge brüllte auf. Das war das Startsignal zu einem wütenden Ansturm gegen die CRS. Demonstranten drängten vorwärts, ihrerseits Knüppel schwingend – die Holzstangen von Schildern und Transparenten wurden kurzerhand zweckentfremdet –, und prallten mit der Front der Polizisten zusammen. Ein Pferd stieg und schlug dabei mit den Vorderhufen die Unglücklichen nieder, die vor ihm standen. Männer und Frauen versuchten hastig auszuweichen, stolperten, schrien.

Plötzlich war der ganze Platz von Gewalt und Gefahr erfüllt. Die Massen wogten mal in diese, mal in jene Richtung, prügelten aufeinander ein, zogen sich zurück und stürmten dann zum nächsten Angriff wieder vor. Copper wurde klar, dass sie auf ihrem Baum festsaß wie ein Matrose im Mastkorb während eines Sturms. Sie konnte nichts weiter tun, als die Szene fotografisch zu dokumentieren, so gut sie es vermochte. Ihr Herz raste, und ihre Hände zitterten so stark, dass sicher die Hälfte ihrer Aufnahmen verwackelt sein würde. Krampfhaft darauf bedacht, nicht abzustürzen, zog sie Notizbuch und Bleistift hervor und machte sich mit krakeliger Schrift Notizen. Die Kämpfe, die am anderen Rand des Platzes begonnen hatten, griffen immer weiter um sich, da die CRS sich einen Weg quer durch die Masse bahnten und sie dabei in zwei Hälften teilten.

Doch es lief nicht alles so, wie die Gendarmen es wollten. Pferde gerieten in Panik und wieherten schrill, als ein Hagel aus Backsteinbrocken und Pflastersteinen auf sie einprasselte. Copper entdeckte Gestalten auf Dächern, die für genau diesen Moment Wurfgeschosse gesammelt hatten. Mehrere Polizisten brachen zusammen, herrenlose Pferde gingen durch und richteten unter Polizeitruppen und Demonstranten gleichermaßen Chaos an.

Dann zerriss zu Coppers Schrecken ein Schuss die Luft. Jemand hatte eine Pistole auf die Polizisten abgefeuert. Die CRS reagierten mit einer Salve aus ihren Flinten. Schrotkugeln zerfetzten das Laub dicht neben Copper, sodass sie panisch auf ihrem Ast zurückrutschte.

Jetzt strömte aus einer anderen Richtung eine neue Welle Polizisten auf den Platz, in Reih und Glied wütend ihre Schlagstöcke schwingend. Irgendwo auf den Dächern ratterte eine Maschinenpistole. Die Sache wurde ernst. Copper klammerte sich an den Baumstamm und betete, von Kugeln und Steinen verschont zu bleiben.

Nach etwa fünfzehnminütiger Schlacht begann die Menge zurückzuweichen. Mit blutverschmierten Gesichtern, teils humpelnd, einer auf den anderen gestützt, flohen die Demonstranten vom Platz, verfolgt von den CRS mit ihren todbringenden Schlagstöcken. Die Aufrührer waren geschlagen. Als die Menge sich zerstreute, blieben manche zwischen weggeworfenen roten Fahnen am Boden liegen, auf Gedeih und Verderb den Pferdehufen ausgeliefert. Einige waren nicht in der Lage aufzustehen, andere regten sich gar nicht mehr. Sie alle wurden ebenso wie die Dutzende Verhaftete zu den Polizeilastern geschleift, die jetzt auf den Platz rollten. Zurück blieben die Gendarmen, die das Areal weiter absuchten.

Copper klammerte sich verzweifelt an ihren Ast und hoffte, nicht entdeckt zu werden. Aber auch andere waren auf Bäume geklettert, und die Polizei holte nun einen nach dem anderen herunter. Bald kam sie an die Reihe.

«Du da, komm runter», befahl ein Gendarm und schwang drohend seinen Knüppel.

«Ich bin Journalistin», erklärte Copper und hielt ihm mit zitternder Hand ihren Presseausweis entgegen.

«Es schert mich nicht, und wenn du Marcel Proust wärst», entgegnete der Mann. «Komm runter.»

«Nein!»

Der Gendarm rief einen Kollegen herbei, und die beiden begannen ganz einfach, den kleinen Baum zu schütteln, bis Copper sich kaum noch halten konnte. Beschämt und wütend, sah sie sich schließlich gezwungen hinunterzuklettern, um nicht abzustürzen. Die beiden Polizisten packten sie sofort, rissen ihr den Helm herunter und nahmen ihr die Kamera ab.

«Wagen Sie es nicht, meine Kamera zu beschädigen.» Sie packte den Mann am Arm. «Ich bin amerikanische Staatsbürgerin.»

«Umso schlimmer für dich», versetzte der erste Gendarm verächtlich. Er öffnete die Kamera und zog den Filmstreifen heraus, sodass die Arbeit des ganzen Vormittags zunichte war.

«Sie Schwein», schleuderte Copper ihm wütend entgegen.

Er warf seinem Kollegen die Kamera zu. «Steck sie zu den anderen in den Transporter.»

Achtundzwanzig entsetzlich unbequeme Stunden später wurde ihre Zelle geöffnet, und in der Tür erschien ein stämmiger Gendarm. «Wo ist die Amerikanerin?»

«Hier», meldete Copper sich.

Er machte eine unwirsche Kopfbewegung. «Mitkommen.»

Sie verabschiedete sich von ihren Mitgefangenen, mit denen sie die ganze Nacht Geschichten über ihre Kämpfe ausgetauscht hatte, dann ließ sie sich durch den stinkenden Flur davonführen.

«Lang lebe die Revolution!», rief eine ihrer Zellengenossinnen ihr nach.

«Wohin bringen Sie mich?», fragte Copper, die sich Mühe gab, nicht ängstlich zu klingen.

«Sie wurden entlassen», antwortete der Gendarm. «Sie haben Freunde.»

Ihr Retter erwartete sie am Empfangstresen, bekleidet mit einem makellosen Kamelhaarmantel und einem Filzhut.

«Henry!»

«Geht es dir gut?», erkundigte er sich besorgt und musterte sie.

«Sie haben mir die Kamera abgenommen.»

Er hielt die Rolleiflex hoch. «Keine Sorge, ich habe sie wieder.»

«Und sie haben meine Aufnahmen vernichtet! Ich hatte Bilder davon, wie brutal die Polizei vorgegangen ist. Die Welt hätte ein Recht darauf gehabt, sie zu sehen.»

Henry seufzte. «Bist du verletzt? Ich meine körperlich.»

«Nur ein paar blaue Flecken.»

«Dann lass uns von hier verschwinden.»

«Moment mal», protestierte Copper, als er sie zum Ausgang schob. «Ich lasse die anderen nicht hier zurück.»

«Du kannst nichts für sie tun», entgegnete Henry. «Sie werden morgen früh angeklagt und wahrscheinlich alle zu sechs Monaten Gefängnis verurteilt. Oder möchtest du vielleicht ihr Schicksal teilen?»

«Ich habe nichts Unrechtes getan. Und die anderen auch nicht.»

«Denen kann ich nicht helfen. Was dich betrifft – Beteiligung an Bürgerunruhen, Missachtung polizeilicher Anweisungen, Gegenwehr bei der Verhaftung, Angriff auf einen Polizeibeamten –, ich musste zwei Stunden auf diese Leute einreden, um dich hier rauszuholen», sagte er leise. «Sie sagen, du warst bewaffnet.»

«Ich habe einen Helm getragen. Ein Helm ist keine Waffe.»

«Du kannst wirklich erstaunlich naiv sein», schnaubte er.

«Ich wollte verhindern, dass diese Schweine mir den Schädel einschlagen.»

«Lass uns gehen, ehe sie es sich anders überlegen.»

«Ich werde offiziell Beschwerde darüber einlegen, dass sie meine Fotos vernichtet haben.»

Er schüttelte den Kopf. «Das würde ich nicht tun. Es war schon die Rede davon, deine Kamera zu konfiszieren.»

Widerstrebend ließ Copper sich von Henry aus der Polizeiwache führen. Endlich saß sie mit ihm in seinem Auto, übernächtigt und übel gelaunt.

«Du hättest nicht zu kommen brauchen, um mich zu retten», sagte sie ungnädig.

«Hast du eigentlich mal daran gedacht, dass man dich ausweisen würde, wenn du verurteilt wirst?», fragte er.

«Die Polizisten haben sich abscheulich benommen», klagte sie, ohne auf die Frage einzugehen. «Ich habe gesehen, wie Frauen mit Knüppeln geschlagen wurden.»

«Ein Polizist wurde gestern bei der Demonstration erschossen. Und ein halbes Dutzend weitere liegen im Krankenhaus.»

«Selbst schuld», versetzte sie grimmig. «Sie sind grundlos über die Menge hergefallen. Diese Leute sind nichts anderes als gedungene Schläger.»

«Sie tun ihre Arbeit – sie versuchen, Frankreich zu schützen.»

«Vor Leuten, die sagen, was sie von Ungerechtigkeit halten?», fragte sie verächtlich. «Ist das diese kommunistische Revolution, von der du immer redest, Henry? Du hast zu mir gesagt, die Welt braucht Frische und Jugend, einen Neubeginn. Das ist genau das, was die Kommunisten versprechen.»

Seine Gelassenheit konnte einen zur Weißglut treiben. «Was sie versprechen und was sie halten, ist zweierlei, Copper. Du bist alt genug, um dich zu erinnern, dass auch die Faschisten zu Beginn Frische, Jugend und einen Neubeginn versprochen haben. Sie und die Kommunisten bringen dieselben Schrecken.»

«Du als Kapitalist musst das ja sagen.»

«Es fällt dir vielleicht schwer, das zu glauben, aber es gab eine Zeit, da bezeichnete ich mich selbst als Kommunisten. Als ich in Russland erstmals von den Kommunisten hörte, war ich begeistert, sogar inspiriert von dem Ideal, dass alle Menschen Brüder sind. Aber dann fingen sie an, meine Verwandten zu ermorden, von ihren eigenen Anhängern gar nicht zu reden, und mir wurde klar, dass das Ideal nur ein Deckmantel für eine finstere, noch grässlichere Form der Tyrannei war. Die brüderlich ausgestreckte Hand war in Wahrheit eine blutige Klaue, begierig, die uneingeschränkte Herrschaft an sich zu reißen.»

«Frankreich ist nicht Russland.»

«Es könnte schon bald zu einem zweiten Russland werden. Die Kommunisten kaufen Lagerräume, sie horten Lastwagen und Autos. Sie haben Druckerpressen aufgestellt, um Flugblätter herzustellen – und auch falsche Pässe und Rationierungskarten. Nach dem Abzug der Deutschen haben sie ihre versteckten Funksender, Maschinengewehre und Granaten wieder ausgegraben. Sie sind gut bewaffnet – und sie organisieren landesweite Streiks, die Frankreich lähmen und ins Chaos stürzen werden.»

«Woher weißt du das alles?»

«Es ist meine Aufgabe, Informationen zu sammeln. Ich habe gesehen, was die Kommunisten meinem Land angetan haben», sagte er. Sein Ton war unbeschwert, seine Worte jedoch ernst. «Ich möchte nicht mit ansehen, wie dasselbe Schicksal auch *la belle France* ereilt – oder den Rest Europas.»

«Entschuldige», sagte sie und rieb sich erschöpft die Augen. «Ich bin einfach müde.»

«Hast du sonst noch etwas auf dem Herzen?», erkundigte er sich behutsam.

Copper seufzte und fuhr sich mit den Fingern durch das wirre Haar. «Als du mir einen Antrag gemacht hast, da hast du gesagt, du wolltest mich nicht ändern oder mir vorschreiben, wie ich zu leben habe.»

«Und das habe ich auch so gemeint.»

«Na ja – ich bin dir ja auch wirklich dankbar, dass du mich aus dem Knast geholt hast, aber wenn es dir ernst war, dann hättest du nicht auf deinem weißen Ross in die Gendarmerie galoppieren sollen.»

«Hat es dir dadrin etwa gefallen?»

«Ich habe Material für eine großartige Story gesammelt. Bis du gekommen bist.»

«Also gut», sagte er nach kurzem Schweigen. «Wenn du das nächste Mal verhaftet wirst, werde ich mich damit begnügen, dir einen Kanten trockenes Brot zu bringen.»

«Schon besser, Kumpel», sagte Copper. Sie lachte ein wenig, dann weinte sie ein wenig. Er war klug genug zu schweigen. Nach einer Weile trocknete sie sich die Tränen mit dem Taschentuch, das er ihr reichte, und tat einen zittrigen Atemzug.

«Ich bitte um Entschuldigung, dass ich angaloppiert kam», sagte Henry schließlich. «Ich habe schon eine Frau verloren, ich bin nicht erpicht darauf, eine zweite zu verlieren, noch bevor sie überhaupt meine Frau ist.» Sie fuhren jetzt durch das 7. Arrondissement, den reichsten und vornehmsten Bezirk von Paris. Vor einem kunstvoll geschmiedeten Eisentor hielt Henry an. «Wir sind da.»

«Was ist hier?», fragte sie.

«Dies ist mein Zuhause.»

Das Haus war halb hinter einer Mauer verborgen. Sie öffneten das reich mit Schnörkeln verzierte Tor und betraten den verwilderten Garten. Das Gebäude selbst wirkte herrschaftlich und erhaben, die Fassade war mit Efeu bewachsen.

«Es sieht aus wie im Märchen», rief Copper aus. «Wie ein verwunschenes Schloss.»

«Ja», erwiderte Henry, «aber statt Prinzessinnen und Feen haben hier bis vor kurzem mehrere Dutzend Gestapo-Offiziere gewohnt. Natürlich war dieses Haus eines der ersten, die von den Deutschen requiriert wurden, schließlich wussten sie, wer ich bin.» Er schloss die Tür auf, und sie traten ein. Drinnen war es still, die Räume noch so unordentlich, wie die Deutschen sie bei ihrem überstürzten Aufbruch zurückgelassen hatten. Manche der wertvollen Möbel waren umgeworfen, manche beschädigt. Die Wände waren kahl. «Sie haben meine Sammlung impressionistischer Gemälde mitgenommen», bemerkte er trocken. «Aber das haben sie mir dagelassen.»

An der Wand eines imposanten Speisezimmers hing ein großformatiges Ölgemälde von Adolf Hitler in seiner braunen Uniform, mit finsterem Blick und Stirnlocke. «Das ist ja mal ein hässlicher Anblick», bemerkte Copper. «Warum nimmst du es nicht ab?»

«Es soll mich immer daran erinnern, wogegen wir kämpfen», erwiderte er. «Außerdem, wenn sie van Gogh mitgenommen und Hitler zurückgelassen haben, dann wissen sie, dass sie geschlagen sind.»

Trotz der schändlichen Behandlung, die das Haus erfahren hatte, war es noch immer wunderschön. Während Henry Copper durch die Räume führte, erklärte er, dass es zur Zeit Napoleon Bonapartes im spätromantischen Stil erbaut worden war. Die Decken und Gesimse waren äußerst kunstvoll gestaltet. Aus den Fenstern im oberen Stockwerk hatte man Ausblick auf die goldene Kuppel des Hôtel des Invalides.

«Wann wirst du wieder hier wohnen?», fragte Copper.

«Wenn der Krieg vorbei ist. Bis dahin ziehe ich ein Zimmer im Ritz vor. Gefällt es dir?»

«Es ist hinreißend. Würde es mir gehören, dann könnte ich es gar nicht erwarten, wieder hier zu wohnen.»

«Meine Liebe, es *gehört* dir», sagte er sanft. «Du kannst damit tun, was du willst. Wenn wir verheiratet sind und der Krieg vorbei ist, werden wir dieses Haus wieder zum Leben erwecken.»

Copper schaute sich um und sah vor sich, wie es hier nach der

Instandsetzung aussehen würde: Es würde eines der schönsten Häuser in ganz Paris sein. Sie versuchte sich auszumalen, wie sie, Oona Reilly aus Brooklyn, hier Hausherrin sein würde, wie sie über die Ausstattung entscheiden, Empfänge geben, ein führendes Mitglied der *beau monde* sein würde. Die Pariser Gesellschaft würde ihr zu Füßen liegen. «Irgendwie kann ich es mir nicht vorstellen.»

«Ich schon.» Er streichelte ihre rötliche Haarpracht. «Nimm es mir nicht übel, aber ich muss für einige Zeit fort.»

Sie sah ihm ins Gesicht. «Was soll das heißen, ‹fort›? Wohin gehst du?»

«Ich sagte ja, die Kommunisten planen eine Revolte. Nun, sie hat bereits begonnen.»

«Du meinst die Streiks?»

«Die Streiks waren erst der Anfang. Sie hoffen, im Laufe der nächsten Wochen Frankreich in die Knie zu zwingen. Ich habe einiges zu erledigen.»

«Begibst du dich in Gefahr?»

«Natürlich nicht.» Er fasste sie am Arm. «Sieh mal. Das hier wäre unser Schlafzimmer.»

Es war ein geräumiges, freundliches Zimmer mit großem Bogenfenster, das einen herrlichen Ausblick auf den Eiffelturm umrahmte. Anders als die übrigen Räume im Haus war dieser ganz sauber und aufgeräumt. Auf dem Tisch standen frische Blumen, und das riesige Himmelbett war einladend mit frischem Leinen bezogen.

«Was ist das?», fragte Copper. «Hast du dieses Zimmer eigens herrichten lassen?»

«Ich wollte, dass es für dich hübsch aussieht.»

«Damit ich mit dir ins Bett gehe?», fragte sie halb verärgert, halb belustigt.

«Man wird doch noch hoffen dürfen.»

Copper wusste nicht recht, ob sie schockiert oder geschmeichelt sein sollte. «Henry! Und ich dachte, du seist ein vollendeter Gentleman.»

«Soweit ich weiß, sagt man bei euch in Amerika: Die Anständigen gehen als Letzte durchs Ziel.»

Sie starrte ihn einen Moment lang an. «Du denkst, du stehst in Konkurrenz zu Suzy.»

«Ich weiß, dass ich in Konkurrenz zu ihr stehe.»

«Diese Sichtweise gefällt mir nicht», sagte sie langsam. «Ich bin kein Preis, den es zu gewinnen gilt.»

«Copper», erwiderte er leise. «Ich liebe dich. Es geht nicht darum, dich zu gewinnen. Aber dich zu verlieren, würde mein Glück zerstören.»

«Du setzt mich unter Druck.» Sie wandte sich unruhig von ihm ab. «Du hast versprochen, mir Zeit zu lassen. Du hast gesagt, du bist geduldig.»

«Aber meine Rivalin ist nicht geduldig. Meine Rivalin macht großen Druck. Wenn ich geduldig bin, werde ich dich an sie verlieren.»

Copper sah zu ihm auf. Eigentlich hatte sie ihm eine Zurechtweisung erteilen wollen, aber irgendwie kam es anders. Ihre Lippen streiften seinen Mund, zögerten, als wollten sie jeden Moment wieder verschwinden – und beschlossen dann zu bleiben. Er erwiderte einen warmen, besitzergreifenden Kuss, der leidenschaftlicher wurde, und augenblicklich wusste sie, was ihr alles gefehlt hatte – das intensive Erleben, dass ein Mann sie küsste, das Glücksgefühl, dass ein Mann sie in den Armen hielt.

Ihr Körper reagierte sofort. Ihr schwindelte, und für einen Moment musste sie sich an ihn lehnen, als zöge seine Kraft sie an. In diesem Augenblick schien es ihr, dass nichts folgerichtiger wäre, als sich Henry hinzugeben, zuzulassen, dass er ihr Leben in die Hand nahm. Bebend vergrub sie das Gesicht an seiner Brust. Er hielt sie fest in den Armen, küsste ihren Hals, sog den Duft ihrer Haut ein, ihrer Haare. Copper spürte, wie ihre Brüste fest wurden vor Verlangen. Ihre Finger krallten sich an seinen muskulösen Körper. Dieses Gefühl hatte sie seit Amory nicht mehr erlebt. Sie hatte nicht gewusst, dass sie noch so empfinden konnte.

«Mir ist ganz schwindlig.»

«Nach einer Nacht in der Zelle kann das vorkommen.» Sie hörte das Lächeln in seiner Stimme.

«Du weißt ganz genau, was mir zu Kopf gestiegen ist.»

«Vielleicht. Leg dich mit mir auf unser Bett. Nur für einen Moment.» Widerstrebend ließ sie zu, dass Henry sie mit sich auf das Bett zog. «Bist du nicht glücklich mit mir?», fragte er, als sie in seinen Armen lag.

«Alles ist wunderschön», antwortete sie leise. «Dieses Zimmer ist schön, das Haus ist schön, du bist schön. Aber meine Freiheit ist mir kostbar.»

«Das weiß ich. Und ich will sie dir nicht nehmen.»

«Eben doch. Ist die Ehe nicht eine Einschränkung der Freiheit?»

Er lächelte mit einem Anflug von Traurigkeit. «Vielleicht betrachte ich die Ehe etwas anders, meine Liebste. Ich glaube, in einer Ehe gibt man freiwillig manche Freiheiten auf, sie werden einem nicht mit Gewalt genommen. Wenn du mich heiratest, wirst du frei sein zu entscheiden, was du aufgibst.»

«Selbst wenn ich mich weiterhin mit Suzy treffen will?»

«Selbst dann.»

«Das glaube ich dir nicht. Ihr hasst euch. Jeder von euch will mich für sich allein haben.» Sie streichelte seine Wange. «Gib es zu, Henry – es würde dich in den Wahnsinn treiben, wenn ich weiter mit Suzy befreundet wäre.»

«Befreundet? Nein.» Er fing ihre Hand ein und küsste die Handfläche. «Seid ihr beide *mehr* als nur befreundet?»

Copper drückte die Hand auf seinen Mund. «Frag nicht. Wenn du anfängst, solche Fragen zu stellen, nimmst du mir schon meine Freiheit.»

Er zog ihre Hand sanft von seinem Mund. «Suzy ist eine Verirrung in deinem Leben», sagte er. «Diese Verirrung wird vorübergehen, und dann wirst du zu mir kommen. Bis dahin werde ich mich in Geduld üben.»

Seine warme Hand umfasste ihren Nacken und zog ihren Kopf behutsam zu ihm hin. Copper fühlte, wie alles, was sie eben gesagt hatte, in trügerischem Treibsand versank, als ihr Mund sich dem seinen näherte. Sie spürte seinen Atem an ihren Lippen, schloss die Augen und gab sich seinem Kuss hin.

Sie küssten sich erst sacht, dann immer stürmischer. Coppers Entschlossenheit und ihre Ideale schmolzen dahin. Sie brauchte seine Liebe, auch wenn sie sich ihm nicht so hingeben konnte, wie er es verlangte. In ihr war eine Spannung, die sich entladen musste. Für einen Moment war es, als würde sie ertrinken. Es war so lange her. Sehnsucht stieg in ihr auf, so mächtig, dass sie sie nicht zu beherrschen vermochte. Sie legte die Arme um seinen starken Nacken und erwiderte seinen Kuss, während sie sich fest an ihn schmiegte.

Henry wusste genau, was er von ihr wollte, und sie verstand. Er wollte sie nicht ganz in Besitz nehmen, sie gab sich ihm zum Teil hin. Er schob sich zwischen ihre Schenkel, suchte sie mit seinen Küssen. Copper bog den Rücken durch, als seine Hände begierig ihre Brüste umfassten, sein Mund sie liebkoste.

«Henry!», flüsterte sie, die Finger in sein Haar gekrallt. Die Lust durchströmte sie rauschhaft wie eine Droge. Nie zuvor hatte sie so intensiv empfunden. Sie hatte nicht gewusst, dass körperliche Liebe die Sinne mit solcher Zärtlichkeit überwältigen konnte, hatte nie solch hemmungslose Begierde gefühlt.

Sein Mund schien jeden ihrer geheimen Wünsche zu kennen und erfüllte ihn, kaum dass er entstanden war. Es gab keine Gedanken an Schmerz oder Scheitern mehr, überhaupt keine Gedanken, die über diesen Augenblick hinausgingen. Henry war das Einzige, was zählte. Sie rief seinen Namen mit heiserer Stimme, die sich zu einem Schrei steigerte. In einem langen Schauder der Ekstase floss alle Spannung aus ihr heraus. Aus den Tiefen eines dunklen Ozeans stieg die Realität an die Oberfläche und nahm um sie herum Gestalt an. Langsam strömte die Befriedigung durch ihre Adern, entspannte ihren ganzen Körper, und die Welt begann sich wieder zu drehen.

Sie schloss ihn fest in die Arme. «Jetzt lass mich etwas für dich tun.»

«Ich will nur eines: Ich will dich ganz, Copper. Du hast recht, ich werde mich nie mit etwas anderem zufriedengeben, als dich ganz zu besitzen. Und ich bin bereit zu warten.» Er löste sich von ihr. «Aber ich will, dass du mich anschaust.»

Er stand auf und fing an, sich zu entkleiden, ohne den Blick von ihren Augen zu lösen. Sie ließ sich aufs Bett zurücksinken, wo ihr Haar sich wie ein Flammenkranz um ihren Kopf breitete, ein Bein aufgestellt, sodass das Dreieck ihres Schamhaars zu sehen war. Sie wollte, dass ihre Hemmungslosigkeit ihn erregte.

Er legte seine Kleider auf den Stuhl und drehte sich zu ihr um, nackt und ohne Scham. Sein Körper war schön, dunkler behaart als der ihre und sehr kraftvoll. Bei jeder Bewegung sah sie seine Sehnen und Muskeln unter der Haut spielen. Er war kräftig gebaut, muskulös und gestählt, mit schwarzem Haar auf der Brust, in den Achselhöhlen und Lenden. Seine Haut war von Narben gezeichnet: den Spuren von Kugeln und Bajonetten, die ihn fast getötet hätten. «Du siehst, ich bin nicht alt.»

«Das sehe ich.» Copper wusste, diesen Moment würde sie nie vergessen. Sie streckte die Arme nach ihm aus. «Komm zu mir.»

Er schüttelte den Kopf. Sein Mund war ernst, doch die Augen lächelten. «In unserer Hochzeitsnacht werde ich zu dir kommen. Hier in diesem Bett. Ich habe mein ganzes Leben lang gewartet. Ich kann auch noch etwas länger warten.»

Copper sah zu, wie er sich wieder ankleidete. Seine Selbstbeherrschung war größer als ihre und ängstigte sie ein wenig. Er war so sicher, dass sie eines Tages ihm gehören würde. Was bliebe ihr dann noch von der Freiheit, die ihr so viel bedeutete? Würde sie sich in einer weiteren Knechtschaft wiederfinden? Oder wäre es der Anfang eines neuen Lebens?

10. Kapitel

Was in Henrys Haus zwischen ihnen vorgefallen war, hatte ihre Beziehung in mehr als einer Hinsicht verändert. Es hatte sie enger zusammengeführt und in Copper tiefere Gefühle für Henry geweckt, aber es hatte sie auch stark beunruhigt. Ihren festen Entschlüssen zum Trotz hatte sie sich Henry körperlich hingegeben, auch wenn sie nicht richtig mit ihm geschlafen hatte. Sie hatte das Gefühl, als liefe sie vor einer erneuten Heirat davon und verlöre doch immer mehr an Boden. Seine Abwesenheit verschaffte ihr Zeit, nachzudenken und Klarheit zu gewinnen.

Suzy, die wusste, dass Henry fort war, hatte Copper für den Nachmittag zu sich zum Tee eingeladen. Copper kam wie vereinbart zu ihrer Wohnung an der Rue du Faubourg Saint-Honoré. Doch obwohl es schon mitten am Nachmittag war, lag Suzy noch im Bett.

Sie öffnete Copper reichlich schlecht gelaunt die Tür. «Warum um Himmels willen kommst du so früh?»

«Es ist halb vier», verteidigte sich Copper.

«Ich war heute Morgen erst um neun im Bett. Ich nehme jetzt ein Bad. Komm mit.»

Copper setzte sich auf den Rand von Suzys Badewanne, während das Wasser einlief. Die Wanne war riesig, aber Suzy sparte nicht mit heißem Wasser – für Copper der höchste Luxus. Als Suzy hineinstieg, versank sie bis zum Kinn darin.

«Wir sollten zum Tee ins *Maxim's* gehen», entschied Suzy. Sie hielt Copper die Seife hin. «Würdest du mir den Rücken waschen, *chérie*?»

«Natürlich.» Sie begann, Suzys weiche Schultern einzuseifen.

«Dein Russe – ich habe gehört, er hat dich verlassen.»

«Er musste nur geschäftlich aus Paris fort, weiter nichts.»

«Sicher Geschäfte mit irgendeiner anderen törichten Frau.»

«Das glaube ich nicht. Er liebt mich.»

«Und du? Liebst du ihn?»

«Natürlich.»

Suzy bespritzte Copper mit Schaum. «Verräterin!»

«Dich liebe ich auch. Spritz mich nicht nass.»

«Was liebst du an ihm? Dieses Ding, das er dir reinsteckt?»

«Das hat er noch nicht getan», erwiderte Copper lächelnd. «Aber er hat ein ziemlich hübsches Ding.»

«Du hast es gesehen?»

«Nur flüchtig.»

Suzy runzelte die Stirn. «Ich habe ein paar Sachen in der Schublade, die noch besser sind. Wenn dir das so sehr gefällt, besorge ich es dir damit.»

«So was will ich nicht.» Copper schauderte. «Ohnehin geht es nicht nur um das Körperliche. Ich bin einfach gern mit ihm zusammen. Männliche Gesellschaft hat mir gefehlt. Ich mag Männer. Du nicht? Du hattest doch auch schon männliche Geliebte.»

«Ich will dir mal was verraten. Ich war schon mit vielen Männern zusammen, aber nie mit einem, der *nur* ein Mann war. Du verstehst? Cocteau zum Beispiel: Er hat mit mir das Bett geteilt, aber die Liebe seines Lebens ist sein gutaussehender Freund Jean Marais. Mit anderen war es dasselbe. Verstehst du, wie ich lebe? In einer Welt im Zwielicht, wo Menschen zwischen den Geschlechtern wechseln. Man kann die Männer nicht von den Frauen unterscheiden und umgekehrt. Man wird es so leid.»

«Ich dachte –»

«Was dachtest du?»

«Ich dachte, du wolltest es so.»

«Vielleicht», räumte Suzy ein. Ein melancholischer Ausdruck huschte über ihr Gesicht. «Vielleicht bin ich verdorben. Aber du bist eine frische, saftige Birne.» Sie reckte sich, um Copper zu küssen, das Gesicht voller Seifenschaum. «Ich kann gar nicht genug von dir bekommen.»

Copper wischte sich den Schaum von der Wange. «Henry sagt, du bist grausam.»

«Ach, ihr habt also über mich getratscht?»

«Er hat mir erzählt, dass du eine Mentorin hattest. Sie hat dir alles gegeben, und du hast sie weggeworfen wie einen abgelegten Handschuh.»

Suzys Augen weiteten sich für einen Moment. Im kühlen Licht wirkten sie fast golden. Dann warf sie den Kopf zurück und lachte. Copper sah eine Ader an ihrem Hals pulsieren. «Wie einen abgelegten Handschuh. *Chérie,* woher hast du nur solche Ausdrücke? Ich dachte, die hätte Sarah Bernhardt mit ins Grab genommen.»

«Aber es stimmt doch, oder etwa nicht?»

Suzy lächelte noch immer. «Was, wenn ja?»

«Henry sagte, man hätte meinen können, du hättest sie gehasst. War es so?»

«Wenn du einmal ein kleiner brauner Käfer gewesen wärst und dich dann in einen goldenen Schmetterling verwandelt hättest – würdest du nicht alle hassen, die dich als kleinen braunen Käfer gekannt hätten?»

«Ich glaube, ich wäre dem Menschen, der mir diese Verwandlung ermöglicht hat, dankbar», erwiderte Copper. Sie wusste inzwischen, dass Suzy weitsichtig war und ihr durchdringender Blick teilweise darauf zurückzuführen war. Sie vermied es, in Gesellschaft eine Brille zu tragen, und ihr verwirrend eindringliches Starren kam daher, dass sie sich anstrengen musste, scharf zu sehen.

«Dankbarkeit ist ein Gefühl, das mir fremd ist, ebenso wie Mitleid», erklärte Suzy. «Außerdem hatte sie angefangen, sich einzubilden, ich gehörte ihr. Aber ich gehöre niemandem. Was hat dein Henry sonst noch über mich gesagt?»

«Dass du ihr das Herz gebrochen hast.»

«Mir scheint, er hatte eine Menge zu erzählen. Glaubst du ihm?»

«Ich will nicht, dass mir jemand das Herz bricht.»

«Vertraust du mir nicht?»

«Ich wäre nicht hier, wenn ich dir nicht vertrauen würde.»

«Und doch hörst du auf Henry? Warum? Weil er ein Mann ist?»

«Weil er gütig und aufrichtig ist.»

«*Chérie*, die Leute erzählen alles Mögliche über mich. Das wenige, das sie wissen, und vieles, das sie nicht wissen. Wenn du irgendwas davon glaubst, bist du ein Dummkopf.»

«Ich höre alles und glaube nichts.»

«Gut.»

Suzy stieg aus dem Schaumbad wie Aphrodite und begann, sich abzutrocknen. Copper sah ihr dabei zu, ohne dass es ihr peinlich war. Suzy war wie ein geschmeidiges Tier, das sich seiner eigenen Nacktheit nicht bewusst war und deshalb beim Beobachter keine Scham auslöste. Das lohfarbene Kraushaar in ihren Achselhöhlen und zwischen den Beinen schimmerte warm im winterlichen Licht. Als Suzy Coppers Blick bemerkte, hielt sie inne und breitete die Arme weit aus. «Gefalle ich dir?»

«Du bist wunderschön. Und das weißt du auch.»

Geschmeichelt drehte Suzy sich langsam um sich selbst, um ihre schmale Taille zu zeigen, ihr wohlgerundetes Gesäß. «Weißt du, ich bin ja nicht mehr ganz jung. Aber ich habe mir meine Figur erhalten. Ich kann meinen Körper immer noch in der Öffentlichkeit sehenlassen. Nicht schlecht, wie?»

«Nicht schlecht», pflichtete Copper ihr bei. «Warum rasierst du dir nicht die Achseln?»

«Rasierte Achseln sind so bourgeois.» Sie hob die Arme und zeigte ihre Haarbüschel. «Ist es nicht hübsch?»

«Für euch Französinnen, ja. Für uns Amerikanerinnen wäre es undenkbar, da auch nur einen Schatten zu haben. Aber wenn du darauf bestehst ...»

Suzy berührte das Dreieck zwischen ihren Schenkeln. «Und da?», fragte sie anzüglich. «Hättest du gern, dass ich mich da auch rasiere, damit du alles sehen kannst?»

«Nein.»

«Warum nicht, wenn rasierte Achseln dir doch so wichtig sind?»

«Weil man die Stelle in der Öffentlichkeit nicht sieht. Die Achseln schon.»

«Wie ernst du bist.» Suzy lachte. «Du errötest wie eine Rose, meine Liebe.»

«Ich habe noch nie jemanden wie dich gekannt», sagte Copper mürrisch. Sie merkte selbst, wie ihre Wangen glühten.

Sie sah Suzy beim Ankleiden zu. Ihre Unterwäsche konnte einen neidisch machen: eigens für sie von einer *corsetière* an der Rue Cambon angefertigt, aus durchscheinender rosa Seide und Spitze. Ihr glatter, weiß-goldener Körper verschwand zuerst darin, dann in einem Kostüm aus dunkler Wolle. Sie musterte Copper nachdenklich. «Heute brauchst du was Besonderes. Zieh dich aus.»

«Ich bin ganz zufrieden so, wie ich bin.»

Suzy schnaubte ungeduldig. «Ich bin nicht zufrieden. Zieh dich aus.»

Es war ein Ritual, auf dem Suzy von Zeit zu Zeit bestand. Dann war es das Beste, einfach zu gehorchen. Copper zog ihr Kleid aus. Suzy kramte in ihrem Schrank. Sie hatten fast dieselbe Größe, und die meisten von Suzys Kleidern passten Copper gut. Diesmal wählte Suzy eines aus Seide, tiefschwarz mit zarten smaragdgrünen Streifen. Sie bestand auch darauf, Copper zu schminken. Mit konzentriert zusammengekniffenen Augen zog sie ihr die Lippen nach und trug Lidschatten auf.

«Setz deine Brille auf», verlangte Copper, «sonst stichst du mir noch mit dem Pinsel ein Auge aus.»

«Ich hasse meine Brille», murmelte Suzy, setzte sie aber dennoch auf. Sie hatte runde Gläser in einem Gestell aus Schildpatt und wirkte in Suzys schmalem Gesicht ein wenig komisch. Aber gerade wenn Suzy diese seltenen Anzeichen von Schwäche zuließ, fand Copper sie besonders liebenswert.

Als die Schminke zu ihrer Zufriedenheit war, suchte Suzy ihr ein Paar Schuhe von Chanel mit kleinen goldenen Schleifen heraus und rundete die Aufmachung mit einem zierlichen Hütchen und einem winzigen schwarzen Schleier ab, der Coppers große graue Augen eher betonte als verbarg.

«Ich komme mir vor wie ein Weihnachtsgeschenk», kommentierte sie, als sie sich im Standspiegel betrachtete.

«Genau das bist du auch», erwiderte Suzy und streifte ein Paar Glacéhandschuhe über. «Wenn dir die Sachen gefallen, kannst du sie behalten.»

Sie verließen das Haus. Da es nach Regen aussah, gingen sie eilig, Arm in Arm, lachend wie alte Freundinnen.

Der Nachmittagstee im *Maxim's* war für Suzy stets ein besonderer Genuss. Es war ein ausgesprochen weibliches Ritual. Auf den Tischen standen rote Rosen in chinesischen Vasen, und der Tee wurde in zierlichem Jugendstilporzellan serviert, das sicher so alt war wie das Restaurant selbst. Die nach Rosen duftenden Macarons, eine Spezialität des Hauses, zergingen auf der Zunge. Es gab Cremeschnitten und Florentiner, außerdem Vol-au-Vents, die knusprig, heiß und federleicht waren, und sogar Darjeeling; kurz, es war, als wäre der Krieg bereits vorbei. Es war, als hätte es überhaupt nie einen Krieg gegeben.

An fast allen anderen Tischen saßen elegant gekleidete Frauen, manche in Gruppen, viele zu zweit, die leise plaudernd die Köpfe zusammensteckten. Copper fragte sich, wie viele der Frauen, die zu zweit waren, wohl Liebespaare sein mochten. Sie fing viele Blicke auf, teils voller ungenierter Bewunderung. Eine Frau, dünn und dunkel, starrte sie so durchdringend an, dass es geradezu beängstigend war; eine stämmige, rotwangige Frau mit großen grünen Augen grinste ihr andauernd zu wie ein Honigkuchenpferd. Copper ging auf keine dieser Avancen ein.

Aber wie sehr doch die Freundschaften zwischen Frauen sich von denen zwischen Männern unterschieden. Wie viel dehnbarer, facettenreicher, umfassender ihre Intimität war – zu so etwas schienen Männer gar nicht fähig zu sein. Copper war mit vier Brüdern und deren Freunden aufgewachsen. Ihre Schwester war älter, sie war schon verheiratet gewesen und hatte als Krankenschwester gearbeitet, als Copper zehn war. Da ihre Mutter nicht mehr lebte, hatte sie kaum weibliche Gesellschaft um sich gehabt.

In den vergangenen Wochen hatte sie von Suzy viel darüber gelernt, was die Freundschaft einer Frau zu bieten hatte. In ihre Beziehung zu der Sängerin spielten alle erdenklichen Gefühle hinein: Sie war nicht nur geistreich, aufregend, genoss in vollen Zügen alles, was das Leben zu bieten hatte – da war auch etwas Romantisches zwischen ihnen.

Nach dem Tee flanierten sie gemeinsam über die Rue du Faubourg Saint-Honoré und schauten in die Fenster der teuren Salons, in denen in der hereinbrechenden Dämmerung die Lichter aufleuchteten. Der Regen war ausgeblieben, und Scharen wohlhabender Pariser schlenderten umher. Wieder einmal hatte Copper das Gefühl, Paris sei eine Insel, das ruhige Auge eines gewaltigen Wirbelsturms, der um sie tobte, alles in Schutt legte, was ihm in den Weg kam, während hier im Mittelpunkt geradezu unheimliche Stille herrschte.

Sie betraten das Modehaus Lanvin, eines der ältesten in Paris. Lanvin war Suzys persönlicher Liebling unter den Modeschöpfern. Die Kleider waren reizend, aber dank ihrem nunmehr geschulten Blick erkannte Copper, dass sie mit ihrer kunstvollen Stickerei und den Perlen bereits überholt wirkten. Selbst die zarten, blumigen Farben schienen auf eine einfachere, unschuldigere Zeit zurückzuweisen. Während sie zwischen den ausgestellten Modellen umherging, roch sie den Duft, der in der Luft lag.

«Lieber Himmel. Das ist göttlich.»

«Das ist *Mon Péché* – ‹meine Sünde›. Jeanne Lanvins persönlicher Duft. Gefällt es dir?»

«Ich bin ganz hingerissen.»

«Heliotrop und Moschus.»

«So etwas habe ich noch nie gerochen.»

Suzy ging zum Verkaufstresen und wurde so ehrerbietig begrüßt, wie es einer hochgeschätzten Kundin gebührte. «Geben Sie mir bitte einen Flakon *Mon Péché*.»

«Ist das für mich?», fragte Copper überrascht.

«Natürlich.»

«Aber du kannst Parfüm doch nicht ausstehen.»

«Du kannst es ja auflegen, wenn ich nicht da bin.»

Copper war ganz bezaubert von dem runden schwarzen Flakon mit dem goldenen Stöpsel, der ihr in einer kleinen Schachtel überreicht wurde. «Du bist so gut zu mir», sagte sie leise zu Suzy.

«Ach, wirklich? Vorhin war ich noch so unfreundlich.»

«Du kannst beides sein.»

«Wohl wahr.» Suzy hatte ihre Puderdose hervorgeholt und zog sorgfältig ihren Lippenstift nach. Sie betrachtete sich eingehend in dem kleinen Spiegel, dann klappte sie ihn energisch zu. «Komm.»

Sie überquerten die Straße. Drüben blieb Suzy vor einem Antiquitätensalon stehen. Im Schaufenster waren unter sanfter Beleuchtung einige kunstvoll mit Einlegearbeiten verzierte Möbel ausgestellt. «Was für wunderschöne Stücke», bemerkte Copper.

«Oh ja. Hier ist jemand am Werk, der etwas von schönen Dingen versteht. Komm.» Suzy stieß die Tür auf und trat ein. Copper folgte ihr. Ihr war, als beträte sie Aladins Höhle, angefüllt mit Marmorstatuen,

Ölgemälden und Möbeln. Es gab auch antiken Schmuck und Vitrinen mit schwerem Tafelsilber. Eine Frau in einem dunkelblauen Kostüm kam auf sie zu, um sie zu begrüßen. Erst als Copper ihren Gesichtsausdruck sah, wurde ihr klar, wo sie sich befanden.

«Guten Abend, Suzanne», sagte die Frau. Sie klang ein wenig atemlos, als hätte jemand sie in den Bauch geboxt.

«Guten Abend, Yvonne», erwiderte Suzy gelassen. «Wir waren zum Tee im *Maxim's*, und da wir gerade hier vorbeikamen, dachte ich mir, wir schauen mal rein. Du hast doch hoffentlich nichts dagegen?»

«Selbstverständlich nicht», beteuerte die andere. «Weshalb sollte ich etwas dagegen haben? Willkommen in meinem kleinen Geschäft.»

«Das hier ist meine liebe Freundin Copper Heathcote. Copper, dies ist Yvonne de Bremond d'Ars.»

Nach dieser förmlichen Vorstellung streckte Copper ihr die Hand entgegen. «*Enchanté*, Madame de Bremond.»

Die Hand ihres Gegenübers war kühl, der Händedruck kurz. Hätte Copper vorher gewusst, dass dies das Geschäft von Suzys einstiger Gönnerin und Geliebter war, dann hätte sie es niemals betreten. Aber nun war es zu spät, um die Flucht zu ergreifen. Yvonne de Bremond war über fünfzig und hatte kurzes dunkles Haar. Ihr Kostüm war unweiblich, aber in seiner Schlichtheit tadellos schick. Weiter hinten im Laden ruhte ein großer Wolfshund hoheitsvoll auf einem Teppich. Seine klugen Augen verfolgten die Szene aufmerksam. Suzy schien die Einzige zu sein, die nicht angespannt war. «Du siehst gut aus, Yvonne», bemerkte sie, während sie mit kühlem Blick Gesicht, Hände und Kleidung der anderen Frau musterte.

«Du auch, meine liebe Suzanne.»

«Ach, ich bin immer so abgehärmt, wohingegen du gelassen wie eh und je wirkst. Affären und Ränkespiele setzen einem wirklich zu. Du bist ja so klug, die Strapazen zwischenmenschlicher Beziehungen zu meiden.»

«Es mangelt mir durchaus nicht an Beziehungen», entgegnete

Yvonne. «Auch wenn ich vielleicht nicht so viele intime Beziehungen habe wie du.»

«Ach, wirklich? Mir ist zu Ohren gekommen, dass du in letzter Zeit lebst wie eine Nonne.»

«Unfug.»

«Du hast dich selbst übertroffen», fuhr Suzy fort und sah sich im Geschäft um. «Ein ausgezeichneter Fang. Heutzutage brauchen ja auch so viele Leute Geld und sind bereit, sich zu einem Spottpreis von dem einen und anderen Erbstück zu trennen.»

«Ich zahle Höchstpreise», hielt Yvonne steif dagegen. «Das weißt du.»

«Aber jeder macht doch gern einen guten Schnitt, oder etwa nicht?», beharrte Suzy. «Billig kaufen, teuer verkaufen – ist das nicht die Seele des Geschäfts?» Sie lächelte zynisch.

«Wenn du unbedingt meinst», erwiderte Yvonne verkniffen. «Nach meiner Erfahrung funktioniert das allerdings nicht. Wer billig kauft, bekommt schlechte Ware.»

«Ach, dass du auch immer widersprechen musst, Yvonne. Du willst doch am liebsten alles geschenkt haben. Sei ehrlich.»

Inzwischen war der älteren Frau die Zornesröte in die Wangen gestiegen. «Ich bin ehrlich. Die billigsten Sachen sind oft im Inneren morsch, und man hat die größte Mühe, sie präsentabel herzurichten.»

Suzy schien belustigt. «Wenn du es sagst.»

Copper verfolgte diesen Wortwechsel beklommen. Ihr fiel wieder ein, wie Dior einmal gesagt hatte, die zwei könnten Schwestern sein. Er hatte recht gehabt. Beide hielten sich aufrecht wie Statuen, beide waren athletisch gebaut. Sogar ihre Gesichter ähnelten sich, schmal und attraktiv mit strahlend weißen Zähnen. Der Unterschied bestand darin, dass sie auf verschiedenen Seiten der unsichtbaren Linie standen, jenseits derer eine Frau nicht mehr als jung gelten konnte. Yvonne hatte diese Linie eindeutig bereits überschritten.

«Und wie war Ihr Tee?», erkundigte sich Yvonne jetzt, an Copper gewandt. «Haben Sie die Macarons mit Rosenwasser gekostet? Und die Vol-au-Vents? Angeblich sollen sie mit Huhn sein, aber in Wirklichkeit ist es leider Kaninchen.»

«Ich mag Kaninchen», erklärte Copper.

Yvonne musterte sie geringschätzig. «Und mir scheint, jemand hat Sie mit diesem sündhaften *Mon Péché* überschüttet.»

«Sie hat den makellosen Teint und das Haar einer Irin.» Suzy fasste Copper am Arm und drehte sie ins Licht. «Die Blüte der Jugend. Sieh sie dir an. Da reicht wirklich nichts heran, nicht wahr? Die Haut einer jungen Frau ist der edelste Stoff, den es gibt.»

«Und der kurzlebigste», versetzte Yvonne.

«Ach, wie wahr. Und wenn er einmal dahin ist, dann ist es für immer.» Suzy berührte mit ihren behandschuhten Fingern das Gesicht ihrer einstigen Gönnerin. Die Geste hätte mitfühlend wirken können, wäre da nicht Suzys grausames Lächeln gewesen. «Aber dir als Antiquitätenhändlerin macht das natürlich nichts aus. Je älter etwas ist, umso besser gefällt es dir, *n'est-ce pas*?» Sie lachte. «Du rümpfst verächtlich die Nase, wenn etwas *nicht* in jeder Ritze Spinnweben hat.»

Yvonne rang sich ein Lachen ab. «Wie geistreich du doch bist. Trittst du immer noch in deinem Club auf?»

«Natürlich.»

«Ich hoffe sehr, du kannst die *épuration* umstimmen. Man sagt, sie halten gar nicht viel von Leuten, die sich allzu gut mit den Deutschen verstanden haben.»

«Ich fürchte mich nicht vor der *épuration*. Nach meiner Erfahrung sind Männer in Uniform doch alle gleich, egal, welche Sprache sie sprechen.»

«Ich fände es wirklich schlimm, wenn du ins Gefängnis müsstest», schoss Yvonne mit funkelnden Augen zurück. «Das würde dir nicht gefallen, so gern du auch Männer in Uniform magst. Und du würdest deine kleinen Annehmlichkeiten vermissen. Deine kleinen Vol-au-Vents mit Kaninchen und all das.»

«Mach dir um mich keine Sorgen. Ich bin schon immer sehr gut allein zurechtgekommen.»

«Nicht immer», widersprach Yvonne leise.

«Jetzt jedenfalls schon.» Ein gutgekleidetes Paar hatte das Geschäft betreten und nahm eine Chaiselongue im Empirestil in Augenschein. «Du solltest deine Kundschaft nicht vernachlässigen, Yvonne. *À bientôt*, meine Liebe.»

«Komm doch wieder einmal vorbei, wenn du gerade nichts Besseres zu tun hast.»

«Darauf kannst du dich verlassen.»

Die beiden Frauen küssten sich, wobei sie sorgsam darauf achteten, die Wange der jeweils anderen nicht zu berühren. Dann legte Suzy besitzergreifend einen Arm um Copper, und sie gingen hinaus.

Draußen auf dem Gehweg machte Copper sich wütend von ihr los. «Also darum hast du mich heute so sorgfältig zurechtgemacht. Um mit mir anzugeben wie mit einem Schoßhund.»

«Mag sein, dass ich so etwas im Sinn hatte», erwiderte Suzy gelassen. Sie war sichtlich mit sich selbst zufrieden. «Aber du bist wirklich kein Hund, *chérie*.»

«Was immer ich sein mag, ich gehöre dir nicht. Ich wäre dadrin am liebsten im Boden versunken. Du hast mich nur mitgenommen, um dieser Frau eins auszuwischen.»

«Du hast gesagt, du wolltest sie kennenlernen.»

«Hab ich nicht!»

«Dann muss ich deine Neugier missverstanden haben.»

«Du warst abscheulich zu ihr.»

«Ich finde, du übertreibst. Yvonne und ich verstehen einander sehr gut.»

«Ihr seid euch geradezu an die Gurgel gegangen.»

«Mag sein. Aber würden wir einander verzeihen, dann würde vermutlich in unser beider Leben eine gewisse Würze fehlen.»

«Dann gehst du wohl mit allen deinen Eroberungen da rein, um mit ihnen anzugeben?»

«Sei nicht albern.»

«Doch, das tust du. Ich sehe es dir an.»

Suzy lachte. «Natürlich will ich mit dir angeben. Du bist schön. Und du gehörst mir.»

«Ich gehöre dir nicht», fauchte Copper. «Ich gehe jetzt nach Hause.»

«Copper, geh nicht.»

«Ruf mich nicht mehr an.»

Copper war zutiefst gekränkt. Diese Episode hatte sie in furchtbare Verlegenheit gestürzt, und sie fühlte sich benutzt. Auf dem Heimweg versuchte sie, sich darüber klarzuwerden, warum ihr die Situation so sehr zuwider gewesen war. Es war nicht nur die Scham, wie ein Tier an der Leine vorgeführt zu werden; es war das Gefühl, in einem Kampf zwischen zwei Frauen nichts weiter zu sein als ein Wurfpfeil. Es war schön und gut, Suzys Freundin zu sein, aber nicht, wenn sie dabei zum Schoßhündchen wurde – sie fühlte sich herabgewürdigt. Und die Art, wie Suzy sie verhätschelte, hatte etwas Erstickendes. Sie konnte es nicht erwarten, aus Suzys Kleidern herauszukommen.

Als sie die Wohnung betrat, fand sie Pearl vor, die gerade ein spektakuläres blaues Auge kühlte.

«Was zum Teufel ist mit dir passiert?», fragte Copper.

«Ich bin gegen eine Tür gelaufen.»

«Du meinst wohl, du bist gegen eine Faust gelaufen. Und ich weiß auch, gegen wessen Faust.» Wütend nahm sie Pearls Gesicht näher in Augenschein. Der Bluterguss reichte vom zugeschwollenen Auge bis über die Wange. «Wie kannst du nur immer wieder zu diesem Schweinehund zurückkehren?»

«Und was ist mit dir, Copper Pot?», entgegnete Pearl müde. «Sie hat dich mit ihren abgelegten Sachen ausstaffiert und mit ihrem Parfüm überschüttet. Wozu soll das gut sein – um Katzengeruch zu überdecken?»

Copper flüchtete in ihr Zimmer und zog sich um. Allmählich füllte ihr Kleiderschrank sich mit Geschenken von Suzy. Von abgelegten Sachen konnte eigentlich keine Rede sein – die meisten waren sehr hochwertig, von Lanvin entworfen und höchstens ein paar Monate alt –, aber allen haftete etwas von Suzy an. Wo die Kleidung einer anderen Frau nach ihrem Lieblingsparfüm gerochen hätte, verströmten Suzys Sachen einen Hauch ihres Körpergeruchs. Das Moschusaroma unter den Achseln weckte in Copper eine Flut von Gefühlen. Sie fragte sich, ob Pearl nicht doch recht hatte mit ihren düsteren Prophezeiungen, diese Beziehung mit Suzy werde sie für immer verändern. Wahrscheinlich war es so. Aber vielleicht *wollte* sie sich ja verändern. Ging es nicht im ganzen Leben um Veränderung?

Sie trug ihren schäbigen alten Morgenmantel, als es an der Tür klopfte. Draußen stand Christian Dior mit einem kleinen weißen Hund auf dem Arm.

«Das ist Jacinthe», erklärte er verlegen, nachdem sie ihn eingelassen und ihm einen Platz am Ofen und ein Glas Rotwein angeboten hatte. «Bébés Hündin. Sie war die ganze Zeit in seinem Studio eingesperrt. Das arme kleine Ding wäre fast verhungert. Er hatte ihr Futter und Wasser dagelassen, aber anscheinend nicht genug. Ob Sie sie vielleicht versorgen könnten, bis Bébé wieder bei uns ist?»

Copper nahm ihm das zitternde kleine Tier ab. Dabei fühlte sie durch das Fell die zerbrechlichen Knochen, zart wie die eines Vogels. «Natürlich nehme ich sie auf.»

Copper trug Jacinthe ins Badezimmer, um sie zu waschen. Die Hündin war in erbärmlicher Verfassung, die Augen verstört aufgerissen, ihr Fell war ganz verfilzt, und sie stank furchtbar. Dior folgte Copper ins Bad und sah zu, wie sie den kleinen Hund behutsam einseifte.

«Wie geht es Bébé?», erkundigte sie sich.

Er seufzte. «Sie lassen mich noch nicht zu ihm. Aber ich habe diese Behandlungen schon früher mit ihm durchgemacht, und es ist schrecklich. Es geht ihm dabei wirklich elend. Beim letzten Mal wäre er fast gestorben.»

«Ach, Tian! Was für eine Tragödie.»

«Ja. Er ist der brillanteste Mensch, den ich kenne. Aber Bébé kennt kein Maß. Er kann nicht aufhören, ehe er völlig am Ende ist, ob es um die Arbeit geht oder ums Vergnügen. Er erschöpft sich einfach restlos. Wir anderen knausern mit unserem Talent, weil wir wissen, wie begrenzt es ist.» Dior stützte sich auf den Rand der Badewanne. Sein Gesicht, feucht glänzend vom Dampf aus Jacinthes Bad, war melancholisch. «Ich glaube nicht, dass er das noch lange durchhält.»

«Sagen Sie so etwas nicht.»

«Ich kann nicht noch mehr Menschen verlieren, die ich liebe, Copper. Es ist zu viel für mich.» Er wischte sich die Tränen ab und trank einen großen Schluck Wein. «Danke, dass Sie sich Jacinthes annehmen. Das ist wirklich sehr freundlich von Ihnen. Ich würde sie ja selbst versorgen, aber ich muss jedes Mal weinen, wenn ich sie nur sehe.»

«Das ist schon in Ordnung», versicherte Copper sanft. Sie konnte Diors Empfindlichkeit jetzt sehr viel besser verstehen.

Jacinthe schien sich in Leinöl gewälzt zu haben, das eingetrocknet war, und Copper musste sich darauf konzentrieren, das weiche Fell zu entwirren.

«Darf ich fragen, wo sich Ihr russischer Gentleman aufhält?», erkundigte Dior sich vorsichtig.

«Er ist geschäftlich unterwegs.»

«Seine Geschäfte sind wohl recht delikater Natur, wie man so hört? Gewiss machen Sie sich Sorgen um ihn.»

«Ich komme um vor Sorge», gestand sie. «Aber das bringt mich auch nicht weiter.»

«Wie stehen die Dinge mit Suzy?»

«Manchmal ist sie ganz wunderbar, aber manchmal hätte ich auch große Lust, sie zu erwürgen. Heute hätte ich sie gern erwürgt.» Sie berichtete Dior von der Episode mit Yvonne.

Dior verzog das Gesicht. «Ich fürchte, Suzy ist nicht besonders taktvoll.»

«Sie hat mich behandelt, als wäre ich ihr Eigentum. Aber ich gehöre ihr nicht. Ich bin nicht mal eine Lesbe.» Als sie Diors hochgezogene Augenbrauen sah, rief sie aus: «Ehrlich gesagt, ich hasse schon das Wort. Warum muss man es überhaupt benutzen? Warum muss man die Leute so in Schubladen stecken?»

«Erstens weil lesbisch zu sein Suzys Beruf ist – darüber hatten wir ja schon gesprochen. Und zweitens, wenn man uns nicht in Schubladen steckt, weiß der Rest der Welt nicht, wie er mit uns umgehen soll. Außerdem, wenn Sie behaupten, nicht lesbisch zu sein, dann heißt das doch, dass es für Sie eine solche Kategorie geben muss, der Sie nicht angehören.»

«Ich dachte, Logik sei nicht Ihre Stärke», erwiderte sie trocken.

«Das habe ich nie behauptet. Ich bin durchaus ein logischer Mensch.» Jacinthe war jetzt so sauber, wie es eben zu machen war, ohne sie zu ertränken. Dior half Copper, das zitternde Tier aus dem Wasser zu heben und in ein Handtuch zu wickeln. «Ich habe den größten Teil meines Lebens damit zugebracht, mich entsetzlich für das zu schämen, was ich bin», sagte er leise. «Ich habe Höllenqualen durchlitten wie viele Männer, die so sind wie ich. Ihnen würde ich nicht wünschen, dass Sie dasselbe durchmachen müssen.»

«Pearl sagt, die Männer werden sich für immer vor mir ekeln, wenn sie wissen, was ich getan habe.»

«Ich denke, Männer sind weit eher bereit, eine Frau zu akzeptieren, die Frauen liebt, als einen Mann, der Männer liebt. Viele Männer finden es sogar aufregend. Damit verdient Suzy ihren Lebensunterhalt.»

«Das verstehe ich nicht.»

Fürsorglich wie eine Mutter machte Dior sich daran, dem kleinen Hund Ohren und Schnauze abzutrocknen. «Frauen können miteinander tun, was ihnen gefällt, und es ist charmant und nicht weiter von Belang.»

«Nicht weiter von Belang!»

«Schönheit sucht sich eben ein Spiegelbild. Es hat etwas Unschuldiges. Wie wenn Kinder spielen.»

«Tian», rief sie. «In mancher Hinsicht verstehen Sie Frauen sehr gut. Aber in anderer Hinsicht – also wirklich!»

Er hob scherzhaft die Hände zum Zeichen, dass er sich geschlagen gab. «Schon gut, Sie haben ja recht. Ich werde mich fortan auf meine Kleider beschränken.»

Es war schwer für Copper, keine Nachricht von Henry zu haben. Er hatte sich immer geweigert, über seine Arbeit zu sprechen, doch sie war überzeugt, dass er in Gefahr schwebte. Das jüngst befreite Frankreich wurde von Streiks und Sabotage verheert, wie er vorhergesagt hatte. Fast jede Woche brachen Krawalle aus, wenn die Polizei versuchte, die Streikbrecher an den Postenketten vorbeizuschleusen. Kommunistische Saboteure brachten bei Arras den Schnellzug Paris–Lille zum Entgleisen, offenbar in der Annahme, er würde für Truppentransporte genutzt. Bei dem dadurch verursachten schrecklichen Unfall gab es Dutzende Schwerverletzte und sechzehn Tote. In den Straßen von Paris wimmelte es bald von bewaffneten Polizisten. Die Regierung beteuerte, die Situation sei unter Kontrolle. Aber niemand im Land wusste, was unter der Oberfläche wirklich im Gange war.

Die Gewalt nahm zu. Zugleich wurde das Wetter wieder schlechter, es gab Schneestürme, und Kohle war knapp. Coppers Befürchtungen um Henry wurden immer düsterer. Anfangs hatte sie sein Schweigen noch als Erleichterung empfunden, doch jetzt nagte die Sorge jeden Tag, jede Stunde an ihr. Eine Mischung aus Wut und Angst rumorte beständig in ihren Eingeweiden. Wie konnte er einfach so verschwinden? Wenn er sie so liebte, wie er sagte, wie konnte er sie dann so behandeln?

Es sei denn – und die Vorstellung ängstigte sie entsetzlich –, er wäre in Gefangenschaft oder tot. Je mehr sie sich anstrengte, diesen Gedanken von sich zu schieben, umso mächtiger wurde er. Henry hatte gesagt, er sammle Informationen über die Kommunisten, aber im Grunde hatte sie keine wirkliche Vorstellung davon, was er tat oder gegen wen er kämpfte. War er gefangen genommen worden? Oder hatte man ihn an die Wand gestellt und erschossen?

Oder vergeudete sie ihr Mitgefühl, war er sie einfach leid geworden und hatte sich eine weniger schwierige, gefügigere Gespielin gesucht? Dieser Gedanke quälte sie auf andere Weise.

Er kam ihr nicht vor wie ein Mann, der einen Heiratsantrag machte, wenn er eigentlich nur auf ein Schäferstündchen aus war. Andererseits – hatte sie sich nicht schon früher in einem Mann gewaltig getäuscht?

Manche Leute würden vielleicht sagen, sie hätte Henry ganz schön zappeln lassen. Vielleicht glaubte er, sie habe nur mit ihm gespielt. Vielleicht fand er sie abscheulich.

Eines Sonntagmorgens, als die Kirchenglocken von Paris noch läuteten, wurde Copper von einem zitternden Dior aus dem Bett geholt. Er war bleich und starrte sie aus großen Augen an.

«Ich habe einen Anruf erhalten. Es geht um meine Schwester. Sie lebt.» Er packte sie an den Schultern. «Sie kommt wieder nach Hause.»

Die Nachricht war vom Roten Kreuz. Die Russen hatten das Lager befreit, in dem Catherine interniert gewesen war. Sie hatten nur eine Handvoll Überlebende vorgefunden, die meisten Insassen waren von der SS ermordet worden, verhungert oder erfroren. Doch Catherine hatte überlebt, wie Madame Delahaye immer prophezeit hatte. Sie war unter den Ersten, die nach Hause geschickt wurden. Der Zug sollte am nächsten Morgen an der Gare de l'Est eintreffen.

All das erzählte Dior Copper vor Aufregung zitternd, während sie gemeinsam die Wohnung verließen. «Wir müssen ihr Zimmer herrichten», sagte er. «Und Eier, wir brauchen Eier!»

«Wozu Eier?», fragte Copper, die beinahe über seine Ernsthaftigkeit lachen musste.

«Um ein Käsesoufflé zu machen. Das ist ihre Leibspeise, sie wird es erwarten. Und es hieß, sie sei dünn. Wir müssen sie aufpäppeln. Käsesoufflé ist die nahrhafteste aller Speisen. Wir haben das als Kinder immer bekommen, wenn wir krank waren.»

«Gut, dann werden wir ein paar Eier auftreiben.»

«Und Blumen. Wir brauchen Blumen!»

Sie liefen kreuz und quer durch Paris. Eier, Butter und Milch waren in der Stadt noch immer Mangelware. Nur wenige Geschäfte konnten so etwas überhaupt beschaffen, und vor denen gab es lange Warteschlangen. Sie stellten sich bei zweien an. Dior war ganz außer sich vor Anspannung und hielt es kaum aus, nur um nach endlosem Warten an der Theke zu erfahren, dass das Gewünschte nicht verfügbar war.

Im dritten Geschäft hatten sie endlich Glück und konnten sechs kostbare Eier und ein Stückchen Butter kaufen, und im vierten gab es ein Kännchen Milch und ein Stück Käse, das gerade eben für ein Soufflé reichte.

«Sie hatte recht», wiederholte Dior immer wieder. «Madame Delahaye hatte recht. Alle wollten mir einreden, Catherine sei tot. Aber Madame Delahaye wusste es. Sie wusste es. Ich werde diese Frau mit Gold überhäufen.»

Auf dem Markt auf der Île de la Cité im Schatten von Notre-Dame entdeckten sie Frühlingsblumen.

«Die werden gar nicht alle in ihr Zimmer passen», wandte Copper ein, als Dior so viele kaufte, wie er nur tragen konnte.

«Dann stellen wir sie in der ganzen Wohnung auf», erwiderte er, die Arme voller Sträuße, sodass er fast dahinter verschwand. Copper rechnete beinahe damit, dass er auch noch einen der kleinen Vögel kaufen würde, die zwitschernd in ihren winzigen Käfigen herumhüpften.

Gemeinsam richteten sie Catherines Zimmer her. Dior heizte den Ofen an. Copper machte das Bett so hübsch und warm, wie sie konnte. Es gab nicht genug Vasen für all die Blumen, die Dior gekauft hatte, deshalb lief er zum Nachbarn hinunter, um sich noch ein paar auszuborgen. Immer wieder lachte er plötzlich laut oder stieß Freudenrufe aus. Es war wahrhaftig ein Wunder. Als der Welt das ganze grauenhafte Ausmaß der Vernichtungsmaschinerie der Nazis enthüllt worden war, war die Hoffnung, Catherine könnte überlebt haben, immer mehr dahingeschwunden. Schließlich waren, wie man jetzt wusste, Millionen umgekommen – viele waren direkt ermordet worden, andere hatten sich in den Lagern unter entsetzlichen Bedingungen zu Tode gearbeitet.

«Ich versuche, Hervé ausfindig zu machen, ihren Verlobten. Er muss erfahren, dass sie heimkommt. Ach, ich werde heute Nacht kein Auge zutun», sagte Dior, als endlich alles zu seiner Zufriedenheit vorbereitet war. «Wie soll ich jetzt schlafen können?»

«Sie müssen es versuchen», redete Copper ihm freundlich zu.

Am Ende war sie es, die keinen Schlaf fand, weil sie nicht aufhören konnte, sich das bevorstehende glückliche Wiedersehen vorzustellen. Dior hatte in dem Jahr seit Catherines Verhaftung in ständiger Angst gelebt, und Gott allein wusste, was Catherine durchgemacht hatte. Die kleine Wahrsagerin hatte schließlich doch recht behalten. Catherine Dior war am Leben. Und das war das Einzige, worauf es ankam.

11. Kapitel

Der Zug vom Roten Kreuz war am Vortag in Deutschland abgefahren und wurde um neun Uhr früh erwartet. Wie an allen Pariser Bahnhöfen wimmelte es in der Gare de l'Est von Soldaten und Zivilisten, die in diesen Tagen aus allen Teilen Europas durch Paris kamen. Es war ein verregneter Morgen, und durch das schmutzige Glas zwischen den Stahlstreben des gewaltigen Deckengewölbes drang nur wenig Licht bis auf den Boden der Halle, wo die Massen in heillosem Chaos durcheinanderliefen.

Dior war in erbärmlicher Verfassung, ganz zittrig vor Nervosität und voller Sorgen. «Was, wenn sie ihren Zug verpasst hat?», fragte er immer wieder. «Was, wenn sie krank geworden ist? Was, wenn wir sie in diesem furchtbaren Gedränge verpassen?» Vor Aufregung drückte er seinen Strauß Rosen so fest an die Brust, dass er die Blumen fast zerquetschte. «Was, wenn –»

«Nichts von alldem wird passieren», redete Copper ihm zu und lotste ihn energisch zum richtigen Bahnsteig. «Geben Sie acht, wo Sie hinlaufen, Tian!» Beinahe hätte ihn ein Gepäckträger mit seinem Wagen überfahren, der mannshoch mit Koffern beladen war.

Der Zug hatte Verspätung. Sie warteten in einer Gruppe von Leuten, die ähnlich aufgeregt waren wie sie selbst und die Mitarbeiter des Roten Kreuzes mit Fragen bestürmten. Diese konnten nur immer wiederholen, ja, der Zug werde kommen, ja, Verspätungen seien in diesen Zeiten normal, und nein, niemand sei zurückgelassen worden. Hin und wieder lief jemand bis an die äußerste Bahnsteigkante, um besser Ausschau halten zu können, und wurde von einem älteren Bahnhofsvorsteher zurückgescheucht.

Endlich, als der Vormittag schon vorangeschritten war, kündigte ein Singen in den Stahlschienen an, dass ein Zug sich näherte. Jubel wurde laut. Der Zug fuhr quälend langsam in den Bahnhof ein, als wäre die Reise zu viel für ihn gewesen und als schmerzten seine Räder. Endlich kam er zum Stehen. Dampf aus dem Kessel strömte in Wolken aus der Lokomotive und schlug sich überall nieder. Dior umklammerte Coppers Hand, als die Türen nach und nach geöffnet wurden und Gestalten den Waggons entstiegen, durch die Dampfschwaden nur undeutlich erkennbar.

Die Mitarbeiter vom Roten Kreuz hatten eine Absperrung errichtet, um die Menge von den Ankömmlingen fernzuhalten. Diese Vorkehrung sorgte für erheblichen Unmut. Leute riefen nach ihren Verwandten und versuchten, zu ihnen zu gelangen, sobald sie sie erspähten. Doch die Mitarbeiter vom Roten Kreuz waren unerbittlich: Die Heimkehrer wurden einzeln nacheinander zu ihren Familien gelassen, nachdem ihre Namen auf einer Liste abgehakt waren.

«Ich sehe sie nicht», klagte Dior, der verzweifelt durch den Dunst Ausschau hielt. «Sie ist nicht da!»

«Sie muss da sein», widersprach Copper und drückte seine Hand. Sie hatte ihre Kamera bei sich, um den großen Augenblick festzuhalten. Jetzt überprüfte sie den Apparat, vergewisserte sich, dass der Film weitertransportiert und der Verschluss gespannt war.

Nach einer quälend langen Stunde waren die ersten Ankömmlinge abgefertigt und kamen über den Bahnsteig auf ihre Angehörigen zu. Die Menge, eben noch laut und sogar aggressiv, verstummte und starrte sie an. Wer waren diese Phantome, die wie Vogelscheuchen in viel zu weiten Kleidern daherschlurften, die blicklos starrenden Augen tief in dunklen Höhlen? Die schwiegen oder allenfalls ein heiseres Krächzen herausbrachten, als wäre ihre Stimme eingerostet? Ein Mann stieß einen mitleidigen, empörten Ausruf hervor, und eine Frau brach in lautes Schluchzen aus.

Kein Laut war mehr auf dem Bahnsteig zu hören bis auf das Zischen, mit dem der Dampf entwich, und das Knacken des abkühlenden Metalls. In die Stille hinein riefen die Mitarbeiter des Roten Kreuzes Namen aus.

«Dior! Mademoiselle Catherine Dior!»

«Hier! Ich bin ihr Bruder.» Dior rannte los. Doch die Gestalt, die ihn zwischen zwei Helfern erwartete, hatte kaum etwas von einer Frau. Der Kopf war kahl, das Gesicht eingefallen, der Körper wie ein Baum im Winter, dürr und zerbrechlich. In einer Hand hielt sie einen kleinen Koffer. Die andere streckte sie ihrem Bruder entgegen, und ihre Lippen verzogen sich zur Karikatur eines Lächelns.

«Christian!»

Dior weinte haltlos. Der Rosenstrauß war zu Boden gefallen, wo er zertrampelt wurde. Copper hatte ihre Kamera vergessen; der Apparat baumelte unbeachtet an ihrem Hals, während sie und Christian Catherine in Empfang nahmen. Copper nahm ihr den kleinen Koffer ab.

«Oh, danke. Aber ich bin stärker, als ich aussehe.» Jemand hatte Catherine ein Schild mit ihrem Namen an den Mantel geheftet. Auf den Bildern, die Copper gesehen hatte, war sie eine hübsche Frau mit jugendlich frischem Gesicht und einer üppigen Lockenpracht gewesen. Von dieser Schönheit war nichts geblieben, und nur die Adlernase, die Diors so ähnlich sah, passte zu dem Namen auf dem Schild. «Mach dir keine Sorgen um mich, Tian. Es tut mir leid, dass ich so hässlich bin. Die Haare werden nachwachsen.»

«Du bist schön», schluchzte Dior.

«Ich habe ihnen nichts gesagt, weißt du», erklärte Catherine, während sie den Bahnsteig verließen, von den Blicken der Menge verfolgt.

Wie die anderen Überlebenden ging sie langsam und schlurfend, als könnten ihre Beine sie kaum tragen. Sie war Ende zwanzig, wirkte jedoch wie eine alte Frau. «Sie haben mir weh getan, aber ich habe nichts preisgegeben. Das musst du allen sagen. Selbst wenn sie nicht danach fragen. Sag ihnen, ich habe geschwiegen. Ich habe niemanden verraten.»

«Mach dir darüber keine Gedanken», erwiderte Dior. «Niemand wird es wagen, dich zu beschuldigen.»

Copper fiel auf, dass Catherines Pappkoffer sehr leicht war. Offenbar war nicht viel darin. «Haben Sie Kleidung?», erkundigte sie sich.

«Nur was das Rote Kreuz mir gegeben hat. Die Sachen passen nicht, aber wenigstens musste ich nicht frieren. Bei der Verhaftung hieß es, ich sollte meine Kleidung nach Ravensbrück mitnehmen, aber gleich bei unserer Ankunft haben sie uns alles abgenommen. Und unsere Lagerkleidung haben die Russen verbrannt, weil sie voller Läuse war. Ich hätte sie gern behalten. Ich hatte mich so an sie gewöhnt.»

Warum waren sie beide nicht auf den Gedanken gekommen, Catherine könnte nichts anzuziehen haben? «Ich bringe Ihnen etwas von mir», versprach Copper. «Wir sind ungefähr gleich groß.» Sie verkniff sich eine Bemerkung darüber, dass Catherine mehrere Kleidergrößen dünner war.

«Tja», sagte Catherine, als hätte sie Coppers Gedanken erraten, «das ist nach einem Jahr als Gast bei den Deutschen aus mir geworden. Weine nicht, Tian. Ich verspreche dir, ich bin viel stärker, als ich aussehe.»

Diesen Satz wiederholte sie auf der Fahrt zur Rue Royale noch mehrmals. Dior hatte sich inzwischen wieder gefasst, er saß neben seiner Schwester auf dem Rücksitz und küsste wieder und wieder ihre Hand. Catherine starrte hohläugig aus dem Fenster. «Mein Gott, wie wunderbar, Paris wiederzusehen. Es ist wie ein Traum.» Sie stieß ein unsicheres kleines Lachen aus. «Ich träume doch nicht, oder?»

«Nein, *chérie*, du träumst nicht.»

Sie bemerkte einen Kiosk. «Ach, können wir eine Zeitung kaufen?

Wir haben seit Monaten nichts über den Krieg erfahren, nur was leise getuschelt wurde.»

Sie hielten an, um für Catherine ein Exemplar von *Le Monde* zu kaufen. Sie machte keine Anstalten, in der Zeitung zu lesen, sondern drückte sie nur ans Gesicht und sog genüsslich den Geruch nach Papier und Druckerschwärze ein. «So riecht Freiheit.»

Dior plauderte munter, doch Copper kannte ihn mittlerweile gut genug, um zu erkennen, wie erschüttert er über Catherines Zustand war. Sie war nicht nur entsetzlich abgemagert, sondern wirkte auch seltsam spröde und zerbrechlich. Zwar strengte sie sich an, fröhlich zu sein, doch darunter schienen Erschöpfung und Verzweiflung durch. Sie bemühte sich krampfhaft, die Fassung zu bewahren, als wüsste sie nicht, was geschehen würde, wenn sie sich selbst gestattete, sich zu entspannen; als hätte sie verlernt, sie selbst zu sein.

Copper eilte in ihre Wohnung und suchte ein paar Sachen für Catherine heraus. Ihr Kleiderschrank war dank Suzys Großzügigkeit gut gefüllt, sodass sie einiges entbehren konnte. Catherine konnte sicher etwas hübsche Unterwäsche gebrauchen, dachte sie sich, und Strickjacken, um ihren ausgemergelten Körper vor der Kälte zu schützen. Und einer Mütze für diesen armen nackten Kopf.

Als sie zurückkehrte, war Dior in der Küche mit dem Soufflé beschäftigt. Catherine saß am Fenster, in ein Umschlagtuch gehüllt, und schaute über die Dächer hinaus. Sie wandte sich Copper zu, und wieder war da dieses Lächeln, das nicht recht gelingen wollte. «Es ist so schön, wieder die Dächer von Paris zu sehen. Man ist den Stacheldraht so leid geworden und die Bäume in der Ferne, die man nie erreichen konnte.»

«Ich habe Ihnen ein paar Sachen mitgebracht.» Copper hielt ihr die Gabe hin. «Bitte nehmen Sie alles, was Sie gebrauchen können.»

«Ach, Copper. Sie sind genauso gütig, wie mein Bruder Sie beschrieben hat.»

«Es ist andersherum, er war mir gegenüber die Güte in Person.»

«Güte ist die Währung der Menschlichkeit. Selbst in den Lagern war sie anzutreffen. Abgewertet und gebrochen, aber immer noch da.» Sie beugte sich vor, um die Kleidung anzuschauen. «Sie haben wunderschöne Sachen.» Doch sie machte keine Anstalten, etwas anzufassen.

«Ich dachte, diese Strickjacke könnte Ihnen vielleicht gefallen. Sie ist sehr warm, aus Lammwolle. Und diese Baskenmütze, bis Ihr Haar wieder nachgewachsen ist.» Copper hielt ihr die Kleidungsstücke auffordernd entgegen.

«So hübsch.» Endlich streckte Catherine zögernd die Hand aus und strich über die blassblaue Wolle. Erst jetzt bemerkte Copper mit Erschrecken, dass auf Catherines linkem Unterarm eine Nummer grob eintätowiert war, indigoblau auf weißer Haut: 57813. «Ach ja. Meine Nummer. Wie ich den Anblick hasse.»

Copper versuchte, sich ihre Gefühle nicht anmerken zu lassen. Sie hatte gehört, dass so etwas gemacht wurde, aber nun sah sie es zum ersten Mal. «Vielleicht kann man sie entfernen.»

«Vielleicht.»

«Wenn Sie möchten, besorge ich Ihnen Handschuhe.»

«Ein Paar Baumwollhandschuhe? Das wäre sehr freundlich. Ich schäme mich, Hervé so gegenüberzutreten. Er wird mich nicht wiedererkennen.»

«Er wird es verstehen. Möchten Sie die Strickjacke nicht anprobieren? Ihnen muss doch kalt sein.»

Mit steifen Bewegungen zog Catherine das Kleidungsstück aus weicher Wolle über. «Das fühlt sich wirklich schön an», seufzte sie und schlang die Arme um sich. «Vielen Dank.»

Dior kam aus der Küche und trocknete sich die Hände an der Schürze ab. «Gleich ist es so weit. Bitte zu Tisch, meine Damen.»

Sie setzten sich an den kleinen Esstisch, und Dior trug das Essen herein. Es duftete köstlich. Er hatte das Soufflé in einzelnen kleinen Förmchen gebacken, perfekt gelungen, luftig, mit goldgelber Kruste. Dazu entkorkte er eine Flasche Chablis und schenkte ein. «Auf Catherine.»

Catherine lachte, aber Copper bemerkte, dass sie kaum an dem

Wein nippte. Dann stellte sie das Glas ab, saß da und schaute auf das Soufflé, das vor ihr stand, ganz ähnlich, wie sie vorhin Coppers Kleidung angeschaut hatte.

«Iss», redete Dior ihr zu. «Ich habe es genau so gemacht, wie du es gernhast. Wie damals in Granville. Wir müssen dich doch aufpäppeln.»

«Ja», sagte Catherine. Doch es schien, als müsste sie sich anstrengen, ihre Gabel zu nehmen. Sie schob einen Bissen in den Mund und schloss die Augen. Dior beobachtete sie erwartungsvoll.

«Ist es gut?», erkundigte er sich.

Catherine schluckte. «Es ist ein Meisterwerk.»

Er strahlte. «Iss weiter. Du weißt ja, ein Soufflé hält sich nicht ewig.»

Catherine aß noch ein paar Bissen. Plötzlich schob sie ihren Stuhl zurück und stand auf. «Entschuldigt», brachte sie erstickt heraus und stürzte zur Toilette. Gleich darauf war zu hören, wie sie sich krampfhaft erbrach. Dior war entsetzt.

«Was ist mit ihr?», flüsterte er Copper zu.

«Ich glaube, das Essen ist zu schwer für sie», antwortete sie ebenfalls flüsternd.

Er schlug sich vor die Stirn. «Lieber Himmel. Was bin ich doch für ein Dummkopf.»

Catherine kehrte an den Tisch zurück. «Es tut mir so leid, Tian. Dein Soufflé ist köstlich. Aber mein dummer Magen hat verlernt, sich zu benehmen.»

«Ach, *chérie*, mir tut es leid.»

«Was können Sie denn essen?», erkundigte sich Copper.

«Im Lager gab es jeden Tag Kartoffelsuppe. Eigentlich war es nur dreckiges Wasser. Wenn man mal ein Stückchen Kartoffel fand, sparte man es sich den ganzen Tag auf. Wir hatten noch Glück. Wir arbeiteten in den Fabriken, deshalb hielten sie uns am Leben. Die anderen bekamen oft gar nichts ...» Sie verstummte, ihr Blick wurde abwesend, als schaute sie in eine andere Welt.

Copper ging leise in die Küche. Sie fand ein paar Kartoffeln, Möhren und etwas Lauch, außerdem ein Sträußchen Petersilie. Sie schnitt alles klein und kochte es. Nebenan hörte sie Dior und Catherine leise miteinander sprechen.

Als das Gemüse weich war, brachte sie es Catherine. «Ich komme mir vor wie eine furchtbare Belastung», sagte Catherine. «Ich bin keine geeignete Gesellschaft für anständige Menschen mehr. Das mit dem Soufflé tut mir so leid, Tian.» Sie begann, langsam und vorsichtig die Suppe zu löffeln. Copper und Dior sahen ihr schweigend zu. Beiden war der Appetit vergangen, und die Soufflés in ihren kleinen Förmchen fielen langsam in sich zusammen.

Catherine wurde nicht wieder übel, aber nach einer Weile fielen ihr die Augen zu, und ihr kahlgeschorener Kopf sank auf die Brust. Sie tauchte ein letztes Mal den Löffel in die Suppe, dann schien sie nicht in der Lage, ihn wieder anzuheben.

«Du gehörst ins Bett», stellte Dior fest.

Catherine hob müde den Kopf. «Es tut mir leid. Im Zug konnte ich nicht schlafen. Ich habe mich so darauf gefreut, dich wiederzusehen, Tian. Und jetzt, wo ich hier bin, tauge ich so gar nicht als Gesellschaft ...»

Gemeinsam brachten sie sie ins Bett und deckten sie zu wie ein Kind. Noch ehe sie die Tür hinter sich schlossen, war Catherine bereits eingeschlafen.

Im Wohnzimmer flüsterte Dior mit bleicher Miene: «Sie stirbt.»

«Daran dürfen Sie gar nicht denken. Sie hat so viel überstanden.»

Dior vergrub das Gesicht in den Händen. «Ich hätte nie gedacht, dass ich irgendjemandem etwas zuleide tun könnte. Aber die Leute, die ihr das angetan haben, könnte ich umbringen.»

«Ich auch», sagte Copper leise.

Im Laufe der nächsten Tage erfuhr Copper einiges über Catherines Geschichte. Sie hatte sich in einen schneidigen jungen Mann von der Résistance verliebt, Hervé des Charbonneries. Es dauerte nicht lange, da beteiligte sie sich selbst am Kampf gegen die Nazis. Ihre Aufgabe bestand darin, sich wichtige Informationen über deutsche Truppenbewegungen und die Waffenproduktion einzuprägen und sie an General de Gaulles *Forces françaises libres* zu übermitteln. Sie hofften, eine hübsche junge Frau auf einem Fahrrad werde der Aufmerksamkeit der Gestapo entgehen, doch das war ein Irrtum. Sie wurde verraten. Die Nachricht, nach der sie an der Place du Trocadéro einen Mittelsmann treffen sollte, erwies sich als Falle der Gestapo. Catherine wurde verhaftet und im berüchtigten Gefängnis La Santé gefoltert.

«Das Schlimmste war», erzählte Catherine, «dass wir nicht von Deutschen gefoltert wurden, sondern von Franzosen. Von unseren eigenen Landsleuten.»

Christian hatte alles versucht, um ihre Freilassung zu erwirken, hatte seine reichen Kunden angefleht, sich für Catherine einzusetzen. Keiner war dazu bereit gewesen. Er selbst konnte noch von Glück sagen, nicht ebenfalls verhaftet zu werden.

Jetzt war er überglücklich über Catherines Rückkehr, aber ihr geschwächter Zustand ängstigte ihn furchtbar. Er sprach davon, sie aufs Land zu schicken, wo die Luft sauberer war und es gutes Essen gab, das in Paris so schwer zu beschaffen war. Doch er konnte es nicht ertragen, sich wieder von ihr zu trennen, und ohnehin war sie zu erschöpft für eine weitere Reise.

«Sie war immer mein kleiner Liebling», erzählte Dior Copper flüsternd, während Catherine in Decken gehüllt schlief. «Als Kind habe ich kaum mit meinen Brüdern gespielt. Aber Catherine –» Er lächelte zärtlich. «Catherine war etwas Besonderes. Ich durfte natürlich keine Puppen haben, deshalb wurde sie meine Puppe. Ich habe ihr das Haar mit Bändern und Schleifen zurechtgemacht. Ich habe es genossen, sie mit Kleidern auszustaffieren und dann mit ihr nach draußen zu gehen, um sie vorzuführen. Mit ihr konnte ich all meine geheimen Leidenschaften für Spitze und Rüschen ausleben.»

«Sie war also Ihre erste Muse.»

«Ja, das war sie. Und so eine liebe und geduldige kleine Muse, immer heiter, immer lächelnd. Ohne sie wäre meine Kindheit trostlos gewesen. Einer meiner Brüder war geisteskrank und musste in eine Anstalt. Wenig später starb meine arme Mutter. Mein Vater und mein anderer Bruder Raymond standen mir nie nahe. Ich war ein Träumer, ich lebte in meiner eigenen Welt. Catherine war die Einzige, mit der ich diese Welt teilen konnte. Ich glaube, sie zu verlieren, würde mich wirklich umbringen.»

«Sie haben sie ja nicht verloren», redete Copper ihm sanft zu.

Dior legte seine Hand auf ihre. «Sie braucht die Pflege einer Frau.»

«Ich bin keine gute Krankenschwester, aber ich will natürlich tun, was ich kann, Tian.»

Copper brachte Catherine zu einer Ärztin. Sie hieß Séverine Lefebvre und war eine freundliche Frau mittleren Alters, deshalb war Coppers Wahl auf sie gefallen. Catherine bat Copper, während der Untersuchung bei ihr zu bleiben. Als sie in Unterwäsche auf der Waage stand, erkannte Copper, dass Catherine noch dünner war, als sie gedacht hatte. Ihre Arme und Beine waren wie Stöckchen, die Rippen und Hüftknochen traten deutlich unter der blassen Haut hervor, die vielfach geschunden und verfärbt war. Die Ärztin untersuchte sie sehr gründlich und prüfte auch ihr Sehvermögen.

Endlich forderte Dr. Lefebvre die beiden auf, vor ihrem Schreibtisch Platz zu nehmen, während sie in ihrer altmodischen Handschrift einen Ernährungsplan für Catherine aufstellte.

«Sie sind stark unterernährt», teilte sie ihr mit, während sie schrieb. «Es ist wichtig, dass Sie die richtigen Vitamine und Mineralstoffe zu sich nehmen, damit Ihr Körper sich erholt. Es wird nicht leicht für Sie, Mademoiselle Dior, aber Sie müssen meinen Ernährungsplan genau einhalten.»

«Ich will es versuchen.»

Bevor sie das Sprechzimmer verließen, umarmte die Ärztin Catherine und küsste sie dreimal auf die Wangen. «Sie sind ein leuchtendes Beispiel für ganz Frankreich, Mam'selle», sagte sie leise.

Catherine aufzupäppeln war die größte Herausforderung. Der Ernährungsplan der Ärztin mit lauter gehaltvollen Fleischgerichten war gut gemeint, aber Catherine war nicht in der Lage, die Nahrung bei sich zu behalten. Sobald sie auch nur einen Löffel zu viel zu sich nahm, erlitt sie einen Brechanfall und war am Ende nur noch geschwächter als zuvor. Das geschah regelmäßig und brachte Dior und Copper zur Verzweiflung.

Zudem waren Lebensmittel in Paris nicht leicht zu beschaffen, jetzt, da der Krieg in der Endphase war. Es gab keine Hummer aus Granville mehr. Selbst wenn es welche gegeben hätte – die Züge fuhren nicht mehr. Durch die Streiks und den Krieg waren die Geschäfte leer, die Leute nagten wieder am Hungertuch und hatten Mühe, auch nur das Nötigste an Lebensmitteln aufzutreiben, wie in den düstersten Zeiten der *occupation*. Wein und Fleisch, wie Dr. Lefebvre es verordnet hatte, waren fast nicht zu bekommen. Umso schlimmer war es für Dior und Copper, mit anzusehen, wie Catherine das Rind oder Huhn wieder erbrach, das sie so teuer und unter solchen Schwierigkeiten gekauft hatten.

Copper fing an, sich ernsthaft Sorgen zu machen. Catherine hatte noch immer kein Gramm zugelegt – sie hatte seit ihrer Rückkehr sogar langsam weiter abgenommen. Aber Copper war in Armut aufgewachsen. Sie verstand etwas davon, nahrhafte Gerichte zuzubereiten, und das teilte sie Dior mit.

«Das ist ja in der Theorie alles schön und gut», sagte sie und deutete auf den Ernährungsplan, den die Ärztin ihnen gegeben hatte. «Aber in der Praxis funktioniert es nicht. Wenn Sie erlauben, werde ich versuchen, Catherine auf meine Weise aufzupäppeln.»

«Tun Sie, was immer Sie für richtig halten», willigte Dior mit einem zittrigen Seufzer ein. «So kann es jedenfalls nicht weitergehen.»

«Dann mal los.» Copper ging auf den Markt und kehrte mit einem vollen Einkaufskorb zurück.

«Was in aller Welt ist dieses Zeug?», fragte Dior völlig entsetzt, als Copper triumphierend ihre Einkäufe auspackte.

«Das hier nennt man Rinderklaue», erklärte Copper und nahm das unappetitlich aussehende Ding kritisch in Augenschein. «Meine Mutter hat es oft verarbeitet.»

«Kann man das wirklich essen?», fragte er.

«Und ob. Wir haben es als Kinder bekommen, wenn wir krank waren.»

«Ich dachte, Amerika sei ein so reiches Land.» Dior zog sich vom Herd zurück.

«Nicht da, wo ich aufgewachsen bin», entgegnete Copper. «Wir mussten zu siebt vom Lohn eines Fabrikarbeiters satt werden. Hummer haben wir nicht bekommen, das können Sie mir glauben.»

Nach mehreren Stunden schwerer Arbeit waren aus der Rinderklaue eine kräftige Brühe und ein durchscheinendes bernsteinfarbenes Gelee entstanden. Zu Diors Entzücken aß Catherine etwas von der Brühe – und behielt es bei sich.

«Sie sind ein Genie», rief er und fiel Copper um den Hals.

Von da an kochte sie für Catherine die Speisen ihrer Kindheit. Ihre Mutter war früh gestorben, aber nicht ehe sie Copper in die Küche ihrer irischen Heimat eingeweiht hatte – Gerichte, die gesund und nahrhaft, aber nicht schwer waren. In Ermangelung von Huhn bereitete sie eine Pastete aus Kaninchenfleisch zu; aus ein paar Rinderknochen kochte sie eine köstliche Brühe. Vor allem gab es Gemüsegerichte. Die schlichte Kartoffel war nun ein Gottesgeschenk, ebenso wie Gerste, Kohl und Bohnen. Coppers Instinkt sagte ihr, bevor Catherine die proteinreiche Nahrung verdauen konnte, die die Ärztin ihr verordnet hatte, brauchte sie erst einfaches, stärkereiches Essen, das ihr Energie spendete, ihrem Magen Gelegenheit gab, sich zu erholen, und ihren Appetit wieder anregte.

Sie stellte fest, dass sie Catherine mit süßen Speisen verlocken konnte. Apfelgelee und Früchtekompott waren Dinge, die sie vertrug, und da Wein nicht zu bekommen war, kochte Copper einen Sirup aus Rosinen, der großen Anklang fand. Auch Sagobrei und Pudding kamen regelmäßig auf den Tisch, mit Marmelade gesüßt, wenn kein Zucker aufzutreiben war. Catherines lebensbedrohlicher Gewichtsverlust verlangsamte sich, dann kam er zum Stillstand. Endlich kam der triumphale Tag, an dem das Tariergewicht an der Waage eine Kerbe weitergerückt werden musste – sie nahm wieder zu. Zur Feier des Tages gab es ein Gericht, das Coppers Mutter *boxty* genannt hatte – Kartoffelpfannkuchen vom Blech. Dazu gehörte ein Lied, das Coppers Mutter ihr beigebracht hatte:

Boxty auf dem Ofenblech,
Boxty in der Pfann',
Wer kein boxty backen kann,
Kriegt niemals einen Mann!

Catherine kam so weit zu Kräften, dass sie kleine Spaziergänge unternehmen konnte. Da auch ihre Augen unter der Unterernährung gelitten hatten und kein Sonnenlicht vertrugen, kaufte Copper ihr eine Sonnenbrille. Oft schlenderte sie mit Catherine mit ihrer Sonnenbrille und einem Seidentuch um den Kopf gemächlich durch die Tuileries. Der ausgebrannte deutsche Panzer, der dort gestanden hatte, war inzwischen weggeschafft worden, und die ersten bunten Blüten zeigten sich in den Gärten.

Die beiden Frauen waren inzwischen so vertraut miteinander, dass sie zum freundschaftlichen «Du» übergegangen waren. «Möchtest du dich nicht einmal mit deinem Verlobten treffen?», erkundigte Copper sich behutsam. Bislang hatte niemand Hervé Bescheid gegeben, dass Catherine noch am Leben war, was Copper nicht recht verstand.

Catherine verzog das Gesicht. «Er denkt, ich sei tot. Und vielleicht ist es besser so.»

«Warum sagst du so etwas?», rief Copper aus.

«Ich weiß nicht, ob es zwischen uns weitergehen kann; ob es weitergehen sollte.»

«Wegen dem, was dir widerfahren ist? Du bist schön, und du kommst mit jedem Tag mehr zu Kräften. Dein Haar wird wieder wachsen. Er wird überglücklich sein, dich zu sehen.»

«Es ist mehr als das», erwiderte Catherine wehmütig. Während sie auf Copper gestützt weiterging, begann sie, ein wenig von ihrer Liebesgeschichte mit Hervé des Charbonneries zu erzählen.

Es war ein *coup de foudre* gewesen, Liebe auf den ersten Blick. Sie war in ein Geschäft gegangen, um ein Radio zu kaufen. Er – groß, höflich und gutaussehend – hatte ihr das neueste Modell gezeigt. Ihre Blicke hatten sich getroffen, und es war um sie geschehen.

«Allerdings hatte die Sache einen Haken», fuhr Catherine fort. «Hervé war nie mein Verlobter. Das wäre gar nicht möglich gewesen. Hervé ist verheiratet.»

«Oh», machte Copper tonlos.

«Ja, *oh*», ahmte Catherine sie nach. «Und er hat drei kleine Kinder. Verheirateter kann ein Mann wohl kaum sein. Aber ich war Hals über Kopf verliebt, und er auch. Er war ein Gründungsmitglied der Résistance und warb mich sofort an. Wir wirkten im Geheimen und liebten uns im Geheimen. Unser Leben war voller Geheimnisse. Ich liebte ihn so sehr, ich verehrte ihn geradezu. Ich glaube, wenn diese Liebe nicht gewesen wäre, dann wäre es der Gestapo gelungen, mich zu brechen. Aber mir war klar, wenn ich Hervés Namen verriete, würden sie ihn töten. Ich habe alles ertragen, was sie mir angetan haben, und Gott sei Dank war ich in der Lage, ihn zu schützen.»

Copper stiegen Tränen in die Augen. «Das ist das Tapferste, wovon ich je gehört habe.»

«Liebe macht tapfer.» Catherine zuckte die Schultern. «Oder vielleicht auch töricht. Wer kann das schon unterscheiden?»

«Hervé sollte erfahren, was du für ihn durchgemacht hast», fand Copper.

«Meinst du?» Catherine schüttelte den Kopf. «Ich glaube, es würde ihn unter Druck setzen, und das wäre nicht richtig. Wenn ich ihn bitten würde, zu mir zurückzukehren, dann würde ich verlangen, dass er seine Frau und seine Kinder im Stich lässt. Bevor das alles passiert ist» – sie deutete mit einer Geste an, dass sie sich auf ihren Zustand bezog –, «war es ein Abenteuer, eine Eskapade. Jetzt ist es ernst. So viele sind gestorben, so viele haben gelitten. Ich weiß nicht, ob ich noch mehr Leid ertragen kann oder ob ich andere bitten kann, um meinetwillen Leid auf sich zu nehmen.»

«Solange er denkt, du seist noch in Gefangenschaft oder gar tot, wird er ohnehin leiden.»

Catherine lächelte schief. «Du siehst die Dinge so klar, meine liebe Copper.»

«Ich bemühe mich. Ich habe schon eine Menge Fehler begangen, weil ich die Dinge nicht klar genug sah.» Sie schwieg kurz. «Liebst du ihn noch?»

«Seit dem Tag, an dem wir getrennt wurden, habe ich jede Stunde an ihn gedacht. Beantwortet das deine Frage?»

«Ja, ich glaube schon.»

«Wie steht es eigentlich mit dir?», erkundigte sich Catherine. «Du wartest doch auch auf jemanden, nicht wahr?»

«Ich nehme an, dein Bruder hat dir von ihm erzählt.»

«Er klang sehr glamourös.»

«Ja, so ist er.»

«Und er will dich heiraten.»

«Ja.»

«Liebst du ihn denn?»

«Ja, ich liebe ihn. Aber –»

«Aber du legst großen Wert auf deine Freiheit», sagte Catherine mit einem wissenden Blick zu Copper.

«Das könnte man so sagen.»

«Ihr Amerikaner und eure Freiheit. Weißt du, es gibt Wichtigeres im Leben.»

Copper lachte. «Redet so eine Heldin der Résistance?»

«Du siehst ja, wohin der Kampf für die Freiheit mich geführt hat.» Catherine nahm ihr Tuch ab, um ihren kahlen Kopf zu zeigen. «Die Freiheit ist kostbar, aber vielleicht sind andere Dinge noch kostbarer.»

«Ich würde gern eine Story über dich schreiben, Catherine», sagte Copper.

«An mir ist nichts Bemerkenswertes», wandte Catherine ein.

«Doch, natürlich. Dein Mut und deine Tapferkeit, was du durchgemacht hast, wie du überlebt hast – das alles ist zutiefst inspirierend.»

Catherine zögerte. «Meinst du, für die Zeitung?»

«Nun, ich dachte an einen Zeitschriftenartikel mit ein paar Bildern.»

«Fotografien von mir? Jetzt, in diesem Zustand?»

«Unbedingt. Du wirst schließlich nicht für immer so aussehen.»

«Ich glaube nicht, dass ich das will», erwiderte Catherine unsicher. «Gib mir eine Woche oder zwei Bedenkzeit.»

Doch es vergingen nur ein paar Tage, bis Catherine Copper wieder darauf ansprach. Sie hatte ihre Entscheidung getroffen.

«Ja, ich will, dass du über mich schreibst. Und mich fotografierst. Nicht weil meine Geschichte einzigartig ist, sondern gerade weil so viele andere das Gleiche durchgemacht haben, und viele haben es nicht überlebt. Die Menschheit soll wissen, was ihnen widerfahren ist.»

Catherine erklärte sich einverstanden, für ein paar Aufnahmen Modell zu stehen, die schonungslos zeigten, was die Nazis ihr angetan hatten. Copper war bewusst, welchen Mut das erforderte, schließlich würden Tausende Leser sie sehen – doch an Mut fehlte es Catherine Dior ganz gewiss nicht.

Und sie war willens, über ihre Erfahrungen zu sprechen.

Nach ihrer Verhaftung war sie mit äußerster Brutalität verhört worden. Man hatte sie mit Fäusten und einer Lederpeitsche geschlagen, ihr die Arme ausgerenkt, ihren Kopf unter Wasser getaucht, bis sie kurz vor dem Ertrinken war. Sie hatte mitbekommen, dass andere unter diesen Umständen ihre Kameraden verrieten, doch sie selbst hatte nichts gesagt.

Als ihre Peiniger einsahen, dass sie nicht reden würde, steckten sie sie gemeinsam mit zweitausend anderen in Viehwaggons und schickten sie nach Ravensbrück. Auf der quälend langsamen Zugfahrt in der Sommerhitze, ohne frische Luft und ohne Wasser, starben bald die Ersten. Nach ein paar Tagen waren sie mit Hunderten verwesenden Leichen zusammengepfercht. Weniger als die Hälfte traf lebend am Bahnhof von Ravensbrück ein, wohin Frauen aus sämtlichen von den Nazis eroberten Ländern deportiert wurden.

Ravensbrück galt als «Vorzeigelager», ein leuchtendes Beispiel für die Sozialtechnik der Nazis, mit Strenge und Güte jene zu heilen, die von Krankheiten wie der Religion oder dem Sozialismus befallen waren.

In Wirklichkeit war es ein Ort unaussprechlichen Grauens.

«Die Frauen, die nicht an Typhus starben, mussten sich in den Fabriken zu Tode schuften», erzählte Catherine Copper. «Die Jüngeren haben sie in das sogenannte ‹Krankenrevier› geschickt, wo medizinische Experimente an ihnen durchgeführt wurden. Sie haben sie ohne Betäubung aufgeschnitten, ihnen Beine amputiert oder Organe entnommen, um zu sehen, ob sie ohne diese überleben konnten. Sie haben ihnen Substanzen injiziert, Medikamente an ihnen getestet. Täglich brachten wir ganze Wagenladungen Leichen und abgetrennte Gliedmaßen auf Handkarren zum Krematorium.»

Copper konnte es kaum ertragen, sich all das anzuhören. Das Schicksal der Kinder war so grauenvoll, dass Catherine nicht imstande war, darüber zu sprechen.

«Danach haben sie mich nach Buchenwald geschickt, in die Munitionsfabrik. Dort waren sie gnadenlos. Sie haben täglich die Schwächsten aussortiert. Jeden Morgen hörten wir die Erschießungskommandos. Dann wurde ich wieder verlegt, diesmal in ein Kalibergwerk. Das war in Wirklichkeit ein unterirdisches Lager für Sklavenarbeiter. Die Luft war vergiftet, ich wäre fast gestorben. Und dann, als die Alliierten näher kamen, wurden wir immer wieder an andere Orte gebracht. In ein Flugzeugwerk in Leipzig. Schließlich nach Dresden, wo die Russen uns dann befreit haben. Ich glaube, sonst hätte ich höchstens noch einen Monat überlebt. Die Russen hatten schon andere Lager befreit, deshalb wussten sie, womit sie zu rechnen hatten. Sie waren so freundlich – sie haben uns etwas zu essen gegeben und Kleider, und dann haben sie uns in die Obhut des Roten Kreuzes übergeben. Weißt du, was mich die ganze Zeit am Leben erhalten hat?»

«Was denn?»

«Die Vorstellung, wie ich zu Tian zurückkehren würde. Ich habe geträumt, wir wären wieder zusammen in Paris, würden gemeinsam lachen und Hummer essen. Am liebsten wäre ich aus diesen Träumen gar nicht mehr erwacht.»

Copper war zutiefst bewegt. «Tian hat nie aufgehört, daran zu glauben, dass du zurückkehren würdest. Er hat jede Woche eine Wahrsagerin nach dir befragt.»

Catherine nickte. «Er hat schon als Kind immer vierblättrige Kleeblätter gesucht, Glücksbringer gesammelt und sich Zaubersprüche ausgedacht. Ich weiß noch, einmal hat eine Zigeunerin auf einem Jahrmarkt ihm aus der Hand gelesen. Sie sagte, Frauen würden ihm Glück bringen und er würde durch sie reich werden. Er war ganz begeistert. Unsere Eltern haben nur gelacht. Die Vorstellung, Tian könnte durch Frauen zu Geld kommen – nun, du weißt ja, wie er ist.»

«Ja, ich weiß, wie er ist.»

«Nun ist er durch Frauen zwar nicht gerade reich geworden, aber immerhin verdient er durch sie seinen Lebensunterhalt.»

«Wenn er sich von Lelong trennen und sein eigenes Modehaus eröffnen würde, könnte er vielleicht doch noch reich werden.»

«Er war mir so ein guter und liebevoller Bruder, Copper. Er hat Glück in meine Kindheit gebracht, die sonst wohl ziemlich trostlos gewesen wäre.»

«Warum sagst du das?»

Zu Coppers Erstaunen beschrieb Catherine ihre Mutter als Zuchtmeisterin, die zu ihren Kindern kalt und unnahbar war.

«Ich bin überzeugt, dass sie uns liebte. Aber sie war sehr streng. Und sie hatte immer viel zu tun. Für Liebesbezeigungen hatte sie nichts übrig. Wir durften nicht einfach zu ihr laufen und sie umarmen. Wer es wagte, ihre Kleidung zu verknittern, wurde scharf gerügt. Man musste sich ihre Zuneigung verdienen, und das war nicht leicht. Wir alle gewöhnten uns an, auf Zehenspitzen um sie herumzuschleichen – alle bis auf Tian. Er folgte ihr überallhin. Er lernte die Namen aller Blumen in ihrem Garten, sogar die lateinischen. Unsere Brüder haben auf ihm herumgehackt und ihn ein Muttersöhnchen genannt, aber das kümmerte ihn nicht. Er war entschlossen, ihre Liebe zu erringen.»

Copper dachte daran, wie Dior einmal gesagt hatte, es sei sein Lebensinhalt, anderen zu gefallen. «Und, hat er ihre Liebe am Ende errungen?»

Catherine zögerte. «Ich glaube, sie hat ihn näher an sich herangelassen als sonst einen von uns. Er war der Einzige, den sie nach Paris mitgenommen hat, wenn sie zu ihrer *modiste* ging.»

Copper horchte auf. «War das ein besonderes Privileg?»

«Oh ja. Nicht einmal meine Schwester oder ich durften sie dorthin begleiten. Die *modiste* hieß Rosine Perrault und hatte ihr Atelier hier an der Rue Royale, einen Steinwurf von dieser Wohnung entfernt.»

«Er bleibt nah bei seinen Wurzeln», murmelte Copper nachdenklich.

«Ich glaube, das hat bei ihm einen tiefen Eindruck hinterlassen – sie bei den Anproben zu sehen, die Schneider bei der Arbeit zu beobachten. Es war eine geheimnisvolle Welt, und er sehnte sich danach, selbst dazuzugehören. Nach diesen Besuchen hat er mich immer zurechtgemacht und getan, als wäre er ein Schneider.»

«Ja, davon hat er mir erzählt.»

«Wir mussten es geheim halten. Unsere Brüder hätten uns furchtbar gehänselt, wenn sie davon gewusst hätten. Ich habe die Aufmerksamkeit natürlich genossen. Ich vergötterte Christian geradezu und fand es wunderbar, wenn er sich mit mir beschäftigte. Seltsamerweise habe ich mein Interesse an Kleidern fast gänzlich verloren, als ich erwachsen wurde.» Sie strich sich mit einer Hand über die Haarstoppeln, die inzwischen auf ihrem Kopf nachgewachsen waren. «Tian hat sich zwar von uns allen am meisten angestrengt, unserer Mutter zu gefallen, aber Bernard war derjenige, der die meiste Aufmerksamkeit bekam. Er wurde immer sonderbarer, wir kamen kaum noch mit ihm zurecht. Dann ging das Geschäft unseres Vaters pleite. Wir verloren unser wunderbares Haus mit Seeblick und den Garten, den unsere Mutter mit solcher Sorgfalt angelegt hatte. Als Bernard schließlich in eine Anstalt für Geisteskranke eingewiesen wurde, starb unsere Mutter vor Gram. Tian war gerade erst erwachsen, und ihr Tod nahm ihn furchtbar mit. Ich musste mit ansehen, wie er sich von einem fröhlichen, strahlenden Menschen in einen schüchternen Eigenbrötler verwandelte. Ich glaube, er hatte das Gefühl, dass sie ihm entrissen wurde, ehe er ihre Anerkennung gewinnen konnte.»

Copper empfand tiefe Trauer über Catherines Schicksal. Sie hatte buchstäblich ihr Leben eingesetzt, um ihren Geliebten zu schützen, und doch konnte sie jetzt nicht mit ihm zusammen sein. Copper sprach mit Dior über diese bittere Ironie.

«Ich wusste, dass etwas im Gange war», sagte er. «Aber ich hatte keine Ahnung, dass sie in der Résistance war. Überhaupt keine Ahnung. Sie pflegte aus heiterem Himmel aufzutauchen, wie immer voller Leben. Manchmal blieb sie über Nacht, und dann fuhr sie eilig auf ihrem Fahrrad davon.» Er seufzte. «Ich dachte, das große Geheimnis sei eine Affäre mit einem Mann, und manchmal habe ich sie danach gefragt, aber sie hat mir nie verraten, wer er war. Natürlich konnte ich mir denken, dass es irgendeine Schwierigkeit gab – dass er verheiratet war oder dergleichen – und dass die Beziehung deshalb geheim bleiben musste. Ich glaubte, die größte Gefahr bestünde darin, dass Catherine das Herz gebrochen werden könnte, und ich warnte sie davor. Ich wusste doch nicht, dass sie geheime Informationen transportierte. Davon und auch von Hervé erfuhr ich erst, nachdem sie deportiert worden war.»

«Sie wissen, dass sie nichts preisgegeben hat, Tian. Sie hat Entsetzliches erduldet, um Hervé zu schützen.»

«Ich weiß. Als sie verhaftet wurde, war ich völlig außer mir. Ich bin herumgerannt und habe alle, die ich kannte, um Hilfe angefleht. Die Leute haben mir die Tür vor der Nase zugeschlagen. Keiner wollte irgendwie mit der Résistance in Verbindung gebracht werden. Und heute», fügte er voller Bitterkeit hinzu, «stellen dieselben Leute sich selbst als Helden dar. Der einzige Mensch, der bereit war zu helfen, war der schwedische Botschafter, aber als er sich einschaltete, war es schon zu spät. Da war Catherine bereits auf dem Weg nach Ravensbrück. Was die Übrigen angeht, all die reichen Leute, die etwas hätten tun können, um sie zu retten – die haben ihr wahres Gesicht gezeigt. Elende Kreaturen, die sich hinter imposanten Fassaden versteckten.»

«Sie sagten, Sie wollten Hervé ausfindig machen und ihm mitteilen, dass Catherine noch lebt.»

Dior zögerte. «Ich habe ihn gefunden. Er ist hier in Paris. Aber ich habe noch nicht mit ihm gesprochen. Catherine hat mich gebeten, nichts zu sagen.»

«Ich glaube, sie sehnt sich danach, ihn wiederzusehen. Es ist eine furchtbar schwierige Situation. Sie verzehrt sich nach ihm. Und früher oder später wird er doch sowieso erfahren, dass sie am Leben ist, nicht wahr?»

«Ja. Aber vielleicht will sie ihm die Entscheidung überlassen, ob er zu ihr kommt oder nicht.»

«Nicht gerade eine Romanze aus dem Bilderbuch, wie? Wenn er zu ihr kommt, zerbricht seine Familie. Tut er es nicht, bricht er ihr das Herz.»

«In der Liebe geht es selten zu wie im Bilderbuch», sinnierte Dior. «Unser Leben ist zu vertrackt, als dass alles glücklich ausgehen könnte.»

12. Kapitel

Ein paar Tage nach diesem Gespräch klopfte es an der Tür, und als Copper öffnete, stand ein Fremder vor ihr. Er war um die vierzig, groß und gertenschlank, trug eine Tweedjacke und drehte einen Filzhut nervös in den Händen. Copper war auf den ersten Blick überzeugt, dies müsse Catherines Hervé sein. Er schien so von Gefühlen überwältigt, dass er kein Wort herausbrachte, deshalb übernahm sie das Reden. «Sie wollen zu Catherine?» Er nickte. «Sie schläft gerade. Möchten Sie nicht reinkommen und warten?»

Er trat einen Schritt zurück. «Ich komme später wieder. Ich will sie nicht stören.»

Copper dachte nicht daran, ihn entkommen zu lassen. «Gehen Sie nicht. Sie legt sich vormittags um diese Zeit immer kurz hin. Sicher wird sie bald wach. Sie wird sich sehr freuen, Sie zu sehen.»

Widerstrebend ließ der Besucher sich in den vornehmen kleinen Salon führen. Dior war im Hause Lelong, und Copper hatte gerade an einem Artikel geschrieben, während Catherine schlief. Sie bot ihm Kaffee an, doch er lehnte ab. «Sie haben zu arbeiten», stellte er fest und deutete auf ihre Papiere. «Ich komme ungelegen.»

«Machen Sie sich darüber keine Gedanken.» Sie entschied, ganz direkt zu sein. «Wann haben Sie erfahren, dass sie zurück ist?», fragte sie ihn.

«Ein Freund von mir hat sie neulich mit einer anderen Frau in den Tuileries spazieren sehen. Ich nehme an, das waren Sie?»

«Ja. Wir sind bei gutem Wetter fast jeden Tag dort.»

Er war blond, trug einen dünnen Schnurrbart und hatte eine schmale Nase. Er erinnerte sie an den schneidigen Schauspieler Errol Flynn, und Copper konnte sich gut vorstellen, wie Catherine sich in diesen athletischen, attraktiven Mann verliebt hatte. Im Augenblick war er allerdings geradezu quälend verkrampft, drehte unentwegt den Hut zwischen seinen langen Fingern, und seine Stimme klang ängstlich.

«Wie geht es ihr?», erkundigte er sich.

«Sie ist auf dem Weg der Besserung. Als sie ankam, war sie sehr geschwächt, aber allmählich erholt sie sich.»

«Ich hörte, Sie hätten wahre Wunder an ihr gewirkt. Hat sie ... hat sie von mir gesprochen?»

«Ich weiß nicht, Sie haben sich noch nicht vorgestellt.»

«Ich heiße Hervé des Charbonneries.»

«Ich glaube, den Namen hat sie erwähnt», erwiderte Copper sehr ernst. «Ein- oder zweimal.»

«Ich verstehe nicht, warum sie nicht gleich zu mir gekommen ist», sagte er, stand auf und ging unruhig im Zimmer auf und ab. «Wie konnte sie mich nicht wissenlassen, dass sie wieder in Paris ist? Das ist doch grausam.»

«Sie hat eine Menge durchgemacht», hielt Copper ihm vor. «Vielleicht mehr, als Ihnen bewusst ist. Es war nicht leicht für sie. Ich denke, von den Toten zurückzukehren ist nie leicht.»

«Ich dachte, sie sei tatsächlich tot. Ich habe nicht damit gerechnet, sie jemals wiederzusehen. Und sie hat mich in dem Glauben gelassen. Wo sie doch am Leben war und hier in Paris!»

«Catherine hat Dinge erduldet, die kein Mensch erdulden sollte. Sie war an Orten, die Sie und ich uns nicht einmal vorstellen können, und hat Dinge gesehen, die uns sprachlos machen würden. Niemand kann das unbeschadet überstehen. Aber Heilung ist möglich. Vor allem Liebe kann sie heilen. Und vor allem, wenn Sie lernen könnten, weniger an sich selbst zu denken und mehr an sie.»

Er schwieg eine Weile. «Ich muss mich entschuldigen», sagte er schließlich steif. «Aber das hier ist auch für mich nicht leicht.»

«Sie hat große Opfer für Sie gebracht. Sie hat Ihnen das Leben gerettet.» Copper musterte ihn kritisch. «Sie sind wie viel älter als sie? Fünfzehn Jahre? Und ein verheirateter Mann mit drei Kindern.»

«Und?»

«Sie haben sie für die Résistance auf Botengänge geschickt und sind mit ihr ins Bett gegangen. Was war zuerst?»

Die Farbe stieg in sein markantes Gesicht. «Madame, Sie haben nie erlebt, wie es ist, wenn ein Feind Ihr Land besetzt. Frankreich hat uns alle aufgerufen, Opfer zu bringen. Aber nur wenige von uns sind diesem Ruf gefolgt. Catherine war eine davon. Dafür wird Frankreich sie für immer in Erinnerung behalten.»

«Sie verstehen sich aufs Reden.»

«Mir scheint, Sie sind Catherines selbsternannte Aufpasserin», stellte er unwirsch fest. «Aber Sie sind keine Angehörige von ihr. Sie sind nicht einmal Französin.»

«Sie haben recht, das bin ich beides nicht. Aber ich betrachte mich selbst als ihre Freundin, nicht als ihre Aufpasserin. Sie ist sehr geschwächt – was wäre ich für eine Freundin, wenn ich da nicht versuchen würde, sie zu beschützen?»

Copper glaubte, aus Catherines Zimmer ein Geräusch zu hören. «Ich sehe mal nach ihr.»

Als sie eintrat, war Catherine wach und saß auf der Bettkante. Copper setzte sich neben sie und nahm Catherines schmale Hand in ihre beiden Hände. «Er ist hier», sagte sie leise.

«Ich weiß. Ich habe seine Stimme gehört.» Catherine zitterte.

«Soll ich euch allein lassen?»

«Nein. Bitte bleib in der Wohnung. Aber schick ihn herein.»

Copper ging, um Hervé zu rufen. «Sie können jetzt zu ihr.»

Hervé betrat Catherines Zimmer, den Hut noch immer in den Händen. Copper schloss die Tür hinter ihm, dann setzte sie sich an den Esszimmertisch und machte sich wieder an ihre Arbeit. Fast eine Stunde lang hörte sie aus Catherines Zimmer nichts als gelegentlich leise Stimmen. Schließlich kam Hervé wieder heraus. Er verabschiedete sich kurz angebunden von Copper und wartete nicht, bis sie ihn zur Tür begleitete. Sie hörte seine eiligen Schritte draußen auf der Treppe.

Copper ging in banger Erwartung zu Catherine hinein. Die stand am Fenster und schaute hinaus. Copper erschrak – Catherine wirkte fiebrig, ihre Augen glänzten unnatürlich, und ihr Gesicht war gerötet.

«So, meine liebe Copper. Nun ist er also gekommen und wieder gegangen.»

«Was ist zwischen euch vorgefallen?», fragte Copper.

Catherines Finger schlossen sich um ihre. «Er liebt mich noch immer. Es hat sich nichts geändert.»

Copper blickte ihr forschend ins Gesicht. «Bist du glücklich?»

«Es hat sich nichts geändert», wiederholte Catherine. «Wir hatten ein Arrangement, bevor ich verhaftet wurde, und dieses Arrangement wird weiterbestehen – wenn ich mich entschließe, es zu akzeptieren.»

«Wie sieht dieses Arrangement aus?»

«Er wird sich nie von seiner Frau scheiden lassen. Er ist ein Baron des Charbonneries, und er ist Katholik. Das sind zwei Gründe, weshalb eine Scheidung für ihn nicht in Frage kommt. Man tut das einfach nicht. Ich kann mit ihm zusammen sein, aber ich kann nicht seine Ehefrau werden. Ich kann weder seinen Namen annehmen noch Kinder mit ihm haben.»

«Das ist hart.»

«Aber ich kann *ihn* haben.» Catherine lächelte wieder ihr zaghaftes Lächeln. «Ist das nicht das einzig Wichtige, Copper? Wenn ich *ihn* haben kann, was könnte ich noch mehr verlangen?»

Sie wird also eine Catherine und eine Catherinette sein», sagte Dior traurig, als Copper ihm von dem Gespräch erzählte.

«Was ist eine Catherinette?»

«So nennen wir eine Frau, die mit fünfundzwanzig noch nicht verheiratet ist. Nach der heiligen Katharina, der Beschützerin der Jungfrauen. An ihrem Feiertag tragen in Paris alle unverheirateten Frauen ab fünfundzwanzig farbenfrohe Hüte. Ich hätte mir ein erfreulicheres Schicksal für sie gewünscht.»

«Sie hat ihre Liebe», wandte Copper ein. «Sie sagt, mehr will sie gar nicht.»

«Die beiden sind stark», räumte Dior ein. «Sie werden ihr Leben so einrichten, wie sie es wollen. Er sagt, Sie haben ihn ganz schön in die Mangel genommen. Ihn gefragt, ob seine Absichten ehrbar sind.»

«Eigentlich ging es mich wohl nichts an. Ich wollte Catherine nur beschützen.»

«Er sagt, Sie waren sehr streng.»

«Ich selbst habe unter einem Ehemann gelitten, der keine Rücksicht auf meine Gefühle nahm», erinnerte sie ihn.

Catherine kam jetzt immer mehr zu Kräften, und zwei Wochen später verkündete sie, sie werde Paris verlassen und auf den Familiensitz der Diors in Callian bei Grasse an der Côte d'Azur gehen. Dort, wo die Sonne schien und Blumenwiesen sie aufheitern würden, konnte sie sich in Ruhe weiter erholen. Hervé des Charbonneries würde sie begleiten, und sie würden sich überlegen, wie ihr gemeinsames Leben künftig aussehen sollte.

Copper und Dior begleiteten sie zur Gare de Lyon, um sie zu verabschieden. Catherine umarmte Copper fest. «Danke, meine liebe Freundin», sagte sie. «Komm mich doch mal besuchen.»

«Das werde ich», versprach Copper. Catherine war zwar noch immer dünn und geschwächt, aber nicht mehr das beängstigend ausgemergelte Gespenst, das vor etlichen Wochen an der Gare de l'Est eingetroffen war. In ihren Augen schien wieder Hoffnung. Sie und

Hervé stiegen in den Zug, fanden ihr Abteil und lehnten sich aus dem Fenster, um sich noch einmal zu verabschieden.

«Danke für alles», rief Catherine, als der Zug sich in Bewegung setzte. Sie winkte, dann verschwand sie, wie sie gekommen war, von Dampfwolken umhüllt.

Dior weinte in sein Taschentuch, als sie den Bahnsteig verließen. Copper legte einen Arm um ihn. «Wir werden sie bald wiedersehen.»

«Meine arme kleine Catherine», schluchzte Dior. «Ich hätte besser auf sie achtgeben sollen.»

«Sie hätten doch nichts verhindern können. Jeder wandelt auf seinem eigenen Drahtseil. Wir können nichts weiter füreinander tun, als dem anderen wieder aufzuhelfen, wenn er abstürzt.»

Auf dem Weg durch die belebte Bahnhofshalle fiel Coppers Blick auf ein Profil, das ihr schmerzlich vertraut war. Zuerst glaubte sie zu träumen. Sie blieb wie angewurzelt stehen und rief laut, um den Lärm zu übertönen.

«Amory? Amory!»

Die Gestalt hielt inne, und für einen Moment glaubte Copper, er werde sich nicht umdrehen. Dann wandte er den Kopf und sah sie an. Sie begegnete den schönen veilchenblauen Augen ihres geschiedenen Mannes. Ihr schwindelte. Sie löste sich von Dior und drängte sich durch die Menge der Reisenden, um ihn zu begrüßen.

«Hallo, Copper.»

«Ich wusste gar nicht, dass du in Paris bist.»

«Nur auf der Durchreise.» Er warf einen Blick über ihre Schulter. «Ich sehe, du treibst dich immer noch mit Wie-heißt-er-gleich rum.»

«Dior. Wir haben gerade seine Schwester zum Zug gebracht.» Copper holte tief Luft. Das Wiedersehen mit Amory hatte ihr schier den Atem verschlagen. Er sah dünner aus, als sie ihn in Erinnerung hatte, und trug khakifarbene Militärkleidung. Sein blondes Haar war zerzaust, über der Schulter trug er einen Seesack. «Hast du einen Moment zum Reden?»

Er warf einen Blick auf die Uhr. «Klar, mein Zug fährt erst in einer halben Stunde. Wir können ein Glas Wein trinken.»

Sie entschuldigte sich bei Dior, der traurig nickte und sich allein auf den Heimweg machte. Copper und Amory gingen ins *Le Train Bleu*, das mit Goldverzierungen und opulenten Fresken dekorierte Bahnhofsbistro. Dort herrschte reger Betrieb, aber sie fanden einen ruhigen Winkel. Amory bestellte bei dem abgehetzten Kellner gleich eine ganze Flasche Wein.

«Du siehst gut aus», bemerkte er lässig und steckte sich eine Zigarette an. Dabei schweifte sein Blick durch den Raum, als wäre er nicht sonderlich an ihr interessiert. Er hatte ihr nie seine volle Aufmerksamkeit geschenkt, dachte sie bitter. Und er würde es auch nie tun.

«Du auch», gab sie zurück. Doch das stimmte nicht ganz. Bei näherem Hinsehen stellte sie fest, dass Amory wirklich stark abgenommen hatte, und auch wenn kaum etwas seinem guten Aussehen Abbruch tun konnte, wirkte er doch abgehärmt. Wenn er an seiner Zigarette zog, wurden seine Wangen richtig hohl. «Wo warst du?», fragte sie.

Er blies den Rauch aus. «In einem Konzentrationslager in Deutschland.»

Copper musste an Catherines Erfahrungen denken. «Ich erinnere mich, dass du mir von dort geschrieben hast. Es muss grauenhaft gewesen sein.»

«Im Grunde ist es faszinierend.» Ein seltsames Leuchten trat in Amorys Augen. «Ich bin gerade wieder auf dem Weg dorthin.»

«Du berichtest noch immer darüber?»

«Ich arbeite seit Wochen daran. Damit gewinne ich endlich den Pulitzer.» Der Wein wurde gebracht, und er füllte ihre Gläser. Copper nippte an ihrem, er jedoch trank in großen Schlucken. «Es ist eine Story von immenser Tragweite. Es geht immer weiter und weiter.»

«Was geht weiter und weiter?»

«Das Ganze. Nachdem wir uns getrennt hatten, habe ich mich

einer Einheit auf dem Vormarsch angeschlossen. Wir haben heftige Gefechte erlebt. Jeden Tag gab es Verluste – große Verluste. Die Offiziere haben uns gnadenlos angetrieben. Es ging darum, Berlin noch vor den Russen zu erreichen. Ich war beim 157. Infanterieregiment, als wir das Lager befreiten. Es ist riesig. Ungeheuer weitläufig. Wir konnten es schon auf eine Meile Entfernung riechen.» Er goss sich noch ein Glas Wein ein. «Überall waren Leichen aufgehäuft: in Eisenbahnwaggons, in den Baracken, in den Krematorien. Nicht Leichen – Gerippe. Manche der Gerippe waren sogar noch auf den Beinen und redeten, als hätte ihnen niemand gesagt, dass sie tot sind.»

«Ich glaube, ich will das nicht hören», sagte Copper leise.

Er lächelte schmallippig. «Wir wollten es auch nicht sehen. Aber wir mussten. Unsere Jungs, kampferprobte Veteranen, haben geweint und gekotzt. Als wir ankamen, versuchten die Deutschen noch, die letzten Leichen zu verbrennen. Weißt du, was unsere Sergeants gemacht haben? Sie haben die SS-Aufseher an die Wand gestellt und erschossen. Technisch gesehen Kriegsgefangene. Die Nazis haben um Gnade gebettelt, aber unsere Jungs haben weiter geschossen, kistenweise Nachschub an Munition rangeschleppt und wieder geschossen.»

«Oh Gott.»

«Die Leichen der Deutschen häuften sich.» Er zündete sich am Stummel seiner Zigarette gleich die nächste an. «Ich habe alles mit angesehen und mich gefragt: Sind wir eigentlich besser als die Nazis? Ist das hier Gerechtigkeit oder Barbarei?»

«Und wie lautet die Antwort?»

«Die Antwort lautet, es ist menschlich. Einfach nur menschlich.» Er lachte. Er gab sich lässig wie immer, aber sein Lachen wirkte ebenso wie sein Gesicht irgendwie leer, als wäre ihm etwas abhandengekommen. Nicht nur körperlich, sondern tief in seinem Inneren. «Dann haben die Insassen übernommen. Wir haben ihnen keine Waffen gegeben, darum haben sie es mit Steinen und Eisenstangen erledigt, manche mit den bloßen Händen. Sie haben sogar einige der weiblichen Aufseherinnen getötet – nachdem sie andere Sachen mit ihnen gemacht hatten.»

«Wie konntest du es ertragen, das mit anzusehen?», fragte Copper.

«Es war, als wären wir in der Hölle gelandet. Unsere Jungs hatten Angst vor den Insassen – diesen ausgehungerten, geschundenen Menschen, die um Essen flehten, hilfesuchend die Klauen nach uns ausstreckten. Unsere Soldaten sind vor ihnen zurückgewichen, als wären sie keine Menschen. Na, du hast ja die Bilder gesehen.»

«Ja, ich habe die Bilder gesehen.»

«Das ist mir durch und durch gegangen. Es ist in meine Seele gedrungen. Ich fing an, es zu verstehen. Als die Einheit weiterzog, bin ich geblieben. Ich bin zum Experten für Konzentrationslager geworden. Ich schreibe den entscheidenden Bericht.» Plötzlich beugte er sich vor und umklammerte mit heißen Fingern ihren Unterarm. Seine veilchenblauen Augen bohrten sich glühend in ihre. «Diese Lager sind riesig, Copper. Sie verschlingen einen. Man kann tagelang herumwandern und ist immer noch darin. Immer noch in der Hölle.»

«Amory, das hatte eine verheerende Wirkung auf dich.»

«Nein. Es hat einen Mann aus mir gemacht.» Wieder stieß er dieses spröde Lachen aus. «Es war die beste Medizin für das, was mit mir nicht stimmte.»

«Und was stimmte mit dir nicht?»

«Eine Menge», erwiderte er knapp. «Ich habe zu viel getrunken, bin mit jedem willigen Mädchen ins Bett gestiegen. Du warst der einzige mäßigende Einfluss in meinem Leben, ohne dich habe ich die Kontrolle verloren.»

«Hast du die Kontrolle denn jetzt wiedergefunden?», erkundigte sie sich und beobachtete ihn angespannt, während er wieder einmal zur Weinflasche griff – es war bereits die zweite.

«Klar. Völlig.» Er goss ein, den Blick fest auf das Glas gerichtet.

«Mir gefällt das nicht, was ich da höre. Das bist nicht du.»

«Oh doch, das bin ich.»

«Du trinkst zu viel.»

«Sobald ich wieder dort bin, höre ich auf. Dort brauche ich keinen Alkohol.»

«Du solltest nicht wieder hingehen. Du brauchst eine Pause.»

«Ich muss weitergraben. Ich muss dem Ganzen auf den Grund gehen. Was uns antreibt. Es steckt immer mehr dahinter. Wir haben den Lagerkommandanten an seinem eigenen Galgen aufgeknüpft. Ich habe das fotografiert. Ist das nicht ein Knaller?» Er schien sich über ihren Gesichtsausdruck zu amüsieren. «Du bist schockiert. Ich *brauche* den Schock, Copper. Er rüttelt mich auf. Ich interviewe gerade einen Pastor. Er war drei Jahre in einem Lager. Drei Jahre! Er will nicht darüber reden, aber ich kitzle es aus ihm raus. Es ist phantastisches Material.» Er leerte sein Weinglas und griff nach dem Seesack. «Mein Zug fährt gleich ab. Ich muss auf den Bahnsteig.»

Sie verabschiedeten sich flüchtig. Während Copper ihm nachsah, wie er das Bistro verließ und sich einen Weg durchs Gedränge bahnte, wurde ihr bewusst, dass er ihr keine einzige Frage über ihr Leben gestellt hatte – was sie machte, ob sie glücklich war, ob sie zurechtkam. Sie hatte ihn einmal wahnsinnig geliebt, aber das war vorbei. Zu viel war seither passiert. Jetzt war sie ein Teil seiner Vergangenheit und er ein Teil der ihren. Doch als er in der Menge verschwand, blieb sie mit ungutem Gefühl zurück. Sie hatte nicht den Eindruck, dass es ihm gutging. Fast wünschte sie, sie hätte ihn nicht gesehen, nicht mit ihm gesprochen.

Copper hatte den kühnen Schritt gewagt, ihre Story über Catherine Dior an die Zeitschrift *Life* zu schicken. Sie hatte sich nicht viel davon erhofft und erschrak ein wenig, als sie prompt eine Reaktion erhielt.

Life wollte die Story und die Fotos mit ein paar Streichungen übernehmen. Sie würden zusätzlich ein paar Archivfotos von den Lagern abdrucken, in denen Catherine interniert gewesen war, und den Artikel im Rahmen einer dreiteiligen Reihe «Hinter dem Stacheldraht – Geschichten aus den Lagern» herausbringen. Sie würde als Autorin namentlich genannt werden, mit eigener Verfasserzeile.

Der Redakteur, der sie aus den Staaten anrief, war voll des Lobes.

«Das ist gute Arbeit. Wissen Sie, wie das Motto der *Life* lautet? *Die Welt sehen, Dinge, an die heranzukommen gefährlich ist, hinter Mauern blicken, sich näher kommen, einander finden und fühlen.* Nun, all das haben Sie getan, Miss Reilly – und wenn es Ihnen weiterhin gelingt, werden wir Sie im Auge behalten.»

Die vergangenen Wochen hatten viele Veränderungen in Coppers Leben mit sich gebracht. Besonders Catherine Dior hatte sie tief berührt. Durch Catherine hatte sie erkannt, wie zerbrechlich das Leben sein konnte und wie vergänglich das Glück.

Copper hatte mit gemischten Gefühlen zugesehen, wie Catherine mit einem Mann aus Paris abgereist war, den sie liebte, aber niemals heiraten konnte. Natürlich lief es im Leben nicht immer wunschgemäß, aber jeder hatte doch wenigstens eine Chance auf Glück verdient. Man musste Risiken eingehen. Manchmal musste man sich auf Kompromisse einlassen. Und nur weil man mal einen Fehler gemacht hatte, war man nicht dazu verdammt, denselben Fehler wieder zu machen. Oder auf ewig mit den Konsequenzen zu leben.

Auch die Begegnung mit Amory hatte ihr Angst gemacht. In dieser Welt allein zu sein, war schrecklich. Es konnte einen bis an die Pforten der Hölle führen.

Eines Abends lag Copper schon im Bett, und Jacinthe schnarchte damenhaft am Fußende, da läutete das Telefon. Als sie abnahm, hoffte sie wider alle Vernunft, es möge Henry sein. Er war es tatsächlich. Sobald sie seine Stimme hörte, brach sie in Tränen aus.

«Meine Liebste, bitte weine nicht», sagte er sanft.

«Ich wusste nicht, ob du überhaupt noch am Leben bist.»

«Ich bin quicklebendig», versicherte er. «Und ich sehne mich nach dir.»

«Kommst du nach Hause?»

«Noch nicht.»

«Wann kommst du denn wieder?», fragte sie. «Ich vermisse dich so furchtbar. Ich mache mir Sorgen um dich. Bitte komm zu mir zurück.»

«Nichts könnte mich daran hindern, sobald ich frei bin», versprach er. «Aber ich habe noch Dinge zu erledigen.»

«Bist du in Gefahr?»

«Nicht im mindesten.»

«Du darfst nicht sterben.» Wieder musste sie weinen. «Ich will hier nicht ohne dich sein.»

«Das musst du nicht, versprochen.»

«Komm zurück», hörte sie sich selbst sagen, «dann heirate ich dich.»

Es blieb still in der Leitung, und für einen Moment glaubte sie, die Verbindung sei abgebrochen. Dann sagte er in verändertem Tonfall: «Meinst du das ernst?»

Sie hatte einen Kloß im Hals und musste schlucken. «Ja.»

«Du machst mich zum glücklichsten Mann auf Erden», sagte er, und sie hörte die Freude in seiner Stimme. «In einer Woche bin ich wieder in Paris. Ich werde einen Termin auf dem Standesamt machen.»

«Aber bitte schnell und ohne Aufhebens.»

«Keine Sorge, ich werde dir keine Zeit lassen, es dir anders zu überlegen.»

Was habe ich da nur gesagt?, fragte sie sich, als das Telefonat beendet war. *Was habe ich getan?*

Mit zitternder Hand legte sie den Hörer auf. Sie hatte ihn so furchtbar vermisst, dass sie alles getan hätte, damit er wieder nach Hause kam. Aber hatte sie sich nicht immer wieder gesagt, dass sie noch nicht bereit war für eine neue Ehe?

Jetzt konnte sie ihre Zusage nicht mehr zurückziehen. Das würde Henry das Herz brechen. Sie hatte die Worte ausgesprochen – hätte sie sie nicht gemeint, dann wären sie doch nicht aus ihrem Mund gekommen. Oder?

Sie kämpfte ihre Bedenken nieder. Es war an der Zeit. Sie tingelte schon viel zu lange allein durch Paris, ohne Wurzeln, frei und ungebunden. Es war an der Zeit, dass sie sesshaft wurde, ehe sie noch anfing, den Verstand zu verlieren wie Amory. Henry hatte ihr so viel zu bieten – Sicherheit, Hingabe, Beistand. Sie legte sich wieder ins Bett und nahm den verschlafenen Hund in die Arme. Sie liebte Henry, so viel war sicher, und letztendlich war das doch das Einzige, worauf es ankam. Wie bei Catherine Dior: Wenn sie ihren Mann haben konnte, was brauchte sie mehr? Sie war froh, endlich kapituliert zu haben.

Copper entschied, Suzy als Erste einzuweihen. Sie ging gleich am nächsten Tag zu ihr. Ausnahmsweise war Suzy am frühen Nachmittag schon aus dem Bett und im Morgenrock. Als sie die Wohnungstür öffnete, erhellte sich ihr Gesicht. «Endlich bist du gekommen.» Sie streckte die Hände aus. «Verzeih mir, *chérie*. Ich habe mich schlecht benommen.»

Der Ausdruck in Suzys dunklen Augen rührte Copper. «Natürlich verzeihe ich dir.»

Suzy küsste sie auf den Mund. «Ich hatte schon Angst, du würdest nie zu mir zurückkommen.»

«Nun, hier bin ich ja», erwiderte Copper. «Ich wollte mit dir reden.»

«Bitte mach mir keine Vorwürfe. Ich war ordinär und gehässig. Ich habe mich dir von meiner abscheulichsten Seite gezeigt. Du hattest recht. Aber wenigstens hast du jetzt das Schlimmste gesehen. Da hast du's, ich habe dir meine hässliche Seele offenbart.»

Copper lächelte. «Du bist nicht hässlich.»

«Du bist so schön, wenn du lächelst.» Suzy sah ihr eindringlich ins Gesicht.

Es hatte keinen Sinn, es länger hinauszuzögern. Copper holte tief

Luft. «Ich bin gekommen, um dir zu sagen, dass ich Henry heiraten werde.»

Suzys Gesicht verfinsterte sich schlagartig. *«Was?»*

«Ich habe ja gesagt. In einer Woche kommt er nach Paris zurück. Wir heiraten ganz ohne Aufhebens.»

«Du brichst mir das Herz.»

«Ich versichere dir, das liegt ganz und gar nicht in meiner Absicht.»

«Aber du tust es. Ist es wegen Yvonne?»

Copper schüttelte den Kopf. «Es ist, weil ich ihn liebe.»

Suzy vergrub das Gesicht in den Händen. «Zum Teufel mit dir. Niemand hat mich jemals so gequält wie du.»

«Dich gequält? Ach, Suzy!»

«Du hast mich auf die Folter gespannt. Das Warten war unerträglich.» Sie hob den Kopf wieder. Copper sah, dass es ihr ernst war. Ihr Gesicht war bleich, die Lippen blutleer. «Und jetzt das. Ich kann es nicht ertragen. Nichts ist so schrecklich wie die Grausamkeit einer schönen jungen Frau.»

Copper war tief betroffen. «Ich wollte dir nie weh tun, das weißt du.»

«Ich habe so vieles für dich aufgegeben. All meine Affären, all meine Freundschaften. Jeden Gedanken, jedes Verlangen. Alles habe ich für dich geopfert. Und jetzt wendest du dich von mir ab, und alles war vergeblich.»

«Wir werden immer Freundinnen bleiben», sagte Copper hilflos.

«Ich will für dich mehr als nur eine Freundin sein.» Scheinbar zufällig ließ Suzy ihren Morgenrock auseinanderschlagen. Darunter war sie nackt. Der warme Geruch ihrer hellen Haut war betörend, dieser Körper, der kraftvoll wie der eines Mannes und weich wie der einer Frau war, mit den Rundungen einer Frau. «Ich will dir gehören. Mit Haut und Haar. Hast du mich je geliebt? Wenigstens ein winziges bisschen?»

«Du weißt, dass ich das habe – ich tue es noch immer.»

«Warum versetzt du mir dann diesen Todesstoß?»

Copper war klar gewesen, dass es schwer werden würde. «Es tut mir so leid. Ich mag dich wirklich sehr, aber ich kann nicht ewig allein leben.»

«Du brauchst nicht allein zu sein.» Suzys lange Finger legten sich um Coppers Nacken und zogen sie heran. Suzys Lippen suchten Coppers. «Ich werde für dich sorgen.»

«Ach, Suzy», flüsterte Copper dicht an dem feuchten, warmen Mund. «Ich kann einfach nicht –»

«Sag nichts.» Sie brachte Copper mit Küssen zum Schweigen. «Denk nichts, sei nichts – nur mein.» Sie zog Copper auf das Sofa, nestelte an den Knöpfen ihres Kleides. Ihre Hand glitt unter den Stoff, ihre Fingerspitzen folgten den Rundungen von Coppers Brüsten, erregten ihr eine Gänsehaut.

«Hör auf, Suzy. Dazu ist es zu spät.»

«Sag nicht, es ist zu spät. Ich flehe dich an, *chérie*.» Sie fiel über Copper her wie eine Löwin, drückte sie auf die Polster hinunter, umschlang sie mit ihren warmen Gliedern. Suzys überlegene Kraft war erregend, dieses Geschöpf, das rennen und schwimmen konnte wie ein Leistungssportler, aber mit der Anmut einer Frau. Ihre Augen wirkten noch dunkler, als sie auf Copper hinunterstarrte. «Du wolltest mich nur verletzen, stimmt's? Du willst diesen Mann gar nicht wirklich heiraten. Sag die Wahrheit.»

«Die Wahrheit ist, dass ich ihn liebe, und er liebt mich. Es tut mir so leid.»

«Kleine Lügnerin.» Suzy hielt Coppers Handgelenke gepackt und drückte sie hinunter, während sie mit den Lippen ihre Augenlider streifte. «Du sagst, du willst nicht, dass ich leide», flüsterte Suzy. «Aber deine grausamen grauen Augen weiden sich an meinem Schmerz. Du nährst dich davon.»

«Nein, so ist es nicht, ich schwöre es.»

«Es kümmert mich nicht. Du darfst mich quälen, wenn es das ist, was du willst. Ich werde dein Opfer sein, deine Sklavin, alles, was du willst. Du kannst mich auspeitschen, wenn es dir gefällt. Aber verlass mich nicht.»

«Wir werden immer Freundinnen bleiben.»

«Zum Teufel mit deiner Freundschaft.» Suzy setzte sich rittlings auf Coppers Brust, sodass ihr Gewicht auf der Herzgegend lastete. Auch wenn sie davon sprach, sich auspeitschen zu lassen, liebte sie es doch, durch solche dominanten Stellungen ihre Überlegenheit zu zeigen. «Denk nicht mehr an ihn», zischte sie und schaute auf ihre wehrlose Beute hinunter. «Er wird dich niemals so lieben, wie ich es tue.»

Copper konnte es nicht länger ertragen. Sie hätte nicht herkommen sollen. Sie kämpfte sich frei und knöpfte mit zitternden Fingern ihr Kleid wieder zu. «Ich muss jetzt gehen.»

«Verlass mich nicht.»

Sie ging zur Tür. «Mach's gut, Suzy. Danke für alles.»

Sie hörte noch, wie Suzy ihr mit heiserer, gequälter Stimme nachrief: *«Ich hasse dich, Copper.»*

Dann schlug sie die Tür hinter sich zu und hastete durch das dunkle, enge Treppenhaus hinunter auf die Straße.

Copper war noch ganz durcheinander, als sie bei Dior ankam. «Was in aller Welt haben Sie, meine Liebe?», erkundigte er sich, während er sie hereinließ.

Sie trocknete sich die Augen. «Ich werde Henry heiraten.»

«Aber das ist ja wunderbar», rief er, fasste sie an den Schultern und küsste sie auf beide Wangen. «Ich gratuliere. Weshalb weinen Sie denn?»

«Ich war gerade bei Suzy, um es ihr zu sagen.»

Sein Gesicht wurde ernst. «Ah, ich verstehe. Sie brauchen jetzt sicher eine Tasse Tee.»

Copper schniefte. «Gott sei Dank, dass ich bei Ihnen immer ein wenig Stabilität finden kann.»

«Ich nehme an, sie war nicht gerade begeistert», sagte Dior, während er in seinem behaglichen kleinen Salon den Tee servierte.

«Sie hat es sich sehr zu Herzen genommen», gestand Copper.

«Es kommt etwas plötzlich», bemerkte Dior in seiner milden Art. «Sie haben es nicht gerade zeitig angekündigt, meine Liebe. Apropos – wann ist denn der große Tag?»

«Henry sagte, er wolle einen Termin auf dem Standesamt machen und sich um eine Sondergenehmigung kümmern, vielleicht wird es Samstag, der Fünfzehnte.»

Dior sprang auf und hob entsetzt die Hände. «*Der Fünfzehnte?* Elende! Wie soll ich denn bis zum Fünfzehnten ein Brautkleid für Sie fertigstellen?»

Copper schüttelte den Kopf. «Ich will ja gar nicht, dass Sie mir ein Brautkleid machen», sagte sie entschieden. «Wir heiraten in aller Stille.»

«Keine Heirat kann so still vonstattengehen, dass man auf ein Kleid verzichten könnte!»

«Diese schon. Wir lassen uns nur schnell auf dem Standesamt trauen und geben dann einen kleinen Empfang im allerengsten Kreis. Vergessen Sie nicht, es ist mein zweites Mal. Ich bin alles andere als eine jungfräuliche Braut. Und meine Verwandten könnten gar nicht so schnell hier sein. Ich lade nicht einmal viele Freunde ein. Aber etwas können Sie schon für mich tun.»

«Und das wäre?»

«Übergeben Sie die Braut.»

«Mit dem größten Vergnügen», sagte Dior, und seine Wangen liefen rosig an. «Danke, dass Sie mich fragen. Sie wissen ja, Sie sind für mich beinahe so etwas wie eine Tochter.» Er schien den Gedanken an ein Brautkleid vorerst vergessen zu haben. Ein großer Auftritt war das Letzte, was Copper brauchte. Sie wollte das Ganze am liebsten schnellstmöglich hinter sich bringen und mit Henry an ihrer Seite ein neues Leben anfangen.

Statt sich Gedanken um ihr Brautkleid zu machen, überlegte Dior nun, was er selbst anziehen sollte. «Ich werde den hellgrauen englischen Cutaway tragen», entschied er fröhlich. «Er ist fast neu. Und eine blaue Seidenkrawatte von Charvet. Und natürlich ein Ansteckstäußchen von Lachaume. Ihren Brautstrauß bestellen wir auch bei Lachaume.»

«Ich will keinen großen Strauß.»

«Maiglöckchen», sagte er entschieden. «Meine Lieblingsblumen, wie Sie ja wissen. Ach, es wird herrlich! Bébé wird bezaubert sein. Das wird ihn wirklich aufmuntern.»

«Ich hoffe, es artet nicht zu einer Zirkusveranstaltung aus wie die Beerdigung des armen George. Sie werden doch nicht scharenweise Leute einladen, Tian? Das müssen Sie mir versprechen.»

«Ich bin stets die Diskretion in Person», beteuerte er ernsthaft, als wäre er nicht die größte Plaudertasche in ganz Paris. «Aber wissen Sie, meine Liebe, all Ihre Freunde werden schrecklich gekränkt sein, wenn Sie sie ausschließen.»

«‹Freunde› ist das Stichwort. Ich will keine Fremden, die auf Einrädern fahren oder Giraffen an der Leine führen.»

«Vielleicht kommt Suzy auch dazu und singt *Chant des adieux*», sagte er kichernd.

Copper schauderte, noch immer verstört über Suzys Reaktion. «Sagen Sie so etwas nicht.»

Henry traf Ende der Woche ein. Er weigerte sich, zu verraten, wo er gewesen war und was er getrieben hatte, aber er war überglücklich, Copper wiederzusehen.

«Ich habe kaum meinen Ohren getraut», sagte er und riss sie fast von den Füßen, als sie ihm die Tür öffnete. «Ich dachte, die Telefonverbindung sei gestört. Nun wirst du also endlich die Meine!»

Sie umarmte ihn freudig. Er war schmal geworden, sah jedoch umwerfend aus. «Seit wann bist du zurück?»

«Seit heute Morgen um sechs. Aber ich hatte noch ein paar Dinge zu erledigen.»

«Was für Dinge?», fragte sie eifersüchtig.

«Wichtige Dinge.» Er strahlte sie an. «Ich habe uns einen Priester besorgt – und eine Kirche.»

«Eine Kirche?»

«Ich hoffe, du hast nichts gegen eine russisch-orthodoxe Trauung?»

«Die Katholiken würden mich sowieso nicht noch mal trauen. Wie in aller Welt hast du so kurzfristig einen Priester aufgetrieben?»

«Ich musste viel Überzeugungsarbeit leisten – und vieles versprechen», sagte er mit schiefem Lächeln. «Aber du wirst begeistert sein von der Kirche. Es ist die Alexander-Newski-Kathedrale.»

«Oh, Henry», rief sie verzweifelt. «Wir hatten doch vereinbart, in aller Stille zu heiraten.»

«Wofür sollten wir uns schämen?», fragte er.

«Es hat nichts mit Schämen zu tun. Ich wollte kein großes Aufhebens. Du hast es versprochen!»

«Aber meine Liebste, es ist unsere Hochzeit. Und wir können es so kurz und schlicht halten, wie du willst.»

«Es wird weder kurz noch schlicht sein. Es wird zwei Tage dauern, mit Gesängen und Weihrauch und Prozessionen und – tragen Braut und Bräutigam nicht Kronen?»

«Nun ja», räumte er ein, «ursprünglich trug man die Kronen eine Woche lang, aber jetzt werden sie nur noch während eines Teils der Zeremonie aufgesetzt.»

«Sag das Ganze wieder ab.»

«Das kann ich nicht. Ich habe den ganzen Tag gebraucht, um den Priester zu überreden.»

«Ich will das nicht.» Sie kannte die Alexander-Newski-Kathedrale – eine monumentale Kirche im 8. Arrondissement mit hohen Zwiebeltürmen und prächtigen Mosaiken. Dorthin gingen alle Russen aus der Weißen Bewegung, die in Paris im Exil lebten. «Ich will einen kleinen, ganz privaten Kreis. Dort in der Kathedrale wird halb Paris versammelt sein.»

«Ich möchte gern in meinem Glauben getraut werden», erklärte Henry sanft. «Ein Standesamt wäre so nüchtern und schäbig, meine Liebste. Ich möchte dich vorzeigen.»

«Oh nein, Henry. Ich weigere mich.»

Er küsste sie zärtlich. «Bitte sag nicht nein. Tu es mir zuliebe. Nur diese eine Sache. Wenn wir verheiratet sind, kannst du alles haben, was du willst.»

«*Das* bezweifle ich stark.»

«Tu's für mich, meine Liebste.»

«Ich habe eben erst Tian erklärt, dass er mir kein Brautkleid machen darf. Er war furchtbar aufgebracht. Für eine Trauung in der Kathedrale habe ich gar nichts Passendes anzuziehen, Henry.»

«Ach, mach dir darum keine Gedanken», sagte er wegwerfend. «Es ist doch ganz egal, was du anziehst.»

Sie funkelte ihn an. Die Kathedrale würde brechend voll sein. Dort verkehrten die alternden Grafen, Herzöge und Fürsten, die 1917 von ihren Ländereien geflohen waren, sowie ihre blassen und hochmütigen in Paris geborenen Nachkommen, ganz zu schweigen von den Männern der Moskauer Geheimpolizei in schäbigen Regenmänteln, die in schmierigen Notizbüchern Namen notierten. *«Ganz egal?»*

«Wir können etwas Passendes für dich kaufen», schlug er beschwichtigend vor, als ihm klarwurde, dass er etwas Falsches gesagt hatte.

«Wo denn? Der Krieg ist noch nicht vorbei. Brautkleider mit drei Meter langer Schleppe sind gerade eher Mangelware. Ich muss noch einmal zu Tian und ihn um Gnade anflehen.»

«Ich bezahle natürlich dafür», versprach Henry.

«Oh, Kumpel, und ob du zahlen wirst», sagte sie grimmig. «Verlass dich drauf.»

13. Kapitel

Copper und Dior entschieden, Blassblau sei die passende Farbe für eine zweite Heirat in einer neuen Konfession. Außerdem passte es zu seiner Krawatte, wie er fröhlich anmerkte. Sie würde einen kleinen Schleier tragen, befestigt an einem schlichten Hut. Das Kleid selbst wollte Dior aus zehn Meter graublauem Chiffon schneidern, den er in einem Schrank gehortet hatte. Es würde kunstvoll gerafft und gekräuselt sein, und aus Pietät vor der Würde des Ortes würden Coppers Arme von dreiviertellangen Ärmeln aus Spitze bedeckt sein. Sie erklärte sich mit einem kleinen Strauß aus weißen Maiglöckchen von Lachaume einverstanden, um den Dior sich kümmern würde – was bedeutete, dass es ihm überlassen blieb, was als «klein» durchging.

Natürlich war er entzückt, dass Copper es sich anders überlegt hatte. Er stürzte sich in das Projekt und bestand darauf, eigenhändig das Schnittmuster anzufertigen und den Stoff zuzuschneiden. Ihnen blieben gerade einmal zwei Wochen, bis das Kleid fertig sein musste. Ein großer Teil dieser Zeit ging für Anproben, die Beschaffung von Accessoires und die Organisation des Empfangs drauf, der in Henrys

Haus im 7. Arrondissement stattfinden sollte. Der Hausherr hatte eine Heerschar von Bediensteten angeheuert, um die Räume herzurichten. Außerdem musste Copper sich mit dem komplizierten Ablauf einer Trauung nach slawischem Ritus vertraut machen, an der Henry so viel lag.

Die Zeremonie würde – selbst in stark reduzierter Form – noch immer viele Stunden dauern. Ein ernster, bärtiger orthodoxer Priester, der nach Weihrauch und Knoblauch roch, erklärte Copper in aller Ausführlichkeit die spirituelle Bedeutung jeder einzelnen Phase, von der Verlobung, bei der man Kerzen in den Händen hielt, über das Sakrament selbst, bei dem das Paar gekrönt wurde, bis zur anschließenden weltlichen Zeremonie mit Brot und Salz. Copper fühlte sich von alldem etwas überwältigt, nicht zuletzt von der Kathedrale selbst mit ihrem düsteren Innenraum und den hoch aufragenden Wänden, die sie an Gefängnismauern erinnerten und von denen vergoldete Heiligenbilder und Engelsgestalten argwöhnisch auf sie herabschauten.

Sie versuchte, sich für die Sache zu erwärmen, und bemühte sich sogar, möglichst viele der russischen Formeln auswendig zu lernen. Doch das Einzige, worauf sie sich wirklich freute, war, dass ganz am Ende die Weingläser an die Wand geworfen wurden. Sie nahm an, dass sie zu diesem Zeitpunkt durchaus in der Stimmung sein würde, ein Weinglas zu schmeißen.

Äußerst widerstrebend kündigte sie ihre Wohnung an der Place Victor Hugo. Pearl musste sich eine andere Bleibe suchen, denn nach der Hochzeit würde Copper bei ihrem neuen Ehemann einziehen.

«Du willst mich sicher nicht als Brautjungfer?» Pearl sah Copper wehmütig an. Es klang geradezu flehentlich.

«Bei russisch-orthodoxen Trauungen gibt es keine Brautjungfern», erwiderte Copper taktvoll. Das war wenigstens zum Teil wahr – der Priester hatte ihr erklärt, es entspräche nicht der Tradition, aber wenn sie darauf bestünde, könnte sie eine Brautjungfer haben. Sie wollte einfach die ganze Angelegenheit, die schon umständlich genug sein würde, nicht noch komplizierter machen als unbedingt nötig. «Aber du wirst dabei sein und mich unterstützen.»

«Bis dahin bin ich von der Droge runter», beteuerte Pearl, doch das hatte sie schon oft versprochen.

Suzy unternahm keinen Versuch, mit Copper in Kontakt zu treten. Nur ein Mal ließ sie ihr einen Strauß Veilchen an die Place Victor Hugo liefern, aber es war keine Karte dabei. Vielleicht sollte es eine Entschuldigung für die letzten Worte sein, die sie Copper nachgeschleudert hatte. Der süße Duft der Veilchen ließ mit der Zeit nach, und Copper versuchte, nicht mehr an die Frau zu denken, die sie ihr geschickt hatte.

Von Henry bekam sie ein weniger vergängliches Geschenk.

Er überreichte ihr eine rechteckige Lederschatulle. «Ich hoffe, es gefällt dir, meine Liebste. Es ist mein Hochzeitsgeschenk für dich.»

Copper öffnete die Schatulle. Drinnen lag auf Samt gebettet eine Halskette mit Smaragden und Diamanten. Sie war überwältigt von den großen, offensichtlich kostbaren Steinen.

«Oh, Henry, die ist umwerfend.»

«Sie ist von Bucherer. Ich hatte gehofft, du würdest sie zu unserer Hochzeit tragen.»

«Du bist so großzügig. Ich bin sprachlos.»

Er half ihr, die Kette anzulegen. Die leuchtend grünen Steine hoben sich strahlend von ihrer blassen Haut ab. Sie starrte in den Spiegel; an ihrer Schulter erschien Henrys attraktives Gesicht. «Du siehst skeptisch aus», bemerkte er sanft.

«Wenn, dann nur, weil meine Mutter immer gesagt hat, Smaragde bringen Unglück.» Sie sah, wie sein Gesichtsausdruck sich veränderte. «Tut mir leid. Das war eine dumme Bemerkung.»

«Nein, überhaupt nicht», erwiderte Henry ernst. «Wenn du sie nicht tragen willst, habe ich volles Verständnis.»

«Natürlich werde ich sie tragen.» Copper wandte sich ihm zu, um ihn zu küssen. «Ich werde sie mit Stolz tragen. Dank dir fühle ich mich wie eine Königin.»

Am nächsten Tag fand Copper Zeit, zur Redaktion der *Agence France-Presse* zu laufen, um einen Artikel einzureichen. Sie war ganz fasziniert von den Fernschreibern, die unablässig eine Geschichte der Welt ausspuckten.

Als sie die AFP wieder verließ, stieß sie mit einer vertrauten Gestalt zusammen. Es war Hemingway, zerzaust wie immer und trotz der Kälte in Hemdsärmeln. Er stellte den Schreibmaschinenkoffer ab, den er bei sich trug, und umarmte Copper so fest, dass ihr die Luft wegblieb. «Wie zum Teufel geht's Ihnen?», erkundigte er sich.

«Gut, wenn man davon absieht, dass Sie mir eben ein paar Rippen gebrochen haben», erwiderte sie und grinste ihn an. Es tat gut, einem Landsmann zu begegnen, auch wenn sie Hemingway immer etwas einschüchternd fand.

«Wo kann ich meine Schreibmaschine reparieren lassen?», wollte er wissen. «Es ist dringend, Mädchen. Ich lade Sie dafür zum Mittagessen ein.»

«Ich habe keine Zeit zum Mittagessen. Ich bin in Eile.»

«Wagen Sie es nicht, mich abblitzen zu lassen.»

Sie seufzte. «Was für ein Fabrikat ist es denn?»

«Eine Remington.»

«Ich weiß, wo der Händler ist. Es sind nur zehn Minuten zu Fuß von hier.»

«Dann bringen Sie mich hin.»

Auf dem Weg zum Boulevard des Capucines vergewisserte sie sich: «Das wird doch nicht wieder ein Annäherungsversuch?»

«Nicht solange ich nüchtern bin.» Er grinste. «Dazu habe ich zu große Achtung vor Ihnen. Ich habe Ihren Artikel in der *Life* gesehen.

Nicht schlecht für einen Grünschnabel wie Sie. Sie sind eine geborene Journalistin.»

Copper freute sich über das Lob. «Ich gebe mir Mühe.»

«Ich sage immer noch, es ist ein Hurengewerbe. Aber Sie prostituieren sich ganz anständig, das muss ich Ihnen lassen.»

Beim Remington-Händler gab er seine ramponierte Reiseschreibmaschine zur Reparatur ab und mietete für die Zwischenzeit ein Ersatzgerät, das er fest an die Brust drückte. Copper empfand Mitgefühl – sie konnte sich vorstellen, wie es sich anfühlte, als Journalist ohne Schreibmaschine zu sein. Anschließend führte Hemingway sie wie versprochen zum Mittagessen in ein Bistro aus. Bei einer Flasche Burgunder und zwei Portionen Entenconfit brachten sie einander auf den neuesten Stand.

«Ich habe gehört, Sie heiraten diesen verrückten Russen Velikovsky?»

«Ja, wenn er mich will, muss er wohl verrückt sein.»

«Dann stimmt es also. Na, dann brauchen Sie sich um Geld nie mehr Gedanken zu machen.»

«Ich heirate Henry nicht seines Geldes wegen, Ernest.»

«Nein, natürlich nicht. Sie haben einfach gern eine Vaterfigur um sich.»

Sie musste ihm erst mit dem Messer drohen, damit er endlich aufhörte, seine Späße mit ihr zu treiben. «Ich bin vor ein paar Wochen zufällig Amory begegnet», berichtete sie ihm. «Er war gerade wieder auf dem Weg nach Deutschland. Seither habe ich nichts mehr von ihm gehört.»

Er runzelte die Stirn. «Dann wissen Sie noch gar nichts davon?»

«Wovon weiß ich nichts?»

«Von seinem Zusammenbruch. Er wurde in ein Militärkrankenhaus in Belgien gebracht.»

Copper war bestürzt. «Als wir uns begegnet sind, war er sehr aufgekratzt. Aber *damit* hätte ich nicht gerechnet.»

«Tja, es war von nervöser Erschöpfung die Rede. Er hat an einem sehr wichtigen Artikel geschrieben. Damit hätte er endlich den Pulitzer gewonnen, verstehen Sie? Er hat Tag und Nacht daran gearbeitet, wollte das ganze Grauen einfangen. Aber irgendwann war das alles zu viel für ihn. Die Sanitäter bei der Army haben ihm irgendwelche Pillen gegeben. Am Ende hat er die ganze Flasche auf einmal geschluckt. Sie haben ihn gerade noch rechtzeitig gefunden. Haben ihm den Magen ausgepumpt. Dann haben sie ihn in Watte gepackt und nach Brüssel gekarrt.»

«Der arme Amory. Es tut mir ja so leid.»

Hemingway hob abwehrend die Hände. «Jetzt kommen Sie nicht auf die Idee, das hätte irgendwas mit Ihnen zu tun. Das hat es nicht, okay? Amory ist so einer, der immer gern tut, als könnte ihm das alles nichts anhaben. Das hier aber schon. So was kann man nie mehr vergessen, ganz gleich, was man im Krieg schon alles gesehen hat. In Ohrdruf musste angeblich sogar Patton kotzen.»

«Amory sagte, er sei süchtig nach dem Grauen.»

«Das kann passieren. Schreckliche Erlebnisse lösen bei manchen Menschen etwas aus. Sie empfinden eine Art Hochgefühl, regelrechte Euphorie. Wie jeder Rausch lässt das Gefühl mit der Zeit nach, und dann kommt der Absturz – Depression, Verzweiflung. Aus dem Loch müssen sie wieder rausklettern. Also suchen sie erneut nach dem, was sie ursprünglich in dieses Hochgefühl versetzt hat. Das Ganze wird zu einem Teufelskreis aus Hochs und Tiefs, und irgendwann kommt man gar nicht mehr raus. Man wird mit Haut und Haaren da reingezogen. Alles dreht sich nur noch um dieses Hoch. Es ist eine gefährliche Krankheit, die einen am Ende restlos auffrisst.»

«Das klingt, als wüssten Sie, wovon Sie reden.»

«Kann sein», erwiderte er mit bitterem Lächeln. «Vielleicht bin ich deshalb Schriftsteller geworden. Die Grausamkeit in diesen Lagern war bestialisch, Copper. Unvorstellbar.»

«Dieser Krieg hat die Menschen dazu gebracht, sich von ihrer schlimmsten Seite zu zeigen», bemerkte Copper.

«Damit sich die Menschen von ihrer schlimmsten Seite zeigen, braucht es nicht viel. Dazu braucht man keinen Krieg.» Hemingway griff wieder nach Messer und Gabel. «Sie haben einen klugen Kopf, Mädchen.»

«Sie meinen, für eine Frau?», fragte sie zuckersüß.

Er grinste in seinen Bart. «Für eine ‹Journalistin für Frauenthemen›, die sich der Welt der Kleider und Hüte verschrieben hat.»

«Ich schreibe durchaus über mehr als nur über Hüte. Aber ehrlich gesagt bin ich froh, über Fortschritt zu berichten statt über Krieg.»

Ihr war ganz übel von dem, was sie über Amory erfahren hatte. Aber Gespräche mit Hemingway waren immer anregend, auch wenn seine Bemerkungen über ihre Heirat mit Henry sie ein wenig ärgerten.

Was sie wirklich innerlich zusammenzucken ließ, waren seine Worte beim Abschied auf der Straße:

«Ihre Vagabundenzeit ist zu Ende, kleine Zigeunerin.»

Das Tempo der Vorbereitungen steigerte sich bis zum Vorabend der Hochzeit. Seltsamerweise fand Copper sich in derselben Verfassung wieder wie in der Nacht, als sie sich von Amory getrennt hatte: Hitze- und Kälteschauer liefen durch ihren Körper, und sie fand keinen Schlaf. Sie fühlte sich richtig krank. Wie damals war ihr bewusst, dass sie an einem bedeutenden Wendepunkt in ihrem Leben stand, und sie fragte sich, ob der Weg, den sie einschlagen wollte, der richtige war. Sie war bis jetzt so unabhängig gewesen. Einsam und verletzlich zu sein, gehörte mit zu dieser Unabhängigkeit, auch wenn es zeitweise schwer für sie war.

Das Leben mit Henry würde vielleicht weitaus bequemer sein, aber auch weit weniger emanzipiert – sosehr er auch versprach, sie nicht verändern oder einengen zu wollen. Männer hielten sich selbst immer für anspruchslos und gelassen, aber dann stellte sich recht bald heraus, dass sie nur so gelassen blieben, solange alles nach ihren Wünschen lief.

Sie hatte so viel erreicht. Sie war gewachsen und hatte sich persönlich entwickelt. Würde dieser Prozess weitergehen, wenn sie Henrys Frau war? Oder würde sie irgendwann an einen Punkt kommen, an dem sie wünschte, sie wäre allein geblieben? Würde sie ihre Entscheidung bereuen, die Unabhängigkeit aufzugeben, die sie so mühsam errungen hatte?

Eigentlich hätte sie erwartet, sich am Vorabend ihrer zweiten Heirat weit glücklicher zu fühlen. Vielleicht würde sie morgen voller Freude erwachen?

Am Ende schlief sie nur wenig. Dior kam am nächsten Morgen um neun, um ihr beim Ankleiden zu helfen und sie dann zur Kathedrale zu begleiten. Für die wichtige Tätigkeit des Ankleidens trug er seinen weißen Arbeitskittel, den englischen Anzug hatte er in einer Schutzhülle mit Reißverschluss mitgebracht. Aus irgendeinem Grund musste die nervöse Copper darüber so kichern, dass sie kaum noch an sich halten konnte.

Er hantierte mit todernster Miene an ihr herum. Wenn er arbeitete, gab es keine Scherze und kein Geplauder. Die kleinste Bewegung, der leiseste Seufzer zog eine strenge Rüge nach sich. Sogar Pearl durfte nicht assistieren, sondern musste sich still in eine Ecke setzen.

Schließlich trat er einen Schritt zurück und bewunderte sein Werk. «Sie sehen traumhaft aus», seufzte er. «Ich habe ja immer gesagt, Sie haben die ideale Figur.»

«Sie fanden meine Brust zu klein.»

«Geschmäcker ändern sich», erwiderte er gleichmütig. «Sie haben tiefe Schatten unter den Augen, meine Liebe. Aber es wirkt nicht unvorteilhaft.»

«Ich werde das gleich beheben.» Sie schminkte sich, dann betrachtete sie sich selbst im Spiegel. Dior hatte recht – sie sah wirklich traumhaft aus. Die puderblaue Seide brachte ihr Haar und ihren Teint ausgesprochen gut zur Geltung, und natürlich war ihr das Kleid perfekt auf den Leib geschnitten. Dior setzte ihr sorgfältig das Hütchen auf und zupfte den kleinen Spitzenschleier über ihren Augen zurecht. Der Strauß, den er ausgesucht hatte, war – wie sie bereits geahnt hatte – riesengroß und sehr aufwendig. Copper hielt ihn vor sich wie einen Schild. «Es wird mir schwerfallen, Sie zu übergeben», sagte er, und seine haselnussbraunen Augen wurden feucht. «Aber es ist an der Zeit zu gehen, meine Liebe.»

Für die Fahrt zur Kathedrale hatte er einen Daimler-Benz gemietet, der angeblich früher General Dietrich von Choltitz gehört hatte, dem letzten Nazikommandanten von Paris. Pearl sollte in einem Taxi nachkommen. Wie betäubt stieg Copper in das riesige, glänzend schwarze Automobil, an dessen Armaturenbrett noch immer ein Reichsadler angeschraubt war. «Dieses Ding kommt mir vor wie ein Leichenwagen», bemerkte sie.

«Vor dem Krieg war ich einmal in Venedig, zusammen mit einem jungen Mann, in den ich sehr verliebt war. Wir fuhren in einer Gondel über den Canal Grande. Man sagte uns, dass dieselben Handwerker, die Särge herstellen, auch die Gondeln bauen. Darum seien sie so glänzend schwarz.»

«War das ein Omen?», fragte sie.

«Leider ja. Ich vergötterte ihn, aber er wurde meiner bald überdrüssig, ließ mich in meinem Sarg zurück und stellte einem venezianischen Faun nach.»

«Armer Tian!»

«Wie fühlen Sie sich, *petite*?»

Sie befingerte die schwere Smaragdkette an ihrem Hals. «Sehr nervös.»

«Man wird Sie durch die ganze Zeremonie führen.»

«Um die Zeremonie mache ich mir keine Sorgen. Ich mache mir Sorgen um das, was danach kommt.»

«Sie meinen – die *nuit de noces*?», fragte er behutsam.

«Nein, seien Sie nicht albern. Ich meine die nächsten fünfzig Jahre.»

«Ah.» Er war klug genug, sich eines Kommentars zu enthalten. Coppers Herz schlug heftig, und sie hatte Mühe, langsam und gleichmäßig zu atmen. Sie starrte hinaus in die grauen Straßen von Paris, die unwiderruflich vorbeizogen. Der Morgen war etwas regnerisch, und das Pflaster glänzte vor Nässe. Die Mädchen auf ihren Fahrrädern duckten sich unter Regenumhängen, die sich hinter ihnen im Fahrtwind blähten. Wie frei sie wirkten, wie sie da mit ihren strammen, bestrumpften Beinen in die Pedale traten.

Copper erinnerte sich an Hemingways Abschiedsworte: *Ihre Vagabundenzeit ist zu Ende, kleine Zigeunerin.*

Die Gegend um die Kathedrale war so etwas wie das Klein Moskau von Paris, mit vielen russischen Restaurants. Sie näherten sich der Kathedrale über die Rue Pierre le Grand, die nach dem russischen Zaren benannt war. Am Ende der Straße hoben sich die Zwiebeltürme wie goldene Blasen vor dem grauen Himmel ab. Dior wies den Fahrer an, sie bis vor die Kirche zu bringen. Der Wagen fuhr langsam und majestätisch vor.

«Es ist nass», erinnerte Dior Copper. «Raffen Sie Ihre Röcke, meine Liebe, damit sie nicht schmutzig werden.»

Der Daimler hielt vor dem Portal. Draußen wartete bereits eine Menschenmenge auf das Eintreffen der Braut. Copper entdeckte Bébé Bérard, der aus der Salpêtrière entlassen, aber noch sichtlich angeschlagen war und sich auf Cocteaus Schulter stützte. Bébés Bart war wirr und buschig, sein Gesicht gespenstisch weiß wie der Bauch eines Fisches. Als er Copper erblickte, rief er ihren Namen und trug eine aufgesetzt wirkende Fröhlichkeit zur Schau. Sein schriller Begrüßungsruf erinnerte Copper allzu sehr an die gequälten Schreie, die er ausgestoßen hatte, als sie ihn im Krankenhaus zurückgelassen hatten.

Die Bohemiens mit ihrer extravaganten Erscheinung und die streng und verstaubt wirkenden russischen *émigrés* ergaben zusammen eine seltsam anmutende Mischung. Die großen Türflügel des Kirchenportals wurden geöffnet, und Copper konnte in den düsteren, gedrängt vollen Innenraum bis zum Altar schauen, wo ihre Eheringe bereitlagen und sakramentale Gegenstände im Kerzenlicht matt schimmerten. Sie hörte den eintönigen Gesang des Männerchors. Panik stieg in ihr auf.

Sie raffte ihr Kleid und hielt zugleich ihren Brautstrauß fest, während Dior ausstieg und um den Wagen herumging, um ihr den Schlag zu öffnen. Ein Schwall kalter, feuchter Luft wehte in den warmen, mit Leder ausgekleideten Innenraum. Darin lag ein Hauch von Weihrauch und Myrrhe aus den Weihrauchschwenkern. Als sie die Myrrhe roch, machte etwas in ihr klick. Sie spürte es, als ob ein gebrochener Knochen sich selbst wieder zusammenfügte.

«Ich kann das nicht», sagte sie und schaute Dior in die Augen.

Dior blinzelte, die Hand mit dem Glacéhandschuh nach ihr ausgestreckt. «Was?»

«Ich kann nicht. Ich habe es mir anders überlegt.»

«Copper! Was reden Sie denn da?»

«Sie müssen reingehen und es Henry erklären.»

Er riss die Augen auf. «Erklären? Was denn bitte erklären?»

«Dass ich heute nicht heirate.»

«Sie scherzen wohl?» Aber was er in ihrem Gesicht las, ließ offenbar keinen Zweifel daran, dass sie nicht scherzte. Er schlug die Hände an die Wangen. *«Oh, mon Dieu.»*

Pearl, die hinter ihnen aus dem Taxi gestiegen war, spähte über Diors Schulter. «Was ist los?»

Copper empfand jetzt eine seltsame Ruhe, fast als betrachtete sie sich selbst von außen. Die Panik war verschwunden. All das hatte sie hinter sich gelassen. Es tat ihr im Herzen weh, aber sie war sich ihrer Sache vollkommen sicher. «Henry wird rauskommen und mit mir reden wollen», sagte sie. «Darum fahre ich jetzt mit dem Daimler zu Ihrer Wohnung. Sie nehmen Pearls Taxi, nachdem Sie es ihnen erklärt haben.» Sie streckte die Hand aus. «Geben Sie mir Ihren Schüssel.»

Stumm kramte Dior in seiner Tasche und förderte seinen Wohnungsschlüssel zutage. «Was soll ich Henry denn sagen?», fragte er niedergeschlagen.

«Sagen Sie, ich habe es mir anders überlegt», antwortete Copper.

«Er wird wissen wollen, warum.»

«Sagen Sie ihm, bei der Beerdigung meines Vaters wurde Myrrhe verbrannt.»

«Meine Liebe», wandte Dior matt ein, «das wird kaum genügen, um einen Bräutigam zu beschwichtigen, der vor dem Altar sitzengelassen wurde.»

«Da haben Sie recht. Sagen Sie ihm, es tut mir leid. Und falls er sich jemals entschließen sollte, wieder mit mir zu sprechen, will ich versuchen, es ihm zu erklären.»

«Tu das nicht, Copper», sagte Pearl leise.

Copper schüttelte nur den Kopf. Sie raffte ihr prächtiges puderblaues Kleid an sich und schloss die Tür des Daimlers. «Zur Rue Royale, bitte.» Der Mann legte mit ausdrucksloser Miene den Gang ein, und der Wagen fuhr sanft an. Da fiel Copper noch etwas ein. «Warten Sie.»

Sie nahm die schwere Smaragdkette ab und beugte sich aus dem Seitenfenster, um sie Dior zu reichen. Der nahm sie mit offenem Mund entgegen. «Bitte geben Sie ihm das und sagen Sie ihm, ich liebe ihn.»

Dior wandte sich wortlos ab und ging gesenkten Kopfes in die Kathedrale. Copper fuhr durch den Regen davon.

Sie wartete fast zwei Stunden lang allein in Diors Wohnung. Nachdem sie das Brautkleid ausgezogen hatte, brachte sie die Zeit damit zu, am Fenster zu sitzen, auf die Straße hinauszuschauen und nachzudenken.

Warum hatte Henry bei der Hochzeitsplanung nicht auf sie gehört? Hätten sie einen Termin auf einem netten, langweiligen Standesamt gehabt, dann wäre sie wahrscheinlich ohne Bedenken hineingegangen und nach einer halben Stunde als Gräfin Velikovsky wieder herausgekommen. Aber es war nicht nur die Kathedrale. Es war alles, wofür die Kathedrale stand – das riesige Gebäude aus Erwartungen und Verpflichtungen, die durch eine Heirat über sie kommen würden.

Sie war freudig, fast sorglos in ihre erste Ehe gegangen. Diesmal empfand sie anders. Das gebrannte Kind hatte gelernt, das Feuer zu scheuen. Sie war noch immer ruhig, weil sie wusste, dass sie getan hatte, was für sie selbst das Richtige war. Doch das hinderte sie nicht daran, sich schrecklich zu fühlen, weil sie Henry das angetan hatte. Sie hatte ihn öffentlich gedemütigt. Die scharfzüngige Gemeinde der Exilrussen würde sich noch jahrelang die Mäuler darüber zerreißen. Er würde rasend wütend auf sie sein. Schlimmer noch, er würde zutiefst und bitterlich verletzt sein. Wahrscheinlich würde er vor lauter Enttäuschung nie wieder etwas mit ihr zu tun haben wollen.

Sie hatte keine Entschuldigung, nicht die geringste Ausrede, nur dass sie es sich anders überlegt hatte – jenes klägliche Vorrecht der Frauen, das mit Leichtsinn und Launenhaftigkeit und all den Eigenschaften einherging, die sie so verabscheute.

Endlich kehrte Dior zurück. Seine Wangen waren gerötet, und er roch nach Alkohol. Copper half ihm aus dem Mantel.

«Wie hat Henry reagiert?», fragte sie ängstlich.

«Er war großartig», berichtete Dior. «Er hat vor dem Altar eine kleine Ansprache gehalten und allen für ihr Kommen gedankt. Dann hat er zum Empfang gebeten. Fast alle sind gekommen. Das Haus ist immer noch voller Gräfinnen in Kleidern aus dem neunzehnten Jahrhundert, die essen und trinken und hochnäsig dreinblicken. Und meine Liebe» – er klopfte ihr auf die Schulter –, «Henry hat kein böses Wort über Sie verloren. Wirklich kein Wort.»

Copper brach in Tränen aus. «Ich habe ihm das Herz gebrochen.»

«Ja, ich glaube, das haben Sie», bestätigte Dior. «Man muss ihn schon gut kennen, um es ihm anzusehen, aber seine Augen verraten es.»

«Oh Gott.»

«Er schickt Ihnen das.» Er überreichte ihr eine kleine, mit Geschenkband verschlossene Schachtel, auf der in vergoldeter kyrillischer Schrift ihr Name und der von Henry standen. Die Schachtel enthielt ein Stück Hochzeitstorte mit Marzipanüberzug und rosa Zuckerrosen. «Er meinte, Sie wären sicher hungrig.»

«Er hat die Torte angeschnitten?», rief sie unter Tränen aus.

«Nun ja. Sie hätte sich wohl kaum bis zur nächsten Gräfin gehalten. Und wir haben Krieg, da kann man eine dreistöckige Hochzeitstorte von Ladurée nicht einfach wegwerfen.»

«Bestimmt hasst er mich jetzt.»

«Es ist durchaus möglich, dass er Sie garrottieren lässt», bestätigte Dior. «Ich glaube, so regelt man derlei Angelegenheiten in Moskau. Das Gute ist, dass ich nun noch eine Weile Ihre Gesellschaft genießen kann. Sie müssen bei mir wohnen. Ich mache Ihr Zimmer fertig.»

Die Ära der Place Victor Hugo war zu Ende. Pearl hatte eine Bleibe in Montmartre gefunden. Sie sagte nicht, wo, aber Copper war klar, sie musste zu Petrus zurückgegangen sein. Coppers überflüssige Dinge – viele Möbel hatte sie ohnehin nicht angeschafft – wurden eingelagert. Als sie wieder bei Dior einzog, hatte sie nichts als einen Koffer mit Kleidung, ihre Schreibmaschine und ihre Kameraausrüstung bei sich, genau wie beim ersten Mal. Von Henry hörte sie kein Wort.

Kurz darauf wurde mit großem öffentlichem Aufsehen *Le Théâtre de la Mode* eröffnet. Zigtausend Besucher strömten bereits in den ersten Tagen durch die Ausstellung. Scharen drängten sich in der Halle, bis abends um neun geschlossen wurde. Irgendwie war es gelungen, alle Szenen rechtzeitig fertigzustellen, die letzten Stiche am letzten Kostüm zu nähen, letzte Hand an die Vergoldungen zu legen, ehe die Pforten für das erwartungsvolle Publikum geöffnet wurden.

Als Copper durch die Menge ging, spürte sie, dass ganz Paris voller gespannter Erwartung war. Die Genialität der Idee; der gigantische

Aufwand, der trotz der eingeschränkten Mittel in diese Modelle im Miniaturformat gesteckt worden war; die schiere Schönheit der Ergebnisse – all das war atemberaubend. Mehr noch, die Verheißung, dass Paris und mit ihm Frankreich wiederauflebte, brachte die Leute dazu, in großäugigem Staunen herbeizuströmen und zu feiern. Copper sah Menschen im Gedränge vor Rührung weinen. Seit die Nazis abgezogen waren, war dies die größte einzelne Manifestation von Glück, die das Land gesehen hatte.

Die Ausstellung war ein persönlicher Triumph für Christian Bérard, der für die Gestaltung der Kulissen verantwortlich war – beziehungsweise es wäre ein Triumph gewesen, hätte er selbst nicht solch einen jämmerlichen Anblick geboten. Er stützte sich auf einen Gehstock oder auf Diors Schulter und wirkte erschöpft. Es war bezeichnend für Diors gütige Art, dass er seinen Freund umsorgte wie eine Mutter ihr krankes Kind, ihm half, öffentliche Auftritte durchzustehen, ihn von allen Orten fernhielt, wo er vielleicht mit Alkohol oder Opium in Berührung gekommen wäre, und ihn dazu brachte, sich auszuruhen, wenn ein Rückfall zu drohen schien.

Seine Erscheinung stand in scharfem Kontrast zu der Frühlingspracht, die Paris gerade entfaltete. Die Kirschbäume blühten, der Himmel war blau. Überall sah man knospendes Leben, während Bébé Bérard wirkte wie ein Sterbender.

Für Copper selbst bot die Ausstellung eine willkommene Ablenkung von dem Debakel ihrer geplatzten Hochzeit und dem Gedanken daran, welchen Schmerz und welche Peinlichkeit sie Henry bereitet hatte. Außerdem stand nun ihr bislang ehrgeizigstes journalistisches Projekt kurz vor der Vollendung. Sie schoss die letzten Fotos von Besucherscharen, die sich in der Halle drängten, und schrieb die letzten Absätze.

Die mit Abstand spektakulärste Szene stellte ein brennendes Haus dar, mit in Seide gekleideten Figuren, die durch die Luft flogen. Der Entwurf stammte von Jean Cocteau.

«Meine Kulisse ist eine Hommage an den Film *Meine Frau, die*

Hexe mit Veronica Lake», erklärte er Copper. «Sie haben ihn doch sicher gesehen?»

«Natürlich», antwortete Copper begeistert. «Was für eine großartige Idee.»

«Es ist die Szene, in der das Hotel abbrennt. Höchst dramatisch, finden Sie nicht?»

«Oh ja. Und was für außergewöhnliche Kleider.»

«Ach, die Kleider? Die Kleider sind mir egal», wehrte er hoheitsvoll ab. «Mode ist für mich von keinerlei Interesse. Ich unterstütze lediglich meine Freunde.» Er machte mit seiner langen Zigarettenspitze eine Geste, die das ganze Projekt einschloss. «Die Idee ist absurd, und die Absurdität ist es, die mich reizt.»

«Nun, das verrate ich den Lesern vielleicht lieber nicht», sagte Copper, die sich eifrig Notizen machte.

Wohin sie auch schaute, überall waren kleine Wunder gewirkt worden. Winzige handgemachte Knöpfe waren an Jacken genäht; Miniaturfüße steckten in ledernen Miniaturschuhen, die wohl von Schusterkobolden angefertigt worden sein mussten; und die Hüte! Hüte, wie man sie sich extravaganter nicht hätte vorstellen können, mit Blumen und Schleiern und Bändern.

Die *poupées* waren mit aufwendiger Haarpracht ausgestattet, mit Lockenkaskaden oder kunstvollen Hochfrisuren. Ihre Porzellangesichter waren lebensecht bemalt. Winzige Troddeln baumelten an eleganten Capes; schimmernde Seide in jeder erdenklichen Farbe umhüllte Miniaturbüsten. Der Geruch nach Seidenleim stieg einem zu Kopf. Schleifen, Federn und Rüschen sorgten für Fülle. Üppige Volants verhüllten die nackten Drahtgestelle. Die Drahthände trugen winzige Handschuhe, ein Wunder der Nähkunst, Armbänder von Cartier oder Van Cleef & Arpels zierten die Handgelenke, und die Handtäschchen waren von Hermès und Louis Vuitton. Geschickte Finger hatten winzige Perlen und Pailletten auf die Stoffe genäht, und mit kundigem Blick war sichergestellt worden, dass jeder Entwurf auf etwas weit Größeres verwies, etwas Bedeutendes.

Aus den Trümmern einer Welt, die vom Krieg verwüstet und vom Eroberer ausgeplündert worden war, erstand eine Vision – die Vision einer neuen Welt, in der wieder Schönheit und Stil herrschten. Es war, als wäre nach dem Grauen eine Heerschar Elfen aus ihren Verstecken gekrochen und hätte begonnen, die Fetzen wieder zusammenzuflicken. Es war ein Märchen, dachte Copper, und es rührte an ihr Herz und erfüllte sie mit Andacht.

Während Henry noch immer nichts von sich hören ließ, war Copper wieder in die Welt von Dior und Bérard eingetreten. Wenn Dior selbst zu erschöpft war, um Bérard zu umsorgen, dann umsorgte Copper Dior. Da sie die Einzige war, die Auto fahren konnte, spielte sie während der Ausstellung auch den Chauffeur für die beiden Männer. Ein großer Teil ihres Artikels drehte sich um Bérards Genie, da ohne seine künstlerische Leitung *Le Théâtre de la Mode* undenkbar gewesen wäre. Oder wie Dior es ausdrückte: «Dutzende Pariser Modehäuser geordnet antreten zu lassen, war keine Aufgabe für einen gewöhnlichen Sterblichen.»

Eine Woche nach der Eröffnung jedoch, als Copper gerade in ihrem Zimmer an der Schreibmaschine saß, läutete es an der Tür, und wenig später schaute Dior zu ihr herein.

«Es ist Henry», verkündete er überrascht. «Er möchte Sie sprechen. Soll ich ihn fortschicken?»

«Nein», antwortete Copper. Es war an der Zeit, dass sie sich den Konsequenzen ihres Handelns stellte. «Ich spreche mit ihm.» Sie wappnete sich, stand von dem kleinen Nachttisch auf, der ihr als Schreibtisch diente, und ging hinaus zu Henry.

Er stand am Fenster, wie immer makellos gekleidet. Als er sich zu ihr umdrehte, war sein Gesicht sehr ernst.

«Ich gehe ein wenig spazieren», sagte Dior nervös, nahm rasch seinen Mantel und Hut und zog sich diplomatisch zurück.

Als er gegangen war, setzte Copper zu der Rede an, die sie so viele Male geprobt hatte.

«Henry, meine Ehe mit Amory ist so schmerzhaft geendet –»

Doch er brachte sie mit einer Geste zum Schweigen. «Ich bin gekommen, um mich zu entschuldigen.»

Copper war bestürzt. «Aber wofür denn?»

«Für alles. Dafür, dass ich auf der Kathedrale bestanden habe, obwohl es das Letzte war, was du wolltest. Für die unseligen Smaragde. Aber nicht nur das. Auch dafür, dass ich dich gedrängt habe, mich zu heiraten, obwohl du noch nicht dazu bereit warst. Dass ich versucht habe, deine Zweifel und Bedenken beiseitezuschieben. Dass ich vergessen habe, dass du bereits schlimme Erfahrungen gemacht hast und die Wunden noch nicht geheilt sind. Dass ich dich so verzweifelt dringend zur Frau haben wollte und deshalb eine Zusage angenommen habe, die du gegeben hast, als du einsam warst und Angst hattest. Ich hätte es besser wissen müssen, und ich schäme mich. Für all das möchte ich mich entschuldigen. Ich hoffe sehr, dass du mir irgendwann verzeihen kannst. Und dass es für uns nicht das Ende ist.»

«Ach, Henry!»

Jetzt konnte sie in seinem Gesicht den Schmerz lesen, den sie ihm zugefügt hatte. Er sah aus, als hätte er seit Tagen weder gegessen noch geschlafen. «Du brauchst jetzt nichts zu sagen. Ich muss für eine Weile geschäftlich aus Paris fort. Aber ich komme wieder, und wenn ich weit mehr Glück habe, als ich verdiene, können wir vielleicht einmal wieder Freunde sein.»

Copper versuchte, den Kloß in ihrem Hals hinunterzuschlucken. «Wir werden immer Freunde sein.»

Er nickte. «Wenn das Leben mich eines gelehrt hat, dann das: nie die Hoffnung aufzugeben.» Er legte ihr eine Hand auf die Schulter und küsste sie flüchtig auf die Wange. «Leb wohl, Copper.»

Nachdem sie die Tür hinter ihm geschlossen hatte, ging sie ans Fenster und sah zu, wie seine hochgewachsene Gestalt sich auf der

Straße entfernte. Lange bevor er in der grauen Masse verschwunden war, verschleierten Tränen ihr die Sicht.

Ehe die zweite Woche um war, hatten fast 200 000 Besucher *Le Théâtre de la Mode* gesehen. Der Erlös floss an die nationale Hilfsorganisation *Entraide Française*, aber die eigentlichen Nutznießer waren die Modehäuser, deren Ausstellungsstücke eine solch mächtige Wirkung erzielten. Die großen französischen Modeschöpfer, die vier Jahre lang gezwungen gewesen waren, den Nazis zu dienen, schufen endlich wieder Kleider für Französinnen – wenn auch im Miniaturformat.

Dior selbst gehörte nicht zu denen, deren Namen gefeiert wurden. Der seine wurde nicht einmal im Katalog erwähnt. Den Ruhm für seine wunderbaren kleinen Kreationen heimste sein Arbeitgeber Lelong ein.

«So ist es nun einmal», sagte er, als Copper ihrem Unmut darüber Luft machte. «Machen Sie sich um mich keine Gedanken, *ma petite*. Sie wissen ja, ich scheue das Rampenlicht.»

«Ich wünschte, Sie würden es weniger scheuen. Warum soll Monsieur Lelong all die Lorbeeren ernten?»

«Weil er mein Arbeitgeber ist», erwiderte Dior. «Und ich stehe tief in seiner Schuld.»

«Eines Tages», schwor Copper, «wird Ihr Name in hellem Licht erstrahlen.»

Dior schauderte. «Wie meiner Mutter das zuwider wäre. Sie hat mir immer verboten, meinen Namen über eine Tür zu schreiben wie ein gemeiner Krämer.»

Copper schmunzelte. «Wäre sie denn nicht stolz auf Sie?»

«Sie haben sie nicht gekannt», erwiderte er düster. «Es war schon schlimm genug, dass ich versuchte, eine Kunstgalerie zu führen. Mit anzusehen, dass ich Kleider mache, hätte sie nicht ertragen.»

Als sie in die Rue Royale zurückkehrten, bot sich ihnen ein spektakulärer Anblick: Ein riesiger Schwarm gelber Schmetterlinge hatte sich über die Straße gesenkt.

Dior war ganz verzaubert. Sie parkten das Auto und spazierten durch das Gewimmel flatternder Flügel die Straße entlang. Die Schmetterlinge waren überall, Läden und Cafés waren voll von ihnen. Frauen schrien halb vor Schreck, halb vor Entzücken, während Kellner umherhasteten und mit Tischdecken wedelten, um die Insekten zu verscheuchen. Doch es schwärmten nur immer noch mehr herein. Restaurants wurden evakuiert, Gäste eilten auf die Straße hinaus, ihre Servietten noch in den Händen. Stellenweise war der Frühlingshimmel vor lauter gelber Flügel kaum noch zu sehen.

Die Wolken aus Millionen Schmetterlingen, mal steigend, mal sinkend, hatten die ganze Straße in Besitz genommen. Anfangs war unmöglich auszumachen, woher sie gekommen waren und wohin sie zogen. Allmählich wurde jedoch klar, dass die Schmetterlinge mit unzähligen Pausen und Umwegen von der Place de la Concorde über die Rue Royale auf die Kirche La Madeleine zuflogen. Copper und Dior folgten den flatternden Scharen zur Place de la Madeleine und der mächtigen neoklassizistischen Kirche, die offenbar das Ziel war. Vor ihren staunenden Augen begannen die Schmetterlinge, sich an den hoch aufragenden steinernen Säulen niederzulassen. Immer mehr flatterten herbei, bis jede Säule mit einem schimmernden gelben Gewand aus Millionen schlagender Flügel verkleidet war.

«Sie sind auf Pilgerfahrt», stellte Dior fest und betrachtete ein Exemplar, das auf seinem Finger gelandet war. «Was das wohl zu bedeuten hat?»

«Es ist ein Omen.» Copper zeigte auf die unzähligen leuchtend gelben Schmetterlinge. «Das sind all die Frauen, die eines Tages Ihre Kleider tragen und dank Ihnen schön sein werden.»

«Sie geben wohl nie auf, wie?», entgegnete Dior.

«Nein. Und Sie sollten es auch nicht tun.»

Sie setzten sich in ein Café an dem Platz, tranken Kaffee und verfolgten das erstaunliche Spektakel, eingehüllt vom betörenden Duft der Linden, bis die Sonne hinter der Kirche verschwand und die Luft plötzlich kalt wurde. Dann gingen sie, um gemeinsam ein frühes Abendessen einzunehmen.

Am nächsten Morgen waren die Schmetterlinge fort. Sie waren weitergeflogen, wohin auch immer. Ein Straßenkehrer fegte mit seinem Besen die zusammen, die nicht überlebt hatten und nun die gepflasterte Straße mit goldenen Borten säumten.

Ein paar Tage später erfuhr Copper von *Harper's*, ihr Artikel über *Le Théâtre de la Mode* habe den Redakteuren sehr gut gefallen und werde in der nächsten Ausgabe erscheinen. Diese überaus erfreuliche Nachricht wurde von einem Scheck über eine beträchtliche Summe – in Dollar – begleitet, den Copper sich in Henrys «verstaubtem kleinem Büro» an den Champs-Élysées abholte. In Wirklichkeit handelte es sich um schicke Geschäftsräume in einem vornehmen Gebäude. An der Tür stand in goldenen Lettern «Velikovsky et Cie», und am Empfang saß eine sehr elegante Sekretärin. Henry selbst war noch nicht wieder in Paris, und seiner Sekretärin war nicht zu entlocken, wo er sich aufhielt. Copper hatte schon früher mit ihr zu tun gehabt – sie war zwar stets tadellos freundlich, aber Copper hatte den Eindruck, dass sie Anweisung hatte, jegliche neugierigen Fragen zu ihrem Arbeitgeber abzuwehren, sogar die ihren. Oder vielleicht insbesondere die ihren.

Copper vermisste Henry und hatte das Gefühl, dass sie ihm noch immer nicht hatte erklären können, warum sie sich so verhalten hatte. Zwar schien er Verständnis zu haben, aber sie fand, sie und er müssten sich aussprechen.

Die neue Ausgabe von *Harper's Bazaar* traf in Paris ein, und Coppers Artikel hatte einen Ehrenplatz. Er nahm zwei Doppelseiten ein, strategisch eingerahmt von Werbeanzeigen von ein paar der bedeutendsten Namen im amerikanischen Modegeschäft. Das unterstrich, welche Bedeutung ihrem Werk beigemessen wurde. Zudem hatte sie eine schmeichelhafte Verfasserzeile bekommen: «Oona Reilly, unsere Sonderberichterstatterin in Paris».

Diese jüngste Auszeichnung trug ihr einige Aufmerksamkeit ein. Von nun an klingelte häufiger das Telefon, immer mehr Aufträge kamen herein. Diverse Zeitungen in den Staaten und Großbritannien verlangten nach kurzen Artikeln über die Renaissance der französischen Mode. Dabei handelte es sich um kleine Kolumnen, an denen sie jeweils nicht länger als ein bis zwei Tagen schrieb und die ganz ordentlich Geld einbrachten. Außerdem fragte die *Picture Post* bei ihr an, ob sie zu Pierre Balmains Eröffnung einen Artikel mit Fotos liefern könnte. Da der Krieg noch immer tobte, wurden keine amerikanischen Mitarbeiter nach Europa entsandt. Copper war in der idealen Position, den Auftrag zu übernehmen, und sagte voller Eifer zu. Ihre Karriere als Journalistin war nun wirklich in Schwung gekommen.

Die jüngsten Meldungen über den Krieg waren erfreulich und schrecklich zugleich. Die deutsche Ost- und Westfront war eingebrochen. Anderthalb Millionen Deutsche befanden sich bereits in Kriegsgefangenschaft; noch immer starben zigtausend auf beiden Seiten. Die alliierten Truppen hatten Berlin erreicht, wo eine riesige Schlacht tobte, und Hitler hatte sich in seinem Bunker verschanzt. Die Naziherrschaft lag in grässlichen Todeszuckungen. In Italien war Mussolini von Partisanen erschossen worden. Seine Leiche hatten sie neben der seiner Geliebten Clara Petacci aufgehängt wie einen Schweinekadaver. Nach sechsjährigem Blutvergießen, wie es die Welt nie zuvor erlebt hatte, schien das ersehnte Ende des Krieges zum Greifen nahe.

Und dann eines Morgens begannen die Glocken von Paris zu läuten, erst vereinzelt, dann immer mehr, bis es ein einziges Getöse war.

«Da muss etwas passiert sein», sagte Copper.

«Womöglich etwas Schreckliches», erwiderte Dior erschrocken.

Sie eilten auf die Straße hinaus. Überall in der Stadt dröhnten die Glocken lauter und immer lauter. Die Menschen jubelten, lachten und fielen einander in die Arme. An einem Zeitungskiosk brachte ein Mann gerade ein Plakat an, auf dem in riesigen Lettern die Schlagzeile prangte: *HITLER EST MORT*.

Copper und Dior fassten sich an den Händen. Sie konnten es kaum glauben, doch da stand es schwarz auf weiß. Sie kauften eine Zeitung und lasen gemeinsam die Titelseite. Dönitz hatte Adolf Hitlers Tod verkündet und sich selbst zum Nachfolger des Führers erklärt. Die Bestie war tot. Das Ende des Krieges musste unmittelbar bevorstehen. Sie warfen die Zeitung in die Luft, packten sich wieder an den Händen und tanzten auf der Straße. Um sie herum tanzten Tausende.

14. Kapitel

Ein paar Tage später ging die Party erst richtig los, als bekanntgegeben wurde, die Nazis hätten bedingungslos kapituliert und der Krieg sei zu Ende – wenigstens in Europa. Ganz Paris feierte gemeinsam, noch stürmischer als bei der Befreiung. Die Tuileries und alle anderen öffentlichen Räume in Paris füllten sich mit Scharen farbenfroh gekleideter Menschen. Aber selbst in diesem freudigen Moment blieb die Kluft zwischen den politischen Lagern unüberwindlich. Während auf der Place de la Concorde eine riesige Menge zusammenströmte, um zu hören, wie Charles de Gaulle den Sieg verkündete, hielten die Kommunisten ihre eigenen Triumphfeiern und Reden und schwenkten die rote Fahne. Unausweichlich kam es zu Kämpfen, Zusammenstößen mit der Polizei, Verhaftungen.

Für Copper war es ein seltsamer Moment. Der Krieg hatte sie nach Frankreich geführt, und nun war er beendet. Vielleicht sollte sie nach Hause gehen?

Während sie sich in einer Bar mit einer bunt zusammengewürfelten Gesellschaft aus Kommunisten, amerikanischen GIs und Journalisten hemmungslos betrank, fragte sie sich, wo *zu Hause* eigentlich war. War Paris ihr Zuhause geworden? War ihr Leben in Amerika vorbei? In dem Strom aus Champagner mitschwimmend und lauthals *La Marseillaise* singend, fiel es leicht, eine tiefe, beständige Liebe zu Frankreich zu empfinden. Zu Frankreich und zu Henry Velikovsky. Sie tanzte auf der Straße, küsste jeden Mann, der eine Uniform trug, kletterte auf Denkmäler und auf die Tische von Cafés, trank in großen Schlucken Champagner aus der Flasche, bis ihr von der Kohlensäure und dem Alkohol schlecht wurde und sie sich in die Gosse erbrach.

Nachdem sie vierundzwanzig Stunden durchgefeiert hatte, verließ sie auf unsicheren Beinen die Party, eine französische Fahne um sich geschlungen wie eine Gestalt aus einem Gemälde von Delacroix, um ihren Rausch auszuschlafen. Auf dem Weg fand sie sich unversehens vor Henrys Haus im 7. Arrondissement wieder.

Seit seinem Besuch hatte sie nichts mehr von ihm gehört. Sie hatte jeden Gedanken an ihn von sich geschoben. Aber die Gedanken kamen immer wieder.

In dem Bewusstsein, dass sie furchtbar betrunken war, läutete sie an der Tür. Wenn er öffnete, würde sie ihm um den Hals fallen und ihn anflehen, ihr zu verzeihen. Sie würde ihm sagen, dass das vor der Kathedrale entsetzlich dumm von ihr gewesen war, und wenn ihr in den letzten Wochen überhaupt irgendetwas klargeworden war, dann das: dass sie ihn mehr liebte, als ihr selbst bewusst gewesen war. Dass die Liebe fast unmerklich gewachsen war. Dass sie nicht länger ohne ihn leben wollte.

Doch die Tür wurde nicht geöffnet. Das alte, von Efeu überwucherte Haus schwieg wie ein Grab. Kein Henry war da, dem sie ihre Reue bekunden konnte.

Sie zog sich mühsam an dem schmiedeeisernen Gitter hoch, um hineinzuspähen. Das Haus schien verlassen, die Fenster waren mit Läden verschlossen – auch das Fenster des Schlafzimmers, in dem sie zusammen im Bett gelegen hatten. Sie hatte jenen Nachmittag in all seiner Süße und seinem Glück in Erinnerung behalten, den Aperitif zu einem Festmahl, das es niemals geben würde.

War es wirklich nur dem Alkohol und der Müdigkeit zuzuschreiben, dass sie jetzt auf der Straße in Tränen ausbrach? Wie sie da auf dem Bordstein saß, zusammengekauert unter ihrer Fahne, hatte sie sich nie einsamer gefühlt. In ihr stieg eine tiefe Sehnsucht nach Stabilität auf. Ein Leben voller Abenteuer war schön und gut, aber sie wollte ein Zuhause haben. Sie wollte eine Familie. Solche Gedanken hatte sie bei Amory nie gehabt. Verheiratete Paare bekamen üblicherweise Kinder, das war die Regel, aber sie hatte nie das Gefühl gehabt, dass diese Regel für sie und Amory galt.

Es gab nur einen Mann, den sie liebte, und sie wusste nicht einmal, ob er noch am Leben war.

Am Tag nach der Feier hatte sie Kopfschmerzen, und ihre Augen waren so lichtempfindlich, dass sie selbst in der Wohnung eine Sonnenbrille tragen musste. In diesem Zustand rief sie im Ritz an, aber Henry bewohnte sein Zimmer momentan nicht. Man hatte schon seit einiger Zeit nichts mehr von ihm gehört, und nein, derzeit wurde er auch nicht erwartet. Sein Zimmer stand ihm selbstverständlich weiterhin zur Verfügung.

Copper ging zu seinem «verstaubten kleinen Büro» an den Champs-Élysées, um mit seiner Sekretärin zu sprechen, entschlossen, diesmal Antworten zu bekommen.

Die Sekretärin begrüßte sie mit freundlichem Lächeln.

«Bonjour, Madame. Sind das nicht wunderbare Neuigkeiten? Kann ich irgendetwas für Sie tun?»

«Ich wollte fragen, ob Sie in letzter Zeit etwas von Henry – von Monsieur Velikovsky – gehört haben.»

Die Sekretärin, eine gutgekleidete Frau mittleren Alters, schüttelte den Kopf. «*Désolée*, Madame, ich habe keine Nachricht von meinem Chef.»

«Aber ... ihm geht es doch gut?»

Die Antwort war ziemlich nichtssagend: «Ich habe keinen Grund, etwas anderes anzunehmen.»

«Dann rechnen Sie nicht mit seiner Rückkehr nach Paris? Ich meine, jetzt, da der Krieg vorbei ist?»

Die Frau hob leicht die Schultern. «Wie Sie ja wissen, ist Monsieur Velikovsky ein vielbeschäftigter Mann. Er kommt, wann er eben kommt. Aber wenn Sie vielleicht eine Nachricht hinterlassen möchten?» Sie griff nach Block und Stift und schaute Copper abwartend an.

«Richten Sie ihm einfach aus, er möge mich anrufen», sagte Copper, nachdem sie verschiedene andere Möglichkeiten überdacht und wieder verworfen hatte.

«*Bien sûr*, Madame.»

Als Copper wieder ging, fühlte sie sich leer. Vor der Kathedrale war ihr die Heirat unmöglich erschienen. Selbst wenn jemand ihr eine Pistole an den Kopf gehalten hätte, wäre sie nicht in der Lage gewesen, dort hineinzugehen und ihr Jawort zu geben. Jetzt konnte sie sich vorstellen, den Mann, den sie liebte, zu heiraten. Mehr als das – ihr Glück hing davon ab.

Ein paar Tage später fand Copper, als sie in die Wohnung zurückkehrte, auf dem Tisch im Flur eine Nachricht von Suzy Solidor vor. Sie war mit veilchenblauer Tinte geschrieben und lautete schlicht: *Ich gehe aus Paris fort. Kommst du, um mir Lebewohl zu sagen?*

Diese Einladung konnte sie nicht ablehnen. Sie ging sofort los. Suzy machte große Augen, als sie die Tür öffnete und Copper vor ihr stand.

«Du bist da», stellte sie fest. «Ich hatte befürchtet, du würdest nicht kommen.»

Als Copper eintrat, fand sie die Wohnung stark verändert vor. Die Räume waren fast leer. Sämtliche Gemälde waren von den Wänden verschwunden. Nur die größten Möbelstücke waren noch da, die übrigen waren schon abtransportiert worden.

Es stimmte also: Suzy ging fort. Copper fühlte einen heftigen Stich im Herzen. Sie schaute sich in den leeren Zimmern um, wo halbfertig gepackte Kisten herumstanden, die Deckel hochkant daran gelehnt.

«Wohin gehst du?»

«Nach Amerika. Angeblich sind Blondinen dort beliebt.»

«Ach, Suzy! Aber warum denn?»

«Hast du es denn noch nicht gehört? Sie haben mich angeklagt und mich der Kollaboration für schuldig befunden. Ich darf fünf Jahre lang nicht in Frankreich auftreten.»

«Diese Pharisäer», platzte Copper heraus. «Was bilden sie sich ein?»

«Das ist eben das Frankreich nach dem Krieg.» Suzy hob leicht eine Schulter, als wäre es für sie nicht weiter von Belang. «Jeder ist darauf aus, sich selbst zum Helden der Résistance zu erklären und seiner Nachbarin den Kopf kahlzuscheren.»

«Ich kann nicht glauben, dass das wirklich geschehen ist.»

«Ich bin eine Persönlichkeit des öffentlichen Lebens. An mir soll ein Exempel statuiert werden. Die Zukunft gehört solchen wie deiner Catherine Dior, nicht solchen wie mir.»

«Es tut mir leid.»

«Fünf Jahre.» Suzys Gesicht war wie immer eine Maske. Sie trug nur ein weißes Unterkleid, darunter war sie nackt. Ihr makellos geformter Körper war sommerlich golden; sie sah aus wie eine altgriechische Göttin, während sie weiter packte. «In meinem Alter kommt das einem Todesurteil gleich. Wer wird sich in fünf Jahren noch an mich erinnern?»

«Dich kann man nicht vergessen», sagte Copper leise. «Das ist gar nicht möglich.»

«Dir selbst scheint diese angeblich so unmögliche Leistung ja ganz gut zu gelingen», versetzte Suzy trocken.

«Ich habe dich nicht vergessen.»

Suzy antwortete mit ihrem rätselhaften Lächeln. «Nun, ich gehe ins Exil. Und das alles wegen *Lili Marlène*.» Sie schloss den Deckel eines Koffers und wandte sich Copper zu. «Ich freue mich so, dich zu sehen, *chérie*. Trinkst du einen Wermut mit mir?»

Sie öffnete die Tür zur Terrasse, aber sie gingen nicht nach draußen. Stattdessen ließen sie sich auf dem Sofa nieder und sahen zu, wie die kühle Brise die Vorhänge zu anmutigen Arabesken kräuselte. Suzy hatte eine Flasche Lillet hervorgeholt. Mit seinen Aromen von Harz und Zitrusfrüchten war er eines ihrer Lieblingsgetränke. «Und du wirst nun also berühmt», sagte sie mit ihrer heiseren Stimme zu Copper. «Ich kann ja neuerdings keine Zeitschrift mehr aufschlagen, ohne deinen Namen zu lesen.»

«Du übertreibst. Ich habe einige Zeit gebraucht, um mir darüber klarzuwerden, was ich mit meinem Leben anfangen will, aber jetzt, da ich es weiß, bin ich glücklich.»

«Ich freue mich für dich, *chérie*. Du machst dich gut.»

«Ich komme zurecht. Ich habe eine Menge Arbeit. Und ich spare gerade auf eine neue Kamera, eine 35-Millimeter-Leica. Die ist leichter und praktischer.»

«Leichter und praktischer», wiederholte Suzy. «Du bist eine junge Frau in Bewegung, meine Liebe. Neben dir fühle ich mich so alt.»

«Du siehst so großartig aus wie immer, Suzy.»

«Danke.» Es stimmte, Suzy schien nicht zu altern. Ihr Gesicht blieb makellos, und ihr Körper war der einer Frau, die nur halb so alt war wie sie. «Ich könnte das Gleiche über dich sagen. Wie ich hörte, hast du deinen russischen Grafen vor dem Altar stehenlassen.»

«Ja. Aber inzwischen weiß ich, dass das ein Fehler war.»

Suzy verzog das Gesicht. «Ich verstehe. Du hast dich also entschieden, doch noch eine russische Gräfin zu werden?»

«Wenn er mich noch will. Ich habe seit Wochen nichts von ihm gehört.»

«Hat er dir den Rücken gekehrt? Oder haben die Kommunisten ihn aufgeknüpft?»

«Das habe ich mich auch schon gefragt.» Copper bemühte sich, unbeschwert zu klingen, auch wenn sie sich ganz und gar nicht so fühlte.

«Es tut mir leid», sagte Suzy. «Ich wünsche dir ganz viel Glück.»

Sie hob ihr Glas. Dabei bemerkte Copper ihre glatte Achselhöhle. «Du hast dich unter den Armen rasiert.»

«Ich habe gehört, die Amerikaner bestehen darauf.» Sie zog ihr Unterkleid hoch. «Da auch. Nur für den Fall, dass jemand es sehen will. Wirst du etwa rot, *chérie*?», fragte sie, als sie Coppers Gesichtsausdruck sah.

«Du überraschst mich immer wieder.»

«Ach ja? Weißt du, ich fühle mich wohl in meinem Körper. Ich mag ihn. Ich schäme mich nicht im mindesten für ihn.» Ihre langen Finger verweilten zwischen ihren Schenkeln. «Ich glaube, du hast Angst davor. Dabei hast du selbst doch auch so eine. Wir hätten sie aneinander reiben, sie uns gegenseitig küssen können, es hätte himmlisch sein können. Ich war ganz feucht vor Verlangen nach dir. Nur nach dir. Aber du bist vor mir davongelaufen. Warum?»

«Da war eine Tür, durch die ich nicht gehen konnte. Mach mir keine Vorwürfe.»

«Du fandest mich abstoßend?»

«Nein, ganz im Gegenteil. Ich musste weglaufen, weil ich dich allzu anziehend fand.»

«Das nehme ich mal als Kompliment.» Suzy leerte ihr Glas und griff erneut nach der Flasche. «Weißt du, ich habe in der Kirche von Saint-Malo im Mädchenchor gesungen», sagte sie, während sie ihnen beiden einschenkte. «Kannst du dir das vorstellen? Eine magere Göre mit Rattenschwänzchen und flacher Brust?»

Copper schmunzelte. «Es fällt mir schwer.»

«Tja, so war ich. Niemand hat mich beachtet, auch wenn ich immer fand, ich hätte eine gute Stimme. Dann eines Tages unterbrach der Pfarrer den Chor und fragte: ‹Wer ist der Junge, der da mit den Mädchen singt?› Wie sich herausstellte, war ich es. *La fille qui chante comme un garçon*. Alle haben mich angestarrt. Ich war ganz aufgeregt. Irgendwie begeistert, und zugleich habe ich mich geschämt. Von dem Moment an habe ich meine Kraft gespürt. Sie nannten mich *la garçonne*, und so wurde ich zu diesem Geschöpf. Eine Meerjungfrau, nicht wirklich das eine oder das andere. Zehn Jahre lang war da Yvonne. Danach gab es andere. Mal Männer, mal Frauen. Ich habe mein Leben damit zugebracht, die Phantasien und Bedürfnisse anderer auszuleben. Aber ich bereue nichts. Alles in allem war es ein gutes Leben. Ich wollte nichts weiter, als andere glücklich zu machen. Du findest bestimmt, ich bin ebenso eine *putain* wie Lili Marlène, stimmt's?»

Copper beobachtete Suzys Gesicht. Hinter der Kraft und Schönheit war da etwas Kaltes, ein Schmerz, zu dem sie sich niemals bekennen würde. «Nein, das finde ich nicht. Du hast mich sehr glücklich gemacht.»

«Ich hätte dich noch viel glücklicher machen können.»

«Das denke ich nicht. Aber ich weiß, ich hätte *dich* viel glücklicher machen können. Du warst so gut zu mir, so großzügig. Ich hatte das gar nicht verdient.»

«Natürlich hast du es verdient.» Suzy beugte sich vor und küsste Copper auf den Mund.

Copper schloss die Augen. Sie empfand Trauer um dieses Mädchen, das wie ein Knabe gesungen hatte, diese Frau, die sie begehrte wie ein Mann. Sie legte die Arme um Suzys Nacken und zog sie fest an sich. «Es tut mir leid. Verzeih mir, dass ich dir weh getan habe.»

«Kannst du mich denn nicht lieben, selbst jetzt nicht?», fragte Suzy, die Lippen heiß an Coppers Hals.

«Ich liebe dich», flüsterte Copper. Ihr wurde bewusst, dass sie weinte. «Ich werde dich so furchtbar vermissen, Suzy. Ich will dir danken – für alles, was du für mich getan hast, für alles, was du mir gegeben hast, für deine Liebe.» Sie stand auf und wandte sich zum Gehen. «Ich werde dich niemals vergessen.»

Der Anblick einer Pferdekutsche, die wartend vor der Rue Royale Nummer 10 stand, war nichts allzu Ungewöhnliches, auch wenn dank der US-Armee Benzin in Frankreich wieder leichter zu bekommen war. Während der harten Jahre unter der Besatzung waren die Pferdedroschken aus dem Ruhestand zurückgekehrt wie Geister einer glorreichen Vergangenheit. Doch jetzt sah man täglich weniger, und sie verschwanden wieder in den heruntergekommenen Ställen, aus denen man sie hervorgeholt hatte.

Copper dachte, in der Droschke säße vielleicht Dior, deshalb ging sie auf das Gefährt zu und spähte neugierig hinein. Da wurde der Schlag schwungvoll geöffnet. Auf dem roten Lederpolster saß Henry und hielt ihr die Tür auf. Er hatte sich einen Bart wachsen lassen.

Im ersten Moment hatte Copper das Gefühl, ihr Herz bliebe stehen, und sie konnte nicht atmen. Dann fing es stolpernd wieder an zu schlagen. «Der Bart muss ab», hörte sie sich selbst sagen.

«Ich dachte, du könntest mir helfen, ihn loszuwerden.»

«Je eher, umso besser, würde ich sagen.»

«Dann steig ein.»

Sie kletterte in die Kutsche und setzte sich auf seinen Schoß wie ein Kind. «Ich dachte schon, du würdest nie mehr zurückkommen», brachte sie mit erstickter Stimme heraus.

«Es gab Zeiten, da dachte ich das auch.» Er erdrückte sie fast, so fest schloss er sie in die Arme. «Meine Sekretärin hat mich angerufen, um mir zu sagen, dass du nach mir suchtest. Da wagte ich zu hoffen. Verzeih mir. Ich musste so lange fortbleiben, und ich konnte mich nicht bei dir melden.»

Eine lange Zeit hielten sie sich fest in den Armen und wiegten sich hin und her. Endlich löste Copper sich von ihm und tat einen zittrigen Atemzug. Ihr Herz hämmerte noch immer so wild, dass es ihr schwerfiel, zusammenhängend zu reden. «Du siehst ganz fremd aus!»

Er fasste sich an den buschigen, dunklen Bart. «Ich musste einer vom Proletariat werden, um mir Zugang zu den entscheidenden Orten zu verschaffen. Ich versichere dir, hätten sie jemals auch nur geahnt, wer ich wirklich bin, dann wäre ich jetzt mehr tot als lebendig.»

«Henry!»

«Abendessen im Ritz?»

«Dafür bin ich nicht gerade passend gekleidet.»

«Du siehst umwerfend aus wie immer.»

«Na gut, wenn ich mir die Nase pudern kann, sobald wir dort sind.» Die Droschke setzte sich ruckelnd in Bewegung. Während sie dahinrumpelte, versuchte Copper sich in dem nach Pferd und Leder riechenden Innenraum ein wenig zu beruhigen. «Wie lange bleibst du jetzt in Paris?»

«Für immer.»

Sie wandte sich ab, damit er ihre Tränen nicht sah. «Ist das ein Versprechen?», fragte sie mit erstickter Stimme.

«Ja. Ich bin wieder bei dir – wenn du mich willst.»

Copper nahm das Taschentuch, das er ihr anbot. «Ich lasse dich wissen, wenn ich mich entschieden habe. Was hat es eigentlich mit dieser Pferdekutsche auf sich?»

Er lächelte. «Es gibt nicht mehr viele Städte, in denen man noch die Möglichkeit hat, die Liebe seines Lebens mit einer Kutsche abzuholen. Ich konnte nicht widerstehen.»

«Du warst schon immer ein heilloser Romantiker», bemerkte sie.

«Da hast du wohl recht.»

«Ich war ganz krank vor Sorge um dich», sagte sie. «Lächelst du jetzt? Ich kann vor lauter Gestrüpp deinen Gesichtsausdruck gar nicht erkennen.»

«Ich versichere dir, es ist ein freudiger Ausdruck.»

«Verzeihst du mir, dass ich dich vor dem Altar habe stehenlassen?»

«Wenn du mir verzeihst, dass ich ein Blaubart war.»

«Einverstanden. Apropos Bart, deiner muss wirklich dringend ab. Können wir erst einen Abstecher zu dir machen?»

«Natürlich.»

Sie erreichten Henrys Haus und gingen hinein. Alles war hell und sauber, es roch nach Holzpolitur und frischer Farbe.

«Es sieht wunderbar aus.»

«Es erwacht wieder zum Leben», pflichtete er ihr bei. «Jetzt wartet es auf eine neue Hausherrin.»

Im Schlafzimmer standen Blumen wie bei ihrem letzten Besuch. In dem Bad aus weißem Marmor reichte Henry Copper eine Schere, ein Rasiermesser und was sie sonst noch brauchte, um ihm den Bart abzunehmen. Er zog sein Hemd aus, und Copper wies ihn an, sich auf den Rand der Badewanne zu setzen. Dann machte sie sich daran, seinen Bart zuerst mit der Schere so kurz wie möglich zu stutzen.

«Ich habe deinen Artikel in der *Picture Post* gelesen», sagte er. «Balmain ist dir sicher sehr dankbar. Du hast großartige Werbung für ihn gemacht.»

«Er ist ein strahlendes Talent.»

«Und wann tust du dasselbe für deinen Freund Dior?»

Sie konzentrierte sich darauf, das dichte krause Haar abzuschneiden, ohne seine Haut zu verletzen. «Bald, nehme ich an. Ich rede ihm dauernd zu, er soll sich von Lelong trennen und etwas Eigenes anfangen. Aber er kann so abscheulich ängstlich sein. Oder abscheulich faul. Oder beides.» Sie pinselte Henrys stoppeliges Gesicht reichlich mit Seifenschaum ein, dann ging sie mit dem Rasiermesser zu Werke.

«Hast du das schon mal gemacht?»

«Zweimal die Woche, als ich noch zu Hause gewohnt habe. Ich musste meinen Vater rasieren, jeden Montag und Mittwoch. Jetzt versuch nicht dauernd, mich zu küssen, sonst bist du selbst schuld, wenn ich dich schneide.» Tatsächlich zitterten ihre Hände so stark, dass Henrys Leben in Gefahr war, aber es gelang ihr, sie wieder unter Kontrolle zu bringen. Das ging am besten, wenn sie ihm nicht in die Augen sah. Also konzentrierte sie sich ganz darauf, den Schaum abzuschaben, um die vertrauten Konturen seines Gesichts freizulegen. «Wo warst du eigentlich? Sag mir die Wahrheit.»

«Es gab einen Krieg um die Seele Frankreichs. Die Kommunisten haben mit allen Mitteln versucht, das Land zu destabilisieren, um es an Sowjetrussland anzuschließen. Aber nun hat sich das Blatt endlich gewendet, und sie verlieren allmählich etwas an Kraft. Seltsamerweise hat das weniger mit mir und meinem Bart zu tun als mit Stalins eigener Brutalität.»

«Wie meinst du das?»

«Die ruhmreiche Rote Armee war die wichtigste Propagandawaffe der Kommunisten. Seit Jahren haben sie den französischen Arbeitern erzählt, die Rote Armee würde kommen, um sie aus der Sklaverei zu befreien. Aber jetzt können wir alle sehen, was die Befreiung durch die Rote Armee wirklich bedeutet. Wir haben die Vergewaltigungen und Plünderungen gesehen, die ihre Frontlinie hinter sich herzog. Wir haben gesehen, wie sie Polen, Ungarn, die Tschechoslowakei und andere Länder in Unfreiheit gestürzt haben. Jetzt müssen wir mit ansehen, wie sie Berlin in ein Gefängnis verwandeln. Und Berlin, meine Liebe, ist nicht so weit von Paris entfernt. Am Ende bestand meine Aufgabe lediglich darin, in den richtigen Kreisen auf diese Details hinzuweisen, damit die Leute selbst ihre Schlüsse zogen.»

«Das kann nicht alles gewesen sein. Du wolltest mir doch die Wahrheit sagen.»

«Nun, es war nicht immer leicht, mir Zugang zu den richtigen Kreisen zu verschaffen. Und eine Seite gegen die andere auszuspielen, ist immer heikel. Die Roten würden das Verdienst, die Nazis besiegt zu haben, gern für sich allein beanspruchen. Wenn es nach ihnen geht, waren die Helden der Résistance allesamt Stalinisten. Diesen Mythos auszuräumen, war von entscheidender Wichtigkeit.» Seine dunklen, mandelförmigen Augen betrachteten sie voller Verlangen. «Du bist so schön. Ich habe von dir geträumt. Aber meine Träume reichten nicht an die Wirklichkeit heran.»

«Du hast abgenommen», stellte sie mit einem Blick auf seinen schlanken Oberkörper fest.

«Ich habe nicht besonders viel gegessen. Ich freue mich schon auf unser Abendessen im Ritz.»

«Du kannst nicht noch länger im Ritz wohnen und dieses prächtige Haus leer stehen lassen», hörte Copper sich selbst sagen. «Das sind unnötige Ausgaben.» Sie schabte den letzten Schaum ab. «Und wir können auch nicht dauernd im Restaurant essen. Das tut uns nicht gut. Wir brauchen gesundes, selbstgekochtes Essen.»

«Dem stimme ich voll und ganz zu.» Er hielt ihr Handgelenk fest. «Copper – wie lange wirst du mich noch warten lassen?»

Sie schwieg einen Moment. Dann machte sie sich behutsam los und spülte das Rasiermesser unter dem silbernen Wasserhahn ab. «Wenn du mich wirklich willst, gehöre ich dir.»

«Meine Liebste!» Er umarmte sie. «Ich danke Gott für dich.»

Sie lachte ein wenig unsicher. «Henry, du bist der einzige Mann, den ich kenne, der so etwas tatsächlich sagt.»

«Ich sage es, weil ich es so meine.»

«Das weiß ich.» Sie legte das Rasierzeug weg, drehte sich zu ihm um und schaute in sein frisch rasiertes Gesicht. «So ist es besser. Jetzt siehst du wieder wie du selbst aus.»

«Ich will versuchen, dir ein besserer Ehemann zu sein als der vorige Amtsinhaber», sagte er und schaute liebevoll auf sie hinunter. «Du wirst doch nicht wieder davonlaufen?»

«Nein, das verspreche ich dir. Und ich will auch versuchen, dir eine gute Ehefrau zu sein, mein Liebster», erwiderte sie. «Und ich verspreche –»

Aber der Rest des Versprechens blieb unausgesprochen, denn seine warmen Lippen verschlossen die ihren.

Beim zweiten Anlauf fand die Trauung im *office des mariages* in der örtlichen *mairie* statt, wie Copper es sich gewünscht hatte. Sie ging in aller Stille vonstatten. Weder russische Herzoginnen noch Pariser Bohemiens waren anwesend. Nur Christian, Pierre Balmain, Hervé und Catherine kamen als Trauzeugen.

Der Raum war nicht besonders prächtig, an einer Wand standen Aktenschränke, aber auf der anderen Seite gab es ein großes Fenster mit schönem Ausblick auf den Arc de Triomphe, und die Standesbeamtin war eine reizende Frau, die nach der Zeremonie die ganze Gesellschaft küsste. Copper trug ein hauchzartes rosa Kleid mit Umlegekragen, das Tian für sie entworfen hatte, und hielt einen kleinen Strauß Rosenknospen, wie sie es sich gewünscht hatte. Die Herren erschienen alle in Cutaway und Zylinder. Copper und Henry tauschten in stillem Glück ihre schlichten Goldringe.

Nach der Trauung ging die Hochzeitsgesellschaft zum Mittagessen in eine private Suite im Ritz. Der Tisch war mit cremefarbenen Lilien dekoriert, und das Essen war gleichfalls elegant und schön angerichtet. Es begann mit Austern, dann gab es Hummer und Lachs, dazu einen Jahrgangschampagner.

Hervé und Tian brachten jeweils einen Toast aus. Hervés war sehr förmlich, Tian jedoch versagte vor Rührung die Stimme, und jemand musste ihm ein Taschentuch reichen, damit er sich die Tränen trocknen konnte, ehe er in der Lage war weiterzusprechen.

Catherine war inzwischen auf dem besten Weg, ihre Kräfte wiederzuerlangen. Sie und Hervé lebten in der Gegend von Grasse im Süden Frankreichs. Die Rosenknospen für Coppers Strauß stammten aus ihrem eigenen Garten. Copper bemerkte Rundungen an Catherines Figur, die da zuvor nicht gewesen waren, und ihr Haar war wieder gewachsen, doch der gehetzte Ausdruck in ihren Augen würde wohl bleiben, dachte sie. Mehrmals während der Mahlzeit ertappte sie Catherine dabei, wie sie ins Leere starrte, die Hände krampfhaft zu Fäusten geballt. Sicher verfolgten sie schreckliche Erinnerungen. Eine Berührung am Arm genügte, um den Bann zu brechen, aber Copper war klar, dass Catherine noch einen weiten Weg vor sich hatte. Es fiel ihr noch immer schwer, mehr als ein paar Bissen zu essen, obwohl Copper ihr immer wieder zuredete.

«Als wir neu nach Ravensbrück kamen», erzählte sie, «da haben abends in der Baracke unsere Mägen so laut geknurrt, dass wir darüber lachen mussten. Es war wirklich komisch. Wir haben einen Wettbewerb daraus gemacht, wessen Magen am lautesten knurrte. Aber nach einer Weile sind unsere Mägen geschrumpft und haben gar keine Geräusche mehr gemacht.» In der Stille, die auf ihre Worte folgte, blickte sie betreten drein. «Ich sollte nicht über diese Dinge reden.»

«Natürlich solltest du das», widersprach Copper.

«Es tut mir leid», raunte Catherine ihr zu, als die Unterhaltungen am Tisch wieder einsetzten. «Ich will dir nicht deinen Ehrentag verderben.»

«Du verschönerst ihn. Aber ich sehe, dass du noch immer leidest.»

Catherine schüttelte den Kopf. «Als ich in den Lagern war, musste ich immer nur an Frankreich denken. Aber jetzt, da ich wieder zu Hause bin, kehren meine Gedanken ständig zu den Lagern zurück. Mein Kopf ist wie ein Affe, der niemals tut, was ich ihm sage.»

«Das Problem kenne ich», sagte Copper mit schiefem Lächeln.

Catherine drückte ihre Hand. «Es geht mir gut. Genieße deinen Tag. Es bereitet mir solche Freude, dich verheiratet zu sehen.»

«Sie verdient, glücklich zu sein», sagte Copper an diesem Abend, als sie sich in Henrys Arme kuschelte.

«Ja, das tut sie. Und du auch.»

«Ich könnte gar nicht glücklicher sein», erwiderte sie und strich ihm über die Wange.

«Ich auch nicht. Ich kann es noch immer kaum glauben, dass du wirklich meine Frau bist.»

«In einem hattest du allerdings recht», sagte sie.

«In was denn?»

«Das Standesamt war furchtbar trist. In der Kathedrale wäre es viel schöner gewesen.»

Er unterdrückte ein Stöhnen und verdrehte die Augen. «Du wirst mich noch in den Wahnsinn treiben.»

«Wahrscheinlich», räumte sie ein.

«Wenn du möchtest, können wir uns immer noch in der Kathedrale trauen lassen.»

«Nein, danke. Ich habe wirklich schon oft genug geheiratet.» Sie küsste ihn auf den Mund. «Und jetzt, finde ich, ist es an der Zeit, dass du mich in Besitz nimmst.»

15. Kapitel

Sie werden meine Frau», eröffnete Dior Copper.

«Ich habe schon einen ganz brauchbaren Ehemann», wandte sie ein. «Falls es Ihnen entgangen ist – wir haben kürzlich unseren ersten Hochzeitstag begangen.»

«Er wird nichts dagegen haben. Ich borge Sie nur für diesen einen Nachmittag aus.»

«Wozu?»

«Wir gehen Kleider für Sie kaufen.»

«Das klingt vergnüglich. Chanel? Schiaparelli?»

«Viel weniger spektakulär – Maison Gaston. Schließlich sind wir ein gesetztes älteres Paar, keine jungen Stürmer.»

«Sprechen Sie etwa von mir?», schnaubte Copper.

Dior hatte sie um ein Treffen an der Rue Saint-Florentin gebeten, den Grund hatte er jedoch nicht nennen wollen. Jetzt führte er sie ins Haus Gaston, Arm in Arm wie ein ehrbares Ehepaar.

Der Laden verströmte einen altmodischen Pariser Charme. Das geschäftige Treiben auf der Rue Saint-Florentin schien hinter ihnen zu verblassen. Die Kleider wirkten recht streng. Fast alle Modelle waren mit Zobel oder Nerz besetzt, was für den Sommer nicht recht passend wirkte, aber wie Tian anmerkte, würde bald der Herbst kommen. Schwarz gekleidete *vendeuses* mittleren Alters bemühten sich mit frostiger Höflichkeit um sie und gaben sich dabei den Anschein unnahbarer Überlegenheit.

«Was halten Sie von den Entwürfen?», wollte Dior von ihr wissen.

«Ziemlich düster», murmelte Copper. «Und schrecklich konservativ.» Selbst wenn sie wirklich etwas hätte kaufen wollen, wäre es ihr schwergefallen, hier ein Kleid zu finden, das ihr nicht altmodisch vorkam.

Tian jedoch legte seltsamerweise reges Interesse an den Tag. Er ließ sich die neuesten Modelle zeigen, den älteren Bestand, die Accessoires, einfach alles. Er schaute in die Räume für die Anproben, stöberte hinter den Tresen herum und befragte die *vendeuses*. Überhaupt schien es nichts an dem Modehaus zu geben, für das er sich nicht mit unstillbarer Neugier interessierte. Er lugte sogar herein, während Copper ein Kleid anprobierte.

«Dadrin könnte man sich wunderbar einbalsamieren lassen», lautete sein Urteil über die Umkleide.

Wie immer, wenn sein Beruf ins Spiel kam, ging eine subtile Veränderung in ihm vor: Der sonst so schüchterne und zurückhaltende Christian Dior hatte plötzlich etwas Gebieterisches an sich. Sein sanftes Gesicht verzog sich zu einem konzentrierten Stirnrunzeln, sein Ton wurde sehr bestimmt. Als die *vendeuses* bereits drauf und dran waren, sie mit Gewalt hinauszuwerfen, verließen sie den Laden, ohne etwas zu kaufen.

Sie hatten fast zwei Stunden bei Gaston zugebracht. Jetzt war es früher Abend, die Luft war lau. Eine der letzten in der Stadt verbliebenen Pferdekutschen rollte unter Hufgetrappel die Straße entlang, sodass eine Gruppe junger Novizinnen hastig ausweichen musste.

«Wie war Ihr Eindruck?», wollte Dior wissen.

«Es ist ein reizendes Geschäft, Tian. Warum haben Sie mich dorthin mitgenommen?»

«Um Ihre Meinung zu hören.»

«Wieso ist meine Meinung wichtig?»

«Weil Marcel Boussac mir angeboten hat», sagte er und hakte sich bei ihr unter, «der neue künstlerische Leiter zu werden, *ma petite.*»

«Und wer ist Marcel Boussac?»

«Er ist der Baumwollkönig. Im Ersten Weltkrieg hat er unter anderem Leinwand für den Flugzeugbau hergestellt und damit ein Vermögen gemacht, jetzt lässt er Hemden fertigen. Früher sagte man, jemand sei ‹reich wie Midas›. Heute sagt man ‹reich wie Boussac›.»

«Und Gaston gehört ihm?»

«Ja. Ich vertraue auf Ihre Diskretion, *ma petite*. Das ist nicht für die Öffentlichkeit bestimmt.»

Copper packte ihn aufgeregt am Arm. «Tian! Nun werden Sie endlich Ihr eigener Herr sein!»

Er machte sich lachend von ihr los. «Jetzt wollen wir Ihren Mann abholen, und dann koche ich Ihnen beiden bei mir zu Hause ein Abendessen. Ich habe einen schönen großen Krebs aus Granville und einen feinen Muscadet dazu.»

Wenig später waren sie alle drei in Diors Wohnung versammelt, gleich um die Ecke von Gaston – ein Vorteil, auf den Henry hinwies. «Sie können jeden Morgen bequem zu Fuß zur Arbeit gehen, Ihren Spazierstock mit goldenem Knauf schwingen und an Ihren Zylinder tippen, wenn Sie Ihrer Kundschaft auf der Straße begegnen. Es könnte kaum besser sein.»

«Als ich ein junger Mann war, war Gaston so berühmt wie Chanel», erzählte Dior, während er eine schneeweiße Schürze umband und sich in seiner kleinen Küche ans Werk machte. «Aber mit dem Haus geht es schon seit Jahren bergab. Und der Krieg hat ihm den *coup de grâce* versetzt. Sie haben ja selbst gesehen, der Laden ist jetzt altmodisch und düster. Boussac will, dass ich ihm wieder zu seinem früheren Glanz verhelfe.»

«Das ist eine einmalige Chance!»

«Wohl kaum, meine Liebe.»

«Tian, nun sagen Sie nicht, Sie wollen dem geschenkten Gaul ins Maul schauen?»

«Man sollte grundsätzlich jedem Pferd ins Maul schauen, *mes amis*. Marcel Boussac ist nicht zum reichsten Mann Frankreichs geworden, indem er sein Geld verschenkt hat.» Er ließ den Krebs vorsichtig in das siedende Wasser gleiten. «Es mag schmeichelhaft sein, in ein Museum gesteckt zu werden, aber ich weiß nicht recht, ob ich schon bereit bin, mich ausstopfen und ausstellen zu lassen.»

«Sie meinen – Sie wollen nein sagen?»

«Ja, ich werde ablehnen.»

Copper hob verzweifelt die Hände. «Tian. Um Himmels willen!»

Er konzentrierte sich jetzt ganz auf das Kochen. Sie wusste, wenn er sich als Küchenchef betätigte, durfte man ihn nicht stören – er nahm die Zubereitung von Essen sehr ernst. Aber sie wusste auch, dass Balmain bereits an seiner zweiten Kollektion arbeitete. Tian fiel immer weiter hinter seinen Zeitgenossen zurück.

«Sie können das nicht ausschlagen», griff sie das Thema wieder auf, als sie schließlich am Tisch saßen.

«Gaston ist ein Mausoleum», entgegnete er, während er den Krebs zerteilte. «Und es riecht auch so. Mottenkugeln und Spinnweben und Staub. Ich mag lächerlich abergläubisch sein, aber die Toten aufzuerwecken, das ist nichts für mich.»

«Gaston ist noch nicht tot», widersprach Henry.

«Es stirbt, das läuft auf dasselbe hinaus. Können Sie sich vorstellen, diesen alten Hexen Vorschriften machen zu wollen? Und was das Atelier betrifft, da müsste ich gleich als Erstes der gesamten Belegschaft kündigen, und das brächte ich nicht übers Herz. Ich habe bei Lelong eine gute Stellung, und es wäre Irrsinn, sie für etwas so Unsicheres aufzugeben. Lieber Erster Steuermann auf einem Luxusdampfer als Kapitän auf einem sinkenden Schiff.»

«Sie finden immer eine Ausrede, um etwas nicht tun zu müssen», sagte Copper scharf. «Sie scheuen sich einfach davor, Lelong zu sagen, dass Sie kündigen.»

«Das ist wahr, dieses Gespräch hätte ich recht ungern geführt.»

«Wusste ich's doch!»

Es brachte sie schier zur Weißglut, wie eisern entschlossen er war. «Maison Gaston ist dem Untergang geweiht, und es war verrückt von Boussac, vielleicht sogar *méchant*, mir ein solches Angebot zu machen. Ich bin morgen mit ihm verabredet und werde höflich ablehnen.»

Als sie sich nach Mitternacht verabschiedeten, packte Copper ihn am Revers. «Ich hoffe, wenn Sie morgen früh aufwachen, haben Sie es sich anders überlegt, Sie störrischer Mann.»

«Das wird nicht geschehen, darauf können Sie sich verlassen.»

Er unternimmt einfach keine Anstrengungen, um voranzukommen», sagte sie auf dem Nachhauseweg zu Henry. «Manchmal denke ich, Tian wird seine eingefahrenen Gleise nie verlassen. Vielleicht *will* er sie ja auch gar nicht verlassen. Er ist zufrieden damit, ewig an seinem Platz zu bleiben und in Lucien Lelongs Hinterzimmern alt zu werden, zufrieden mit seinem Leben mit Partys und Abendessen in Gesellschaft, ohne jemals ein Risiko einzugehen.»

«Du hast soeben einen glücklichen Menschen beschrieben.»

«Mein lieber Henry, du bist doch wohl der Letzte, der Trägheit gutheißen würde.»

In den nunmehr zwölf Monaten ihrer Ehe hatte Coppers Mann sie glücklicher gemacht, als sie es für möglich gehalten hätte. Es schien, als gäbe es keinen gütigeren und liebevolleren Mann als Henry Velikovsky und kein bezaubernderes Haus als das, welches jetzt ihr gemeinsames Zuhause war. Anders als in ihrer Ehe mit Amory, wo die anfängliche stürmische Leidenschaft bald abgekühlt und erst der Gleichgültigkeit, dann der Desillusionierung gewichen war, wurde es in ihrer Ehe mit Henry nur immer noch besser.

Sie genoss seine Gesellschaft; wann immer sie unterwegs war, konnte sie es gar nicht erwarten, wieder nach Hause zu kommen, und wenn er verreisen musste, verzehrte sie sich nach ihm. Copper fühlte sich geliebt und begehrt, und sie ihrerseits liebte und begehrte ihn. Dass ihr Mann ganz verrückt nach ihr war, zeigte sich in allem, was er tat. Nichts hätte erregender sein können, als so unterstützt und geachtet, wertgeschätzt und verehrt zu werden.

Es war ein Leben voller Schönheit und Romantik. Um das alte, mit Efeu bewachsene Haus in Schuss zu halten, waren fünf Hausangestellte nötig, darunter eine Zofe, jenes unverzichtbarste Accessoire einer modebewussten Pariserin – sogar einer, die einmal wegen umstürzlerischer Aktivitäten verhaftet worden war. Aber dank Henrys Vermögen waren alle diese Ausgaben reichlich gedeckt, und Copper staunte, wie schnell man sich an ein solches Leben gewöhnte. Vor einer Weile hatte es eine wunderbare Überraschung gegeben: Die Sammlung antiker Möbel und impressionistischer Gemälde, die die Nazis gestohlen hatten, war in Deutschland gefunden und zurückgegeben worden, sodass sie jetzt wieder das Haus zierte.

Copper blickte mit Nostalgie auf ihre entbehrungsreiche Kindheit in Brooklyn und ihr unstetes Leben mit Amory zurück. War jene Copper wirklich dieselbe Frau wie die Gräfin Velikovsky, die jetzt bei sämtlichen *défilés de mode haute couture* einen Platz in der ersten Reihe hatte, die jeden Modeschöpfer in Paris kannte, deren Kommentare in den großen Modemagazinen veröffentlicht wurden?

In der Verfasserzeile nannte sie sich weiterhin Oona Reilly. Gräfin zu sein war eine Art Rollenspiel, das die Leute von ihr erwarteten, auch wenn sie selbst und Henry sich darüber lustig machten. Wie Henry bereits am Abend ihrer ersten Begegnung bemerkt hatte: Die Leute waren Snobs und liebten es, mit der Aristokratie in Verbindung gebracht zu werden, selbst mit einer, die nur noch in den Geschichtsbüchern existierte.

«Meine Liebste, ich habe etwas über deinen geschiedenen Mann erfahren.» Henrys Worte rissen Copper aus ihren Gedanken.

Copper erschrak im Innersten. «Doch hoffentlich nichts Schlimmes?»

«Ich weiß nicht recht. Er ist hier in Paris. Er möchte dich gern sehen.»

«Wenn du sagst, hier in Paris ...?»

«Er ist in einem Sanatorium. Der Leiter hat mich verständigt.»

«In einem Sanatorium? Dann ist er immer noch krank?»

«Über seinen Gesundheitszustand haben sie nichts gesagt, aber offenbar geht es ihm nicht gut.»

«Ich verstehe», erwiderte Copper bedrückt.

«Meine Liebste», redete Henry ihr zu. «Du sollst wissen, dass es allein deine Entscheidung ist. Wenn du beschließt, dass du ihn nicht sehen willst, werde ich dir keine Vorhaltungen machen. Und wenn du entscheidest, dich mit ihm zu treffen, werde ich mich nicht darüber beunruhigen.»

«Danke, Henry. Ich muss darüber nachdenken.»

Die Entscheidung, sich mit Amory zu treffen, fiel Copper nicht leicht, aber sie fühlte sich irgendwie verpflichtet. Schließlich war sie achtzehn Monate mit ihm verheiratet gewesen, und auch wenn es keine sehr glückliche Zeit gewesen war, hätte sie es nicht richtig gefunden, ihm jetzt den Rücken zu kehren.

Das Sanatorium Marie-Thérèse lag in einem Park mit viel Grün am Ufer der Seine. Dorthin gingen Amerikaner in Paris, wenn sie erkrankten, und tatsächlich sprach die robuste Krankenschwester in blau gestreifter Uniform, die Copper empfing, den klaren Akzent des Mittleren Westens der USA.

«Ich bin Schwester Gibson. Mr. Heathcotes Familie hat mich eingestellt, damit er besondere Pflege bekommt. Danke, dass Sie ihn besuchen kommen.»

«Was fehlt ihm denn?»

«Er wurde hier eingeliefert, nachdem er versucht hatte, sich das Leben zu nehmen.»

«Wieder?» Copper wurde mit einem Schlag ganz kalt. «Wann war das?»

«Vor einem Monat. Er hat sich noch nicht ganz von den Verletzungen erholt, die er sich selbst zugefügt hat, aber er ist außer Gefahr. Zumindest was die Verletzungen betrifft. Die Gefahr steckt in ihm, deshalb haben seine Verwandten angeregt, dass ich Sie kontaktiere. Er ist jetzt im Aufenthaltsraum.»

Der Aufenthaltsraum war sonnig und beinahe zu warm. Durch Reihen hoher Fenster hatte man weiten Ausblick auf den baumbestandenen Park und den Fluss dahinter. Patienten und Besucher waren in Grüppchen im Raum verteilt. Amory saß allein an einem Tisch am hinteren Ende und kritzelte in ein Notizbuch. Dabei legte er schützend den freien Arm davor, als dürfte niemand sehen, was er schrieb.

Copper war irgendwie davon ausgegangen, Amory habe sich die Pulsadern aufgeschnitten, doch jetzt sah sie mit Schrecken, dass er an einer Seite des Kopfes einen großen Verband trug. Als er den Kopf hob und sie ansah, erkannte sie dunkle Blutergüsse, die sich über die ganze rechte Gesichtshälfte erstreckten. Das Auge auf dieser Seite wirkte verändert, als ob er schielte, und das Weiße darin war stark gerötet.

Es gelang ihr nur mit Mühe, ihn einigermaßen gefasst zu begrüßen.

«Hallo, Amory.»

«Hallo, Copper.» Er klappte das Notizbuch zu. «Ich schätze, es wäre allzu optimistisch zu hoffen, dass du eine Flasche Whisky reingeschmuggelt hast», sagte er, nachdem die Pflegerin sich entfernt hatte.

«Nur das hier.» Sie gab ihm das Buch, das sie für ihn bei Shakespeare and Company gekauft hatte, dem englischen Buchladen in Paris. «Der neueste Steinbeck.»

«*Die Straße der Ölsardinen.* Wieder so eine Geschichte von Wanderarbeitern und Schwachsinnigen?»

«Ich fand es wirklich gut.»

Er legte es beiseite. «Ich werd mal reinschauen.»

«Amory, was hast du dir angetan?»

«Ich habe versucht, mir das Hirn wegzupusten, aber meine Hand hat wohl zu stark gezittert. Stattdessen hat's mir das Schädeldach weggerissen. Sie haben mich mit einer Metallplatte geflickt.»

«Oh Gott.»

«Man hätte meinen sollen, dabei hätte etwas Licht reingeschienen», fuhr er fort, «aber anscheinend war es nicht so. Darum haben sie dich herbeigezerrt. Du sollst mich zur Vernunft bringen. Bitte verzeih mir, dass ich dir den Samstagmorgen verdorben habe.»

«Sag so was nicht. Ich wünschte, ich könnte etwas für dich tun.»

Sie schauten sich an. Der Blick seiner veilchenblauen Augen wirkte jetzt eher beunruhigend als betörend, das klare linke Auge war eindringlich auf sie gerichtet, während das blutunterlaufene rechte in die Ferne zu schweifen schien. Copper fragte sich, ob er sein Sehvermögen auf der rechten Seite eingebüßt hatte.

«Ich hätte dich nie heiraten sollen», sagte er.

Sie verzog das Gesicht. «Gibst du etwa mir die Schuld an dem hier?»

«Letztendlich ja.»

«Meinst du nicht, du hast vielleicht auch was falsch gemacht?»

«Oh doch, sicher. Und ich habe versucht, mich angemessen dafür zu bestrafen. Hat nur nicht so richtig geklappt. Aber keine Sorge, beim nächsten Mal mache ich es besser. Man sagt doch, aller guten Dinge sind drei.»

Copper stand auf. «Wenn du mich nur hast kommen lassen, um mir zu sagen, dass du dich umbringen willst, dann habe ich Besseres zu tun.»

Überraschenderweise grinste er schief. «Siehst du, genau davon rede ich. Du schaffst es immer wieder.»

«Was schaffe ich, Amory?»

«Dass ich mich wie ein Idiot fühle. Wie ein alberner kleiner Junge, der einen Tobsuchtsanfall hat. Setz dich, Schätzchen.»

«Ich wollte dich nie als Idioten dastehen lassen», sagte Copper und nahm wieder Platz.

«Aber du hast es getan, schon von Anfang an. Du warst immer reifer als ich. Erwachsener. Du konntest alles besser.»

«Ich habe nie behauptet, etwas besser zu können.»

«Das brauchtest du gar nicht. Es war schmerzhaft offensichtlich. Ich war immer nur die Spreu, du warst der Weizen. Verdammt, du kannst sogar besser schreiben als ich.»

«Das stimmt nicht.»

Er trommelte mit den Fingern auf sein Notizbuch. «Weißt du, was mich fertiggemacht hat? Wie du für George eingesprungen bist. Er hat einfach alles dir überlassen, und du hast es mühelos erledigt, als wäre es nichts. Obwohl du nur einen Highschool-Abschluss hast.»

«Du weißt, dass ich ihm den Hintern retten musste.»

«Du hättest es nicht so verdammt gut machen müssen. Ich konnte es nicht ertragen, wie du mir dauernd gezeigt hast, dass du besser bist als ich.»

«Ich wusste nicht, dass es ein Wettkampf war.»

«Es war auch keiner. Du warst mir schon von Anfang an weit voraus.»

«Warum erzählst du mir das alles jetzt?»

«Weil ich beschlossen habe, ehrlich zu sein, wenn ich im Leben schon sonst nichts hinbekomme. Du hast mir gezeigt, dass ich im Grunde ein Hochstapler war. Darum musste ich dir weh tun.»

«Suchst du immer noch nach Ausreden für deine Seitensprünge? Das kannst du dir sparen. Sie sind nicht mehr von Bedeutung.»

«Das sind keine Ausreden. Es ist die Wahrheit. Ich wollte dich brechen.»

«Na, das wäre dir ja fast gelungen», entgegnete sie.

«Du schmeichelst mir», widersprach er trocken. «Ich habe es nicht mal ansatzweise geschafft. Ich habe mit jeder Frau geschlafen, die mir über den Weg lief. Du hast daraufhin aufgehört, mich zu lieben, aber es hat dich nicht gebrochen. Weißt du, was das Problem war? Ich habe dich geliebt.» Er hielt inne. «Ich liebe dich immer noch.»

Dieses Thema wollte sie ganz entschieden nicht vertiefen. «Inzwischen ist viel Zeit vergangen, Amory.»

«Sehr viel Zeit.» Er nickte bedächtig. «Nach Brüssel habe ich die Arbeit an meinem Artikel wiederaufgenommen. Ich dachte immer noch, an meinem Zusammenbruch sei das Grauen schuld, das ich ansehen musste. Aber das war es nicht. Es war die Erkenntnis, nicht gut genug zu sein. Ich war der Aufgabe nicht gewachsen. Sie war zu groß für mich. Ich hatte nicht die nötige Kraft und nicht das nötige Talent.»

«Ich habe immer an dein Talent geglaubt.»

«Ach, die Bürde dieses Glaubens», versetzte er ironisch. «Wir hätten nie nach Frankreich kommen sollen. Mein Vater hat mir eine Stelle in der Bank angeboten. Aber ich wollte auf eigenen Beinen stehen, selbst meinen Weg finden. Auf dem College haben mir immer alle gesagt, ich sei so großartig. Die Mädchen, die Professoren, du. Es brauchte erst eine Ehe, um mir zu zeigen, dass ich kein Genie bin.»

«Weil ich dir angeblich das Gefühl gegeben habe, unterlegen zu sein?»

«Die Seelenklempner nennen es *Entmannung*.»

Ihrem Mitleid zum Trotz fühlte Copper, wie Wut in ihr aufstieg. «Ich habe nie versucht, dich zu entmannen. Ich habe alles getan, um dich zu unterstützen und zu ermutigen.»

Amorys verhärmtes Gesicht verzog sich wieder zu diesem schiefen Grinsen. «Du hattest schon immer so ein Temperament, so feurig wie deine roten Haare.»

«Und du hattest schon immer für jeden deiner Fehler eine Ausrede parat», entgegnete sie schroff. «Ich habe nicht vor, hier zu sitzen und mir von dir die Schuld an allem zuschieben zu lassen, was in deinem Leben schiefgelaufen ist. Du hast mich sehr unglücklich gemacht. Dass du dabei auch dich selbst unglücklich gemacht hast, dafür kann ich nichts. Soll ich dir einen guten Rat geben, Amory? Geh zurück in die Staaten und nimm die Stelle in der Bank an. Es ist nicht zu spät.»

Er zeigte auf seinen Verband. «Was glaubst du wohl, was die Investoren von einem Kerl mit einem Loch im Kopf halten würden?»

«Besorg dir eine Perücke», konterte sie unwirsch. «Setz einen Hut auf. Lass dir was einfallen.»

Er nickte langsam. «Erzähl mir von deinem neuen Mann.»

Copper spürte, wie sich alles in ihr dagegen sträubte, ihr Glück mit Henry Amorys nihilistischer Verachtung auszusetzen. «Ich will nicht über ihn reden.»

«Ach, ist er so gut? Oder so schlecht?»

Copper nahm ihre Sachen. «Ich gehe jetzt lieber.»

Sein Lachen erstarb. «Bleib noch. Ich höre auch auf, mich wie ein Vollidiot aufzuführen.»

«Das glaube ich dir nicht.»

«Vielleicht hast du recht. Ich sollte jetzt sowieso an meinem Roman weiterarbeiten.» Er schlug das Notizbuch auf und blätterte darin. Copper sah, dass die Seiten mit Krakeleien in roter Tinte bedeckt waren. Kein Text, nur starrende Gesichter und unsinniges Gekritzel. «Dies ist das Beste, was ich bis jetzt geschrieben habe», sagte er, wiederum mit seinem schiefen Grinsen.

Im Hinausgehen dachte Copper darüber nach, dass Amory wenigstens in einem recht gehabt hatte: Er war im Grunde immer noch ein Kind, sie hingegen war eine Erwachsene. Das empfand sie jetzt noch stärker als vor zwei Jahren. Sie war erwachsen geworden, und sie war mit einem Mann verheiratet, der sich wie ein erwachsener Mensch benahm und sie als erwachsenen Menschen behandelte.

«Wie war Ihr Besuch?», erkundigte sich Schwester Gibson an der Tür bei Copper.

«Ich weiß nicht recht, ob er die Wirkung hatte, die Sie erhofft haben», antwortete Copper.

«Wer weiß, vielleicht ja doch. Er musste sich eine Menge von der Seele reden.»

«Ich hoffe, er erholt sich gut von der Verletzung.»

«Meinen Sie nicht, dass er mehr als nur die eine Verletzung hat?» Copper blickte in die kobaltblauen Augen der Pflegerin und fragte sich, was für Geschichten von ihrer Grausamkeit Amory wohl erzählt haben mochte.

Schwester Gibson lächelte. «Ich lasse Sie wissen, wie es mit ihm weitergeht. Und ich gebe den Angehörigen Bescheid, dass Sie da waren. Sie werden sicher froh darüber sein. Guten Tag, Mrs. Velikovsky.»

16. Kapitel

Ich habe eine Dummheit begangen», verkündete Dior.

Henry schenkte ihm ein Glas Wein ein. «Was ist los?»

Dior nahm das Glas, war aber zu aufgebracht, um zu trinken. Bleich und mit gequälter Miene lief er auf und ab. «Ich war bei Boussac. Sie wissen schon, wegen Gaston. Als ich hineinging, war ich noch fest entschlossen, sein Angebot abzulehnen. Aber –»

«Stattdessen haben Sie ja gesagt!», rief Copper.

«Viel schlimmer. Ich habe ihm gesagt, ich will mein eigenes Modehaus unter meinem eigenen Namen.»

«Tian!»

«Es ist alles nur so aus mir herausgesprudelt. Ich habe ihm gesagt, die Zeit ist reif für einen Wandel, die alten Moden sind mausetot. Ich habe gesagt, es hat keinen Sinn, einem Leichnam Leben einhauchen zu wollen, und wir müssen uns auf die höchsten Traditionen französischer Couture besinnen oder für immer untergehen.»

«Und wie hat er reagiert?»

«Er fragte in sehr ironischem Ton, ob ich sonst noch irgendwelche Wünsche hätte. Ich sagte, ich will die besten Arbeiterinnen von Paris, damit sie die prächtigsten Kleider für die elegantesten Frauen Frankreichs machen.»

Copper hielt den Atem an. «Und dann?»

«Er sagte, das sei ganz und gar nicht das, was er im Sinn gehabt habe. Er sagte, mein Plan sei allzu ehrgeizig. Dann komplimentierte er mich hinaus.»

Henry schenkte sich Wein nach. «Wenigstens haben Sie ihm gesagt, was Sie wollten.»

«Was, wenn er noch einmal darüber nachdenkt – und zustimmt?»

«Dann sind Sie ein gemachter Mann.»

«Oh mein Gott. Sie meinen wohl, dann bin ich erledigt.»

Nach all den Jahren unter Lucien Lelong muss endlich etwas in ihm gekippt sein», sagte Copper zu Henry, nachdem Dior gegangen war.

Die beiden waren in ihrem Schlafzimmer, und sie rollte gerade ihre Strümpfe an ihren schlanken Beinen hinunter. Henry schaute ihr mit verschleiertem Blick beim Ausziehen zu. «Halt.»

Sie sah auf. «Halt was?»

«Beweg dich nicht. Du bist so schön.»

«Mit halb ausgezogenen Strümpfen?»

«Ich will diesen Moment für immer in Erinnerung behalten.»

Copper lächelte und hielt im Auskleiden inne. «Was ist an diesem Moment so Besonderes?»

«Jeder Moment mit dir ist besonders. Aber manchmal wird mir schlagartig bewusst –»

«Was denn, mein Liebster?»

«Wie wunderschön du bist. Dass du hier bei mir bist. Dass du endlich mir gehörst. Was für ein Wunder du bist. Das alles kommt mir manchmal schier unglaublich vor. Und wenn mir dieser Gedanke durch den Kopf schießt, dann will ich einen Moment für immer festhalten, der Zeit entrückt, damit er nie verlorengeht.» Er kam auf sie zu und kniete vor ihr nieder. «Ich kann immer noch kaum glauben, dass du meine Frau bist.»

«Ja, die bin ich. Ich habe dir versprochen, nie wieder wegzulaufen.»

«Bist du glücklich mit mir?», fragte er, während er mit geschickten Fingern ihre Strümpfe bis zu den Knöcheln hinunterrollte.

«Ich bin selig, Henry. Das weißt du doch.»

Er zog das durchscheinende Nylon von ihren Füßen. «Gibt es denn nichts, das ich noch besser machen könnte?»

«Du übertriffst ständig all meine Erwartungen.» Sie fuhr ihm mit den Fingern durchs Haar. «Du machst dir doch nicht etwa Sorgen wegen irgendetwas – oder irgendjemandem?»

Er küsste mit warmen Lippen die zarten Adern an ihren Knöcheln. «Ich will dich glücklich machen.»

«Kein Mann – und keine Frau – hat in mir je solche Gefühle geweckt wie du», sagte sie zärtlich. «Wenn du dir Gedanken wegen Suzy machst, sie hat mich nie so glücklich gemacht wie du. Mit dir bin ich im siebten Himmel. Hätte ich gewusst, wie glücklich du mich machen würdest, dann hätte ich dich niemals vor dem Altar stehenlassen. Ich hätte laut ja, ja, ja gerufen und dich nach Hause ins Bett gezerrt.»

«Das wäre ein glücklicherer Ausgang für jenen Tag gewesen», räumte er ein.

«Du hast mir nie erzählt, wie du dich gefühlt hast, nachdem ich dich in der Kathedrale versetzt hatte.»

Seine Augen verdüsterten sich. «Ich habe mich gefühlt, als hätte man mir die Tore zum Paradies vor der Nase zugeschlagen.»

Sie stöhnte. «Hast du mich sehr gehasst?»

«Keinen Augenblick. Ich habe mich selbst gehasst. Ich wusste, dass es meine Schuld war. Und ich wusste, ich musste dich irgendwie zurückgewinnen – sonst hätte ich nie mehr glücklich sein können.»

«Es tut mir so leid, dass ich dir weh getan habe. Ich hatte große Angst.»

«Und ich war mir meiner Sache zu sicher. Diesen Fehler werde ich nicht noch einmal begehen.»

«Verstehst du, warum ich davongelaufen bin?»

«Du dachtest, ich würde dir deine Freiheit rauben.»

«Ja. Mir war nicht klar, dass du mir Freiheit schenken wolltest – die Freiheit, mein Leben so zu leben, wie ich es wollte; die Freiheit, mich auszudrücken. Henry, ich kann nicht klar denken, wenn du das tust», flüsterte sie.

«Du brauchst nicht zu denken», erwiderte er und küsste ihre Schenkel. «Dies ist ein Moment, den wir der Zeit stehlen. Er gehört für immer uns.»

«Aber ich will die Gewissheit, dass du mir wirklich verzeihst.»

«Wären wir jetzt hier, wenn ich dir nicht verziehen hätte?»

«Komm zu mir.» Sie ließ sich auf das Bett zurücksinken, während er sich über sie schob. «Ich liebe dich, Henry.»

«Und ich liebe dich», antwortete er und schloss sie in die Arme. «Auf immer und ewig.» In dem magischen Moment, während er in sie eindrang, blickten sie einander in die Augen. Und dann gab es keine Worte und keine Gedanken mehr.

Als Copper Dior das nächste Mal traf, war er in heller Panik.

«Boussac hat sich mit seinem Vorstand beraten, und sie sind interessiert. Sie wollen Details zu meinem Vorschlag.»

«Dann liefern Sie sie ihnen, sofort», erwiderte Copper.

«Warum habe ich nur nicht den Mund gehalten? Ich wollte das doch gar nicht.»

«Henry wird Ihnen helfen, einen Geschäftsplan zu erstellen», versprach Copper. Und tatsächlich ließ Henry seine eigene Arbeit liegen und brachte die folgenden Tage größtenteils mit Dior in seinem Arbeitszimmer zu, wo sie Berechnungen und Prognosen anstellten, um sie Boussacs Leuten vorzulegen.

«Tian kennt die Modebranche in- und auswendig», sagte Henry nach einer dieser gemeinsamen Sitzungen zu Copper. «Das Problem liegt in seinem Temperament. Er ist überspannt, und sein Selbstbewusstsein ist fragil. Er ergeht sich in hochfliegenden Plänen, und mittendrin verfällt er plötzlich in vernichtende Selbstzweifel. Er vergräbt den Kopf in den Händen, weint und sagt, das Ganze sei unmöglich zu verwirklichen. Um ihn wieder an den Schreibtisch zu locken, muss ich ihm gut zureden wie einem Kind.»

«In gewisser Hinsicht ist er ein Kind», erwiderte Copper und legte ihrem Mann einen Arm um den Hals. «Ein begabtes, sehr sensibles Kind. Sei behutsam mit ihm, Liebster.»

«Ich bin so behutsam, wie ich kann. Aber Boussac wird es nicht sein.»

Doch binnen weniger Tage warf Tian das Handtuch.

«Ich konnte es nicht länger ertragen», erklärte er. «Ich habe Boussac ein Telegramm geschickt und das Ganze abgesagt.»

Copper schnappte nach Luft. «Tian, das haben Sie nicht wirklich getan.»

«Doch. Ich habe ihm mitgeteilt, dass es unmöglich ist, ganz und gar unmöglich. Ich bleibe bei Lelong.» Er vergrub das Gesicht in den Händen. «Ich muss verrückt gewesen sein, überhaupt damit anzufangen. Gott sei Dank, dass es vorbei ist.»

«Tian», sagte Henry streng. «Das war äußerst unklug. Wenn Sie diese Gelegenheit ausschlagen, ist sie für immer dahin. Schlimmer noch, Sie werden fortan im Ruf stehen, wankelmütig zu sein, und diesen Ruf werden Sie nie wieder los. Niemand wird mehr auf Sie zukommen. Sie werden für den Rest Ihrer Tage in Ihrem Hinterzimmer versauern.»

Doch Copper wusste, dass mit solchen Reden bei Tian nichts zu erreichen war. «Wir gehen zu Madame Delahaye», entschied sie.

Copper eilte in den Flur, um zu telefonieren. «Madame Delahaye», sagte sie leise. «Ich komme mit Monsieur Christian zu Ihnen, damit Sie ihm die Karten legen. Er steht an einem entscheidenden Punkt in seiner Karriere. Offen gesagt, er ist im Begriff, die größte Chance auf Erfolg wegzuwerfen, die sich ihm je bieten wird. Ich hoffe, Sie verstehen, worauf ich hinauswill.»

«Bringen Sie ihn unverzüglich zu mir», lautete die Antwort. «Sie können sicher sein, dass ich ihm das Richtige raten werde.»

An diesem Nachmittag betrat Copper wieder einmal Madame Delahayes hübsche kleine Wohnung mit den Topfpflanzen und den Spitzendeckchen. Es war totenstill, während die Wahrsagerin die Karten in Reihen auslegte. Dior war in düsterer Stimmung und konnte kaum stillsitzen, während er mit den Augen ihre Bewegungen verfolgte.

«Die Vier der Kelche», rief Madame Delahaye plötzlich. Sie hielt eine Karte hoch, um sie Dior zu zeigen. «Sehen Sie! Er sitzt mit verschränkten Armen und lehnt das große Geschenk ab, das ihm angeboten wird.»

«Bin ich das?», fragte Dior skeptisch.

«Natürlich. Die Karten zeigen, dass Sie träumen, während Ihre große Chance an Ihnen vorüberzieht.»

Dior betrachtete die Karte angespannt und zupfte sich am Ohrläppchen. «Sind Sie sicher, dass sie wirklich das bedeutet?»

«Habe ich mich jemals geirrt?»

«Nie», räumte Dior ein.

«Sie müssen das Angebot annehmen, ganz gleich, wie die Bedingungen aussehen. Niemand wird Ihnen je ein besseres machen», befahl sie streng. «Sie müssen das Modehaus Christian Dior erschaffen, ganz gleich, welche Ängste Sie plagen. Es ist Ihre Bestimmung.»

«Sind Sie sicher?»

«Monsieur Dior, Ihnen steht eine glorreiche Zukunft bevor! Es liegt schon in Ihrem Namen: *Di-Or*, der goldene Gott.»

Als sie die Wohnung wieder verließen, legte Madame Delahaye

Copper ihre fleischige Hand auf den Arm. «Sagen Sie mir noch», bat sie sanft, «die blonde Frau, die ich beim letzten Mal in Ihren Karten gesehen habe – hat sie ihren Schatten auf Sie geworfen, wie ich es vorhergesagt habe?»

Copper stutzte. «Ach, das hatte ich ganz vergessen. Ja, ich glaube, Sie hatten recht. Das hat sie wirklich.»

«Was die Hand aus dem Osten betrifft, die Ihnen eine Krone aufsetzt – ich denke, wir alle wissen, worauf sich das bezog, Gräfin.» Madame Delahaye lachte triumphierend. «Ich vergesse nie, was ich in den Karten gelesen habe. Und ich weiß noch, damals waren Ihre Hände schwarz von Ruß, junge Frau. Jetzt sind sie sauber. Sie hätten mich nicht vorher zu instruieren brauchen, was ich heute sagen sollte. Es stand alles in den Karten.»

Die Worte der Frau, die die Heimkehr seiner geliebten Schwester prophezeit hatte, waren für Dior unumstößliches Gesetz. Sobald er wieder zu Hause war, rief er ganz aufgeregt Boussac an und bestürmte ihn mit Erklärungen und Entschuldigungen. Er lauschte auf die Antwort, dann ging er wieder zu Copper hinein. Er wirkte jetzt ruhiger. «So. Das wäre erledigt.»

«Was hat er gesagt?», erkundigte sie sich.

«Jemand hat wohl mein Telegramm abgefangen, sodass Boussac es gar nicht zu sehen bekam.»

«Wunderbar. Und weiter?»

Dior setzte sich und schaute nachdenklich drein. «Sie sind bereit, mich zum Leiter meines eigenen Modehauses zu machen, unter meinem Namen. Mit einem Startkapital von sechs Millionen Francs und unbegrenztem Kredit.»

Copper war sprachlos. «Balmain hat mit einem Zehntel der Summe angefangen.»

Jetzt, da er die Entscheidung getroffen hatte, war Dior wie ausgewechselt. Keine Spur mehr von dem atemlosen, bebenden Schmetterling. «Für den Anfang wird es reichen», sagte er. «Welches Datum haben wir?»

«Mitte Mai», antwortete sie voller Staunen über seine plötzliche Gelassenheit.

«Kommen Sie mit, ich will Ihnen etwas zeigen.»

Sie ging neben seiner schlichten, eleganten Gestalt die Avenue Montaigne entlang. «Wissen Sie, *petite*, gleich als wir uns kennenlernten, habe ich etwas an Ihnen geliebt.»

«Meine *foie gras*?»

«Ihre Unschuld.»

«Nun, die habe ich ja dank Ihnen und Ihren Freunden verloren.»

«Die werden Sie nie verlieren», widersprach er sanft.

«Sie waren so gütig zu mir, Tian. Ich werde nie vergessen, wie sehr Sie mir geholfen haben.»

«Was Sie mir im Gegenzug für ein wenig Unterstützung geschenkt haben, ist mir sehr kostbar.» Er blieb stehen. «Vor vielen Jahren träumte ich davon, ein eigenes Modehaus zu haben. Ich wusste genau, was ich wollte. Ich wusste sogar genau, wo es sein sollte. Oft, sehr oft bin ich voller Sehnsucht an dem Haus vorbeigegangen. Aber natürlich hatte ich keine Möglichkeit, es zu kaufen. Es stand nicht einmal zum Verkauf. Gerade gestern habe ich erfahren, dass es jetzt leer steht und zu mieten ist.» Er drehte sie herum, sodass sie auf das Gebäude schaute, vor dem sie standen. «Das hier ist es.»

Es war ein großes Haus aus Stein in der Farbe von hellem Honig. Über dem Eingang wölbte sich ein neoklassizistischer Bogen, der mit dem Kopf einer Göttin verziert war, und steinerne Konsolen stützten einen Balkon. Insgesamt vermittelte das Gebäude einen Eindruck von Kompaktheit und schlichter Anmut.

«Es ist herrlich», rief Copper aus.

Er deutete auf die Beletage. «Dort wird der Salon sein, durch die großen Fenster ist der Raum schön hell. Die Studios kommen in das Stockwerk darüber. Und sehen Sie die Dachfenster? Auf dem Dachboden können wir Werkstätten einrichten. Es ist einfach und elegant, genau wie ich es gernhabe.»

Copper zückte die Kamera. «Das muss ich ablichten.»

«Bringt das nicht Unglück?»

«Ihrem Glück kann jetzt nichts mehr im Weg stehen», versprach sie. «Schauen Sie nicht so besorgt drein.»

Sie nötigte ihn mit sanfter Gewalt dazu, am Eingang zur Avenue Montaigne Nummer 30 zu posieren. Er brachte ein Lächeln zustande, doch seine Augen waren irgendwie melancholisch. Als Copper auf den Auslöser drückte, dachte sie an die Veränderungen, denen er sich würde stellen müssen. Der Mann, der sorglos in verrufenen Clubs verkehrt hatte, Hummer gekocht, Partys für die Boheme gegeben, für andere den Retter in der Not gespielt hatte, stand an der Schwelle zu einer anderen Welt.

Plötzlich betroffen, ließ sie die Kamera sinken. «Ach, Tian. Ich will Sie nicht verlieren.»

«Ich Sie auch nicht. Aber waren nicht Sie und Ihr Mann es, die mich gedrängt haben, diesen Schritt zu tun?»

«Ja, und wir wollen es noch immer. Aber es wird Ihr Leben von Grund auf verändern.»

Er legte einen Arm um sie. «Wir werden immer Freunde bleiben.»

Mit einem letzten langen Blick auf das klassizistische goldene Haus gingen sie gemeinsam davon.

Bei aller Aufregung um Diors Verhandlungen mit Marcel Boussac waren in dem alten, von Efeu überwucherten Haus auch noch andere Dinge geschehen. Genauer gesagt, gewisse Vertraulichkeiten hatten aufgehört zu geschehen, während es andere, neuere Dinge zu beachten gab. Um eine fundierte Meinung zu diesen Phänomenen einzuholen, statteten Copper und Henry ihrem Hausarzt einen Besuch ab. Er untersuchte Copper, während Henry in höchster Anspannung auf der anderen Seite des Wandschirms wartete.

«Meinen Glückwunsch, Madame la Comtesse», sagte der Arzt und schüttelte Copper die Hand, als sie wieder angezogen war. «Sie erwarten ein Kind. Zu meiner Freude kann ich Ihnen mitteilen, dass Sie sich in ausgezeichneter gesundheitlicher Verfassung befinden. Dennoch würde ich Sie von nun an gern jeden Monat einmal untersuchen, damit wir die Entwicklung beobachten können.»

Henry schien angesichts dieser Nachricht ganz benommen. Copper hatte eine innere Gewissheit empfunden, schwanger zu sein, und hatte nur noch eine Bestätigung gewollt. Doch auf der Heimfahrt war Henry so schweigsam, dass sie allmählich befürchtete, er sei nicht glücklich über die Nachricht. Sie hörte auf, über Kinderstuben und Bettchen zu reden, und verfiel ebenfalls in Schweigen.

Aber kaum dass die Haustür hinter ihnen geschlossen war, umarmte er sie und bedeckte ihr Gesicht mit Küssen. «Meine Liebste», sagte er mit Tränen in den Augen. «Du hast mich wieder einmal zum glücklichsten Menschen der Welt gemacht.»

«Gott sei Dank», seufzte sie. «Ich dachte schon, du freust dich nicht.»

«Ich war einfach ganz überwältigt. Ich hätte nie zu hoffen gewagt, dass ich Vater werden würde.»

«Du musst aber zugeben, dass du alles dafür getan hast, was in deiner Macht stand», erwiderte sie sehr ernst.

Er lachte laut. «Du hast auch deinen Teil beigetragen, meine Liebste.»

«Natürlich. Ich habe mir nichts sehnlicher gewünscht, als unser erstes Kind zu bekommen. Schließlich bin ich nicht mehr die Jüngste. Bis unser Kleines zur Welt kommt, bin ich schon achtundzwanzig.»

«Genau das richtige Alter. Gott hat uns wirklich gesegnet.»

Noch in derselben Woche traf die Nachricht ein, dass Henry für seine Verdienste um Frankreich mit der *Légion d'honneur* ausgezeichnet werden sollte. Die Ehrung würde Charles de Gaulle als Präsident der provisorischen Regierung vornehmen. Wie ein glücklicher Zufall es wollte, befanden sich unter den weiteren Personen, die am selben Tag gewürdigt werden sollten, auch Catherine Dior und Hervé des Charbonneries. Es würde ein Wiedersehen unter Freunden und Verwandten geben.

Die Zeremonie fand im Élysée-Palast statt. Zu den Gästen zählten Christan Dior sowie sein Vater und sein Bruder Raymond. General de Gaulle in voller Uniform überragte dank seiner außergewöhnlichen Körpergröße die ganze Gesellschaft. Er war im politischen Ringen der vergangenen zwei Jahre sichtlich gealtert. In seiner kurzen Rede verlieh er der Hoffnung Ausdruck, Frankreich möge mit der Vierten Republik in eine Periode der Stabilität und des Fortschritts eintreten. Nachdem er den Gewürdigten ihre Orden ans Revers geheftet hatte, gab es noch eine freudige Überraschung: Copper bekam eine Schachtel mit exquisiten Seidentüchern von acht der berühmtesten Pariser Modehäuser überreicht.

Nach der Zeremonie tranken sie in der goldverzierten Pracht des Präsidentensalons Champagner und tauschten ihre Neuigkeiten aus. Copper freute sich ungemein, Catherine wiederzusehen. Ihre Haut war sonnengebräunt. Sie war nunmehr offizielle *mandataire en fleurs coupées* und versandte Sträuße frischer französischer Schnittblumen in alle Welt. «Die Behörden haben uns dieses Geschäft ermöglicht, als Belohnung für unsere Verdienste im Krieg», erklärte sie Copper. «Sie haben uns gefragt, was wir gern machen würden, und ich habe mir diese Tätigkeit ausgesucht. Wir müssen jeden Morgen um vier Uhr anfangen, um unsere Blumen zeitig nach Les Halles auf den Markt zu bringen, aber welcher Beruf könnte schöner sein als einer, bei dem man inmitten von Blumen arbeitet?»

«Dann bist du also doch noch in die Fußstapfen deiner Mutter getreten», bemerkte Copper.

«Das stimmt. Ich denke jeden Tag an sie.» Catherine musterte Copper forschend, und etwas an ihrem Gesichtsausdruck veränderte sich. «Verzeih die Frage, aber – erwartest du ein Kind?»

Copper legte instinktiv eine Hand auf ihren Bauch. «Ich dachte nicht, dass man es schon sieht.»

«Man sieht es nicht. Jedenfalls nicht da. Deine Augen verraten es.»

«Du hast eine scharfe Wahrnehmung, Catherine.»

«Wir sind schließlich Freundinnen», erwiderte Catherine. «Und wir verstehen einander gut. Du hast so ein besonderes Strahlen an dir, Copper. Du leuchtest richtig. Du musst sehr glücklich sein.»

«Glücklicher, als ich es verdiene.»

«Dann liege ich richtig?»

«Ja, du liegst richtig.»

«Herzlichen Glückwunsch, meine Liebe.» Sie küsste Copper auf beide Wangen. Doch als sie sich wieder von ihr löste, hatte ihr Gesicht einen wehmütigen Ausdruck angenommen, und ihr Blick war traurig. «Du kannst dich wirklich glücklich schätzen. Ich frage mich, ob dir bewusst ist, wie glücklich.»

«Ach, Catherine. Was hindert dich daran, ein Kind zu bekommen?»

«Hervé hat schon drei Kinder. Er will keine mehr, erst recht keine illegitimen. Und nach dem, was ich in Ravensbrück erlebt habe, glaube ich sowieso nicht, dass ich eine gute Mutter wäre. Man hat danach einen anderen Blick auf die Dinge.»

Copper berührte das kleine Emailkreuz an Catherines Revers. «Wir sind so stolz auf dich und wie du das durchgehalten hast.»

Catherine verzog das Gesicht. «Es ist schon nett, *Chevalière de la Légion d'honneur* zu sein, wie? Sie verhaften jetzt die Leute, die mich verraten und gefoltert und meine Freunde umgebracht haben. Es wird einen Gerichtsprozess geben, und diese Männer werden alle mit ihren Anwälten erscheinen, sich verteidigen und erklären, sie hätten lediglich Befehle ausgeführt, hätten im Sinne Frankreichs gehandelt.

Ich werde erneut befragt werden, ich muss mich wieder einmal rechtfertigen, werde gedemütigt und als unglaubwürdig hingestellt. *Darauf* freue ich mich wirklich nicht, das kann ich dir versichern.»

«Das ist so ungerecht», entfuhr es Copper.

Catherine zuckte die Schultern. «Wir müssen uns an die Spielregeln halten, auch wenn sie es nicht getan haben.»

Am Abend gab es ein Galadiner, an dem auch der amerikanische und der britische Botschafter teilnahmen. Es war ein glanzvoller Empfang: die Männer im großen Abendanzug mit sämtlichen Orden, die Frauen in Kreationen der berühmten Modeschöpfer – Rochas, Schiaparelli, Balmain. Copper selbst trug ein spektakuläres karminrotes Kleid, das Dior für sie entworfen hatte und das ihr reichlich Komplimente einbrachte. Sie selbst platzte schier vor Stolz auf ihren Mann, der in seinem schwarzen Frack mit der *Légion d'honneur* und all seinen anderen Auszeichnungen einfach großartig aussah.

Beim Essen saß Copper neben Gertrude McCarthy Caffery, der Gattin des amerikanischen Botschafters. Die Frau war in den Fünfzigern und nicht besonders modisch, sondern eher schlicht gekleidet, aber sie hatte Gerüchte aufgeschnappt, Marcel Boussac sei im Begriff, in einen unbekannten Modeschöpfer zu investieren. Ganz die versierte Diplomatin, befragte sie Copper darüber.

«Ist er so gut wie Molyneux, Rochas und die Übrigen?», wollte sie wissen. «Er scheint ein so schüchterner kleiner Mann zu sein.»

Copper schaute über den funkelnden Banketttisch zu dem Platz, wo Dior mit rosigen Wangen saß und strahlte. «Er kopiert nicht einfach, was die anderen machen. Er fängt jedes Mal etwas ganz Neues und Frisches an. Und das Ergebnis hebt sich von den Kreationen aller anderen ab.»

Die Frau des Botschafters betrachtete Coppers Kleid eingehend. «Ich nehme an, das ist einer seiner Entwürfe?»

«Ja.»

«Es ist zweifellos höchst originell. Und wenn ich mir die Bemerkung erlauben darf, es ist ganz besonders vorteilhaft für Sie.» Gertrude Caffery setzte ihre Brille auf und warf einen bedeutsamen Blick auf Coppers Leibesmitte. «Ist es nicht wunderbar, nach all den Jahren der Entbehrungen und Grauen mehr als einen Anlass zum Feiern zu haben?»

Copper errötete. Der Nachrichtendienst in der amerikanischen Botschaft funktionierte offensichtlich tadellos.

17. Kapitel

In wenigen Monaten war die strenge Ruhe in der Avenue Montaigne Nummer 30 etwas gänzlich anderem gewichen.

Scharen von Arbeitern gingen ein und aus, beladen mit Rohren, Leitern, Holzbrettern, Werkzeugtaschen, Farbeimern, Stromkabeln und säckeweise Putz. Bei dem Versuch, ins Gebäude zu gelangen, musste Copper vier Männern mit einem riesigen, in ein weißes Laken gehüllten Kronleuchter ausweichen. Sie machte Platz und legte schützend eine Hand auf ihren gerundeten Bauch, dann stieg sie hinter ihnen die geschwungene Treppe hinauf. Unter Rufen und Ächzen wurde das schwere Ding um die Biegung manövriert, an dem großen Fenster vorbei und hinauf in die Beletage, wo der Salon eingerichtet wurde.

Dior starrte ängstlich zur hohen Decke empor. Er trug einen weißen Kittel und machte ein besorgtes Gesicht.

«Was, wenn die Decke das Gewicht nicht trägt?», begrüßte er Copper, die selbst ein wenig außer Atem oben ankam.

«Dann gibt es ein Riesengetöse, wenn er runterkracht.»

«Das ist nicht komisch.»

«Diese Leute wissen schon, was sie tun, Tian. Sie brauchen sich um so etwas keine Sorgen zu machen.»

«Ich mache mir um alles Sorgen», entgegnete er düster. «Vor allem um *Sie*. Wann erwarten Sie Ihr Kind?»

«In ein paar Wochen.»

«Ich wünschte, es würde sich beeilen.» Er zog ihr einen Stuhl heran. «Sie zerren schrecklich an meinen Nerven. Ich musste eine Annonce aufgeben, dass ich Mannequins suche. Ich habe längst nicht genug. Für morgen haben wir ein Probelaufen angesetzt, um eine Auswahl zu treffen. Würden Sie uns dabei unterstützen?»

«Natürlich.»

Eine riesige Leiter wurde hereingetragen und aufgestellt. Dior hatte bereits eine beeindruckende Schar Mitarbeiter um sich versammelt. Er hatte sich besonders derer angenommen, die während des Krieges ihre Arbeitsstelle verloren und noch nichts Neues gefunden hatten. Viele seiner *vendeuses* stammten aus dieser Gruppe. Sie alle zeichneten sich durch ihre Loyalität zu ihm und ihren Glauben an sein Genie aus.

Der Kronleuchter wurde hochgewuchtet. Die Leiter knarrte und schwankte, während die Männer ihn am Haken befestigten. Behutsam ließen sie ihn los, sodass er frei hing. Dior klammerte sich an Coppers Hand, doch entgegen seinen Befürchtungen kam die Decke nicht herunter. Einer der Männer begann, die Glühbirnen einzusetzen, während ein anderer, der sich mit einer Hand an seinem Kollegen festhielt, die Lüsterkristalle anbrachte. Endlich war auch der letzte Pergamentschirm an seinem Platz, und ganz unten wurde die letzte Glaskugel angehängt, das Ebenbild von Madame Delahayes Kristallkugel. Der Elektriker schaltete den Strom ein. Die winterliche Düsternis verschwand, der Kronleuchter erstrahlte in goldenem Licht. Oohs und Aahs wurden laut, Leute applaudierten.

«Könnte ich ein paar Aufnahmen machen, bevor sie die Leiter wieder wegbringen?», fragte Copper, an Dior gewandt.

«Von der Leiter?»

«Von Ihnen mit einem Fuß auf der untersten Sprosse, den Blick nach oben gerichtet.»

Dior mit seinem Hang zur Symbolik war entzückt. «Hervorragend.» Obwohl er sonst so kamerascheu war, posierte er fröhlich, während Copper mit ihrer Leica mehrere Fotos schoss. Der Kronleuchter tauchte das aufwärtsblickende Gesicht des Modeschöpfers in einen verheißungsvollen goldenen Schein.

Die schmutzigen Straßen von Montmartre nahmen widerstrebend einen weihnachtlichen Glanz an. In den Fenstern heruntergekommener Wohnungen funkelten Lichterketten; an Straßenecken wurden Mistelkränze feilgeboten. Beinamputierte Kriegsveteranen verkauften geröstete Maronen und Süßkartoffeln. Eine Blaskapelle trotzte dem Schnee und spielte auf der Place Pigalle. Ein paar Zuhörer traten von einem Bein aufs andere, um sich warm zu halten, und warfen zwischen den Stücken ein paar Centimes in den Hut.

Nicht weit davon betrat Copper ein gutbesuchtes kleines Weinlokal, wo Pearl sie bereits in einer dunklen Nische erwartete.

«Hallo, Copper Pot. Heiliger Strohsack, dein Bauch ist ja riesig», begrüßte Pearl sie. «Wie viele hast du denn dadrin?»

«Nur eins, sagt der Arzt», beruhigte Copper sie. Sie küssten sich zur Begrüßung. Pearl hatte bereits eine Flasche Wein bestellt und angefangen, davon zu trinken. Sie goss Copper einen Schluck ein, und sie stießen an. «Wie geht es dir, Schätzchen?»

«Bestens.»

Copper musterte Pearl verstohlen. Im schummrigen Licht des Gastraums konnte sie erkennen, dass Pearl bleich war und dunkle Schatten um die Augen hatte. «Hat Petrus dich wieder mal verprügelt?», fragte sie.

Pearl leerte ihr Weinglas und schenkte sich nach. «Petrus verprügelt niemanden mehr.»

«Ist er etwa tot?»

«Das nicht, aber er wurde nach Afrika zurückgeschickt.»

«Ach, Pearl.»

«Die Polizei hat ihn aufgegriffen. Er hatte keine gültigen Papiere. Er war seit Jahren illegal hier. Sie haben ihn abgeschoben. Er kommt nicht wieder.»

«Ich könnte nicht behaupten, dass es mir für ihn leidtäte», kommentierte Copper. «Aber ich weiß, für dich muss es hart sein. Was machst du jetzt?»

«Ich habe das Geschäft übernommen», erklärte Pearl lakonisch.

«Welches Geschäft?»

«Du weißt schon. Die Mädchen. Die Postkarten. Alles.»

«Du machst Witze.»

«Komisch, nicht? Läuft prima. Ich habe jetzt meinen eigenen Stall.»

«Einen Stall?»

«Dumme Flittchen, wie ich eins war. Sie denken, es ist alles ein großer Spaß. Ich lasse ihnen ihre Illusionen.»

«Woher kommen sie?»

«Die meisten sind aus dem Londoner East End, so wie ich. Sehnen sich nach Glamour und Scheinwerferlicht. Sie haben in ihrem Leben noch keinen Schokoladenriegel und kein Glas Champagner genossen. Ich hole sie mit der Fähre rüber. Frisch und knackig, und sie sprechen kein Wort Französisch.»

Copper stöhnte auf. «Liebes, wie kannst du anderen Frauen das antun?»

«Ganz einfach, ich kenne mich schließlich aus.» Die Tür wurde schwungvoll geöffnet, sodass das Licht des Wintertages hereinfiel. Für einen Moment war Pearl deutlich zu sehen, und Copper erkannte, dass das einst so hübsche Gesicht einen verhärteten Ausdruck angenommen hatte. Der bleiche Schimmer rührte von ihrer dicken Schminke her. Aber ihre Kleidung war auffällig und schick, und sie trug funkelnde Ringe an den Fingern. Dann schlug die Tür wieder zu, und das Bild versank erneut im Schatten. «Es sind Versagerinnen. Warum sollten sie mir leidtun?»

«Weil sie unschuldig sind, so wie du es einmal warst.»

«Niemand ist unschuldig», entgegnete Pearl. «Sie sind hier, weil sie Spaß haben wollen, und ich sorge dafür, dass sie ihn bekommen.»

«Aber das ist grausam. Du weißt, wie es mit ihnen weitergehen wird.»

«Sie könnten so enden wie ich und ihr eigenes Geschäft aufmachen, wenn sie genug Köpfchen haben.»

«Oder sie sterben in der Gosse.»

«Kannst du dich denn gar nicht für mich freuen? Wenigstens bin ich vom Kokain runter.»

«Wirklich?», fragte Copper skeptisch.

«Na, zumindest kann ich mir jetzt selbst welches kaufen und muss mich nicht mehr von Petrus erniedrigen lassen.»

«Nein, jetzt erniedrigen sich andere Frauen für dich.»

«Halt mir keine Moralpredigten, Copper. Du lebst dein Leben und ich lebe meins, okay?»

«Okay», sagte Copper traurig.

«Jetzt erzähl, was macht dein Monsieur Dior?»

«Wirft mit dem Geld nur so um sich. Kristalllüster, drei Meter hohe Spiegel. Das Haus ist ein Palast.»

«Verkauft er auch irgendwann mal Kleider?»

«Er ist unglaublich extravagant. Manchmal wird mir angst und bange. Er war immer so sparsam, aber jetzt ist ihm nichts zu teuer.»

«So was passiert, wenn man sechs Millionen Francs von jemand anderem in der Tasche hat», kommentierte Pearl trocken. «Ich hoffe, Boussac unterschreibt auch weiterhin die Schecks.»

«Ich glaube natürlich an Tian. Aber wenn ich sage, er ist extravagant, dann meine ich nicht nur das, was er an der Avenue Montaigne macht. Ich meine die Kleider, die er entwirft. Für manche braucht man zwanzig oder dreißig Meter Seide. Der Stoff muss in Hunderte Falten gelegt werden, damit man die Kleider überhaupt tragen kann. Das ist zwar herrlich romantisch – aber wer wird solche Preise zahlen? Und das, wo immer noch alles rationiert ist!»

Pearl schüttelte den Kopf. «Man kann ein Kaninchen in einem Käfig halten, aber wenn man es rauslässt, dann hüpft es und hüpft und hüpft. Vielleicht hat Lelong ihn darum all die Jahre eingesperrt. Wie läuft es mit Henry?»

«Er ist ein Engel. Ich könnte gar nicht glücklicher sein.»

«Heißt das, du langweilst dich noch nicht?»

«Ich bin verheiratet, nicht tot.»

«Halt ihn fest.» Für einen Moment glänzten Pearls Augen im Dunkeln. «So einen Kerl kann man brauchen.»

«Das war meine Absicht.»

Pearl kramte in ihrer Handtasche und fing an, sich die Lippen zu schminken. «Kann nicht den ganzen Tag hier rumsitzen und plaudern», erklärte sie und knipste die Tasche wieder zu. «So gern ich würde. Ich hab ein Geschäft zu führen. Mach's gut, Copper Pot.»

Sie trennten sich auf dem kalten Platz. Copper sah Pearl nach, als diese davonging. Sie hatte den selbstsicheren, großspurigen Gang einer Frau, die über eigene Mittel verfügte. Anscheinend war sie auf die Füße gefallen, allerdings nicht so, wie Copper es erwartet hätte.

Auf dem Heimweg fühlte sie sich plötzlich furchtbar erschöpft. Im Haus empfing Henry sie ganz aufgelöst.

«Ich war schon krank vor Sorge um dich», rief er und half ihr aus dem Mantel. «Bei diesem Wetter durch die Straßen zu laufen, in deinem Zustand.»

«Vielleicht habe ich es diesmal übertrieben», seufzte Copper und ließ sich zum Sofa vor dem Kamin führen. «Ich bin etwas müde. Würdest du mir den Rücken massieren, Schatz?»

Er erfüllte ihr den Wunsch sofort und lockerte mit festen, aber sanften Händen die schmerzenden Stellen. «Wo warst du überhaupt?»

«Ich habe mich an der Place Pigalle mit Pearl getroffen. Du wirst es nicht glauben – Petrus wurde des Landes verwiesen, und sie hat das Geschäft übernommen.»

Seine Hände hielten kurz inne. «Tatsächlich?»

«Sie trägt jetzt Diamantschmuck. Hat ihr Schicksal selbst in die Hand genommen. Wer hätte das gedacht?»

«Das Leben ist voller Überraschungen», bemerkte er und massierte weiter.

Etwas an seinem Tonfall machte Copper argwöhnisch. «Du bist gar nicht überrascht.» Sie drehte sich um und sah ihn an. «Du wusstest es!»

«Nun, man hält die Ohren offen», sagte er nur.

«Warum hast du mir nichts davon erzählt?»

Er zog die Augenbrauen hoch. «Das hätte ich früher oder später schon noch getan. Nachdem ich das Ende der Geschichte erfahren hätte. Aber das hast du mir nun gerade erzählt.»

«Das Ende der Geschichte?», wiederholte sie. «Moment mal. Hattest du mit der ganzen Sache was zu tun?»

«Mag sein, dass ich da oder dort mal eine Bemerkung habe fallenlassen», erwiderte er ruhig.

«Henry!»

«Du hast selbst gesagt, er war Pearls *bête noir*.»

«Dann hast du also den heiligen Georg gespielt.»

«Pearl hat mich um Hilfe gebeten», erklärte er und breitete die Hände aus. «Petrus wurde immer gewalttätiger. Kokainmissbrauch kann Psychosen auslösen. Sie hatte Angst, er würde sie umbringen. Ich habe noch immer Freunde an gewissen Stellen. Ich habe dafür gesorgt, dass er – nun ja – von der Bildfläche verschwand.»

«Du bist so hinterhältig», sagte sie, hin- und hergerissen zwischen Belustigung und Entsetzen.

«Nicht doch. Ich bin ein durch und durch ehrlicher und rechtschaffener Mann.» Er nahm die goldenen Manschettenknöpfe aus den Manschetten seines Seidenhemds und krempelte die Ärmel über seine muskulösen, gebräunten Unterarme hoch. «Jetzt dreh dich um, damit ich dir weiter deinen entzückenden Rücken massieren kann.»

«Lieber Himmel», sagte sie und wandte sich wieder um, «ich bin mit einem Ungeheuer verheiratet.»

«Danke für das Kompliment. Und wie geht es an der Avenue Montaigne voran?»

Sie ließ zu, dass er das Thema wechselte. «Du kannst dir gar nicht vorstellen, was für ein Trubel da herrscht. Ich glaube, Monsieur Boussacs sechs Millionen Francs werden nicht lange reichen. Tian versteht sich wirklich aufs Geldausgeben.»

«Glaubst du, dass das Ganze ein schrecklicher Fehler ist?»

«Die Zeit wird es zeigen. Hoppla», rief sie plötzlich erfreut, «er erkennt deine Berührung.» Sie legte Henrys Hand auf ihren Bauch, damit er fühlen konnte, wie das Kind in ihr strampelte. Sie genoss es, in solchen Momenten den Gesichtsausdruck ihres Mannes zu sehen. «Fühlst du es?»

«Ja», murmelte Henry. «Unser kleines Babyungeheuer.»

«Meinst du, er hat Klauen und Reißzähne wie sein Vater?»

«Das will ich hoffen.»

Sie zuckte zusammen. «Autsch. Ich fühle sie schon. Ich glaube, allmählich wird es ihm dadrin zu eng.»

«Damit ist die Sache entschieden. Du gehst nicht mehr aus dem Haus.»

«Ich kann doch nicht die ganze Zeit drinnen hocken», protestierte Copper lachend. «Es dauert vielleicht noch Wochen.»

«Ich sollte dich einsperren und den Schlüssel in meiner Westentasche verwahren», sagte er streng.

«Mein schöner Blaubart.» Copper schmiegte sich lächelnd in seine Arme. «So grausam könntest du gar nicht sein.»

«Sei dir da lieber nicht so sicher. Was, wenn plötzlich die Wehen einsetzen, während du unterwegs bist?»

«Solange es in einer schicken Straße mit lauter eleganten Modegeschäften passiert, würde es mir gar nichts ausmachen.»

«Du bist unmöglich», sagte er und küsste sie zärtlich.

«Aber ich muss morgen zu Tian. Er will, dass ich ihm helfe, die Mannequins für die Modenschau auszuwählen.»

«Schön und gut, aber was, wenn du im Schnee ausrutschst? Oder dich erkältest?»

«Hör auf zu schimpfen.»

«Als ob ich jemals mit dir schimpfen könnte», seufzte Henry. Er hielt sie in den Armen und schaute liebevoll auf sie hinunter. «Ich weiß, du bist die Chronistin unserer Zeit, aber ich will nicht, dass du weiterhin durch den Schnee stapfst. Bitte versprich mir, dass du von nun an das Auto nimmst.»

«Also gut.» Sie küsste ihn auf den Mund. «Einverstanden.»

Anscheinend hatte Diors Suchannonce nach Mannequins viele angesprochen. Mehrere Dutzend Frauen standen bereits auf dem Gehweg vor Nummer 30 Schlange. Copper schlüpfte an ihnen vorbei und machte sich auf die Suche nach Dior.

Sie wurde fürsorglich zu dem breitesten Stuhl geführt und mit Block und Bleistift ausgestattet, damit sie sich Notizen machen konnte. Für die Bewerberinnen war ein Laufsteg aufgebaut worden.

Die erste Kandidatin wurde hereingerufen. *«Numéro un! Entrez, s'il vous plaît.»*

Die Frau betrat den Salon und schwang im Gehen unbekümmert einen Sonnenschirm. Sie war stark geschminkt – viel zu stark für tagsüber. Während sie eine Runde drehte, starrte sie keck ins Publikum. Jemand aus Diors Gefolge schnalzte missbilligend mit der Zunge. Blickkontakt mit den Zuschauern war tabu; das korrekte Auftreten war hoheitsvoll und gleichmütig. Copper notierte ein einziges Wort: *ungeeignet*.

«Das genügt, Mademoiselle», rief Dior. «Die Nächste!»

Die Nächste war außerordentlich drall. Allein dadurch hätte sie sich schon disqualifiziert, ganz zu schweigen von ihrem feuerroten Haar und dem dicken Rouge im Gesicht. Doch zu allem Übel hatte sie einen aufreizenden Gang und wackelte mit den Hüften, wie man es von den Gehsteigen von Paris nur allzu gut kannte. Bestürztes Getuschel war die Folge.

Die Dritte war vom gleichen Schlag, eine hübsche, selbstbewusste Frau, wenn auch nicht mehr in der Blüte der Jugend, die ihr Haar zurückwarf und mit einer Hand auf der Hüfte einhertänzelte.

«Mein Gott», sagte jemand, als sie wieder draußen war. «Das sind Prostituierte. Was in aller Welt wollen die hier?»

«Es können nicht alles Prostituierte sein», entschied Dior. «Bitten wir die Nächste herein.»

Aber auch die Nächste gehörte offenbar derselben Kategorie an. Dior hob verzweifelt die Hände und unterbrach das Geschehen. «Wir müssen das aufklären.»

Eine der *vendeuses* wurde hinausgeschickt, um eine Erklärung zu finden. Sie kam sichtlich bestürzt wieder. «Die Polizei hat sämtliche Bordelle geschlossen. Die Damen sind arbeitslos, und als sie Monsieur Diors Annonce sahen ...»

Eine der Kandidatinnen wurde hereingeholt, um die Geschichte zu bestätigen. Sie erzählte ihnen stolz, sie käme aus *Le Chabanais*, dem berühmtesten und vornehmsten Bordell in Paris, zu dessen Kundschaft einst Edward VII. und Henri de Toulouse-Lautrec gehört hätten.

«Die scheinheiligen Schweinehunde haben unser Haus geschlossen, weil wir mit den Deutschen gevögelt haben. Als hätten sie nicht selbst auch bei uns Schlange gestanden.»

«Wir müssen diese Scharade sofort beenden», sagte jemand.

«Das können wir nicht tun», widersprach Dior. «Diese Frauen sind ohne Arbeit. Und sie alle sind auf meine Annonce hin gekommen. Der Anstand gebietet, dass wir sie zumindest empfangen.»

«Alle?»

«Ja, alle.»

«Aber Monsieur Dior –»

«Die Nächste, bitte.»

Die Auftritte nahmen ihren Fortgang. Dior war die Höflichkeit in Person, während den Frauen in seinem Gefolge ihre Entrüstung deutlich anzusehen war. Er hatte für jede Bewerberin ein freundliches Wort, aber es schien ein hoffnungsloses Unterfangen. Anscheinend hatten sämtliche Prostituierte in Paris die Annonce gelesen. Immer mehr fanden sich vor der nüchternen Fassade der Avenue Montaigne Nummer 30 ein. Copper nahm aus dem Hintergrund mehrere Bilder auf, wobei sie versuchte, den Kontrast zwischen der vornehmen Umgebung und der rohen Lebendigkeit der Dirnen einzufangen. Manche waren wirklich sehr hübsch, aber keine war auch nur im Entferntesten für Diors Zwecke geeignet – bis auf eine einzige «ehrbare» Bewerberin, eine schüchterne junge Sekretärin namens Marie-Thérèse. Ihr Name wurde notiert, und sie wurde gebeten, zu einem günstigeren Zeitpunkt noch einmal zu kommen.

«Ich suche nie wieder per Annonce nach Mannequins», erklärte Dior nach einem langen Vormittag erschöpft. «Welch ein Debakel.»

Aber Copper war ganz fasziniert von dieser absurden Überschneidung zwischen zwei Sphären von Paris: einer öffentlichen und einer verborgenen. Das hier war Stoff für einen Artikel, möglicherweise für einen gewagten und interessanten Artikel. Sie eilte hinaus, um ein paar der enttäuschten Prostituierten zu interviewen, ehe sie wieder in den Straßen von Paris verschwanden.

Da sie damit rechnete, bald nicht mehr ausgehen zu können, beschloss Copper, sich mit Lesestoff einzudecken. Sie hatte in letzter Zeit hart gearbeitet, und die Vorstellung, auf Kissen gebettet dazuliegen und ein unterhaltsames Buch zu lesen, war durchaus verlockend.

Ihre Fruchtblase platzte, als sie sich gerade bei Shakespeare and Company umsah. Sie fühlte einen heißen Schwall und stand gleich darauf mit durchnässten Strümpfen und Schnallenschuhen, in einer Hand ein Exemplar von *Lady Chatterleys Liebhaber* – das derzeit überall außer in Frankreich auf dem Index stand –, inmitten einer sich ausbreitenden Lache aus Fruchtwasser.

«Kann ich Ihnen behilflich sein, Madame?», erkundigte sich ein Verkäufer diskret.

«Ach herrje, es tut mir furchtbar leid. Offenbar habe ich –»

«Aber nicht doch, Madame. Wenn Sie gestatten.»

Der zuvorkommende junge Mann rettete sie, wischte die Pfütze auf, benachrichtigte ihren Mann und setzte sie in ihren Wagen. Die Scham wich bald echter Angst. Die Geburt setzte ein. Diese Wehen waren nicht mit den leichten Stichen zu vergleichen, die sie bisher gespürt hatte. Sie waren fürchterlich. Copper umklammerte ihren dicken Bauch, fühlte, wie die Muskeln arbeiteten. Ihr Chauffeur duckte sich übers Lenkrad und fuhr so schnell, wie er es wagte, durch den morgendlichen Verkehr. Sie betete, ihr Kind möge nicht auf dem glänzenden Ledersitz zur Welt kommen. Die Wehen kamen in regelmäßigen Abständen und wurden merklich stärker.

Henry erwartete sie bereits beim Krankenhaus. Mittlerweile war sie verschwitzt und verängstigt. Er hielt ihre Hand, während sie auf einer Rolltrage über die Flure geschoben wurde. «Nun ist der große Tag gekommen.»

«Niemand hat mir gesagt, dass es so sein würde.»

«Keine Sorge, du bist in den besten Händen.»

Copper kletterte auf das Bett, wie ihr geheißen. Ihr Körper war in den letzten Wochen so schwerfällig geworden, ihre Brüste und ihr Bauch waren ständig im Weg. «Wo bleibt die Hebamme?»

«Sie ist auf dem Weg hierher», versicherte Henry und wandte sich zur Tür. «Ich habe sie angerufen, sobald ich die Nachricht vom Buchladen bekam. Ach, und es hieß, du seist noch dreißig Francs für das Buch schuldig.» Copper hielt *Lady Chatterleys Liebhaber* noch immer fest umklammert.

Die Schwestern bereiteten sie vor. Die Wehen kamen jetzt in

Abständen von weniger als fünf Minuten und dauerten jeweils eine quälende Minute, wie auf der großen Uhr abzulesen war, die die Oberschwester an ihrer Uniform befestigt hatte. Jedes Mal, wenn ihr Bauch sich verkrampfte, krümmte Copper sich zusammen und schlang die Arme um sich. Jedes Mal drückten die Schwestern sie wieder in die Kissen zurück.

Verschwommen nahm sie wahr, dass Henry wieder hereinkam, zusammen mit dem Geburtshelfer mit Schürze und Handschuhen sowie der Hebamme Angelique. Alle blieben angesichts von Coppers desolater Verfassung bemerkenswert ruhig und schienen gar nicht zu begreifen, wie unerträglich diese Sache wurde. Der Geburtshelfer untersuchte sie. «Schon gut geweitet», stellte er fest.

«Henry, ich habe Angst», brachte sie keuchend heraus und klammerte sich an seine Hand.

«Du brauchst dir gar keine Sorgen zu machen», erwiderte er. Dieser Mann, der während ihrer Schwangerschaft so voller Anteilnahme, so besorgt um ihr Wohlergehen gewesen war, wirkte jetzt kalt wie eine Hundeschnauze. «Konzentriere dich ganz auf Angeliques Anweisungen, meine Liebste.»

Copper schrie auf, als ihr Bauch sich erneut zusammenkrampfte. «Ich will Lachgas!»

«Sie sagen, das brauchst du noch nicht.»

«Woher wollen die das wissen? Ich krieg hier das Kind, verdammt!»

Mit nichts von alldem hatte sie gerechnet. Niemand hatte ihr gesagt, dass es so sein würde – beängstigend. Sie wollte nicht vor all diesen Leuten laut schreien. Aber alles geschah einfach so mit ihr. Alle Hemmungen fielen von ihr ab. Sie musste das hier nun mal durchstehen, so wie alle Mütter. Sie hechelte und presste auf Angeliques Kommando, sie klammerte sich an die eisernen Seitenteile des Bettes und kämpfte mit diesem Wesen in ihr, das so entschlossen war, sich durch diesen engen Ausgang zu zwängen. Es schien unmöglich, dass das gelingen sollte, ohne dass sie schwere, dauerhafte Schäden davontrug. Und die ganze Zeit herrschte im Raum um sie herum eine geschäftsmäßige Atmosphäre: Leute plauderten miteinander, gingen ein und aus, benahmen sich wie Zuschauer bei einem Preisboxkampf.

Für eine Weile wurde es besser, denn die unerbittlichen Schmerzen schienen eine Pause zu machen. Dann erwachten sie mit frischen Kräften, und alles wurde noch viel schlimmer. Copper schleuderte ihrem Mann die schlimmsten Kraftausdrücke entgegen, die sie kannte, und erreichte endlich, dass man ihr Lachgas gab. Das Gerät wurde herbeigerollt und neben ihr aufgestellt. Sie packte die Gesichtsmaske mit beiden Händen und atmete das Gemisch aus Gas und Luft begierig ein. Ihr Kopf wurde benebelt, und sie hatte das Gefühl zu schweben. Die Wehen waren noch da, aber es war, als könnten sie ihr nicht mehr so viel anhaben. Je mehr sie von dem Gas einatmete, desto weiter entschwebte sie. Doch dann nahmen sie ihr die Maske weg, und die furchtbare Wirklichkeit strömte wieder auf sie ein. Copper wütete und schimpfte, aber niemand schien sie zu verstehen.

Sie verlor das Zeitgefühl. Der Nachmittag musste wohl bereits vorangeschritten sein. Wie lange war sie schon in diesem Zustand? Eine Stunde? Sechs Stunden? Sie nahm wahr, dass Pearl jetzt im Raum war und Henry gebeten wurde, das Zimmer zu verlassen.

«Pearl», bettelte sie, «sag ihnen ... sie sollen mir ... wieder Lachgas geben.»

«Sie sagen, noch eine Minute, Copper Pot.»

«Ich halte keine ... Minute mehr aus. Ich brauche es ... jetzt!»

«Du hast es fast geschafft. Sie sagen, man sieht schon das Köpfchen.»

Dies war der Augenblick der Wahrheit. All ihre Mühen und Leiden hatten sie an diesen Punkt geführt. Mit einer letzten gewaltigen Anstrengung presste sie das Kind ins Leben hinein. Sie hörte den ersten Schrei. Mit einem Ruck riss sie die Augen auf, stützte sich auf die Ellenbogen, um es zu sehen. Die Hebamme hielt ihr ein kleines Wesen hin, das in ein Tuch gewickelt war. «Es ist ein Junge.» Das Gesicht sah verknittert und gequält aus, als hätte es die vergangenen Stunden ebenso strapaziös gefunden wie Copper selbst. Aber jetzt waren diese quälenden Stunden nicht mehr von Bedeutung. Eine überwältigende Freude stieg in ihr auf. Die Last der Geburt fiel von ihr ab wie ein Stein. Sie streckte die Arme nach ihrem Sohn aus, und Freudentränen liefen ihr über die Wangen.

Nun wurde auch Henry wieder hereingerufen. Er setzte sich neben sie, strich ihr das verschwitzte Haar aus dem Gesicht und bewunderte das Kind in ihrem Arm. «Die Hebamme sagt, alle Finger und Zehen sind dran. Er ist in jeder Hinsicht vollkommen.»

Copper blickte in das runzelige Gesichtchen. Der kleine Mund öffnete sich, als wollte er wieder schreien, doch stattdessen gähnte er ausgiebig, sodass sie die rosa Kiefer sehen konnte. «Er ist so wunderschön», flüsterte sie ihrem Mann zu, unfähig, den Blick von dem kleinen Wesen loszureißen.

«Ja, das ist er. Gut gemacht, meine Liebste.» Henry wischte sich verstohlen die Augen.

Pearl setzte sich an die andere Seite des Bettes und begutachtete das Neugeborene. «Das hast du gut hingekriegt, Copper. Jetzt hast du's überstanden. Angeblich ist es beim ersten Mal immer am schlimmsten.»

Im Raum herrschte rege Geschäftigkeit, Geräte wurden hinausgefahren, es wurde aufgeräumt. Eine junge Krankenschwester wechselte Coppers nasse Laken. Nichts davon spielte eine Rolle. Nichts konnte sie berühren. Nichts drang durch die Hülle des goldenen Fabergé-Eis, in dem sie mit ihrem Kind und ihrem Mann eingeschlossen war.

Copper tauchte aus dem Schlaf auf und empfand großes Glück und tiefen Frieden. Sie schlug die Augen auf. Christian Dior saß an ihrem Bett.

«Tian! Haben Sie das Baby schon gesehen?»

Er beugte sich über sie und küsste sie auf die Stirn. «Ja, *ma petite*. Er ist ganz exquisit.»

Sie gab ihm den winzigen Säugling zu halten. Der Kleine schlief. Dior küsste ihn behutsam. «Er ist ein Meisterwerk. Man hat mir gesagt, es war eine schwere Geburt.»

«Ich erinnere mich kaum noch daran. Danke, dass Sie gekommen sind, Tian. Ich weiß ja, wie beschäftigt Sie sind.»

«Ich habe Ihnen etwas mitgebracht.» Er überreichte ihr ein Päckchen, das in Goldpapier gewickelt und mit einer Atlasschleife geschmückt war. Darin lag ein Taufschal aus zarter Spitze. «Ich habe ihn bei meiner Taufe getragen. Er ist für Ihren kleinen Jungen.»

«Oh, Tian. Er ist wunderschön.» Sie hielt ihn gegen das Licht. Die zierliche Chantilly-Spitze war mit Rosenknospen bestickt. «Das kann ich nicht annehmen. Es ist doch ein Familienerbstück.»

«Ich werde nie ein eigenes Kind haben, an das ich ihn weitergeben könnte. Die Vorstellung, dass er jetzt Ihnen gehört, macht mich glücklich.»

«Ich bin ganz gerührt.»

«Meine Liebe», sagte er und strich ihr über die Stirn. «Draußen stehen so viele Blumensträuße, dass die Schwestern kaum noch Platz finden. Sollen wir ein paar an die anderen Mütter verteilen?»

Als sie das nächste Mal erwachte, war es später Abend. Das Zimmer war dunkel bis auf einen Lichtkreis in der Ecke, wo Pearl saß und in einem Buch las.

«Pearl?»

«Endlich bist du wach.» Sie kam zu ihr. «Wie fühlst du dich?»

«Müde, aber glücklich.»

Pearl förderte aus ihrer Handtasche einen silbernen Flachmann zutage. «Nimm einen Schluck Cognac.»

«Nein, danke. Ich bin so froh, dass du hier bist. Wo ist der Kleine?»

Pearl trank aus der Flasche. «Sie bringen ihn gleich. Er hat geschlafen, genau wie du. Er ist prächtig. Wie soll er eigentlich heißen?»

«Wir überlegen, ihn Pierre-Henri zu nennen.»

«Perfekt.»

Die Tür wurde geöffnet, und eine junge Schwester in gestärkter weißer Uniform rollte ein Bettchen herein. Darin lag ein hellwacher Säugling, der allmählich schon weniger zerknautscht aussah. Das warme Gefühl, das Copper bei seinem Anblick durchflutete, war unvergleichlich. Es war die reinste Empfindung, die sie je gekannt hatte. Die Schwester legte ihr das Baby in die Arme. «Ich glaube, er hat Hunger.»

Copper knöpfte ihr Nachthemd auf und entblößte eine ihrer prallen Brüste, die sich beim Anblick ihres Kindes sofort geregt hatten. Sie schob ihm ihre große braune Brustwarze in den Mund. Nach kurzem Zögern begann er eifrig zu saugen.

Pearl schaute zu, einen neugierigen Ausdruck auf dem geschminkten Gesicht. «Wie fühlt es sich an?»

«Himmlisch. Ich weiß nicht, wie ich es beschreiben soll.»

«Na, ich werd's wohl nie erfahren, wie?», bemerkte sie trocken. «Ich lass dich dann mal allein.»

«Geh nicht», bat Copper, als Pearl aufstand.

«Ich gehöre nicht hierher», erwiderte sie und zupfte ihr Kleid zurecht. Dabei funkelten die Diamanten an ihren Ringen.

«Doch, natürlich.»

Pearl schüttelte den Kopf. «Ich bin kein Umgang für ein Neugeborenes. Schließlich bin ich die meiste Zeit damit beschäftigt, dafür zu sorgen, dass Babys *nicht* geboren werden.» Sie sah Copper mit bittersüßem Lächeln an. «Wo wir gerade davon reden – ich muss mich jetzt um meine Mädchen kümmern. Mach's gut, Copper Pot.»

Ein paar Minuten später kam Henry und setzte sich auf die Bettkante, um zuzusehen. Seine dunklen Augen glänzten. «Der ganze Flur ist voller Blumen. Es sieht aus wie eine Urwaldszene von Rousseau. Sämtliche Couturiers von Paris haben Sträuße geschickt!»

Die Tage nach Pierre Henris Geburt vergingen in einem immer schneller werdenden Wirbel. Statt sich auszuruhen und ein unterhaltsames Buch zu lesen, war Copper beschäftigter als je zuvor in ihrem Leben. Nach Dior kamen Balenciaga und Pierre Balmain sie besuchen, dann noch verschiedene andere. Binnen zwei oder drei Tagen hatte fast jeder Couturier in Paris ihr einen Besuch abgestattet oder Blumen oder Geschenke geschickt. Sie war tief berührt. Ihr war nicht bewusst gewesen, wie viele Kontakte sie in dieser fremden Welt hatte, in die einzutreten sie sich entschieden hatte.

Noch erfreuter war sie über einen Besuch ihrer Familie – beziehungsweise eines Teils davon. Ihr Bruder Mike und ihre Schwester Rosie kamen zur Taufe mit dem Flugzeug aus Amerika. Die beiden waren ihre Lieblingsgeschwister. Copper hatte sie seit drei Jahren nicht mehr gesehen, und sie blieben über Weihnachten und Neujahr.

Früh im Jahr 1947 saß Copper wieder an ihrer Schreibmaschine, sehr zum Entsetzen und Unmut vieler Leute, die sie ermahnten, doch an ihr Kind und sich selbst zu denken.

«Ich glaube nicht, dass es meinem Kind schadet, wenn ich weiterhin Artikel schreibe», entgegnete sie. «Und mir schadet es ganz sicher nicht.»

Schwerer fiel es ihr allerdings, aus dem Haus zu gehen und den kleinen Pierre in der Obhut eines Kindermädchens zurückzulassen. Als sie es erstmals probierte, stürzte sie nach zwanzig Minuten völlig panisch nach Hause zurück. Aber ebenso, wie sie Ehe und Beruf wollte, war sie auch entschlossen, dass die Mutterschaft nicht das Ende ihrer Karriere sein würde. Sie sah nicht ein, weshalb es ihr nicht gelingen sollte, ihre Arbeit mit ihrer Rolle als Ehefrau und Mutter zu vereinbaren. Immerhin war sie weder an feste Orte noch an Zeiten gebunden; sie arbeitete schließlich nicht in einem Büro oder einer Fabrik. Sie zwang sich, das Haus zu verlassen, und nahm so weit wie möglich ihre Arbeit wieder auf.

Ihre erste Anlaufstelle war die Avenue Montaigne.

18. Kapitel

Sie wurde von einem Pförtner eingelassen und trat in ein organisiertes Chaos ein. Noch immer waren überall Arbeiter am Werk, die hämmerten und malerten. Dior selbst war nicht schwer zu finden – er saß auf einer Stufe auf halber Treppe inmitten von Strömen aus Seide, die sich um ihn ergossen wie ein vielfarbiger Wasserfall, und fluchte wortreich.

«Tian», rief Copper, «was in aller Welt machen Sie da?»

«Der Platz reicht nicht, verdammt!», rief er zurück. «Ich muss einen Flügel anbauen. Ich brauche mindestens noch drei Etagen.»

Copper ging zu ihm hinauf, wobei sie vorsichtig über die kreuz und quer liegenden Stoffballen hinwegsteigen musste. «Werden Boussacs sechs Millionen denn dafür reichen?»

«Sechs Millionen?» Er starrte sie aus hohlen Augen an. «Die sechs Millionen sind längst aufgebraucht. Wir sind schon mit den nächsten sechs Millionen fast am Ende.»

Copper war bestürzt. Das Geld war Dior durch die Finger geflossen wie Wasser. Das hier war ein gewaltiges Wagnis, selbst für den reichsten Mann Frankreichs. Sie stieg die Treppe weiter hinauf zur

Beletage, die noch immer nicht fertiggestellt war. Copper sah die Hinterteile von einem Dutzend Männern in blauer Arbeitskleidung, die auf allen vieren blassgrauen Teppichboden verlegten. Sie ging weiter ins nächste Stockwerk.

Die dritte Etage war ein Kriegsgebiet voller ratternder Nähmaschinen und dichtgedrängt arbeitender Näherinnen. Hier oben war es heiß, und die Luft roch stark nach den zwanzig Mädchen, die – wie eine der *premières* gegenüber Copper beklagte – achtzehn Stunden täglich arbeiteten und nicht einmal Zeit hatten zu essen, geschweige denn sich zu waschen.

Dies war etwas, das nur wenige Modebewusste je zu sehen bekamen – die langen Stunden schwerer, äußerst anspruchsvoller Arbeit, die in die Entstehung jedes Modells der Haute Couture flossen. Schönheit hatte ihren Preis in Gestalt müder Augen, schmerzender Schultern und wunder Finger.

«Unsere Vorsteherin hatte einen Nervenzusammenbruch», verriet eines der Mädchen Copper. «Sie hat den Druck nicht mehr ausgehalten und den Verstand verloren.»

Die anderen stimmten mit einem Chor von Klagen ein.

«Monsieur Dior war immer so freundlich.»

«Jetzt gar nicht mehr!»

«Niemand kann seinen Ansprüchen genügen. Er wird schon beim geringsten Anlass fuchsteufelswild.»

Die *premières* waren sich alle einig. Christian Dior hatte sich vom schüchternen kleinen Mann in einen napoleonischen Tyrannen verwandelt und erteilte seinen Truppen Befehle, die sie mitunter kaum verstanden, weil er längst vergessene Techniken der Schneiderei wiederauferstehen ließ, die seit dem achtzehnten Jahrhundert nicht mehr in Gebrauch waren. Und er verlangte einen Grad an Perfektion, der alles übertraf, was man in dieser modernen Zeit bislang gekannt hatte.

Copper ging durch das Gedränge von Arbeitern, *premières* und Mannequins wieder nach unten. Diors Büro war ursprünglich als ein großer Raum geplant gewesen, wo er an einem riesigen Schreibtisch im Empirestil arbeiten konnte. Doch längst hatten die Zuschneiderinnen den Raum in Beschlag genommen und den Schreibtisch in eine Ecke geschoben, um Platz für den langen Tisch zu schaffen, auf dem sie mit kampferprobten Scheren die Teile zuschnitten. Dior selbst hatte sich stattdessen in einer winzigen, fensterlosen Kammer eingerichtet, die alle nur ‹das Kabuff› nannten. Dort war kaum genug Platz für all die Stapel von Skizzen, die er fieberhaft anfertigte. Jeden Entwurf zeichnete er wieder und wieder, Dutzende Male, mitunter nur um am Ende das ganze Projekt zu verwerfen.

Als Copper nun das Kabuff betrat, traf sie Dior im Dunkeln an, denn die Glühbirne in seiner Schreibtischlampe war defekt, und er mühte sich gerade ab, sie auszutauschen. «*Merde*. Mit dieser Lampe stimmt etwas nicht.»

«Lassen Sie mich mal versuchen.» Während Copper übernahm, ließ er sich atemlos auf seinen Stuhl zurückfallen.

«Zu viele Hoffnungen wurden in mich gesetzt, *ma petite*. Wie könnte ich jemals all die Erwartungen erfüllen?»

«Sie werden sie noch übertreffen», redete sie ihm zu. «Sie müssen nur an sich glauben.»

Er fasste sich mit beiden Händen an die Stirn. «Wenn ich gewusst hätte, wie sich das alles entwickeln würde, dann hätte ich es niemals angefangen.»

«Die Mädchen sagen, Sie hätten sich in einen Tyrannen verwandelt», sagte sie. Die neue Glühbirne erwachte mit einem leisen Geräusch zum Leben und tauchte seinen Schreibtisch in hellen Schein. «Sie sagen, Sie treiben sie zur Verzweiflung.»

Ohne sie einer Antwort zu würdigen, griff er nach einem Packen Skizzen und begann, darin zu blättern. «Wo ist *Bourbon*? Jemand hat all meine Entwürfe durcheinandergebracht!»

Copper half ihm, die gesuchten Skizzen zu finden, dann folgte sie ihm nach nebenan. Dort stand geduldig eine Gruppe Schneiderbüsten, Stockman-Puppen genannt, armlose hölzerne Gestalten, an denen die Kleider vor dem Zusammennähen abgesteckt wurden. Dior verscheuchte eine der *premières* und prüfte das Kleid mit kritischem Blick. Es war ein Probemodell aus weißem Leinen, an dem zunächst der Schnitt überprüft wurde. «Das hier ist *Bourbon,* aber es stimmt absolut nicht», stöhnte er. «Es müsste um die Hüften viel voller sein. Sie haben es verdorben!»

«Es wurde genau so zugeschnitten, wie Sie es entworfen haben, Monsieur Dior.»

«Widersprechen Sie mir nicht! Es ist scheußlich. Ich will Volumen.»

«Aber Monsieur Dior», wagte die Näherin schüchtern einzuwenden, «die Proportionen erlauben nicht –»

«Erlauben? *Erlauben?*» Diors sonst rosiges Gesicht war gefährlich rot angelaufen. «Wer will mir vorschreiben, was *erlaubt* ist?»

«Niemand, Monsieur», flüsterte die junge Frau.

«Nehmen Sie es ab», befahl Dior in furchteinflößendem Ton.

«J-ja, Monsieur.»

Mit zitternden Händen zog die *première* die Stecknadeln aus dem Leinen und entblößte den nackten Holztorso der Schneiderbüste. Dior starrte ihn einen Moment lang böse an. «Hier liegt der Fehler. Die Proportionen sind gänzlich falsch.» Die Stockman-Puppen waren verstellbar. Dior machte sich ans Werk und kämpfte mit dem System aus Schrauben und Hebeln, mit denen man die Maße verändern konnte. Aber dieses spezielle Exemplar war alt und steif, sodass die Bemühungen des Meisters keine Wirkung zeigten. Diors Gesicht rötete sich noch mehr. Er ging zum Werkzeugkasten und nahm einen großen Holzhammer heraus. Schlagartig ließen alle die Arbeit ruhen, und bestürztes Schweigen senkte sich über den gedrängt vollen Raum, als Dior wütend über die Schneiderbüste herfiel. Er schlug da Platten ein, hämmerte dort welche heraus. Unbemerkt fotografierte Copper den außergewöhnlichen Auftritt.

Endlich ließ Dior keuchend den Hammer fallen und betrachtete die Schneiderbüste mit kritischem Blick. «So», sagte er triumphierend. «*Das* ist die perfekte Frau.» Er wandte sich an die *première*, die noch immer das Probemodell an ihre Brust drückte und ihn mit großen Augen anstarrte. «Jetzt können Sie weitermachen.»

Er eilte davon. Und alle starrten auf die veränderte Stockman-Puppe mit ihrer Wespentaille, den ausladenden Hüften und der üppigen Brust.

«Mon Dieu», murmelte jemand. «Er hat den Verstand verloren.»

«Keine Frau hat je so ausgesehen.»

«Wir werden die Mädchen wieder in Korsetts stecken müssen.»

«Das allein wird nicht reichen», ergänzte jemand anders. «Sie werden auch Polster brauchen, oben und unten.»

Copper beobachtete diese Meisterinnen ihres Fachs, die besten in Paris, wie sie mit der schier unlösbaren Aufgabe rangen, die ihr Chef ihnen gestellt hatte. Dior hatte zum Hammer gegriffen und die Weiblichkeit buchstäblich in die Sanduhrform geprügelt, die ihm gefiel.

Copper folgte Dior zurück in sein Kabuff. «Wie viele Entwürfe werden Sie präsentieren?», fragte sie ihn.

«Einhundert.»

Sie war fassungslos. Kein Wunder, dass im Hause Dior solcher Tumult herrschte. «Das ist eine gewaltige Menge für eine erste Kollektion», wagte sie anzumerken. Jacques Fath hatte im Jahr zuvor seine Kollektion mit zwanzig Kleidern präsentiert.

«Einhundert», wiederholte Dior entschieden. «Mit weniger kann ich meine Vision nicht verwirklichen. Ich muss einen starken Eindruck machen.» Er wirkte gehetzt. «Bei einem Dutzend Kleidern oder auch bei zwei Dutzend wird niemand die Botschaft verstehen. Sie werden sagen: ‹Das ist nur Christian mit seinen Spinnereien.› Aber bei hundert Modellen werden die Leute große Augen machen. Niemand kann über einhundert Entwürfe einfach hinwegsehen.»

«Aber die Kosten –»

«Boussac muss mir mehr Geld geben», sagte er schlicht. «Und ich brauche die Stoffe, die Accessoires, die Schuhe.»

Ihr wurde mulmig. «Aber – wie wollen Sie Käufer für so viele Modelle finden?»

Er starrte sie an, als wäre sie verrückt geworden. «Sie werden über die ganze Avenue Montaigne Schlange stehen. Sie werden mich auf Knien anflehen, meine Kleider kaufen zu dürfen.» Er breitete die Arme weit aus. «Dies wird das Zeitalter von Dior, *ma petite.*»

Vor zehn Minuten hatte er sich noch gefragt, wie er die Erwartungen der Leute erfüllen sollte, und bereut, das Ganze überhaupt begonnen zu haben. Jetzt verkündete er das Zeitalter von Dior. Er schien von vernichtendem Selbstzweifel in Größenwahn zu verfallen und umgekehrt.

Carmel Snow hatte ihr Kommen angekündigt. Die Chefredakteurin von *Harper's Bazaar*, die Frau, die in den vergangenen zwei Jahren viele von Coppers Artikeln veröffentlicht hatte, reiste erstmals seit dem Ausbruch des Krieges wieder nach Frankreich. Für die Modewelt kam das einem Staatsbesuch gleich. Ihr Bericht über die neuen Kollektionen von 1947 würde von der Ost- bis zur Westküste eifrig gelesen werden. Ihr Lob oder ihre Kritik konnte über Erfolg oder Scheitern eines Modeschöpfers entscheiden.

Sie hatte deutlich gemacht, dass sie während ihres zehntägigen Aufenthalts so viel wie möglich sehen und unternehmen wollte. Länger war sie bei *Harper's* nicht abkömmlich.

Am Vorabend von Mrs. Snows Ankunft bekam Copper einen Telefonanruf von Schwester Gibson im Sanatorium Marie-Thérèse. Es ging um Amory.

«Ich dachte mir, es würde Sie interessieren, dass Mr. Heathcote gut genesen ist. Ich glaube wirklich, Ihr Besuch war der Wendepunkt.»

«Das freut mich zu hören. Ist er noch in Paris?»

«Nein, er ist mit der *SS America* auf dem Weg zurück nach New York. Dort wird er in das Bankunternehmen seiner Familie eintreten. Er sagte, er befolge Ihren Rat.»

«Ja, ich habe ihm geraten, das zu tun.»

«Da wäre noch etwas. Seine Verletzung. Die Chirurgen haben das Loch in der Schädeldecke mit einer Stahlplatte verschlossen, aber natürlich wächst das Haar an der Stelle nicht mehr nach. Er wird für immer eine sichtbare Narbe zurückbehalten. Und Ihrem Vorschlag zum Trotz», fügte Schwester Gibson nüchtern hinzu, «kann er in geschlossenen Räumen keinen Hut tragen.»

Amory hatte also auch diese kleine Bemerkung weitererzählt. «Worauf wollen Sie hinaus, Schwester?»

«Wir alle sind übereingekommen, dass es klug wäre, wenn Mr. Heathcote die Ursache seiner Verletzung beschönigt.»

«Beschönigt?»

«Viele junge Männer kehren aus Europa mit Verletzungen zurück, die sie im Krieg erlitten haben. Im Hinblick auf seinen zukünftigen Umgang mit Kunden des Unternehmens und um seine Karriere nicht zu behindern, denken wir, es wäre das Beste, wenn Mr. Heathcote verlauten ließe, dass die Wunde durch Granatsplitter verursacht wurde, statt zu offenbaren, dass er sie sich selbst beigebracht hat.»

«Eine Kriegsverletzung!»

«Genau. Wir wollten uns vergewissern, dass Sie als Mr. Heathcotes geschiedene Frau –»

«Dass ich die Lüge decke?», beendete Copper den Satz, als Schwester Gibson zögerte.

«Dass Sie ihn in seiner neuen Karriere unterstützen.»

«Die Frage hätte er mir selbst stellen können.»

«Er dachte, es wäre vielleicht besser, wenn es von einem Außenstehenden kommt. Er sollte die Folgen einer dummen Kurzschlusshandlung nicht für den Rest seines Lebens tragen müssen.»

«Keine Sorge», sagte Copper trocken. «Ich werde nichts ausplaudern. Wenn er den Kriegshelden spielen will, habe ich nicht die Absicht, die Illusion zu zerstören.»

«Danke. Ich werde das an seine Verwandten weitergeben. Sie werden sicher froh sein, es zu hören. Ich wünsche Ihnen noch einen schönen Tag, Mrs. Velikovsky.»

«Was war das?», erkundigte sich Henry, als Copper den Hörer auflegte und dabei ein wenig lachte.

«Eitelkeit und Trug, mein Schatz. Amory will verlauten lassen, er sei im Kampf verwundet worden.»

«Ich nehme an», sagte Henry, der ihr Kind in den Armen wiegte, «man könnte das ganze Leben als einen Kampf betrachten, in dem die meisten von uns verwundet werden.»

«Er hoffentlich nie», sagte sie, legte die Arme um beide und schaute auf das verschlafene Gesicht von Pierre-Henri hinunter. «Ich hoffe, er hat so viel Glück wie ich. Um mich herum hat es so viel Zerstörung und Unglück gegeben – und dennoch war mein Leben ein Märchen.»

Carmel Snow war völlig anders, als Copper sie sich vorgestellt hatte. In Wirklichkeit war sie eine kleine, rüstige Sechzigjährige mit bläulich silbernem Haar und Perlenschmuck. Sie hatte ein schmales, faltiges irisches Gesicht mit Stupsnase, und obwohl sie schon als kleines Kind vor langer Zeit Irland verlassen hatte, war noch immer eine Spur des Akzents von Dalkey herauszuhören.

Doch wie Copper sehr bald erkannte, war sie keineswegs eine liebe kleine alte Dame.

Carmel Snow war entschlossen, keine Sekunde zu verlieren. Sie schien überhaupt nicht zu schlafen und war um vier Uhr früh ebenso lebhaft wie mittags. Auch Hunger und Erschöpfung waren ihr anscheinend fremd. Mit ihr Schritt zu halten, war wirklich strapaziös. Das Einzige, worauf sie bestand und was sie niemals ausließ, war ihr Lunch. Und wie Copper leidvoll erfahren musste, bestand der Lunch für Mrs. Snow aus mehreren großen Martini.

«Du weißt ja, dass ich keinen Alkohol vertrage», sagte Copper seufzend zu Henry und rieb sich die schmerzenden Schläfen. «Ein Martini, und ich bin sternhagelvoll. Beim dritten falle ich ins Koma. Du hättest mich vorwarnen müssen.»

«Kipp sie unauffällig in einen Blumentopf», riet Henry ihr. «So mache ich es auch immer. Ich kenne Carmel seit zwanzig Jahren und konnte bei ihrem Drei-Martini-Lunch noch nie mithalten.»

Carmel hatte die Energie einer Frau, die *Harper's Bazaar* in nur zehn Jahren von einer altbackenen Illustrierten für Damen mittleren Alters in das anregendste Frauenmagazin der Zeit verwandelt hatte. Und sie war entschlossen, Copper als angestellte Korrespondentin fest unter Vertrag zu nehmen.

«Ihre Story über die Prostituierten war großartig», sagte sie zu Copper.

«Sie haben sie gelesen?»

«Witzig und schonungslos zugleich. Sie stellen faszinierende Fragen. Ob das Gewerbe, das sexuelle Dienstleistungen anbietet, so weit von dem Beruf entfernt ist, modisch zu sein – dem Beruf, eine Frau zu sein in einer Welt, die uns keine fairen Chancen einräumt. Das ist bahnbrechender Journalismus.»

«Es freut mich, dass Ihnen der Artikel gefallen hat.»

«Er hat einen eklatanten Fehler.»

«Welchen denn?»

«Er wurde für die *Vogue* geschrieben. Ich will nicht, dass Sie weiterhin für die *Vogue* schreiben», verkündete Carmel energisch. Sie selbst hatte ihre Karriere bei der *Vogue* begonnen, war später aber im Streit aus der Redaktion ausgeschieden. Damals hatte es böses Blut gegeben, und keine der beiden Seiten hatte das je vergessen. «Ich brauche eine feste Mitarbeiterin in Paris mit guten Kontakten. Ich bezahle Sie großzügig.»

«Ihr Angebot schmeichelt mir, Mrs. Snow», sagte Copper vorsichtig. Sie waren zum Mittagessen in *Harry's Bar* eingekehrt – ein *croque monsieur* und eine beschlagene Karaffe Martini. Anschließend stand ein Besuch bei Balenciaga auf dem Programm, einem der Modeschöpfer, die Mrs. Snow am höchsten schätzte. «Aber ich lege großen Wert auf meine Freiheit.»

«Ach, mit Freiheit kenne ich mich aus. Aber es gibt noch anderes im Leben. Zum Beispiel Teil einer Bewegung zu sein. *Harper's* ist für Frauen, die ihren Kopf nicht nur dazu benutzen, schicke Hüte spazieren zu tragen. Und Sie, meine Liebe, sind eine solche Frau. Sie haben etwas zu sagen, und ich will, dass Sie es für *Harper's* sagen, nicht für die Konkurrenz.»

«Lassen Sie mich darüber nachdenken.»

«Als Teil eines Teams – des besten Teams in der Branche – können Sie viel mehr erreichen als im Alleingang.» Sie goss ihnen beiden den dritten Martini des Mittagessens ein. Coppers Kopf war bereits benebelt, und im *Harry's* war kein Blumentopf zur Hand, in dem sie ihr Getränk hätte verschwinden lassen können. «Ich will, dass meine Leserinnen lernen zu leben, nicht nur sich modisch zu kleiden. Ich will, dass sie Dinge wagen, die sie nie zuvor getan haben. Ihren Horizont erweitern. Sie gehören zu uns.» Sie nickte, und ihre blassen Augen waren hell und kühl wie der eiskalte Cocktail. «Und nun erzählen Sie mir von Christian Dior. Ich wäre nicht hier, wenn Sie nicht so von ihm geschwärmt hätten. Ich habe vor dem Krieg ein Kostüm von ihm gesehen, das mir gefiel. Er arbeitete damals für Piguet, das muss 1937 gewesen sein. Aber ich glaube nicht, dass er fähig ist, eine ganze Kollektion zu entwerfen.»

«Ich denke, er ist derzeit der brillanteste Modeschöpfer in Paris.»

«Besser als Balenciaga?», fragte Mrs. Snow spöttisch.

«Anders. Spontaner, mit mehr *pizzazz.*»

Der Begriff *pizzazz*, den Carmel Snow selbst in einer früheren Ausgabe von *Harper's* geprägt hatte, entlockte ihr ein Lächeln. «Was bekomme ich denn nun am Mittwoch zu sehen?»

Dior war es irgendwie gelungen, die Geheimhaltung um die Avenue Montaigne Nummer 30 zu wahren, und nur ganz wenige Außenstehende hatten irgendeine Vorstellung von den Entwürfen, an denen drinnen so fieberhaft gearbeitet wurde.

«Ich kann Ihnen keine Einzelheiten verraten. Tian würde mich umbringen.»

«Wozu die Heimlichtuerei?» Carmel, eine adrette kleine Gestalt in einem makellos geschnittenen Kostüm von Balenciaga, schlug ihre knochigen Beine übereinander, wobei ihre Nylonstrümpfe leise knisterten. «Glauben Sie mir, ich habe schon alles gesehen. Röcke, die über dem Knie enden? Ausschnitte bis zum Bauchnabel?»

«Es geht um mehr als um die Frage, wie lang der Rock oder wie tief der Ausschnitt ist.» Copper zögerte. «Es ist etwas von Grund auf Neues. Ein *new look*.»

Carmel schleppte ihre «Zettelmappe» überall mit sich herum: eine Sammlung von Zeitschriftenausschnitten, Stoffmustern und eigenen Notizen. Jetzt öffnete sie die Kappe ihres Kugelschreibers und schrieb: «*A whole new look* – etwas von Grund auf Neues. Das klingt sehr verheißungsvoll. Ich hoffe, ich werde nicht enttäuscht.»

19. Kapitel

Endlich war der große Tag gekommen: Mittwoch, der 12. Februar 1947. Als Copper kurz nach Tagesanbruch in der Avenue Montaigne eintraf, wimmelte es bereits von Menschen. Auf der Straße vor dem Modehaus hatte sich eine Schar neugieriger Leute versammelt, die gehört hatten, hier solle heute etwas Besonderes geschehen, und hofften, durchs Fenster einen Blick zu erhaschen. Dass anscheinend ganz Paris von Diors Modenschau wusste, war der Mundpropaganda zu verdanken, denn die Zeitungen in der Stadt befanden sich seit über einem Monat im Streik. Einzelne aus der Menge verlangten lauthals nach Eintrittskarten, doch die Veranstaltung war schon seit langem bis auf den letzten Platz ausverkauft, und ohne Karte wurde niemand eingelassen.

Copper schlüpfte hinein. In der Luft lag der blumige Duft des neuen Parfüms, das Tian kreiert hatte – es hieß Catherine zu Ehren *Miss Dior* –, denn ein Mädchen lief mit einem Zerstäuber treppauf und treppab und versprühte reichlich davon. Die Blumendekoration hatte Dior Lachaume anvertraut, dem großen Floristikhaus an der Rue Royale. Dessen Leute trugen gerade riesige Sträuße Treibhausblumen herein und arrangierten sie, wo immer Platz war. Alles war sehr beengt: Kleine, harte weiße Stühle wurden dicht an dicht aufgereiht, jeder mit einer Nummer versehen. Dazwischen waren Standaschenbecher platziert, eine unverzichtbare Maßnahme, denn praktisch alle im Modegeschäft waren Kettenraucher. Jeder Quadratzentimeter des Raumes wurde ausgenutzt. Der Laufsteg für die Mannequins war auf ein Minimum reduziert, die Fläche, auf der sie ihre Drehung machen würden, war nur etwa einen Meter breit. Die Kleider würden die Gesichter des Publikums streifen. Verglichen mit der stillen Würde der meisten Pariser Modenschauen, glich das hier schon jetzt einem Zirkus. Wie Dior vorhergesagt hatte, waren noch immer da und dort Arbeiter am Werk, schlugen die letzten Teppichnägel ein und brachten die letzten Leisten an. Spannung lag in der Luft, Geld, Glamour und – Diors Vorliebe fürs Exklusive zum Trotz – auch eine gewisse Vulgarität.

Dior selbst, im Cut und mit einem Maiglöckchen im Knopfloch, war bleich vor Nervosität. Copper fand ihn in der Anprobe, wo er letzte Hand an die vierundneunzig Modelle legte, die dort in Gruppen bereithingen: Kleider, Kostüme und Abendgarderobe.

«Ich habe schreckliche Angst», begrüßte er Copper geradezu verzweifelt.

«Das brauchen Sie nicht. Es wird ein riesiger Erfolg werden, Tian. Die Leute drängen sich schon auf der Straße und versuchen, durchs Fenster reinzuschauen.»

Er hielt sich mit beiden Händen die Ohren zu. «Halt, halt, ich will es gar nicht hören.» Offensichtlich hatte er nicht geschlafen und war mit den Nerven am Ende.

Copper ging zu den Mannequins hinüber, die sich in einer Ecke der *cabine* drängten, je zwei an einem Toilettentisch, und ihre Schminke vervollständigten. Es waren nur sechs Mannequins, ziemlich wenige, um so viele Modelle vorzuführen. Sie würden schnell arbeiten müssen. Aber Dior hatte nicht mehr Frauen auftreiben können, die die Anmut und Lebendigkeit ausstrahlten, um die es ihm ging. Copper sah zu, wie sie die langen Hälse reckten, während sie sich die Wimpern tuschten, Lippenstift auftrugen und Rouge auf ihre beeindruckenden Wangenknochen pinselten. Hinter ihnen lief die Friseurin von einer zur anderen, diverse Kämme zwischen den Zähnen, und legte letzte Hand an ihre Frisuren. Alle trugen das Haar zu Locken gedreht und aufgesteckt.

In den vergangenen Wochen waren diese Frauen benutzt worden wie Schneiderpuppen und hatten geduldig stundenlange Anproben über sich ergehen lassen, jetzt waren sie die Hauptpersonen. Wie die Kleider wirkten, hing von ihrem Auftreten und ihrer Ausstrahlung ab. Sie mussten die besonderen Qualitäten jedes Modells zur Schau stellen, sich selbst dabei jedoch nicht in den Vordergrund rücken. Sie mussten das Publikum verzaubern und doch zugleich neutral bleiben, um nicht von den Kreationen abzulenken, die sie vorführten.

Die Zeiger der Uhr rückten unaufhaltsam vorwärts. Vor der Tür hatte sich eine lange Schlange erwartungsvoller Besucher gebildet, die Eintrittskarten besaßen und ungeduldig auf den Einlass warteten. Es war fast halb zehn, man konnte die Eröffnung nicht länger hinauszögern. Der letzte Arbeiter wurde hinausgescheucht, das letzte bisschen Sägemehl hastig weggefegt. Die Avenue Montaigne Nummer 30 öffnete ihre Pforten, und die Gäste strömten herein. Augenblicklich wurde die Atmosphäre noch aufgeladener. Stimmengewirr und aufgeregtes Lachen erfüllten das Gebäude. Nachdem Dior die ersten paar Besucher begrüßt hatte, floh er ins Obergeschoss und weigerte sich, wieder herunterzukommen.

Fast augenblicklich setzten Streitereien um die Sitzplätze ein. Es war verblüffend, wie skrupellos zivilisierte Frauen werden konnten – sie drängten sich schamlos vor, beanspruchten Plätze, die anderen zustanden, und protestierten lautstark, wenn sie aufgefordert wurden, auf ihre eigenen Plätze zu gehen.

Carmel Snow war unter den Ersten, die eintrafen. Copper begrüßte sie im Foyer.

«Jetzt schlägt die Stunde der Wahrheit», bemerkte Mrs. Snow.

Sie reckte ihre irische Stupsnase und schnupperte mit Kennermiene. «Hmmm. Ich rieche Panik. Wo steckt Ihr Monsieur Dior?»

«Er wird jeden Moment hier sein», log Copper. Sie wusste, dass er sich in sein Kabuff zurückgezogen hatte, weil nach den Strapazen der letzten Tage sein Nervenkostüm in Fetzen hing. «Kommen Sie, ich bringe Sie zu Ihrem Platz.»

Der Andrang wurde stärker. Um halb elf waren die Salons zum Bersten voll. Die Leute drängten sich sogar auf der gesamten Treppe. Die *premières* und anderen Mitarbeiterinnen beugten sich von oben über das Geländer und schauten auf die Menge hinunter. Zigarettenrauch vernebelte die Luft.

Berühmte Gesichter zierten die vorderen Reihen: Carmel Snow saß neben Bettina Ballard von der *Vogue*, die seit langem prophezeite, die französische Mode sei tot, und die nun mit spöttisch herablassendem Ausdruck dasaß. Marlene Dietrich saß neben Jean Cocteau. Christian Bérard mit seinem buschigen Bart lehnte sich lässig auf seinem Stuhl zurück, und seine winzigen Pupillen verrieten, dass er seine morgendliche Dosis Opium bereits konsumiert hatte. Wie immer hielt er Jacinthe im Arm. Nicht weit von ihm saß die Comtesse de La Rochefoucauld, die als die eleganteste Frau in Paris galt. Lady Diana Duff Cooper, die Gattin des britischen Botschafters, war anwesend, ebenso – zu Coppers Überraschung und Freude – Mrs. Caffery, die Ehefrau des amerikanischen Botschafters. Schauspielerinnen, führende Gastgeberinnen der Gesellschaft, Frauen, die man aus der Zeitung und der Wochenschau kannte, alle drängten sich zusammen und freuten sich offenbar, hier zu sein.

Für Copper, die ihre Kamera um den Hals trug, war ein Platz neben der Tür des großen Salons reserviert. Von hier aus konnte sie die Mannequins bei ihrem Auftritt und Abgang fotografieren und auch das Publikum. Dior war ganz besessen von der Angst, jemand könnte seine Entwürfe stehlen, deshalb hatte er jegliche Kameras im Gebäude mit Ausnahme von Coppers verboten. Nun erwies sich der wahre Wert ihrer Leica, die leicht war und in schneller Folge eine

Aufnahme nach der anderen machen konnte. Copper selbst trug das erste Kleid, das Dior je für sie entworfen hatte, in der Hoffnung, es möge Glück bringen. In der Handtasche, die über ihrer Schulter hing, steckten mehrere Rollen 35-mm-Film als Reserve. Gleich würde die Vorführung beginnen.

Den ersten Auftritt hatte, wie es der Zufall wollte, die unerfahrene junge Sekretärin Marie-Thérèse. Sie war fertig zurechtgemacht, zitterte allerdings vor Nervosität. Als der Ausrufer ankündigte: «*Numéro un!* Nummer eins!», flüsterte sie dem Leiter der Modenschau unter Tränen zu: «Ich kann das nicht.»

«Sie können das. Und Sie werden es tun.»

Der Leiter versetzte Marie-Thérèse einen Stoß, wie Ausbildungsoffiziere es mit ängstlichen Fallschirmspringern taten. Marie-Thérèse schoss vorwärts, weiß im Gesicht. Copper folgte ihr mit der Kamera. Marie-Thérèse schaffte es irgendwie über den schmalen Laufsteg – und dann, bei der Drehung, stolperte sie und stürzte der Länge nach ins Publikum. Copper wurde ganz mulmig zumute. Welch furchtbarer Auftakt! Gott sei Dank hatte Tian das nicht mit angesehen. Rufe und Gekicher wurden laut, während die junge Frau sich wieder aufrappelte und schluchzend den Raum verließ. Niemand hatte überhaupt auf das Kleid geachtet, das jetzt ein Brandloch von einer Zigarette aufwies. Und Marie-Thérèse war eindeutig nicht in der Verfassung, an diesem Vormittag noch ein weiteres Modell vorzuführen.

Aber nun wurde sie von Tania abgelöst, deren freundliches, offenes Gesicht ihre Erfahrung Lügen strafte. Mit herausragender Selbstsicherheit schritt sie an den Zuschauern vorbei, wobei sie stolzierte wie ein Reh. Irgendwo aus dem Publikum war ein Ruf der Entrüstung zu hören. Das tiefrote Kleid mit dem zweilagigen Rock war anders als alles, was man bislang gesehen hatte, wenigstens seit die Kleidung der Frauen durch Rationierungen und Kleidermarken, männlich aussehende Uniformen und khakifarbenen Zwillich bestimmt wurde. Dies war eine lebendige Fuchsienblüte auf zwei Beinen, mit Wespentaille und voller Büste. Durch den weiten, zweilagigen Rock wirkte die Taille noch schmaler.

Tania hielt inne und schaute sich im Raum um. Alle Blicke waren auf sie gerichtet. Sie lächelte ein wenig und drehte ein Pirouette. Dabei begann der Rock sich zu heben. Die Vielzahl kunstvoll gelegter Falten hatte darüber hinweggetäuscht, dass er aus vollen fünfundzwanzig Metern purpurrotem Stoff gefertigt war. Vor den Augen des staunenden Publikums öffnete sich das rote Kleid wie eine Knospe, blühte auf, erfüllte den Raum mit Leben und Farbe, wirbelte und wogte in atemberaubend verschwenderischer Pracht, fegte die Jahre der Entbehrung und Düsternis hinweg.

Leute schnappten nach Luft. Dann brach das Publikum spontan in begeisterten Applaus aus. Copper beobachtete, wie Notizbücher gezückt und Worte hineingekritzelt wurden, wie vielsagend getuschelt wurde. Etwas Außerordentliches war im Begriff zu geschehen. In der ohnehin bereits aufgeladenen Atmosphäre begann die Luft zu knistern.

Schon betrat das nächste Mannequin den Laufsteg, geschmeidig und katzenhaft in einem Abendkleid namens *Jungle* in auffälligem Leopardenmuster. Ein breiter Ledergürtel schnürte die Taille ein, und auf dem Kopf des Mannequins saß ein breitkrempiger Hut. Wiederum schnappten Leute hörbar nach Luft, als sie die gewagte Kreation erblickten. War dies ein Schlag ins Gesicht der Zurückhaltung und Sparsamkeit?

Das vierte Modell war einer der Höhepunkte der Kollektion, das Kostüm *Bar*, ein Klassiker von Dior, von dem Carmel Snow 1937 eine Version gesehen hatte. Die streng geschnittene Jacke aus elfenbeinfarbener Schantungseide lag um Brust und Hüften eng an und erzeugte einen Eindruck beinahe orientalischer Sinnlichkeit; der schwere schwarze Rock schwang beim Gehen kühn um die Beine des Mannequins. Sämtliche Mannequins liefen – ob auf Diors Geheiß oder in Absprache untereinander – mit schnellen Schritten und Drehungen, ganz anders als das übliche feierliche Schreiten. Diese Mädchen stolzierten und tänzelten. Sie wirkten lebhaft, mehr als das, sie wirkten *lebendig*. Modern. Sie wirkten wie Frauen auf dem Weg zum Erfolg. Ihr Gang war so schnell, dass dem Publikum kaum Zeit blieb, die Modelle zu betrachten. Man musste aufmerksam sein und scharf hinschauen.

Und sie stolzierten in den zierlichsten Schuhen, die man seit Jahren gesehen hatte, vorn spitz, mit schmalen Riemen und Pfennigabsätzen. Copper sah mit Belustigung, wie die Frauen in der ersten Reihe verlegene Blicke auf ihr eigenes schweres, robustes Schuhwerk warfen und versuchten, ihre Füße unter den Stühlen zu verstecken.

Es folgten drei Abendkleider in schimmernden Blauschattierungen. Es grenzte an ein Wunder, wie schnell sich die Mannequins umkleideten. Nur noch fünf waren im Einsatz: Die unglückliche Marie-Thérèse war *hors de combat*. Ihre Modelle wurden bereits unter den Überlebenden aufgeteilt.

Inzwischen wurde jedes neue Modell mit stürmischem Applaus begrüßt. Bleistifte flogen nur so über die Seiten der Notizbücher. Die Mienen der Einkäufer waren angespannt. Leute besprachen sich flüsternd. Zu ihrer Freude sah Copper, wie Assistentinnen bereits eilig ihre Plätze verließen und in die *cabine* schlüpften. Dafür konnte es nur eine Erklärung geben: Die Scheckbücher wurden gezückt, um der Konkurrenz zuvorzukommen und sich frühzeitig die begehrtesten Kreationen zu sichern. Hinter den Kulissen hatten die *vendeuses* jetzt sicher alle Hände voll zu tun. Hin und wieder drangen laute Stimmen heraus – anscheinend zankten die potenziellen Käufer sich um einzelne Modelle.

Die Präsentation ging mit solchem Elan weiter, dass gelegentlich ein Volant über einen Aschenbecher fegte oder einem unachtsamen Zuschauer ins Gesicht schlug. Immer aufgeregter kündigte der Ausrufer die Modelle an, die bewusst provokante Namen trugen: *Soirée, Amoureuse, Pompon, Caprice, Amour.*

Copper schnappte eine Bemerkung einer der Frauen von Bloomingdale's auf: «Gott helfe den Einkäufern, die ihre Käufe bereits getätigt haben. Das hier verändert alles.»

Einen Mann hörte sie sagen: «Dior hat die Saison gerettet!»

Sie schaute zu Carmel Snow hinüber, und für einen Moment trafen sich ihre Blicke. Mrs. Snow nickte mit ihrem bläulich schimmernden Lockenkopf und formte mit den Lippen die Worte: *Sie hatten recht.*

Bis halb zwölf wurden die ersten vier Dutzend Modelle vorgeführt, und jedes wurde noch euphorischer begrüßt als das vorige. Diors Vision hatte den Saal in ungläubiges Staunen versetzt. Hier war an nichts gespart worden. Nach Jahren der Knappheit waren erstklassige traditionelle Stoffe fast unmöglich aufzutreiben, aber irgendwie hatte er sie aufgetrieben. Er hatte Seide verlangt, die im Garn gefärbt waren, ein aufwendiges Verfahren, das kaum noch angewandt wurde. Heutzutage wurden die fertig gewebten Stoffe eingefärbt. Aber das bedeutete einen Verlust an Farbintensität, und Dior war nicht bereit, diesen hinzunehmen.

Er hatte echten Taft, Faille und Duchesse-Satin verlangt. Diese edlen und teuren Materialien wurden seit langem nicht mehr hergestellt, sie waren durch billigere, gröbere Stoffe ersetzt worden. Einkäufer hatten ganz Frankreich abgesucht, um das Gewünschte zu beschaffen.

Bei den Accessoires hatte Dior auf vierundzwanzigkarätigen Vergoldungen bestanden. Anderes goldfarbenes Metall war nicht akzeptabel. Da Gold fast nicht zu bekommen war, hatte das allein immense Ausgaben bedeutet. Das weichste Leder, die durchsichtigste Spitze, die größte Handwerkskunst waren zum Einsatz gekommen, damit alles bis ins kleinste Detail makellos war.

Und jetzt hatte sich all das in schwindelerregender Weise ausgezahlt. Das Auge vermochte die Fülle an Farben kaum zu erfassen: von sattem Schwefelgelb bis hin zu tiefem Purpurrot, von schimmerndem Ultramarin bis zum blassesten Perlweiß. Farben, wie sie seit Beginn des Krieges niemand mehr gesehen hatte.

Und die Menge an Stoff – die schiere, extravagante, herrliche Fülle, aus der jedes Stück bestand – raubte einem die Besinnung. Mit ihren schmalen Taillen und glockenweiten Röcken, die Blumen nachempfunden waren, betonten diese Kreationen alles, was weiblich und fraulich war. Nach fast einem Jahrzehnt enger, gerade geschnittener, schmuckloser Kleider, bei denen an allen Ecken gespart wurde, war dies ein Fest, das sämtliche Erwartungen übertraf. Für modebewusste Frauen war es, als fände man sich nach einer Hungersnot plötzlich auf einem Bankett wieder; und Copper wusste, dass Christian Dior genau diesen Effekt beabsichtigt hatte. Er war unbestreitbar ein Genie. Er hatte es gewagt zu verkünden, dass der Krieg vorbei war. Rationierungen mochte es nach wie vor geben, aber im verzauberten Königreich von Christian Dior hatten sie keine Gültigkeit mehr.

Gewisse ranghohe Leute würden einen kollektiven Herzanfall erleiden. Die etablierten Modeschöpfer würden wohl kaum sehr erfreut sein, dass dieser neue Konkurrent die Bühne stürmte. Womöglich würde es von höherer Seite sogar rechtliche Konsequenzen nach sich ziehen, immerhin verstieß Dior gegen sämtliche Grundsätze der Zweckmäßigkeit, die noch immer in Kraft waren. Copper hatte eine vage Vorstellung, wie Tian von der Modepolizei abgeführt und in einen grauen Kerker gesperrt wurde, damit er für seine Verbrechen der Extravaganz büßte. Doch das spielte keine Rolle. Nichts anderes schien mehr von Bedeutung neben dem Erguss von Farbe, Form und schierem Erfindungsreichtum, den er auf die Welt losgelassen hatte.

Doch Tian selbst verpasste seinen Triumph. Copper stahl sich durchs Gedränge davon und betrat die *cabine*. Sie war gedrängt voll mit Käufern, die befahlen, forderten, bettelten. Die Gemüter waren erhitzt.

«Wo ist *Soirée*? Ich hatte es eben noch in der Hand, und nun hat es jemand gestohlen!»

«Ich brauche *Corolle*! Ich muss *Corolle* unbedingt haben!»

«Was soll das heißen, Lieferung in drei Monaten? Ich brauche jetzt sofort vier Dutzend!»

Sie sah zwei elegant gekleidete Frauen, die mit einem Kleid buchstäblich ein Tauziehen veranstalteten. Jede zerrte an einem Ende, sodass die plissierte Seide zu zerreißen drohte.

«Wir sind dem Ansturm nicht gewachsen», sagte eine der *vendeuses* atemlos zu Copper. «Sie sind verrückt geworden.»

Copper zog sich wieder zurück und stieg die verstopfte Treppe zum Obergeschoss hinauf. Sie klopfte an die Tür von Diors Kabuff, aber es kam keine Reaktion. Also öffnete sie die Tür einen Spalt und lugte hinein. Dior kauerte auf seinem Stuhl, die Augen fest zugekniffen, die Finger in den Ohren wie ein verängstigtes Kind.

Sie legte ihm sacht eine Hand auf die Schulter. Er sah erschrocken auf.

«Hören Sie, Tian.» Sie gab ihm ein Zeichen, die Finger aus den Ohren zu nehmen. Zitternd ließ er die Hände sinken.

«Sie buhen mich aus», sagte er mit bebender Stimme und Tränen in den Augen.

«Nein, Tian. Hören Sie doch.»

Aus dem Salon unten drang Applaus und Jubel herauf. Während sie lauschten, verebbten die Geräusche, und kurz darauf setzten sie wieder ein, als das nächste Modell vorgeführt wurde. «Sie bejubeln Sie. Sie sagen, es sei die bedeutendste Kollektion seit vor dem Krieg», redete Copper ihm zu. «Vielleicht sogar die bedeutendste Kollektion aller Zeiten. Sie sagen, Sie haben alles verändert, Sie haben etwas von Grund auf Neues geschaffen, einen *new look*, und nichts wird je wieder so sein wie vorher. Sie brauchen sich nicht mehr die Ohren zuzuhalten, mein Lieber. Sie haben es geschafft. Das ist Ihr Durchbruch.»

«Was reden Sie da?», stammelte er verständnislos.

«Sie können sich jetzt zeigen.»

Sie führte ihn hinaus auf den Treppenabsatz. Gemeinsam blickten sie auf die erregte Menge hinunter und hörten den Applaus. Dior drückte Coppers Hand, Tränen auf den Wangen.

«Geschieht das wirklich?», flüsterte er.

«Es ist ein Triumph, Tian.»

Jemand im Gedränge schaute nach oben und rief: «Da ist Dior!» Ein Meer aus Gesichtern wandte sich ihm zu. Er wollte sich hastig zurückziehen, aber Copper brachte ihn dazu, wieder ins Licht zu treten. Benommen schaute er auf die Menge hinunter, die ihm applaudierte, «Bravo» rief und ihm Luftküsse zuwarf. Eine warme Woge aus Jubel und Liebe brandete die Treppe herauf, zusammen mit einer Wolke Zigarettenrauch, *Miss Dior* und dem Geruch von Seide.

«Mein Gott. Was habe ich getan?», fragte er.

«Sehen Sie das nicht?», erwiderte sie. «Sie haben die Welt erobert.»

Nachwort des Autors

Eine Welt kann man erobern, aber Welten gehen auch zu Ende. Und eine Welt – Diors Welt – war bereits im Schwinden begriffen.

Ein paar Tage nach jener turbulenten ersten Modenschau arrangierte Marcel Boussacs Zeitung *L'Aurore* einen Fototermin mit Diors Kreationen, um den *New Look*, den alle Welt so dringend sehen wollte, einer breiteren Öffentlichkeit zu zeigen. Ironischerweise hatten die Materialknappheit und der Umstand, dass Diors Kollektion brandneu war, zur Folge, dass die vorgeführten Modelle die einzigen existierenden Exemplare waren. Diese hatten bereits ein bewegtes Leben hinter sich – sie waren nachts inkognito in elegante Hotels gebracht worden, um von Modejournalisten abgelichtet und von Einkäufern amerikanischer Geschäfte begutachtet zu werden. In den frühen Morgenstunden hatte man sie dann eilig zurück in die Avenue Montaigne geschafft, wo die *vendeuses* sie im Salon brauchten. Dies war das erste Mal, dass die Kleider das Tageslicht außerhalb der Maison Dior sahen.

Die Modelle sollten vor dem Hintergrund der Marktstraße Rue Lepic in Montmartre präsentiert werden. Das bunte, um nicht zu sagen etwas schäbige Bild des Marktes mit zertrampelten Kohlblättern auf dem Straßenpflaster würde einen interessanten Kontrast zu Monsieur Diors exquisiten (und sehr teuren) Kreationen bilden.

Die Kleider wurden in großen Holzkisten auf der Ladefläche einer *camionette* dorthin transportiert. Sie und die jungen Mannequins, die sie vorführen sollten, wurden diskret in eine Bar am Ende der Straße befördert. Auf dem Markt herrschte Hochbetrieb. Krüge mit billigem

Wein aus dem Beaujolais waren eingetroffen und fanden reißenden Absatz. Nach den Entbehrungen der Kriegsjahre war Essen noch immer ein zentrales Thema. Erst recht hier in Montmartre, wo die Leute vier Jahre lang die Reste von der Straße aufgelesen hatten, um sie zu essen, während die Nazis alles andere für sich beansprucht hatten.

Das erste Mannequin trat auf die Straße und stolzierte für die Fotografen von *L'Aurore* an den Marktständen vorbei. Menschen, die eben noch laut gefeilscht hatten, verstummten und starrten die junge Frau an. Die ganze Straße verfiel in Schweigen. Dann begann eine Frau, die im Eingang vom Kuttelmetzger stand, Beschimpfungen zu schreien. Sie drohte mit der Faust, das Gesicht wutverzerrt. Das Modell hielt inne, sein Lächeln erstarb.

Eine andere Frau kam mit einer Schüssel Schmutzwasser über die Straße gerannt und überschüttete die junge Frau damit. Verstört suchte diese in einem Ladeneingang Zuflucht und versuchte, sich den Schmutz abzuwischen. Aber dort erwarteten sie schon zwei weitere Frauen. Erbost kreischend packte eine sie am Haar, während die andere anfing, ihr das Kleid vom Leib zu reißen.

Noch mehr Frauen, zumeist mittleren Alters und heruntergekommen, stürzten sich ins Getümmel. Eine stämmige Matrone mit der hochaufgetürmten Frisur einer *zazou* riss das Mieder aus dem gelben Kleid heraus, sodass das arme Mannequin seine spärlich bekleideten Brüste mit den Händen bedecken musste, während es die Flucht ergriff. Üble Schimpfnamen prasselten auf die junge Frau ein.

Das zweite Modell, das unvorsichtigerweise seiner Kollegin zu Hilfe geeilt war, erlitt dasselbe Schicksal. Die Markfrauen prügelten mit harten Fäusten auf die Vertreterinnen des 7. Arrondissements ein.

«Salaude! Putain!»

«Verschwindet, ihr Huren!»

«Seht euch dieses Flittchen an. Zahlt vierzigtausend Francs für ein Kleid, und meine Kinder haben keine Milch!»

Die Männer lachten, die Frauen jedoch meinten es bitterernst. Sie verfolgten die Mädchen, rissen sie an den Haaren, zerrten an ihrer

Kleidung und bewarfen sie mit Tomaten, bis sie an der Tür der Bar von einem großen, kräftigen Kellner mit weißer Schürze abgewehrt wurden. Die Mannequins verschwanden in der Bar, abgerissen und verdreckt. Dann wurde die Tür abgeschlossen, um die schreienden Verfolgerinnen auszusperren.

«Lasst euch hier nicht wieder blicken», keifte eine und schleuderte ihr Wurfgeschoss, eine faule Kartoffel, gegen die Tür. «Beim nächsten Mal fliegen Molotowcocktails.»

Der Kampf zwischen Linken und Rechten sollte Frankreich noch auf Jahrzehnte hinaus prägen. Namen wie Diors standen zwar für die französische Kultur, doch zugleich waren sie Symbole des Überflusses und wurden zur Zielscheibe für den Klassenhass.

Ein so schneller und großer Erfolg wie der von Dior konnte schwerlich unumstritten sein. In allen erdenklichen Lagern, weit von den Straßen Montmartres entfernt, entstand Feindseligkeit. Die Modeschöpfer, die sich – vergeblich – bemüht hatten, einen Anteil am US-amerikanischen Markt zurückzugewinnen, waren besonders verbittert darüber, dass Dior die amerikanische Kundschaft über Nacht erobert hatte. Ihr Groll fand Ausdruck in scharfen Anschuldigungen, Diors Entwürfe seien eine Verschwendung kostbaren Materials, für normale Frauen unerreichbar und unerträglich rückschrittlich in einer Zeit, in der die Damenmode eine Bewegung nach vorn brauchte. Dior hatte mit gezinkten Karten gespielt. Er hatte alle verführt, indem er den unfairen Vorteil ausgenutzt hatte, den Boussacs Geld ihm verschaffte. Er hatte die Regeln missachtet und wurde reich dafür belohnt.

Auch auf der anderen Seite des Atlantiks gab es Kritiker: Amerikaner, die zu ihrem Verdruss feststellen mussten, dass die französische Mode allen Unkenrufen zum Trotz durchaus nicht tot war. Heimische Couturiers, die gehofft hatten, New York sei die neue Hauptstadt der

Mode, wurden enttäuscht. Offenkundig verlangten amerikanische Frauen noch immer nach dem Pariser Stil, und so flossen US-Dollar in die Taschen eines Mannes, der jedem Klischee eines Franzosen entsprach: selbstzufrieden, undurchschaubar, unmännlich.

(Trotz alledem hatte jeder Laden, der etwas auf sich hielt, bereits in großer Eile Kopien des *New Look* in die Schaufenster gebracht, zu einem Bruchteil des Preises der echten Dior-Kreationen. Sie waren aus minderwertigen Materialien gefertigt, und in der Produktion wurde an allen Ecken und Enden gespart, doch sie imitierten die extravaganten Schnitte der Avenue Montaigne und verbreiteten das Evangelium einer Rückkehr zu üppiger Weiblichkeit.)

Diese Anfeindungen und Rivalitäten hatten wenig Auswirkungen auf die Dampfwalze Dior, die dessen ungeachtet weiterrollte. Es war unübersehbar, welche Rolle die Mode in der wiederauflebenden französischen Wirtschaft spielte. Eine Flasche Parfüm, die ins Ausland verkauft wurde, brachte mehr ein als ein Fass Petroleum. Ein Pariser Kleid war mehr wert als zehn Tonnen Kohle. Gerade diese Gleichungen waren in den Augen mancher der Beweis für die unentschuldbare Extravaganz der Haute Couture.

Drei Viertel aller Modeexporte im Jahr 1947 gingen allein auf Diors Konto. Er war ein Phänomen. Er mochte nicht die *Croix de guerre* oder die *Légion d'honneur* verdient haben, aber er war dennoch ein Retter Frankreichs. Mehr noch – er war ein Retter der Mode selbst, denn er hatte im Alleingang bewirkt, dass Modebewusstsein wieder in Mode kam. Ironischerweise ließ er die extravaganten Entwürfe, die ihn über Nacht berühmt gemacht hatten, bereits wieder hinter sich und wandte sich zurückhaltenderen und moderneren Schnitten zu.

Es scheint leicht nachvollziehbar, wie und warum Dior diesen bemerkenswerten Erfolg erlangte; und doch sind die Gründe schwer zu fassen. Ein Element des Geheimnisvollen wird immer bleiben. In einem Leben, das zum großen Teil von Trauer und Scheitern geprägt war, hatten sich die Wolken für eine Weile gelichtet, und ein goldener Gott hatte lächelnd auf ihn herabgeblickt.

Der Stern seines Glücks war wahrhaftig aufgestiegen. Der bescheidene Mann aus dem Hinterzimmer war verschwunden. Statt seiner stand da nun Christian Dior, der Modeschöpfer: ein Mann, dessen Gesicht ständig in den Zeitungen war, dessen Name mit Ehrfurcht genannt wurde, dessen Wort Gesetz war und dessen Genie für seine Freunde und Neider gleichermaßen überdeutlich geworden war.

Wie viele meiner Romane enthält auch dieser Figuren, die historische Persönlichkeiten waren. Ich habe versucht, aufgrund sorgfältiger Recherche Porträts von ihnen zu zeichnen. Dennoch ist dies ein fiktionales Werk, keine Biographie, und selbst die «realen» Menschen darin sind ebenso ein Produkt meiner Phantasie wie die frei erfundenen. Die Gedanken, Worte und Taten sämtlicher Figuren in diesem Buch sind Erfindungen des Autors.

Aufmerksamen Lesern wird nicht entgangen sein, dass ich mir bezüglich der historischen Abfolge der Ereignisse einige Freiheiten herausgenommen habe; manche Begebenheiten aus den Jahren 1944–1947 wurden im Zeitablauf des Buches zusammengeschmolzen und verdichtet, um die Handlung übersichtlicher zu machen. Ich bitte echte Historiker um Nachsicht und betone noch einmal, dass dies ein Unterhaltungsroman ist, kein Geschichtsbuch.

Le Théâtre de la Mode wurde am 28. März 1945 eröffnet. Anschließend tourte die Ausstellung durch verschiedene Länder, bis in San Francisco die inzwischen ziemlich ramponierten Puppen aufgegeben wurden. Sie und die Originalkostüme wurden später restauriert und sind nun im Maryhill Museum of Art in Washington State zu sehen.

Christian Bérard starb 1949 im Alter von siebenundvierzig Jahren an den Folgen von Drogen, Alkohol, Überarbeitung und Fettleibigkeit.

Nach ihrem Auftrittsverbot eröffnete Suzy Solidor wieder einen Club, diesmal fernab von Paris in Cagnes-sur-Mer an der Côte d'Azur, wo sie noch viele Jahre auf der Bühne stand. Später im Leben konnte sie ihren Ruf teilweise wiederherstellen, trat im Fernsehen auf und wurde von einer neuen Generation als homosexuelle Ikone gefeiert. Sie starb 1983 im Alter von zweiundachtzig Jahren.

Catherine Dior erhielt viele Auszeichnungen für ihre Tapferkeit, darunter die *Légion d'honneur*. Hervé des Charbonneries wurde in ähnlicher Weise geehrt. Er ließ sich nie von seiner Frau scheiden, lebte und arbeitete aber mit Catherine zusammen, bis er 1989 im Alter von vierundachtzig starb. Sie selbst wurde einundneunzig Jahre alt und starb 2008. Beide liegen zusammen in Callian begraben.

Marcel Boussac erwirtschaftete mit dem Modehaus Dior ein immenses Vermögen. Doch sein geschäftliches Geschick ließ nach, und er begann, Verluste zu machen. Kurz vor seinem Tod im Jahre 1980 wurde er für bankrott erklärt. Maison Dior wechselte den Besitzer.

Carmel Snow wurde 1958 aus der Redaktion von *Harper's Bazaar* hinausgedrängt und ging in den Ruhestand. Ihre Nachfolgerin wurde ihr charismatischer Schützling Diana Vreeland.

Christian Dior konnte seinen phänomenalen Erfolg nur zehn Jahre lang genießen. Bereits Wochen nach seiner Debüt-Modenschau erlitt er erstmals einen Herzinfarkt.

Er konsultierte weiterhin regelmäßig Madame Delahaye, und seine Glücksbringer sind bis zum heutigen Tag Teil des geheimnisvollen Nimbus, der seine Person umgibt. Der schüchterne Mann, der ein exklusives Geschäft in einer ruhigen Seitenstraße wollte, wurde zu einem der Giganten der Modeindustrie. Er genoss seinen Reichtum, kaufte sich eine Mühle in Fontainebleau, dann ein Château in Grasse und restaurierte beide mit großem Aufwand.

Doch Reisen, Arbeit und zu reichliches Essen forderten ihren Tribut. Ein paar Jahre später folgte ein weiterer Herzinfarkt, 1957 dann ein dritter, der tödlich endete. Dior starb zweiundfünfzigjährig am Kartentisch des Grandhotels im mondänen Kurort Montecatini Terme in der Toskana in Gesellschaft eines gutaussehenden jungen Mannes, den er gegenüber Freunden als die Liebe seines Lebens bezeichnet hatte. Es war ein Tod, wie er ihn für sich selbst hätte entwerfen können.

Zu seinem Begräbnis in Paris strömten Scharen zusammen, und sein Sarg wurde mit einem Meer weißer Lilien bedeckt. Sein Nachfolger wurde sein junger Protegé Yves Saint Laurent. Ebenso wie Chanel und Fath gilt Dior als eine der prägendsten Gestalten der modernen Mode.

Lesern, die gern Einblicke in die Persönlichkeit Christian Diors gewinnen möchten, lege ich seine eigenen Bücher ans Herz: *Das kleine Buch der Mode* (1954) und *Dior und ich: Die Autobiographie* (1957).

Mein aufrichtiger Dank gilt den vielen Menschen, die diesen Roman ermöglicht haben, ganz besonders Sammia Hamer; ebenso Emilie Marneur und Sana Chebaro, die mir von Beginn an eine große Inspiration waren, sowie Mike Jones, Gillian Holmes und Gemma Wain, die viel Arbeit in das Manuskript gesteckt haben.